Den Einstellungstest bestehen

Zum Buch

Dieses Buch hilft allen, sich auf die Prüfung für einen Ausbildungsplatz vorzubereiten. Die Autoren haben die typischen Übungen und Testfragen zusammengestellt. Wer manche Situation zu Hause schon einmal geübt hat, kann seine Schwächen rechtzeitig ausbügeln, weiß besser Bescheid und kann der Prüfung selbst mit größerer Gelassenheit entgegensehen.

Zu den Autoren

Die Autoren sind ausgewiesene Fachleute auf ihrem Gebiet.

Peter J. Schneider ist Diplom-Handelslehrer und als Oberstudienrat an einer Berufs- und Fachoberschule tätig. Außerdem ist er Prüfer für die IHK.

Manfred Zindel ist ebenfalls Diplom-Handelslehrer. Als Oberstudiendirektor leitet er eine Berufsschule und ein Wirtschaftsgymnasium.

Roland Lötzerich ist Diplom-Ökonom und lehrt als Oberstudienrat an verschiedenen Fachoberschulen und Berufsfachschulen.

Die drei sind, einzeln oder gemeinsam, erfolgreiche Verfasser von Sach- und Schulbüchern.

Peter J. Schneider
Manfred Zindel
Roland Lötzerich

Den Einstellungstest bestehen

Das erfolgreiche Testtraining

- Über 1700 Fragen und Antworten
- Mustertests
- Tipps und Tricks für die Prüfung
- Psychologische Hilfen

Mit neuer Rechtschreibung

Econ & List Taschenbuch Verlag

Econ & List Taschenbuch Verlag 1999
Der Econ & List Taschenbuch Verlag ist ein Unternehmen
der Verlagshaus Goethestraße GmbH & Co. KG, München
Originalausgabe
8., aktualisierte Auflage 1999

Umschlagkonzept: Büro Meyer & Schmidt, München – Jorge Schmidt
Titelkonzept und Umschlaggestaltung: Petra Soeltzer, Düsseldorf
Titelabbildung: ZEFA/Norman

Lektorat: Dr. Christiane Stahl
Zeichnungen: Dieter Tonn, Bovenden
Gesetzt aus der Candida der Fa. Berthold auf dem SINIX-System
Satz: Dörlemann Satz, Lemförde
Druck und Bindearbeiten: Ebner Ulm
Printed in Germany
ISBN 3-612-21067-X

Inhaltsverzeichnis

Vorwort

Klasse!

»Wir bedanken uns für Ihr Interesse an unserem Haus und laden Sie zu einem Einstellungstest ein ...«

»... in einem Vorstellungsgespräch würden wir Sie gern näher kennen lernen ...«

»... freuen uns, Sie zu einem Assessment-Center begrüßen zu können ...«

So oder ähnlich könnte die Mitteilung lauten, auf die Sie so ungeduldig gewartet haben.

Glückwunsch, Sie haben es geschafft, die erste Hürde ist genommen. Aus der sicherlich großen Zahl von Bewerbungsschreiben kam Ihres in die engere Wahl oder Sie haben in der persönlichen oder telefonischen Anfrage einen so guten Eindruck hinterlassen, dass man Sie näher kennen lernen will. Viele junge Menschen haben den gleichen Wunschberuf, daher sind einige Berufszweige hoffnungslos überlaufen. Auf einen Ausbildungsplatz kommt oftmals eine große Zahl von Bewerbern.

Doch Sie haben einen ersten ganz wichtigen Schritt gemacht ... denn Sie haben sicherlich schon einige Bewerber hinter sich gelassen.

»Glück gehabt?« Ja, sicherlich – doch vor allem: »Gut gemacht«. Denn auf diese Leistung können Sie schon stolz sein. Doch nun wird es ja erst richtig ernst.

Der Stress geht weiter – cool bleiben und durchstarten

Ein schriftlicher Test – und wenn Sie diesen geschafft haben, wartet ein Vorstellungsgespräch oder gleich ein mündlicher Eignungstest oder in größeren Unternehmen gar ein Assessment-Center auf Sie.

Prüfung bedeutet Angst, Stress - das ist natürlich. Dennoch:

Bleiben Sie cool und starten Sie durch.

Bereiten Sie sich so früh wie möglich optimal vor. Machen Sie sich fit für die Tests und trainieren Sie die Vorstellungs-(Einstellungs-)gespräche oder Assessment-Center. Das frischt Ihr Wissen auf und gibt Ihnen die notwendige Selbstsicherheit.

Tricksen Sie die Tester aus

Gehen Sie strategisch vor, überlassen Sie nichts dem Zufall.

»Wer aufgehört hat, besser zu werden, der hat aufgehört, gut zu sein«, nach diesem Motto sollten Sie

- Ihr schulisches Wissen auffrischen oder ergänzen,
- Wissenslücken schließen,
- Ihre Allgemeinbildung verbessern,
- Eignungs- und Leistungstests analysieren und einüben,
- spezielle berufsbezogene Tests kennen lernen,
- die Prüfungssituation simulieren,
- sich in Persönlichkeitstests und Assessment-Center richtig verhalten,
- sich gut auf Tests und Vorstellungsgespräche vorbereiten,
- die Angst vor den Tests oder Vorstellungsgesprächen abbauen und
- sich intensiv vorbereiten und damit Erfolg haben.

Dieses Buch ist nicht trocken und langweilig. Eine Vorbereitung mit ihm macht sogar Spaß, denn es ist quasi ein Quizmaster, der Ihnen Fragen stellt. Sie haben die Wahl zwischen verschiedenen Antworten und können sich so testen. Das können Sie allein oder auch mit Ihrem Freund oder Ihrer Freundin zusammen machen – Sie werden sehen, das macht sogar Spaß.

Auch aus Fehlern kann man lernen, denn Sie erhalten am Ende eines Fragenkomplexes jeweils die richtige Antwort.

Neben den Musterlösungen finden Sie in diesem Buch aber auch Regeln zu Deutsch, Kurzinformationen zu Wirtschaft und Politik und Lösungswege zu Rechnen und Geometrie. Für die häufig gestellten Eignungs-, Leistungs- und berufsbezogenen Tests erhalten Sie Anweisungen, wie Sie die Aufgaben am besten bewältigen.

Zahlreiche Tipps sollen Ihnen helfen, die Testsituation besser zu bewältigen. Und letztendlich können Sie sich anhand der »Literaturhinweise« Bücher in Bibliotheken ausleihen oder das eine oder andere kaufen, um sich auf einem Gebiet, in dem Sie sich noch nicht so fit fühlen, weiterzubilden.

Achtung: Rechtschreibreform

1998 begann in den Schulen offiziell die neue deutsche Rechtschreibung. Verbindlich wird sie allerdings erst ab 2005. Die Verfasser haben bei zahlreichen Behörden und großen Betrieben angefragt, ab wann die Rechtschreibreform in den Tests vorausgesetzt wird. Hier gab es verschiedene Tendenzen:

- Einige Unternehmen begannen schon damals mit der Rechtschreibreform in den Tests. Der Tenor der Aussagen war hier: Wer sich nicht für solche Neuerungen interessiert, der kann für uns kein Mitarbeiter der Zukunft werden. Denn wir setzen unbedingt voraus, dass sich unsere Mitarbeiter mit Neuerungen laufend weiterbilden.
- Andere Unternehmen beginnen 1999/2000 mit dieser Reform.

- Wiederum andere verzichten immer mehr auf die Rechtschreibung in Tests, lassen eventuell sogar noch die alte Rechtschreibung gelten, weil ja die Übergangsfrist erst im Jahre 2005 endet. Diese Unternehmen fordern mehr Sprachbeherrschung.

Für die letzten beiden Gruppen haben wir zahlreiche Tests zur Sprachbeherrschung eingebaut. Für diejenigen, von denen die neue Rechtschreibung verlangt werden wird, haben wir die wichtigsten Regeln erklärt. Hier werden natürlich vor allem die eindeutigen Schreibweisen abgefragt.

Da von Ihnen sowieso über kurz oder lang die Rechtschreibreform vorausgesetzt wird, kann ein Erlernen auch für solche Personen nicht schaden, die noch nicht nach den neuen Regeln getestet werden. Daher haben wir auch das gesamte Buch nach der neuen Rechtschreibung verfasst.

Denken Sie daran: Mit der Beherrschung zeigen Sie, dass Sie innovationsfreudig und lernbereit sind.

➧ **TIPP:** Sie sollten überlegen, ob Sie auch Ihre Bewerbungsschreiben in neuer Rechtschreibung verfassen. Sinnvoll ist dann aber ein Vermerk, dass Sie die Rechtschreibreform berücksichtigt haben.

Was erwartet Sie beim Test?

Anfang der 90er Jahre setzte ein gewisser Wandel bei den Tests ein. Während früher oftmals die Intelligenztests im Mittelpunkt standen, verschwinden diese heute immer mehr. Es werden immer mehr Tests durchgeführt, bei denen auf die Intelligenztests verzichtet wird. Man weiß heute, dass es äußerst problematisch ist, die Intelligenz eines Probanten (so heißen die Testkandidaten) zu testen, zumal es auch noch verschiedene Intelligenzarten gibt.

An deren Stelle treten heute die Tests, die Belastbarkeit, Konzentrationsvermögen und logisches Denken überprüfen. Daneben trifft man immer mehr auf Persönlichkeitstests und Assessment-Centers, mit denen man feststellen will, ob der Bewerber in das Betriebsteam passt.

Nach wie vor werden in den meisten Tests Allgemeinbildung und Schulwissen abgefragt. Hier will man sehen, wo die schulischen Stärken und Schwächen liegen.

Mit den Fragen zu Politik, Wirtschaft, aber auch Geografie u. a. versucht man herauszufinden, ob sich die zu testende Person für das aktuelle Geschehen interessiert und dieses in den Medien verfolgt.

Dies gilt übrigens auch für die Vorstellungsgespräche oder mündlichen Tests.

Daher ist der Allgemeinbildung und dem Schulwissen ein großer Teil des Buches gewidmet.

Im Fach Deutsch wird heute sehr viel Wert auf Sprachbeherrschung gelegt – auch dies wurde in diesem Buch, ebenso wie die Rechtschreibreform, berücksichtigt.

Wie arbeiten Sie mit diesem Buch?

Lesen Sie sich zuerst immer die Vorabinformationen, die Regeln oder Musterlösungen durch – falls sie vorhanden sind. Danach lösen Sie möglichst eine größere Anzahl von Fragen. Erst dann vergleichen Sie Ihre Lösungen mit den Musterlösungen. Nicht nach jeder Aufgabe nachsehen, dann können Sie unbewusst die Lösung der nächsten Frage mitlesen. Sehen Sie nie vorher bei den Lösungen nach, dann täuschen Sie sich selbst. Kreuzen Sie die Nummern an, die Sie nicht gekonnt haben, und wiederholen Sie diese Aufgaben nach einiger Zeit. Wenn Sie große Lücken in bestimmten Gebieten entdecken, dann sollten Sie dieses Gebiet vertiefen. Literaturhinweise finden Sie jeweils zu Anfang der Kapitel.

Wenn Sie üben wollen ...
Jeder Mensch ist anders, doch irgendwie denken wir doch auch gleich. Lernpsychologen haben herausgefunden: Der Mensch behält

- 10 % von dem, was er liest,
- 20 % von dem, was er hört,
- 33 % von dem, was er z. B. als Film o. Ä. sieht,
- 50 % von dem, was er sieht und hört,
- 70 % von dem, was er selbst sagt und
- 90 % von dem, was er selbst ausführt.

Überlegen Sie doch einmal, ob Sie Ihr Lernen umstellen, um erfolgreicher zu werden.

Jetzt aber ran!
Wir wünschen Ihnen viel Spaß bei der Vorbereitung und viel Erfolg im Test.
Ihr Autorenteam
Schneider/Zindel/Lötzerich

Tipps für Testsituationen

»Die nächste Prüfung ist die schwerste.« Da von Ihrem Einstellungstest sehr viel für Sie abhängen kann, ist es verständlich, wenn Sie mit großer Anspannung und Nervenbelastung in diese Prüfung gehen. Nachfolgende Ratschläge sollen Ihnen helfen, diese nervliche Belastung etwas abzubauen, denn je ruhiger und selbstbewusster Sie in eine Prüfung gehen, umso erfolgreicher werden Sie sein.

Die Zeit vor dem Test

Je mehr Informationen Sie über den bevorstehenden Eignungstest bekommen können, desto gezielter können Sie sich darauf vorbereiten.

Von den Unternehmen selbst können Sie bestenfalls etwas über die Art der Prüfung erfahren: Klassische Aufgaben des Allgemeinwissens und/oder Eignungs- und Leistungstests, Assessment-Center oder Persönlichkeitstests erwarten Sie. Versuchen Sie also, jemanden zu befragen, der schon einmal an einer Prüfung in dem betreffenden Betrieb teilgenommen hat! Aber Vorsicht: Die Aufgaben wechseln häufig.

Informieren Sie sich auch von heute an durch Presse, Funk und Fernsehen über das aktuelle Tagesgeschehen in aller Welt. Bei Eignungsprüfungen – speziell in Aufsatzthemen –, vor allem aber beim Vorstellungsgespräch, werden gern Fragen zu aktuellen Ereignissen gestellt.

Wenn Sie dieses Buch gründlich durcharbeiten, merken Sie selbst, wo Sie noch Schwächen ausbügeln müssen. Nutzen Sie in solchen Fällen die Literaturtipps zur Weiterbildung und Übung.

Keine Medikamente

Gehen Sie ausgeruht und nicht mit nüchternem Magen zu Prüfungen. Vermeiden Sie nach Möglichkeit auch, Tabletten zu nehmen. Bei Beruhigungsmitteln besteht die Gefahr, dass Sie dem Prüfungsablauf zu gleichgültig gegenüberstehen und nicht mehr klar denken können.

Leistungssteigernde Mittel können oberflächlich machen.

In den meisten leistungssteigernden Mitteln, die Sie in Apotheken kaufen können, ist Amphetamin enthalten. Dieses Präparat soll die sympathische Aktivität steigern, indem es den Körper anregt, zusätzlich Noradrenalin freizusetzen. Es kann dadurch schon zu einer Mobilisierung der Kraftreserven im Körper kommen. Gleichzeitig kann aber das Amphetamin zu einer Selbstüberschätzung im Körper führen. Sie werden »gelöst« und es fehlt Ihnen die notwendige kritische Reflexion. Dadurch kann Ihr Testergebnis negativ beeinflusst werden, denn Sie sollen sich ja optimal konzentrieren und den Test nicht oberflächlich und lässig absolvieren.

Wenn möglich, keine Beruhigungsmittel!

In vielen Beruhigungsmitteln ist Baldrianwurzel enthalten. Dieser Stoff senkt den Blutdruck ab und es tritt tatsächlich eine Beruhigung ein. Doch dies führt üblicherweise zu einem Leistungsabfall. Eine gewisse nervöse Erregung gehört zu einer Prüfungssituation, damit auch alle Reserven mobilisiert werden. Mit Beruhigungsmitteln wird diese Erregung unterdrückt, man wird müde, kann sich nicht mehr gut konzentrieren und wird schwächer in der Leistung.

Der beste Abbau der Nervosität ist das Wissen, dass Sie stark genug sind, diesen Test zu schaffen. Dieses Selbstvertrauen baut die extreme Nervosität ab, erhält aber die Spannung, zu der auch eine natürliche Nervosität vor dem Test gehört. Sie behalten Ihre Leistungskraft und den Leistungswillen, sind munter und gut. Dieses Buch will dazu beitragen, Sie so fit zu machen, dass Sie mit diesem notwendigen Selbstvertrauen in die Tests gehen.

Diese Ausführungen gelten übrigens auch für die Tipps für das Vorstellungsgespräch (siehe Seite 497 ff.).

Die Prüfung selbst

Bevor Sie mit der Arbeit beginnen, lesen Sie die Aufgabenstellungen sehr genau durch. Ein einziges übersehenes Wort kann manchmal entscheidend für die richtige Antwort sein. Dies trifft vor allem auf die »Multiple-Choice-Fragen«, also solchen mit Auswahlantworten, zu.

Stellen Sie sich darauf ein, dass die Zeitvorgaben sehr knapp bemessen sind. Ein zügiges Arbeiten ist daher notwendig. Aber selbst dann werden Sie häufig nicht alle Aufgaben bearbeiten können. Das ist aber üblich und wird oft nicht anders erwartet. Also nicht nervös werden, wenn Sie nicht alle Aufgaben schaffen.

Halten Sie sich nicht zu lange an der Bearbeitung einzelner Aufgaben auf. Lassen Sie lieber eine Aufgabe, die Sie auf Anhieb nicht lösen können, zunächst aus und gehen Sie zur nächsten über. Sie verlieren sonst zu viel kostbare Zeit. Sollten Sie früher als verlangt fertig sein, versuchen Sie, die ausgelassenen Aufgaben in einem zweiten Anlauf zu lösen – notfalls erraten Sie die Ergebnisse. Vor Versuchen, bei anderen abzuschreiben, wird jedoch gewarnt. Sie lenken ab, kosten viel Zeit und es ist nicht gesagt, dass der Nachbar wirklich schlauer ist.

Machen Sie sich zum Grundsatz, die vorgegebene Zeit voll auszunutzen und nicht früher als nötig abzugeben. So mancher Fehler, der sich in der ersten Bearbeitungsrunde eingeschlichen hat, lässt sich in einem zweiten Durchgang noch beheben.

Die Zeit nach dem Test

- Wenn Sie die Prüfung bestanden haben, gratulieren wir Ihnen. Aber häufig entscheidet nicht allein ein Test über eine Einstellung. Vielmehr werden die erfolgreichen Prüfungskandidaten zu einem Vorstellungsgespräch geladen, auf das Sie sich auch gut vorbereiten sollten (siehe hierzu Seite 497 ff.).
- Wenn Sie einen ablehnenden Prüfungsbescheid bekommen haben, nehmen Sie sich die Sache nicht so zu Herzen. Es ist heutzutage normal, dass speziell Ausbildungsplatzsuchende viele Prüfungen über sich ergehen lassen müssen, bevor es einmal klappt. Nicht selten ist das Verhältnis von Ausbildungsstellen und Bewerbern 1:10 und schlechter, sodass auch fähige Bewerber nicht unbedingt zu den Testsiegern gehören müssen.
- Trösten Sie sich auch damit, dass Sie aus nicht bestandenen Prüfungen lernen können. Haben Sie gemerkt, dass Ihnen die Rechenaufgaben Schwierigkeiten bereiteten, sollten Sie die Sache nicht auf sich beruhen lassen. Gezielte Übungen, so z. B. mit diesem Buch, helfen Ihnen, das nächste Mal besser abzuschneiden.
- Denken Sie auch daran, dass Sie durch häufigere Prüfungen bald zu den »alten Hasen« gehören. Belastende Prüfungsüberraschungen werden Ihnen dann nicht mehr so leicht passieren.

I. ALLGEMEINWISSEN

Deutsch und Sprachbeherrschung	*Vorwort und Literaturtipp*

Deutschkenntnisse braucht jeder! Sie sind für die meisten Berufsbilder wichtig. Das ist auch der Grund, warum sie besonders häufig in Einstellungstests überprüft werden. Leider gibt es viele Regeln und Eigenarten auf dem Gebiet der deutschen Sprache, die es zu beachten gilt. An dieser Tatsache hat auch die neue Rechtschreibreform, die diesem Deutschteil zu Grunde liegt, wenig geändert.

Literatur für weiter gehende Informationen:

☛ Kurz, M., So packen Sie die neue Rechtschreibung, ECON-Verlag, Düsseldorf 1996

☛ Kläge, O., Die neue Rechtschreibung, Cornelsen Verlag, Berlin 1996

☛ Bibliographisches Institut (Hrsg.), Duden, Dudenverlag, Mannheim 1996

➧ Tipp:
- Arbeiten Sie nach Möglichkeit alle Kapitel durch. Das gilt besonders für die Rechtschreibung und die Zeichensetzung. Den »Mut zur Lücke« sollten Sie sich hierbei nicht leisten, da Deutschkenntnisse besonders häufig Testbestandteile sind.
- In Zweifelsfällen können Sie die angegebene Literatur zu Rate ziehen. Bewährt hat sich der Duden. Aber auch preiswertere Konkurrenzbücher erfüllen ihren Zweck.
- Da die Regeln der Rechtschreibung und Zei-

chensetzung sehr zahlreich sind, sollten Sie sich dieses Kapitel mehrere Male anschauen. Die Regeln prägen sich dann leichter ein.

- Was für Sie sicherlich ungewohnt ist: Die Rechtschreibreform gesteht Ihnen in einigen Fällen eine Wahlmöglichkeit zu.
- Wissen Sie nicht, ob Wörter getrennt oder zusammengeschrieben werden, dann schreiben Sie die Wortkombinationen im Zweifelsfall getrennt.

Deutsch	*Verschiedene Stolpersteine der Rechtschreibung*

1	statt oder stadt?

Ergänzen Sie: Industriesta-, Gaststä-e, Lagerstä-e, sta-kundig, Sta-halter, Sta-halle, Sta-kreis, sta-geben, Sta-staat, sta-bekannt, sta-haft.

2	wider oder wieder?

Ergänzen Sie: W-derhall, w-derholen, sich w-dersetzen, W-dersehen, W-derschein, W-derwahl, w-derfahren, w-derlegbar, W-derbeginn, zuw-der, W-dergeburt.

3	das oder dass?

Ergänzen Sie: Da- Parkhaus, da- am Stadtrand steht, ist überfüllt. Ich hoffe, da- du morgen kommst.

Ich bin sicher, da- es gelingt. Ist da-da- Auto, da- du kaufen wolltest? Da-ist da- Bild, da- mir gefällt.

4	end oder ent?

Ergänzen Sie: en-lassen, en-schließen, en-los, un-en-lich-, En-spannung, En-stufe, en-geistert, en-gültig, En-punkt, En-mündigung.

5	seid oder seit?

Ergänzen Sie: Wir hoffen, dass ihr sei- gestern wieder zusammen sei-. Sei- willkommen! Erst sei- kurzer Zeit. Sei- ihr alle da? Sei- alters her.

6	tod oder tot?

Ergänzen Sie: to-ernst, to-schießen, to-lachen, to-traurig, to-frieren, to-müde, to-blass, to-krank.

7	-lich oder -ig?

Ergänzen Sie: herz-, adel-, fröh-, mehl-, bild-, kränk-, klein-, mög-, schwindel-.

8	ss oder ß?

Ergänzen Sie: Flu-, Schlu-, Ma-, rei-en, Schlo-, Klo-, ha-en, Wa-er, mu-, hei-.

9	Zwei oder drei gleiche Buchstaben?

Ergänzen Sie: Mitt-ag, Fluss-and, Flanell-appen, denn-och, Ballett-änzer, Stoff-etzen, Dritt-el, Schiff-ahrt, Tee-rnte.

10	Einige wichtige Einzelfälle (Auswahl)!

- ph – f: Gra-ik, Mikro-on, Del-in, Geogra-ie
- gh – g: -etto, Jo-urt, Spa-etti
- th - t: Pan-er, -unfisch, Ka-ode

Die Lösungen zu den Aufgaben 1–10 (Verschiedene Stolpersteine der Rechtschreibung) siehe S. 66ff.

Deutsch	*Groß- und Kleinschreibung*

11	Tageszeiten: groß oder klein?

Entscheiden Sie: gestern (m)ittag, heute (m)orgen, (m)ontags, am (a)bend, (m)ittags, vorgestern (n)acht, (s)onntagabends.

12	Mal oder mal: groß oder klein?

Entscheiden Sie: unzählige (m)ale, alle(m)al, ein ander(m)al, etliche (m)ale, jedes(m)al, beim nächsten (m)al, dieses (m)al.

13	Recht oder recht: groß oder klein?

Entscheiden Sie: (r)echt und billig, völlig (r)echt, er befindet sich im (r)echt, ohne (r)echt, nichts (r)echt machen, von (r)echts wegen, nach (r)echt und Gewissen.

14	Ableitungen aus Eigennamen: groß oder klein?

Entscheiden Sie: die (b)rechtschen Dramen, das (o)hmsche Gesetz, der (s)chweizer Käse, die (b)erliner Bevölkerung, die (r)heinische Stadt, die (m)ecklenburger Landschaft, (b)adischer Wein, der (i)ndische Ozean.

15	Substantivierte Adjektive: groß oder klein?

Entscheiden Sie: der (e)inzelne, alles (w)eitere, nicht das (g)eringste, das (g)leiche tun, auf (f)olgendes hinweisen, als (e)rster am Ziel, der (n)ächste in der Reihe, der erste (b)este.

16	Paarformen: groß oder klein?

Entscheiden Sie: (g)roß und (k)lein, (a)rm und (r)eich, (j)ung und (a)lt, (d)ick und (d)ünn.

17	Adjektive in festen Ausdrücken: groß oder klein?

Entscheiden Sie: die (e)rste Hilfe, das (s)chwarze Brett, der (w)eiße Tod, die (s)chwarze Liste, (h)eiliger Abend, (d)reißigjähriger Krieg, (k)önigliche Hoheit.

18	Persönliche Anreden in Briefen, Klassenarbeiten u. a.: groß oder klein?

Entscheiden Sie:
- »Liebe Kirsten, ich habe (d)eine Karte bekommen. Ich hoffe, dass (d)u bald kommst.«
- »Liebe Kirsten, lieber Sven, vielen Dank für (e)uren Brief. Ich konnte (e)uch leider nicht früher schreiben.«
- »Sehr geehrter Herr Faupel, herzlichen Dank für (i)hr Geschenk, das (s)ie mir vor zwei Wochen geschickt haben.«

19	Farb- und Sprachbezeichnungen: groß oder klein?

Entscheiden Sie: in (r)ot, bei (g)rün, auf (s)panisch, in (d)eutsch, (r)oter Stoff, auf (s)chwarz und (w)eiß bewiesen.

20	Nach Doppelpunkt: groß oder klein?

Entscheiden Sie:
- Wir hatten es schon geahnt: (d)er Zug kam schon wieder verspätet.
- Amsel, Drossel, Fink und Star: (a)lle Vögel sind schon da.
- Er kam erst nachts nach Hause: (w)ie immer betrunken.
- Sie kam unpünktlich zur Schule: (w)as sehr selten war.

21	Zahlwörter: groß oder klein?

Entscheiden Sie:
- Wir kauften (f)ünf Brötchen. In Englisch hat sie eine (f)ünf.
- Sie ist über (d)reißig. Addieren Sie jetzt die (d)reißig.
- Wir sehen das Auto zum (e)rsten Mal. Am (e)rsten des Monats war die Zahlung fällig.

Die Lösungen zu den Aufgaben 11–21 (Groß- und Kleinschreibung) siehe S. 69ff.

Deutsch	*Getrennt- und Zusammenschreibung*

22	Verbindungen von zwei Verben (Tätigkeitswörtern): getrennt oder zusammen?

Entscheiden Sie: ihren Nachbarn kennen?lernen, im 6. Schuljahr sitzen?bleiben, das Buch im Auto liegen?lassen, in der Stadt spazieren?gehen, im Morast stecken?bleiben.

23	Verbindungen von Substantiv (Hauptwort) und Verb (Tätigkeitswort): getrennt oder zusammen?

Entscheiden Sie: Rad?fahren, Auto?fahren, Bescheid?geben, Halt?machen, Maß?halten, Eis?laufen, heim?kehren, preis?geben, wett?machen.

24	Verbindungen von Adjektiv (Eigenschaftswort) und Verb (Tätigkeitswort): getrennt oder zusammen?

Entscheiden Sie: die Werkstatt sauber?halten, auf dem Krankenbett sich wund?liegen, sich mit der Anzahlung zufrieden?geben, das neue Modell dem Kunden näher?bringen, für weitere Anregungen offen? bleiben, den Trend hoch?rechnen, in dem Hotelzimmer fern?sehen.

25	Verbindungen von Adverb (Umstandswort) und Verb (Tätigkeitswort): getrennt oder zusammen?

Entscheiden Sie: Er ist gestern dahinter?gekommen, die Entwicklung sollte bald aufwärts?gehen, die Erwartung hatte weit darunter?gelegen, das alte Fahrrad beiseite?stellen, sie sollten nicht aufeinander?treffen.

26	Wortverbindungen mit dem Verb (Tätigkeitswort) »sein« und mit »irgend-«: getrennt oder zusammen?

Entscheiden Sie: zurück?sein, freundlich?sein, hier?sein, sein?lassen, irgend?etwas, irgend?jemand, irgend?wo, irgend?wie.

27	Wortverbindungen mit Partizipien (Mittelwörter): getrennt oder zusammen?

Entscheiden Sie: nahe?stehende Verwandte, Laub?tragende Bäume, Rat?suchende Menschen, Feuer?speiende Berge, Hände?schüttelnde Freunde.

28	Wortverbindungen von Adjektiven (Eigenschaftswörtern): getrennt oder zusammen?

Entscheiden Sie: blau?grau, schwarz?rot, taub?stumm, blau?äugig, jetzt?endlich, wiss?begierig.

Die Lösungen zu den Aufgaben 22–28 (Getrennt- und Zusammenschreibung) siehe S. 73ff.

Deutsch	*Kommasetzung*

29	Sätze mit »und« bzw. »oder«: Wohin mit dem Komma?

Entscheiden Sie:
- Der Zug ist eben pünktlich eingetroffen und er wird abends weiter nach Kassel fahren.
- Dürfen wir in den nächsten Tagen bei ihnen vorbeikommen oder sollten wir noch ein paar Tage warten?
- Wir müssen unsere Schuld bezahlen und zwar sofort.
- Sie hatte großes Glück und das gleich am ersten Tag.

30	Sätze mit »ohne zu«, »um zu« und »anstatt zu«: Wohin mit dem Komma?

Entscheiden Sie:
- Der Vater gab seine Einwilligung ohne zu zögern.

- Frau Meier kam vorbei um ihr neues Kleid zu zeigen.
- Der Mann schrie laut herum anstatt sachlich zu argumentieren.
- Wir arbeiten um zu leben.

31	Sätze mit den hinweisenden Wörtern »darauf« bzw. »daran« oder den Wortgruppen »die beiden« bzw. »ist es«: Wohin mit dem Komma?

Entscheiden Sie:
- Wir hoffen darauf einen schönen Tag zu erleben.
- Unser Sohn Alexander dachte nicht daran seine Hausaufgaben sorgfältig zu machen.
- Die beiden Handwerker Herr Kraft und Herr Greb werden bei Ihnen vorbeikommen.
- Sein wichtigstes Ziel ist es Ihnen zu gefallen.
- Daran seinen Nachbarn zu helfen dachte er nicht.

32	Sätze mit Aufzählungen: Wohin mit dem Komma?

Entscheiden Sie:
- Sie fuhr mit einem teuren schnellen Sportwagen.
- Wir hatten ein kurzes interessantes Gespräch.
- Der Koch wird das Gemüse putzen das Obst waschen.
- Es war ein kühler feuchter und kurzer Sommer.

33	Haupt- und Nebensätze: Wohin mit dem Komma?

Entscheiden Sie:
- Er machte das Licht an weil es draußen schon dunkel war.
- Dass sie in den Ferien verreisen wollte davon wusste er nichts.
- Er kam weil die Straßen so glatt waren verspätet zur Kinovorstellung.
- Er fuhr morgens zur Arbeit sein Kollege kam später.

34	Infinitivsätze (Grundformsätze) mit »zu«: Wohin mit dem Komma?

Entscheiden Sie:
- Ich empfehle Ihnen den neuen Wagen morgen zu bestellen.
- Wir haben es leider versäumt Sie rechtzeitig zu benachrichtigen.
- Wir bitten dich uns zu helfen.
- Der Lehrer verlangt von den Schülern die Hausaufgaben nachzuholen.

35	Adjektivgruppen (Gruppen von Eigenschaftswörtern): Wohin mit dem Komma?

Entscheiden Sie:
- Die Bienen fleißig und lebhaft schwirrten um die Blüten herum.
- Der Schmuck kostbar und teuer sollte dringend wieder in den Tresor gebracht werden.
- Er hoffte auf einen guten Sommer heiß und trocken.
- Wir bevorzugen Wein leicht und mild.

36	Appositionen (Beifügungen): Wohin mit dem Komma?

Entscheiden Sie:
- Helga Schubert die Opernsängerin hatte dieses Jahr große Erfolge bei ihren Auftritten.
- Meiner Freundin einem großen Fan seiner Musik schenkte der Künstler eine Eintrittskarte.
- Das Buch gab er Karsten seinem Freund.
- Die Zahlungsbelege legte er Herrn Faupel vor dem Chef der Buchhaltung.

37	Wohnungs- und Datumsangaben: Wohin mit dem Komma?

Entscheiden Sie:
- Der Steuerberater Koch Kassel Töpfenhofweg 36 hat für uns die Steuererklärung erstellt.
- Herr Willmann ist von Elgershausen Steinbünne 10 nach Baunatal Lange Straße 16 umgezogen.
- Das Tennisturnier wird am Montag dem 5. September übertragen.
- Unser Techniker wird Sie am Mittwoch dem 23. März d. J. in Ihrer Wohnung aufsuchen.

38	Anreden und Ausrufe: Wohin mit dem Komma?

Entscheiden Sie:
- Herr Meier können Sie mir das aktuellste Buch mitbringen?
- Oh das tut aber weh!

- Bitte komm sehr pünktlich!
- Hör doch endlich einmal zu Alexander!

Die Lösungen zu den Aufgaben 29–38 (Kommasetzung) siehe S. 76ff.

Deutsch	*Übung zur Wiederholung*

Aufgabe	Die Aufgaben 39 bis 70 sind Bestandteile eines Briefes. Schreiben Sie jeweils den Buchstaben der richtigen Alternative in das rechte Kästchen.			Lösung
39	a Elgershausen, den 20. Januar 1997 Liebe	b Elgershausen		a
40	a Birgit, erst	b Birgit,		b
41	a Heute habe ich mich	b heute		
42	a endlich entschlossen,	b entlich entschlossen,	c endlich endschlossen,	
43	a dir zu schreiben. Am zweiten Januar fuhren wir das erste	b Dir		
44	a Mal mit einem	b mal		

Aufgabe	Die Aufgaben 39 bis 70 sind Bestandteile eines Briefes. Schreiben Sie jeweils den Buchstaben der richtigen Alternative in das rechte Kästchen.				Lösung
45	a finnischen Schiff nach	b Finnischen			☐
46	a Hellsinki Um auf diesem	b Hellsinky	c Helsinki		☐
47	a konfortablen,	b konvortablen,	c komfortablen,		☐
48	a rasanten Fährschiff unser	b rassanden	c rasanden		☐
49	a heiser- sehntes Reiseziel zu erreichen, war eine	b heißer- sehntes	c heiss er- sehntes	d heiß er- sehntes	
50	a zweitägige Überfahrt notwendig. Zum	b Zweitägige	c zwei tägige		
51	a schlafen konnten wir eine kleine	b Schlafen			
52	a Kabiene benutzen. Des	b Cabine	c Kabine		
53	a nachts hörten wir allerdings das	b Nachts			

Aufgabe	Die Aufgaben 39 bis 70 sind Bestandteile eines Briefes. Schreiben Sie jeweils den Buchstaben der richtigen Alternative in das rechte Kästchen.	Lösung
54	a brummen / b Brummen der	
55	a Schiffsmotoren, / b Schiffmotoren	
56	a das / b dass uns aber wenig störte. Einige	
57	a Male / b male besuchten wir zum	
58	a essen / b Essen ein	
59	a Restorant, / b Restaurant, / c Resstaurant, in dem sich	
60	a Groß und Klein / b groß und klein traf und recht teure Gerichte	
61	a serfiert / b servirt / c serviert wurden. Letztendlich war die	
62	a Schifffahrt / b Schiffahrt / c Schiff Fahrt aber sehr angenehm. Nachdem wir Helsinki	

Aufgabe	Die Aufgaben 39 bis 70 sind Bestandteile eines Briefes. Schreiben Sie jeweils den Buchstaben der richtigen Alternative in das rechte Kästchen.	Lösung
63	a <u>Sonntag Abends</u> b <u>Sonntag abends</u> c <u>Sonntag-abends</u> erreicht hatten,	
64	a <u>vuhren</u> b <u>fuhren</u> c <u>furen</u> wir zu einem sehr schön gelegenen Hotel,	
65	a <u>das</u> b <u>dass</u> uns für 4 Tage aufnahm. Insgesamt gefiel uns die Fahrt so gut,	
66	a <u>das</u> b <u>dass</u> wir sie	
67	a <u>jeder Zeit</u> b <u>jederzeit</u>	
68	a <u>wider-machen</u> b <u>wieder-machen</u> c <u>wieder machen</u> würden.	
69	a <u>Gruß und Kuß</u> b <u>Gruss und Kuss</u> c <u>Gruß und Kuss</u>	
70	a <u>dein dich</u> b <u>Dein dich</u> c <u>Dein Dich</u> liebender Julius	

Auf-gabe	Die Aufgaben 39 bis 70 sind Bestandteile eines Briefes. Schreiben Sie jeweils den Buchstaben der richtigen Alternative in das rechte Kästchen.		Lö-sung
71	a PS: Bitte antworte bald.	b Bitte,	

Die Lösungen zu den Aufgaben 39–71 (Übung zur Wiederholung) siehe S. 81.

Deutsch | *Schreibweise oft benutzter Fremdwörter*

Wie schreibt man folgende Wörter richtig?

Auf-gabe	vorgeschlagene Schreibweisen (a)	(b)	(c)	(d)	Lö-sung
72	abreagieren	apreagieren	abreagiren	abrehagie-ren	
73	alfabetisch	alphabe-tisch	alfabetysch	alphabe-thisch	
74	Alkoholyker	Allkoholiker	Alkoholiker	Alkoholicker	
75	Atmosphäre	Atmosfäre	Athmosfäre	Atmosfere	
76	Beßtseller	Bästseller	Bestseler	Bestseller	
77	Biblyothekar	Bibliothekar	Bybliothekar	Bibliotekar	
78	Bungalow	Bungalof	Bungaloh	Bungallow	
79	Choffeur	Schoffeur	Chaufeur	Chauffeur	
80	dellegieren	delegyren	delegieren	dälegieren	

Aufgabe	vorgeschlagene Schreibweisen (a)	(b)	(c)	(d)	Lösung
81	Depression	Däpression	Depresion	Depressyon	
82	Desain	Design	Desein	Disain	
83	Diskotek	Disskothek	Diskothek	Dyskothek	
84	Emmigrant	Emygrant	Emigrant	Emygrand	
85	Embryo	Embrio	Ämbryo	Empryo	
86	Festival	Fästival	Festyval	Festifal	
87	flexipel	fläxibel	flexibel	flexybel	
88	frappand	frappant	frapant	frapand	
89	Guverneur	Gouverneur	Gouferneur	Goufernör	
90	Haluzination	Halluzynation	Haluzinazion	Halluzination	
91	Helikopter	Hälikopter	Helykopter	Helikoppter	
92	Immobilyen	Imobillen	Immobilien	Immobylien	
93	Importieren	Importiren	Importyren	Immportieren	
94	Indyviduum	Indivydum	Individum	Individuum	
95	Juwelier	Juwellier	Juwelyr	Juhwelier	
96	Konschtruktion	Konstruktion	Konstrukzion	Konstrucktion	
97	Konwersation	Konwährsation	Konfersation	Konversation	

Aufgabe	vorgeschlagene Schreibweisen (a)	(b)	(c)	(d)	Lösung
98	Conzentrat	Konzäntrat	Konzentrat	Konnzentrad	
99	Leichtathletyk	Laichtathletik	Leichtathletik	Leichtatletik	
100	Liberalismuß	Liberalismus	Liberalißmus	Lieberalismus	

Die Lösungen zu den Aufgaben 72–100 (Schreibweise oft benutzter Fremdwörter) siehe S. 81.

Deutsch | *Informationsmaterial zuordnen*

Welches Informationsmaterial für welches Informationsbedürfnis?

Bearbeitungshinweis:
Ordnen Sie einem bestimmten Informationsbedarf das Informationsmaterial (Informationsquelle) zu, das Auskunft gibt über die gewünschte Information. In der folgenden Tabelle ist in der Lösungsspalte jeweils der Buchstabe einzutragen, der die gewünschte Informationsquelle benennt.

Beispiel:
Um zu erfahren, welches die richtige Schreibweise des Wortes Ingenieur ist (Informationsbedarf), kann man im Duden (Informationsquelle) nachschauen. In das Lösungsfeld ist der Buchstabe »b« einzutragen.

	Informationsbedarf ➡	Lösung	⬅ Informationsquelle	
101	die korrekte Schreibweise des Wortes »Ingenieur«	b	mathematische Formelsammlung	a
102	Weltrekord im Dauermaschineschreiben		Duden	b
103	Gesellschafter der Firma Moll OHG		Speisekarte	c
104	Lehrsatz des Pythagorias		Fahrplan	d
105	Übersetzung des Wortes »bridge«		Grundgesetz	
106	Belastung eines Grundstücks mit einer Hypothek		Beipackzettel	f
107	Telefonnummer von Herrn Christian Budig in Kassel		Guinness Buch der Rekorde	g
108	Grundrechte der Bundesrepublik		Dictionary	h
109	Garzeit von Naturreis		Grundbuch	i
110	Nebenwirkungen des Schmerzmittels Aspirin		Handelsregister	j
111	Abfahrtzeit des Zuges nach Dresden		Kochbuch	k
112	Preis einer Tagessuppe im Restaurant Grüner Frosch		Auskunft	l

Die Lösungen zu den Aufgaben 101–112 (Informationsmaterial zuordnen) siehe S. 81.

Deutsch	*Wörter ergänzen*

Welcher gemeinsame Wortanfang oder welches gemeinsames Wortende ist sinnvoll?

Bearbeitungshinweis:
Im ersten Teil dieser Aufgabe ist immer ein Wort zu finden, das den jeweiligen drei Begriffen sinnvoll vorangestellt werden kann.

Beispiel:

Hand-	… ball	… schuhe	… creme

Im zweiten Teil der Aufgabe ist umgekehrt vorzugehen. Hier ist ein Wort gefragt, welches an die jeweilige Begriffsreihe angehängt werden kann.

Bitte vermerken Sie die Lösungswörter in den jeweiligen Kästchen. (Bei einigen Aufgaben gibt es auch mehrere richtige Lösungsworte. In dem Lösungsteil wurde aber jeweils nur ein Wort genannt.)

Teil 1

113		… fisch	… raub	… ring
114		… druck	… zug	… schlange
115		… kuchen	… kern	… mus
116		… betrieb	… kaufmann	… spionage

117		... kampf	... arbeit	... fest
118		... teich	... kirche	... trottel
119		... star	... riss	... rolle
120		... beamter	... schutz	... gewalt
121		... schirm	... pfütze	... schauer
122		... spange	... arzt	... stein
123		... nest	... feder	... futter
124		... leine	... napf	... kuchen
125		... lenker	... weg	... tour
126		... kette	... taucher	... suppe
127		... bein	... decke	... sitte

Teil 2

128	Fenster ...	Noten ...	Garten ...	
129	Kinder ...	Schlaf ...	Hand ...	

130	Garten …	Korb …	Kinder …	
131	Pralinen …	Hut …	Papp …	
132	Sonder …	Atom …	Haus …	
133	Mutter …	Fremd …	Blinden …	
134	Raum …	Atem …	Geld …	
135	Speise …	Land …	Ansichts …	
136	Schul …	Musik …	Geld …	
137	Theater …	Land …	Fahr …	
138	Regen …	Fernseh …	Lampen …	
139	Domino …	Ziegel …	Gallen …	
140	Fleischer …	Brot …	Taschen …	
141	Feld …	Angst …	Oster …	
142	Säge …	Getreide …	Wasser …	

Die Lösungen zu den Aufgaben 113–142 (Wörter ergänzen) siehe S. 82.

Deutsch	*Die Bedeutung von Abkürzungen erkennen*

Welche Bedeutung haben die folgenden Abkürzungen?

Nr.	Abkürzung	Bedeutung	Nr.	Abkürzung	Bedeutung
143	Abt.		**158**	ggf.	
144	AG		**159**	ha	
145	Bhf.		**160**	HGB	
146	DAG		**161**	IHK	
147	DIHT		**162**	Ing.	
148	dpa		**163**	Jun.	
149	DRK		**164**	KfZ	
150	EDV		**165**	Krs.	
151	ev.		**166**	z. Zt.	
152	F.D.P.		**167**	Log.	
153	FKK		**168**	lt.	
154	f.		**169**	MdB	
155	fr		**170**	MG	
156	Gebr.		**171**	n.Chr.	
157	GG		**172**	NOK	

Nr.	Abkürzung	Bedeutung	Nr.	Abkürzung	Bedeutung
173	OB		**178**	Sek.	
174	OP.		**179**	sog.	
175	p.a.		**180**	TH	
176	Pf		**181**	UFO	
177	rd.		**182**	WDR	

Die Lösungen zu den Aufgaben 143–182 (Die Bedeutung von Abkürzungen erkennen) siehe S. 82.

Deutsch	*Sinnverwandte Wörter finden*

Welches sind die richtigen sinnverwandten Wörter?

Bearbeitungshinweis:
Den vorgegebenen Ursprungswörtern sind die richtigen sinnverwandten Wörter zuzuordnen. Schreiben Sie hierzu die Kennziffern des jeweils passenden sinnverwandten Wortes in das Lösungsfeld.

In den ersten beiden Zeilen finden Sie jeweils einen Mustereintrag

Beispiel:
Dem Ursprungswort Achtsamkeit (Nr. 183) ist das sinnverwandte Wort Behutsamkeit (Nr. 195) zuzuordnen. Deshalb ist in der Lösungsspalte die Ziffer 195 zu vermerken.

Nr.	Ursprungswort	sinnverwandte Wörter	Lösung	Nr.	Ursprungswort	sinnverwandte Wörter	Lösung
183	Achtsamkeit	Massaker	**195**	**184**	drehen	Weggefährte	**197**
185	Gebot	ausbrechen		**186**	einvernehmlich	Anschrift	
187	Künstler	arbeitsam		**188**	Borstenvieh	schummrig	
189	Kälte	Kachel		**190**	dunkel	einmütig	
191	Adresse	plätten		**192**	fliehen	Artist	
193	Ehemann	aberkennen		**194**	Lösung	Frostwetter	
195	entziehen	Behutsamkeit		**196**	Paradies	Flüssigkeit	
197	Blutbad	kurbeln		**198**	fleißig	Weisung	
199	prosaisch	Garten Eden		**200**	Fliese	nüchtern	
201	bügeln	Schwein					

Die Lösungen zu den Aufgaben 183–201 (Sinnverwandte Wörter finden) siehe S. 83.

Deutsch	*Bedeutung von Fremdwörtern erkennen*

Welche Bedeutung haben die folgenden Fremdwörter?

Nr.	Fremdwörter	Bedeutung	Nr.	Fremdwörter	Bedeutung
202	absurd		216	Halluzination	
203	Affront		217	Hospital	
204	agieren		218	Index	
205	Bigamie		219	Indiz	
206	Broker		220	Jeton	
207	Cash		221	Kalkül	
208	Deal		222	Karambolage	
209	Degeneration		223	legal	
210	Emotion		224	Level	
211	Exil		225	modifizieren	
212	Fata Morgana		226	monetär	
213	flexibel		227	Nautik	
214	gehandikapt		228	negieren	
215	Giralgeld		229	observieren	

Nr.	Fremdwörter	Bedeutung	Nr.	Fremdwörter	Bedeutung
230	Oldie		236	Singular	
231	paradox		237	transparent	
232	Qualifikation		238	universell	
233	reduzieren		239	vulgär	
234	rustikal		240	Windjammer	
235	Signum		241	Zoologe	

Die Lösungen zu den Aufgaben 202–241 (Bedeutung von Fremdwörtern erkennen) siehe S. 83.

Deutsch | *Formulierungen verbessern*

Durch welche Formulierungen lassen sich die folgenden Sätze verbessern?

Bearbeitungshinweis:
Bei dieser Übung sind die vorgegebenen Sätze umzuformulieren. Die Sätze haben nämlich alle einen Schönheitsfehler. Statt Verben zu benutzen, wurde die »Hauptwörterei« (die Substantivierung) übertrieben.

Beispiel:
Beim Nachhausekommen wurde er durch einen Dieb überrascht.
Verbesserte Formulierung: Als er nach Hause kam, wurde er von einem Dieb überrascht.

Nr.	ursprüngliche Formulierung	verbesserte Formulierung
242	Die Speditionskosten werden dem Käufer in Rechnung gestellt.	
243	Bei der Bezahlung der Kaufsumme passierte uns ein Irrtum.	
244	Die pünktliche Beendigung der Arbeiten ist nicht möglich.	
245	Die komplette Aufarbeitung des Schriftverkehrs wird sich verzögern.	
246	Beim Betanken des Autos wurde ihm schwindlig.	
247	Die sofortige Vorführung des Staubsaugers wurde von dem Kunden gewünscht.	
248	Die unrechtmäßige Aneignung des Fahrrads durch den Dieb geschah gestern.	

Nr.	ursprüngliche Formulierung	verbesserte Formulierung
249	Die baldige Bekanntmachung des Unternehmungszusammenschlusses war die Wunschvorstellung aller Vertragspartner.	
250	Erst nach Ablauf der Frist soll die Übergabe des Geldes erfolgen.	
251	Die Inhaftierung des Täters erfolgte unmittelbar nach Tatausführung.	

Die Lösungen zu den Aufgaben 242–251 (Formulierungen verbessern) siehe S. 83f.

Deutsch	*Den richtigen Fall finden*

Wie heißt der richtige Fall?

Bearbeitungshinweis:
In den folgenden Sätzen sind die in den Klammern stehenden Textteile in den richtigen Fall zu bringen, sodass sie sich in die Satzlücken einfügen.

Beispiel:
Ich werde im Winter mit (mein Freund) in den Schiurlaub fahren.
Der Satz muss heißen: Ich werde im Winter mit meinem Freund in den Schiurlaub fahren.

Nr.	zu ergänzende Sätze	umzugestaltende Textteile
252	Wegen ____________ blieben wir gestern zu Hause.	das schlechte Wetter
253	An ______________ kam es an der Kreuzung zu ________________	ein frostiger Wintertag ein schwerer Zusammenstoß
254	Es bedurfte _________ den Jugendlichen in ________________ zu verstehen.	ein gutes Einfühlungsvermögen sein Verhalten
255	Der Schaffner verdächtigte die blonde Frau ________________	das Schwarzfahren
256	Das anfliegende Flugzeug wurde wegen ________________ auf ______________ umgeleitet.	ein Unwetter ein Nachbarflugplatz
257	Auf Grund _______ kann ich heute nicht kommen.	mein verstauchtes Bein
258	Sie bekam von ______ ________________ zum Geburtstag _____ ________________	ihr Freund ein Blumenstrauß

Nr.	zu ergänzende Sätze	umzugestaltende Textteile
259	Sie schätzten ihn wegen ______________	sein großzügiges Wesen
260	Wegen ______________ wirst du von der Feierstunde ausgeschlossen.	dein unmögliches Verhalten
261	Ich habe mein Fahrrad an ______________ verliehen wegen ______________	ein Schulfreund seine starke Gehbehinderung

Die Lösungen zu den Aufgaben 252–261 (Den richtigen Fall finden) siehe S. 84.

Deutsch	*Argumente finden*

262	Welche Argumente lassen sich anführen?

Bearbeitungshinweis:
Der folgende Text betrifft die betriebliche Arbeitsteilung. Ihre Aufgabe besteht darin, sich den Text gründlich durchzulesen und alle Vorteile und Nachteile der Arbeitsteilung zu erfassen und aufzuschreiben.

Reportage:
»Schokoladenweihnachtsmänner frisch vom Fließband«

Reporter: »Guten Tag, meine lieben Hörerinnen und Hörer, ich melde mich live aus der Schokoladenfabrik WILKA in Köln. Heute will ich Sie über die Herstellung von Schokoladenweihnachtsmännern informieren, die hier minütlich tausendfach vom Fließband gehen. Dreihundert fleißige Arbeiter sind an der Herstellung beteiligt. Eine davon ist Uta ÖDE. Auf der linken Seite von mir steht der Betriebsleiter des Werks, Herr STRENG. Kommen wir zur ersten Frage an Sie, Herr STRENG: Wie wird in Ihrem Werk gearbeitet, damit minütlich mehr als tausend Weihnachtsmänner verkaufsfertig hergestellt werden können?«
Herr Streng: »Also, in unserem Betrieb wird die Arbeit auf alle 300 Mitarbeiter aufgeteilt. Durch diese Arbeitsteilung können wir z. B. den Artikel ›Weihnachtsmann‹ in Massen produzieren.«
Reporter: »Welche Vorteile sehen Sie noch in der Form der Arbeitsteilung?«
Herr Streng: »Durch Arbeitsteilung führt jeder Arbeiter für längere Zeit immer dieselbe Tätigkeit aus, somit bekommt er darin Routine und arbeitet leistungsfähiger.«
Reporter: »Frau ÖDE, Sie arbeiten am Band, was sagen Sie dazu?«
Uta Öde: »Klar wird so mehr hergestellt, aber betrachten Sie mal meine tägliche Arbeit, sie wird auf wenige Handgriffe reduziert. Dadurch erscheint die Arbeit schnell eintönig und die Freude an der Arbeit geht langsam verloren. Oft fühle ich mich nach der Arbeit niedergeschlagen und habe Kopfschmerzen.«
Herr Streng: »Hier möchte ich bemerken, dass die persönlichen Fähigkeiten jedes Arbeiters berücksichtigt werden, wir ›schneiden‹ sozusagen die Arbeit auf ihn zu.«

Uta Öde: »Meine Arbeit besteht darin, dass ich Zucker mit Vanille vermische und dies ca. 100 mal pro Minute in kleine Blechdosen fülle - aber den fertigen Weihnachtsmann sehe ich nicht. Vielmehr verliere ich den Bezug zum Endprodukt, da ich nur eine Teilarbeit verrichte.«
Reporter: »Herr STRENG, sehen Sie noch weitere Vorteile der Arbeitsteilung trotz dieser Nachteile?«
Herr Streng: »Ja - durch die Arbeitsteilung werden Arbeitsvorgänge vereinfacht. Somit können wir viele ungelernte und angelernte Arbeitskräfte beschäftigen.«
Uta Öde: »Moment mal - dadurch, dass ich so einseitig ausgebildet bin, kann ich Probleme bekommen, wenn ich diesen Job mal verliere. Denn wo finde ich eine Arbeit, bei der genau diese einseitige Tätigkeit gefordert wird?«
Reporter: »Lassen Sie uns zum Abschluss kommen - was geben Sie unseren Hörern auf den Weg?«
Herr Streng: »Dank der Arbeitsteilung sehe ich eine Verbesserung der Konkurrenzfähigkeit unseres Betriebs.«
Uta Öde: »Ich befürchte, dass durch die Arbeitsteilung meine Arbeitskraft zunehmend durch Maschinen ersetzbar wird, denn für solch einfache Handgriffe braucht man keinen denkenden Menschen!«
Reporter: »Ab heute weiß man den Schokoladenmann zu schätzen, vielen Dank für das Gespräch!«

Quelle: Schmidt, S., unveröffentlichtes Manuskript, 1997

Ich sehe folgende Vorteile der betrieblichen Arbeitsteilung:

____

____

____

____

Ich sehe folgende Nachteile der betrieblichen Arbeitsteilung:

____

____

____

____

Die Lösungen zur Aufgabe 262 (Argumente finden) siehe S. 85.

Deutsch	*Richtige Aussagen erkennen*

263	Welche Aussagen zu dem Text sind richtig?

Bearbeitungshinweis:
Nur einige der folgenden Aussagen geben den Inhalt des nachstehenden Textes wieder. Andere Aussagen enthalten keine Informationen zum Text oder sind falsch.

Ihre Aufgabe besteht darin, die richtigen Aussagen zu erkennen und anzukreuzen.

Vom Trabbi zum Golf

Wer kennt ihn nicht, den kleinen knatternden Zweitakter aus Zwickau? In Beige oder Babyblau belebte er die Straßen der früheren DDR, mit wenig PS, recht gemächlich, dafür etwas stinkend aus dem Auspuff, wenig Zubehör, die Karosse aus »Plaste«. Er war ein Renner, zwar nicht auf der Straße, aber in den Verkaufszahlen.

Lange mussten die damaligen Käufer auf ihn warten. Er hatte viele Jahre Lieferzeit. Die westdeutschen PKW, die an den Trabbis vorbeirasten, hatten erheblich mehr Extras, verschiedene Farben zur Auswahl, sie waren schneller, bequemer, sicherer und sie hatten längst nicht so lange Lieferzeiten wie die Trabbis. Sie hatten aber einen Nachteil: Da sie immer weiterentwickelt wurden, hatten ihre Besitzer nach einer bestimmten Zeit ein altes Modell. Das konnte den Ostdeutschen nicht passieren - ihr Trabbi wurde über viele Jahre hin unverändert gebaut und auch gekauft.

In der damaligen DDR (und in den Ostblockländern) gab es bis zur Wiedervereinigung einen **Verkäufermarkt**, der auch in Westdeutschland etwa bis Ende der Fünfzigerjahre bestand. Auf diesem Markt bestand eine sehr große Nachfrage, die durch ein viel zu kleines Angebot nicht ausgeglichen wurde. Durch diesen Nachfrageüberhang hatte der Verkäufer die weit stärkere Machtposition. In dieser Situation waren für die Industriebetriebe die Probleme die Bereiche Beschaffung, Produktion und Finanzierung. Da die Käufer froh waren, die Produkte zu bekommen, verlief der Absatz problemlos. Für den Trabbi wurden ja sogar lange Lieferzeiten in Kauf genommen.

Nach der Wiedervereinigung wandelte sich in den neuen Bundesländern der Verkäufermarkt rasch in einen **Käufermarkt**. Hier hatten die Verbraucher nun die Auswahl aus einem Überangebot. Beschaffung und Produktion waren für die Unternehmen keine Engpässe mehr. Auf einmal stand der Käufer im Mittelpunkt. Er war der König. Er musste umworben werden, denn er hat die Auswahl unter vielen

Produkten, die ständig verbessert und den Kundenwünschen angepasst wurden. In den Sechzigerjahren mussten auch die westdeutschen Unternehmen weg von der Produktionsorientierung und hin zur Marktorientierung umdenken. Der Absatz war der Engpass und rückte in den Mittelpunkt.

Quelle: Schneider u. a., Entscheidungsfeld Betrieb, Darmstadt 1997, S. 123

	Aussagen zum Text	**Lösung**
a	In der ehemaligen DDR gab es bis zur Wiedervereinigung einen Käufermarkt.	☐
b	In einem Verkäufermarkt machen die Unternehmen höhere Gewinne als in einem Käufermarkt.	☐
c	In einem Käufermarkt haben die Verbraucher die Auswahl aus einem Überangebot von Waren.	☐
d	In den Fünfzigerjahren mussten die Unternehmen umdenken. Es erfolgte ein Wandel von der Produktionsorientierung hin zur Marktorientierung.	☐
e	Auf einem Verkäufermarkt besteht ein Nachfrageüberhang, der durch ein zu kleines Angebot nicht ausgeglichen wird.	☐
f	Auf einem Käufermarkt muss der Kunde umworben werden. Er ist hier der König.	☐

Die Lösungen zur Aufgabe 263 (Richtige Aussagen erkennen) siehe S. 85.

Deutsch	*Textlücken füllen*

264	Welche Wörter passen in die Textlücken?

Bearbeitungshinweis:
Der folgende Text ist unvollständig. Er enthält an einigen Stellen Lücken. Ihre Aufgabe besteht darin, sich die Wörter zu überlegen, die in die Textlücken passen. Notieren Sie diese Wörter in dem rechten Seitenfeld.

Text	**fehlende Wörter**
Mobil – auch morgen Die Mobilität von (a) und Gütern rückt immer mehr in den Mittelpunkt des täglichen (b) . Sie dient nicht nur dem Wohlstand einer Gesellschaft, sondern auch dem Grundbedürfnis der Menschen nach individueller (c) . Aber was für den einen die notwendige Voraussetzung für unsere arbeitsteilige Industriegesellschaft und unsere Lebensqualität ist, stellt sich dem anderen als (d) bedrohlicher (e) dar. Die Statistik spricht eine deutliche (f) . Etwa 50 % des Verkehrsaufkommens werden durch das Freizeitverhalten hervorgerufen. Andererseits verschwenden Auto-	(a) (b) (c) (d) (e) (f)

Text	fehlende Wörter
fahrer im innerstädtischen Verkehr bis zu 30 % an Zeit bei der Suche nach einem (g) . 50 % der LKW fahren (h) auf den Straßen und verursachen Staus, Stress, Umweltverschmutzung und Lärm. Fachleute schätzen die Kosten aus Staus und Stressfahrten in Deutschland auf jährlich über 100 Millionen Mark. Die Schlussfolgerung daraus: Der (i) braucht auf dem Weg ins 21. Jahrhundert ein neues Qualitätsniveau, das Sicherheit, Umweltverträglichkeit und Wirtschaftlichkeit vereint, damit auch künftig die erforderliche (j) gesichert ist.	(g) (h) (i) (j)

Quelle: Daimler Benz (Hrsg.), Technologie 96, Stuttgart 1996, S. 22

Die Lösungen zur Aufgabe 264 (Textlücken füllen) siehe S. 85.

Deutsch	*Meinungen beurteilen*

265	Welche Meinung ist richtig?

Bearbeitungshinweis:
Die Meinungen von zwei Auszubildenden, die in dem folgenden Gespräch zum Ausdruck kommen, sind zu beurteilen. Notwendig ist, dass Sie eine persönliche Stellungnahme abgeben.

Steffen K. »... erst der 22. Juni und schon wieder pleite. Gerade noch 10 Mark in der Tasche und nichts mehr auf dem Konto ... Kannst du mir mal was pumpen? Du sparst doch immer so viel. Kriegst das Geld am 1. Juli wieder. Verlass dich drauf, ehrlich ...«

Sven M. »... vom Wirtschaften haste wohl im Unterricht nichts mitgekriegt. Kannst doch nur das ausgeben, was du hast. Musst dir die Mäuse einteilen und auch mal etwas zurücklegen ... für Notzeiten zum Beispiel oder wenn du was Besonderes vorhast ...«

Steffen K. »... Mensch hör auf, mir was vorzupredigen. An deiner Sparsamkeit ginge die Wirtschaft echt kaputt. Woher sollte dein Lohn kommen, wenn alle so dächten wie du? Vom Sparen und vom Geiz kann kein Betrieb leben und kein Arbeiter bezahlt werden ... weil er dann ja nichts zu produzieren braucht ...

Das Ganze musst du doch als Kreislauf sehen. Motto: Tausche Arbeit gegen Geld und Geld gegen Ware ... An der Stelle hast du ja wohl in der Schule gepennt, oder ...?«

Sven M. »... Ist ja schon gut, der eine konsumiert, der andere spart das Geld dafür. Aber mal ehrlich: Angewiesen bist du ja doch auf mich ...«

Steffen K. »... aber du auch auf mich ...«

Sven M. »... hier hast du 20 Mark, aber: Wiedersehen macht Freude, auch beim Geld. Denk dran: Am 1. Juli ist Zahltag ... diesmal noch ohne Zinsen ...«

(Quelle: Lötzerich u. a., Spiegelbild der Wirtschaft, Darmstadt 1997, S. 184)

- Nur die Meinung von Steffen K. ist richtig.
  Begründung:

  ____

  ____

  ____

- Nur die Meinung von Sven M. ist richtig.
  Begründung:

  ____

  ____

  ____

- Die Meinungen von beiden sind richtig.
  Begründung:

  ____

  ____

  ____

Die Lösungen zur Aufgabe 265 (Meinungen beurteilen) siehe S. 85f

Deutsch	*Aussagen von Schaubildern erkennen*

266	Welche Aussagen (Informationen) enthalten Schaubilder? (1)

Bearbeitungshinweis:
Entscheiden Sie, welche Informationen aus dem folgenden Schaubild zu entnehmen sind. Die zutreffenden Informationen sind im Lösungsfeld zu markieren.

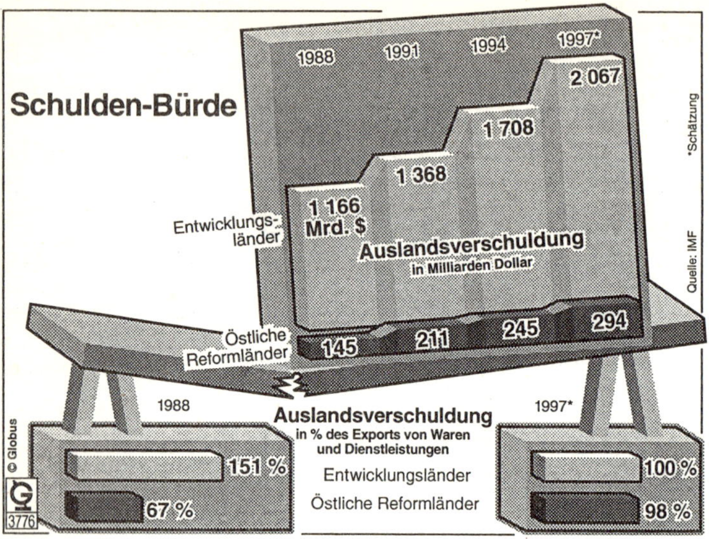

Nr.	Information	Lösung
a	Die Verschuldung der östlichen Reformländer ist seit 1988 ständig gestiegen.	☐
b	Von 1988 bis 1991 ist die Schuldenbürde der Entwicklungsländer besonders stark angestiegen.	☐
c	Im Verhältnis zu ihrem Warenexport hat sich die Schuldensituation der Entwicklungsländer in den letzten Jahren verbessert.	☐
d	Die östlichen Reformländer haben ihre Auslandsverschuldung zwischen 1988 und 1997 mehr als verdoppelt.	☐

Nr.	Information	Lösung
e	Die wirtschaftliche Leistungskraft der Entwicklungsländer hat sich in den letzten 10 Jahren ständig verschlechtert.	☐

Die Lösungen zur Aufgabe 266 (Welche Aussagen (Informationen) enthalten Schaubilder? (1)) siehe S. 86.

267	Welche Aussagen (Informationen) enthalten Schaubilder? (2)

Bearbeitungshinweis:
Notieren Sie auch hier, welche der folgenden Informationen dem Schaubild zu entnehmen sind. Richtige Aussagen sind im Lösungsfeld zu markieren.

Qualifikationsbedarf der Wirtschaft
In der Bundesrepublik Deutschland 1976–2000

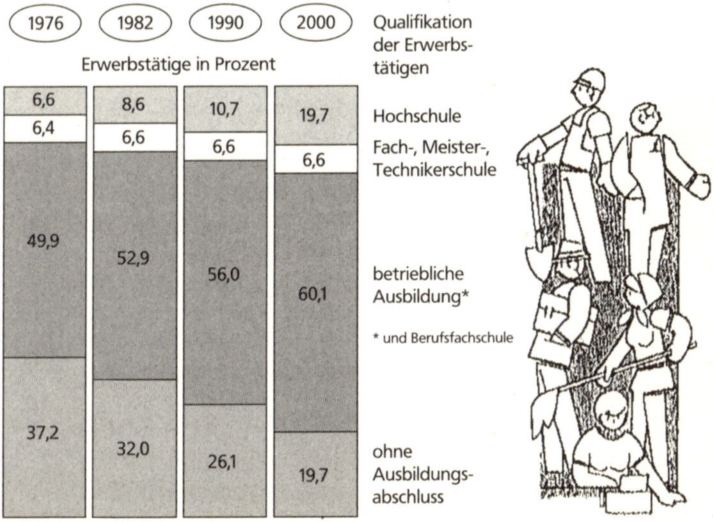

Quelle: Prognos/IAD

Nr.	Informationen	Lösung
a	Der Anteil der Erwerbstätigen ohne Ausbildungsabschluss ist auf 6,5 % gesunken.	☐
b	Die betriebliche Ausbildung hat ständig an Bedeutung gewonnen.	☐
c	Die Qualifikation der Erwerbstätigen unterlag seit 1976 ständigen Schwankungen.	☐
d	Der Bedarf an Hochschulabsolventen wird sich im Jahre 2000 im Vergleich zu 1976 mehr als verdoppelt haben.	☐
e	An Meistern und Technikern bestand im Laufe der Zeit ein etwa gleich bleibender Bedarf.	☐

Die Lösungen zur Aufgabe 267 (Welche Aussagen (Informationen) enthalten Schaubilder? (2)) siehe S. 86.

268	Aussagen von Schaubildern formulieren

Bearbeitungshinweis:
Schreiben Sie vier Aussagen auf, die dem folgenden Schaubild zu entnehmen sind.

Formulieren Sie außerdem eine eigene Überschrift, die zu dem Inhalt des Schaubildes passt.

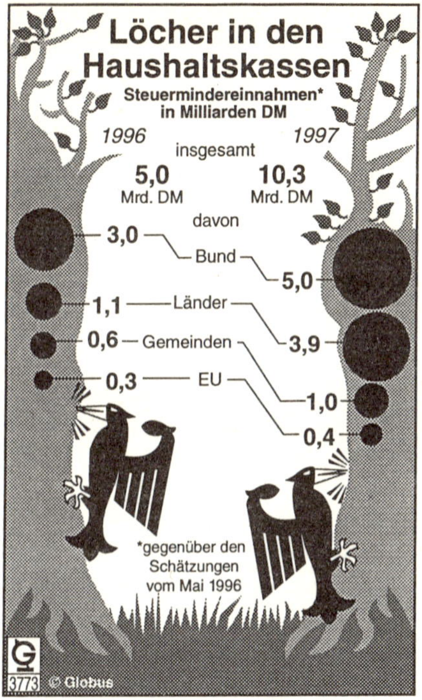

	Meine Aussagen zum Schaubild
1	
2	
3	
4	

Meine Überschrift zum Schaubild

Die Lösungen zur Aufgabe 268 (Aussagen von Schaubildern formulieren) siehe S. 86.

Deutsch	*Lösungen*

Lösungen: Verschiedene Stolpersteine der Rechtschreibung

1 statt oder stadt?

Industriestadt, Gaststätte, Lagerstätte, stadtkundig, Statthalter, Stadthalle, Stadtkreis, stattgeben, Stadtstaat, stadtbekannt, statthaft.

Lösungshinweis:

- stadt im Sinne von Siedlung mit »dt«;
- statt im Sinne von Stelle mit »tt«.

2 wider oder wieder?

Widerhall, wiederholen, sich widersetzen, Wiedersehen, Widerschein, Wiederwahl, widerfahren, widerlegbar, Wiederbeginn, zuwider, Wiedergeburt.

Lösungshinweis:

- wieder im Sinne von nochmals mit »ie«;
- wider im Sinne von gegen nur mit »i«.

3 das oder dass?

Das Parkhaus, das am Stadtrand steht, ist überfüllt. Ich hoffe, dass du morgen kommst. Ich bin sicher, dass es gelingt. Ist das das Auto, das du kaufen wolltest? Das ist das Bild, das mir gefällt.

Lösungshinweis:

Lässt sich dieses oder welches einsetzen, schreibt man »das«. In allen anderen Fällen »dass«.

4 end oder ent?

Entlassen, entschließen, endlos, unendlich, Entspannung, Endstufe, entgeistert, endgültig, Endpunkt, Entmündigung.

Lösungshinweis:

- Ist ent Vorsilbe, dann mit »t«.
- Ist end abgeleitet von Ende, dann mit »d«.

5 seid oder seit?

Wir hoffen, dass ihr seit gestern wieder zusammen seid. Seid willkommen! Erst seit kurzer Zeit. Seid ihr alle da? Seit alters her.

Lösungshinweis:

- seid im Sinne von sein mit »d«;
- seit im Sinne einer Zeitangabe mit »t«.

6 tod oder tot?

todernst, totschießen, totlachen, todtraurig, totfrieren, todmüde, todblass, todkrank.

Lösungshinweis:

- Zusammengesetzte Verben (Tätigkeitsworte) werden im Allgemeinen mit »tot« gebildet.
- Zusammengesetzte Adjektive (Eigenschaftswörter) werden im Allgemeinen mit »tod« gebildet.

7 -lich oder -ig?

herzlich, adelig, fröhlich, mehlig, bildlich, kränklich, kleinlich, möglich, schwindelig.

Lösungshinweis:
Wenn der Wortstamm auf »l« endet (z.B. Adel) wird »ig«, sonst »lich« angehängt.

8 ss oder ß?
Fluss, Schuss, Maß, reißen, Schloss, Kloß, hassen, Wasser, muss, heiß.
Lösungshinweis:
- Nach kurzen Vokalen wird »ss« geschrieben (z.B. Schloss).
- Nach langen Vokalen (z. B. Kloß) wird »ß« geschrieben.
- Nach einem Doppellaut (ei, ai, eu, äu) wird weiterhin »ß« geschrieben (z. B. heiß).

9 Zwei oder drei gleiche Buchstaben?
Mittag, Flusssand, Flanelllappen, dennoch, Balletttänzer, Stofffetzen, Drittel, Schifffahrt, Teeernte.
Lösungshinweis:
- Treffen drei gleiche Buchstaben in zusammengesetzten Wörtern aufeinander, bleiben alle Buchstaben erhalten (z. B. Schifffahrt).
- Bei Wörtern, die nicht als Zusammensetzung zu verstehen sind (z. B. Drittel), gilt die Regel nicht.
- Zum besseren Verständnis können Bindestriche gesetzt werden (z. B. Tee-Ernte).

10 Wie werden die vorstehenden Einzelfälle geschrieben?
Beide Schreibweisen sind möglich. Es kann also sowohl nach den alten als auch nach den neuen Rechtschreibregeln geschrieben werden. Der Schreibende hat eine Wahlmöglichkeit.

Lösungen: Groß- und Kleinschreibung

11 Tageszeiten: groß oder klein?

gestern Mittag, heute Morgen, montags, am Abend, mittags, vorgestern Nacht, sonntagabends.

Lösungshinweis:

- Groß geschrieben werden Tageszeiten in Verbindung mit Adverbien (Umstandswörter) wie heute, gestern, morgen, übermorgen (z. B. gestern Mittag).
- Wochentage und Zeitangaben, an deren Ende ein »-s« oder »-es« gehängt wurde, werden klein geschrieben.
- Werden Wochentag und Tageszeit in einem Wort als Adverb zusammengefügt, wird klein geschrieben (z. B. sonntagabends).
- Kann man vor Wochentagen und Zeitangaben einen Artikel setzen, so werden diese groß geschrieben (z. B. am [an dem] Abend).

12 Mal oder mal: groß oder klein?

unzählige Male, allemal, ein andermal, etliche Male, jedes Mal, beim nächsten Mal, dieses Mal.

Lösungshinweis:

- Als Substantiv (Hauptwort) gebraucht wird »Mal« groß geschrieben. Der Plural (Mehrzahl) lautet »Male« (z. B. etliche Male).
- Die Verbindung von »mal« mit Zahlenadjektiven (Eigenschaftswörter) wird klein und zusammengeschrieben (z. B. allemal).

13 recht oder Recht?

recht und billig, völlig recht, er befindet sich im Recht, ohne Recht, nichts recht machen, von Rechts wegen, nach Recht und Gewissen.

Lösungshinweis:

- Kleinschreibung von recht erfolgt, wenn es richtig bedeutet (z. B. recht und billig).
- Großschreibung erfolgt, wenn Recht Gerechtigkeit bedeutet (z. B. von Rechts wegen). Steht ein Artikel (Geschlechtswort, wie z. B. »das Recht«) oder eine Präposition (Verhältniswort, wie z. B. »im Recht«) davor, dann erfolgt auch Großschreibung.

14 Eigennamen: groß oder klein?

die brechtschen Dramen, das ohmsche Gesetz, der Schweizer Käse, die Berliner Bevölkerung, die rheinische Stadt, die Mecklenburger Landschaft, badischer Wein, der Indische Ozean.

Lösungshinweis:

- Ableitungen von geografischen Eigennamen auf »-er« werden groß geschrieben (z.B. die Berliner Bevölkerung).
- Adjektivische (auf einem Eigenschaftswort beruhende) Ableitungen, die auf »-isch« oder »-sch« enden, werden klein geschrieben (z.B. badischer Wein).
- Gehört das Adjektiv auf »-isch« oder »-sch« zu einem Eigennamen, so schreibt man es groß (z.B. Indischer Ozean).

15 Substantivierte Adjektive: groß oder klein?

der Einzelne, alles Weitere, nicht das Geringste, das Gleiche tun, auf Folgendes hinweisen, als Erster am Ziel, der Nächste in der Reihe, der erste Beste.

Lösungshinweis:

Substantivierte Adjektive (Eigenschaftswörter, die von einem Hauptwort abgeleitet wurden) werden grundsätzlich groß geschrieben.

Aber:

- Substantive, an welche die Endung »-is« oder »-ens« angehängt wurde, werden klein geschrieben, da sie ihre Nähe zum Substantiv verloren haben (z. B. anfangs, angesichts, namens, rechtens).
- Substantive in festen Wortverbindungen werden groß geschrieben (z. B. sich in Acht nehmen, in Bezug auf).

16 Paarformeln: groß oder klein?

Groß und Klein, Arm und Reich, Jung und Alt, Dick und Dünn.

Lösungshinweis:

Paarformeln werden immer groß geschrieben.

17 Adjektive in festen Ausdrücken: groß oder klein?

die erste Hilfe, das schwarze Brett, der weiße Tod, die schwarze Liste, Heiliger Abend, Dreißigjähriger Krieg, Königliche Hoheit.

Lösungshinweis:

- Bei festen Ausdrücken aus Adjektiv und Substantiv wird das Adjektiv grundsätzlich klein geschrieben.
- Ausnahmen gibt es vor allem bei Titeln (z. B. Königliche Hoheit), besonderen Kalenderta-

gen (z. B. Heiliger Abend) und historischen Ereignissen (z. B. Dreißigjähriger Krieg).

18 Persönliche Anrede: groß oder klein?

- »Liebe Kirsten, ich habe deine Karte bekommen. Ich hoffe, dass du bald kommst.«
- »Liebe Kirsten, lieber Sven, vielen Dank für euren Brief. Ich konnte euch leider nicht früher schreiben.«
- »Sehr geehrter Herr Faupel, herzlichen Dank für Ihr Geschenk, das Sie mir vor zwei Wochen geschickt haben.«

Lösungshinweis:

- Redet man jemanden mit »du« an, so werden die Anredefürwörter klein geschrieben.
- Redet man aber jemanden mit »Sie« an, so werden auch die Anredefürwörter im Brief groß geschrieben.

19 Farb- und Sprachbezeichnungen: groß oder klein?

in Rot, bei Grün, auf Spanisch, in Deutsch, roter Stoff, auf schwarz und weiß beweisen.

Lösungshinweis:

- Farb- und Sprachbezeichnungen werden in Verbindungen mit Präpositionen (Verhältniswörtern) groß geschrieben (z. B. in Deutsch).
- Ohne Präpositionen werden die Farb- und Sprachbezeichnungen klein geschrieben (z. B. schwarz auf weiß beweisen).

20 Nach Doppelpunkt: groß oder klein?

- Wir hatten es schon geahnt: Der Zug kam schon wieder verspätet.

- Amsel, Drossel, Fink und Star: Alle Vögel sind schon da.
- Er kam spät nach Hause: wie immer betrunken.
- Sie kam unpünktlich zur Schule: was sehr selten war.

Lösungshinweis:

- Folgt nach dem Doppelpunkt ein vollständiger Satz, so wird das erste Wort immer groß geschrieben.
- Folgt nach dem Doppelpunkt ein unvollständiger Satz, wird klein weitergeschrieben, vorausgesetzt das erste Wort ist kein Substantiv (Hauptwort).

21 Zahlwörter: groß oder klein?

- Wir kauften fünf Brötchen. In Englisch hat sie eine Fünf.
- Sie ist bereits über dreißig. Addieren Sie jetzt die Dreißig.
- Wir sehen das Auto zum ersten Mal. Am Ersten des Monats war die Zahlung fällig.

Lösungshinweis:

Zahlwörter werden nur dann groß geschrieben, wenn sie substantiviert sind.

Lösungen: Getrennt- und Zusammenschreibung

22 Verbindungen von Verben: getrennt oder zusammen?

ihren Nachbarn kennen lernen, im 6. Schuljahr sitzen bleiben, das Buch im Auto liegen lassen, in der Stadt spazieren gehen, im Morast stecken bleiben.

Lösungshinweis:
Verbindungen zweier Verben werden immer getrennt geschrieben.
Aber: Bei substantiviertem (hauptwörtlichen) Gebrauch wird natürlich groß und zusammengeschrieben (z. B.: Dort steht der Einführungspreis zum Kennenlernen.).

23 Verbindungen von Substantiv und Verb: getrennt oder zusammen?
Rad fahren, Auto fahren, Bescheid geben, Halt machen, Maß halten, Eis laufen, heimkehren, preisgeben, wettmachen.
Lösungshinweis:
- Grundsätzlich werden Verbindungen von Substantiven und Verben getrennt geschrieben (z. B. Rad fahren).
- Ausnahmen: Treffen Verben mit »verblassten« Substantiven zusammen, wird zusammengeschrieben (z. B. heimkehren).

24 Verbindungen von Adjektiv und Verb: getrennt oder zusammen?
die Werkstatt sauber halten, auf dem Krankenbett sich wund liegen, sich mit der Anzahlung zufrieden geben, das neue Modell den Kunden näher bringen, für weitere Anregungen offen bleiben, den Trend hochrechnen, in dem Hotelzimmer fernsehen.
Lösungshinweis:
- Grundsätzlich werden Verbindungen von Adjektiven und Verben getrennt geschrieben (z. B. die Werkstatt sauber halten).
- Kann das betreffende Adjektiv aber nicht ge-

steigert werden, so ist zusammenzuschreiben (z.B.: Das Wort »hochrechnen« wird zusammengeschrieben, weil es keine Steigerungsform wie etwa »höher rechnen« gibt).

25 Verbindung von Adverb (Umstandswort) und Verb (Tätigkeitswort): getrennt oder zusammen?

Er ist gestern dahinter gekommen, die Entwicklung sollte bald aufwärts gehen, die Erwartung hatte weit darunter gelegen, das alte Fahrrad beiseite stellen, sie sollten nicht aufeinander treffen.

Lösungshinweis:

Verbindungen von Adverbien, wie z. B. dahinter, darüber, sind getrennt zu schreiben.

26 Verbindungen mit dem Verb (Tätigkeitswort) »sein« und mit »irgend-«: getrennt oder zusammen?

zurück sein, freundlich sein, hier sein, sein lassen, irgendetwas, irgendjemand, irgendwo, irgendwie.

Lösungshinweis:

- Wortverbindungen mit dem Verb »sein« werden getrennt geschrieben.
- Wortverbindungen mit »irgend-« werden zusammengeschrieben.

27 Wortverbindungen mit Partizipien (Mittelwörter): getrennt oder zusammen?

nahe stehende Verwandte, Laub tragende Bäume, Rat suchende Menschen, Feuer speiende Berge, Hände schüttelnde Freunde.

Lösungshinweis:
Man schreibt getrennt, wenn eine getrennt geschriebene Wortgruppe dem jeweiligen Ausdruck zu Grunde liegt (z. B. nahe stehend wird getrennt geschrieben wegen der Schreibweise von nahe und stehen).

28 Wortverbindungen von Adjektiven (Eigenschaftswörtern): getrennt oder zusammen?
blaugrau, schwarzrot, taubstumm, blauäugig, letztendlich, wissbegierig.
Lösungshinweis:
- Gleichartige Adjektive schreibt man zusammen.
- Zusammengeschrieben wird auch, wenn ein Teil des zusammengesetzten Adjektivs kein selbstständiges Wort darstellt (z. B. blauäugig wird zusammengeschrieben, da kein eigenständiges Wort »äugig« existiert).

Lösungen: Kommasetzung

29 Sätze mit »und« bzw. »oder«: Wohin mit dem Komma?
- Der Zug ist eben pünktlich eingetroffen (,) und er wird abends weiter nach Kassel fahren.
- Dürfen wir in den nächsten Tagen bei Ihnen vorbei kommen (,) oder sollten wir noch ein paar Tage warten?
- Wir müssen unsere Schuld bezahlen , und zwar sofort.
- Sie hatten großes Glück, und das gleich am ersten Tag.

Lösungshinweis:
Mit »und« bzw. »oder« verbundene Hauptsätze werden i. d. R. nicht durch ein Komma getrennt. Um die Gliederung der Satzverbindung deutlich zu machen, kann man jedoch ein Komma setzen.
Merke besonders: Vor »und zwar« oder »und das« wird immer ein Komma gesetzt. (Z. B.: Wir werden die Ware schnellstens liefern, und zwar schon Anfang nächsten Monats.)

30 Sätze mit »ohne zu« und »um zu«: Wohin mit dem Komma?

- Sie gingen (,) ohne der Mutter Bescheid zu sagen.
- Frau Meier kam vorbei (,) um ihr neues Kleid zu zeigen.
- Der Mann schrie laut herum (,) ohne etwas zu erreichen.
- Wir arbeiten (,) um zu leben.

Lösungshinweis:
Den erweiterten Infinitiv (Infinitiv ist die Grundform eines Verbs) mit »zu« kann man durch Komma abtrennen, um die Gliederung des Satzes deutlich zu machen und Missverständnisse zu vermeiden.

31 Sätze mit hinweisenden Wörtern oder Wortgruppen: Wohin mit dem Komma?

- Wir hoffen darauf, einen schönen Tag zu erleben.
- Unser Sohn Alexander dachte nicht daran, seine Hausaufgben sorgfältig zu machen.
- Die beiden Handwerker, Herr Kraft und Herr Greb, werden bei Ihnen vorbeikommen.

- Sein wichtigstes Ziel ist es, Ihnen zu imponieren.
- Daran, seinen Nachbarn zu helfen, dachte er nicht.

Lösungshinweis:
Bei Infinitivgruppen (Infinitiv ist die Grundform eines Verbs) muss ein Komma gesetzt werden, wenn diese durch hinweisende Wörter (z. B. dabei, dafür, darauf, darum, davon) oder durch hinweisende Wortgruppen (z. B. die beiden, es ist) angekündigt werden.

32 Sätze mit Aufzählungen: Wohin mit dem Komma?

- Sie fuhr mit einem teuren, schnellen Sportwagen.
- Wir hatten ein kurzes, interessantes Gespräch.
- Der Koch wird das Gemüse putzen, das Obst waschen.
- Es war ein kühler, feuchter und kurzer Sommer.

Lösungshinweis:
In Aufzählungen werden gleichrangige Wörter und Wortgruppen durch ein Komma voneinander abgetrennt.

33 Haupt- und Nebensätze: Wohin mit dem Komma?

- Er machte das Licht an, weil es draußen schon dunkel war (nachgestellter Nebensatz).
- Dass sie diese Ferien verreisen wollte, davon wusste er nichts (vorangestellter Nebensatz).
- Er kam, weil die Straßen so glatt waren, ver-

spätet in die Kinovorstellung (eingeschobener Nebensatz).

- Er fuhr morgens zur Arbeit, sein Kollege folgte ihm (zwei Hauptsätze).

Lösungshinweis:

- Vor- und nachgestellte Nebensätze werden durch ein Komma abgetrennt.
- Eingeschobene Nebensätze werden von Kommas eingeschlossen.
- Zwei Hauptsätze werden durch ein Komma getrennt.

34 Infinitivsätze mit »zu«: Wohin mit dem Komma?

- Ich empfehle Ihnen (,) den neuen Wagen morgen zu bestellen.
- Wir haben es leider versäumt (,) Sie rechtzeitig zu benachrichtigen.
- Wir bitten dich (,) uns zu helfen.
- Der Lehrer verlangt von den Schülern (,) die Hausaufgaben nachzuholen.

Lösungshinweis:

In Infinitivgruppen ist die Kommasetzung (fast immer) freigestellt. Ein Komma kann gesetzt werden, um die bestehende Gliederung eines Satzes zu betonen.

35 Adjektivgruppen: Wohin mit dem Komma?

- Die Bienen, fleißig und lebhaft, schwirrten um die Blüten herum.
- Der Schmuck, kostbar und teuer, sollte dringend wieder in den Tresor gelegt werden.
- Er hoffte auf einen guten Sommer, heiß und trocken.
- Wir bevorzugen Wein, leicht und mild.

Lösungshinweis:
- Eingeschobene Adjektivgruppen werden durch Kommas eingeschlossen.
- Nachgestellte Adjektivgruppen werden durch ein Komma abgetrennt.

36 Appositionen: Wohin mit dem Komma?
- Helga Schubert, die Opernsängerin, hatte dieses Jahr große Erfolge bei ihren Auftritten.
- Meiner Freundin, einem großen Fan seiner Musik, schenkte er eine Eintrittskarte.
- Das Buch gab er Karsten, seinem Freund.
- Die Zahlungsbelege legte er Herrn Faupel vor, dem Chef der Buchhaltung.

Lösungshinweis:
- Appositionen werden durch Kommas eingeschlossen.
- Am Satzende werden Appositionen durch ein Komma abgegrenzt.

37 Wohnungs- und Datumsangaben: Wohin mit dem Komma?
- Der Steuerberater Koch, Kassel, Töpfenhofweg 36 (,) hat für uns die Steuererklärung erstellt.
- Herr Willmann ist von Elgershausen, Steinbünne 10 (,) nach Baunatal, Lange Straße 16 (,) umgezogen.
- Das Tennisturnier wird am Montag, dem 5. September (,) übertragen.
- Unser Techniker wird Sie am Mittwoch, dem 23. März d. J. (,) in Ihrer Wohnung aufsuchen.

Lösungshinweis:
- Mehrteilige Wohnungs- und Datumsangaben werden durch Kommas getrennt.
- In mehrteiligen Wohnungs- und Datumsanga-

ben kann das abschließende Komma auch entfallen.

38 Anreden und Ausrufe: Wohin mit dem Komma?

- Herr Meier, können Sie mir das aktuellste Buch mitbringen?
- Oh, das tut aber weh!
- Bitte, komm sehr pünktlich!
- Hör doch endlich einmal zu, Alexander!

Lösungshinweis:

- Das Komma steht nach Anreden und Ausrufen, wenn diese am Anfang eines Satzes stehen.
- Stehen sie am Schluss eines Satzes, grenzt das Komma die Anrede gegenüber den anderen Satzteilen ab.

Lösungen: Übung zur Wiederholung

39 a – **40** b – **41** b – **42** a – **43** a – **44** a – **45** a – **46** c – **47** c – **48** a – **49** d – **50** a – **51** b– **52** c – **53** b – **54** b – **55** a – **56** a – **57** a – **58** b – **59** b – **60** a – **61** c – **62** a – **63** c – **64** b – **65** a – **66** b – **67** b – **68** c – **69** c – **70** a – **71** b

Lösungen: Schreibweise oft benutzter Fremdwörter

72 a – **73** b – **74** c – **75** a – **76** d – **77** b – **78** a – **79** d – **80** c – **81** a – **82** b – **83** c – **84** c – **85** a – **86** a – **87** c – **88** b – **89** b – **90** d – **91** a – **92** c – **93** a – **94** d – **95** a – **96** b – **97** d – **98** c – **99** c – **100** b

Lösungen: Informationsmaterial zuordnen

101 b – **102** g – **103** j – **104** a – **105** h – **106** i – **107** l – **108** e – **109** k – **110** f – **111** d – **112** c

Lösungen: Wörter ergänzen

113 Gold..., **114** Luft..., **115** Apfel..., **116** Industrie..., **117** Klassen..., **118** Dorf..., **119** Film..., **120** Polizei..., **121** Regen..., **122** Zahn..., **123** Vogel..., **124** Hunde..., **125** Fahrrad..., **126** Muschel..., **127** Tisch..., **128** ...bank, **129** ...wagen, **130** ...stuhl, **131** ...schachtel, **132** ...müll, **133** ...sprache, **134** ...not, **135** ...karte, **136** ...noten, **137** ...karte, **138** ...schirm, **139** ...steine, **140** ...messer, **141** ...hase, **142** ...mühle

Lösungen: Die Bedeutung von Abkürzungen erkennen

143 Abteilung, **144** Aktiengesellschaft, **145** Bahnhof, **146** Deutsche Angestellten Gewerkschaft, **147** Deutscher Industrie- und Handelstag, **148** Deutsche Presse Agentur, **149** Deutsches Rotes Kreuz, **150** Elektronische Datenverarbeitung, **151** evangelisch, **152** Freie Demokratische Partei, **153** Freikörperkultur, **154** folgende Seite, **155** Franc, **156** Gebrüder, **157** Grundgesetz, **158** gegebenenfalls, **159** Hektar, **160** Handelsgesetzbuch, **161** Industrie- und Handelskammer, **162** Ingenieur, **163** Junior, **164** Kraftfahrzeug, **165** Kreis, **166** zur Zeit, **167** Logarithmus, **168** laut, **169** Mitglied des Bundestags, **170** Maschinengewehr, **171** nach Christus, **172** Nationales Olympisches Komitee, **173** Oberbürgermeister, **174** Operationssaal, **175** pro anno, **176** Pfennig, **177** rund, **178** Sekunde, **179** so genannt, **180** Technische Hochschule, **181** unbekanntes Flugobjekt, **182** Westdeutscher Rundfunk

Lösungen: Sinnverwandte Wörter finden

183/195, **184**/197, **185**/198, **186**/190, **187**/192, **188**/201, **189**/194, **190**/188, **191**/186, **192**/185, **193**/184, **194**/196, **195**/193, **196**/199, **197**/183, **198**/187, **199**/200, **200**/189, **201**/191

Lösungen: Bedeutung von Fremdwörtern erkennen

202 widersinnig, **203** Beleidigung, **204** tätig sein, **205** Doppelehe, **206** Makler, **207** Bargeld bzw. Barzahlung, **208** Handel bzw. Geschäft, **209** Entartung, **210** Gemütsbewegung, **211** Verbannungsort, **212** Luftspiegelung, **213** beweglich bzw. anpassungsfähig, **214** benachteiligt, **215** Buchgeld, **216** Sinnestäuschung, **217** Krankenhaus, **218** Register, **219** Anzeichen, **220** Spielmarke, **221** Überlegung, **222** Zusammenstoß, **223** gesetzlich erlaubt, **224** Rang bzw. Stufe, **225** abändern, **226** die Finanzen betreffend, **227** Schifffahrtskunde, **228** verneinen, **229** beobachten, **230** alter Schlager, **231** widersinnig, **232** Befähigung, **233** vermindern, **234** ländlich-einfach, **235** Zeichen, **236** Einzahl, **237** durchscheinend, **238** umfassend, **239** gewöhnlich bzw. ordinär, **240** großes Segelschiff, **241** Tierwissenschaftler

Lösungen: Formulierungen verbessern

242 Die Speditionskosten werden dem Käufer berechnet.

243 Wir haben uns geirrt, als wir die Kaufsumme bezahlten.

244 Es ist nicht möglich, die Arbeit pünktlich zu beenden.

245 Es wird noch einige Zeit dauern, bis der Schriftverkehr komplett aufgearbeitet ist.

246 Als er das Auto betankte, wurde ihm schwindelig.
247 Der Kunde wünschte, dass der Staubsauger sofort vorgeführt wurde.
248 Gestern eignete sich der Dieb das Fahrrad unrechtmäßig an.
249 Die Vertragspartner wünschen, dass der Unternehmenszusammenschluss bald bekannt gemacht wird.
250 Erst wenn die Frist abgelaufen ist, soll das Geld übergeben werden.
251 Unmittelbar nachdem die Tat ausgeführt war, wurde der Täter inhaftiert.

Lösungen: Den richtigen Fall finden

252 Wegen des schlechten Wetters blieben wir gestern zu Hause.
253 An einem frostigen Wintertag kam es an der Kreuzung zu einem schweren Zusammenstoß.
254 Es bedurfte eines guten Einfühlungsvermögens, um den Jugendlichen in seinem Verhalten zu verstehen.
255 Der Schaffner verdächtigte die blonde Frau des Schwarzfahrens.
256 Das anfliegende Flugzeug wurde wegen eines Unwetters auf einen benachbarten Flugplatz umgeleitet.
257 Auf Grund meines verstauchten Beines kann ich heute nicht kommen.
258 Sie bekam von ihrem Freund zum Geburtstag einen Blumenstrauß.
259 Sie schätzten ihn wegen seines großzügigen Wesens.
260 Wegen deines unmöglichen Verhaltens wirst du von der Feierstunde ausgeschlossen.
261 Ich habe mein Fahrrad an einen Schulfreund verliehen wegen seiner starken Gehbehinderung.

262 *Lösungen: Argumente finden*

Vorteile der betrieblichen Arbeitsteilung:

- Massenproduktion wird möglich.
- Arbeitnehmer bekommt Routine und wird leistungsfähiger.
- Ungelernte und angelernte Arbeitskräfte lassen sich beschäftigen.
- Verbesserung der Konkurrenzfähigkeit.

Nachteile der betrieblichen Arbeitsteilung:

- Arbeit wird auf wenige Handgriffe reduziert.
- Bezug zum Endprodukt geht verloren.
- Einseitige Ausbildung, die einen Arbeitsplatzwechsel erschwert.
- Es besteht die Gefahr, dass Menschen durch Maschinen ersetzt werden.

263 *Lösungen: Richtige Aussagen erkennen*

Richtig sind die Aussagen b, c, e und f.

264 *Lösungen: Textlücken füllen*

Die fehlendenWörter sind:
a – Personen, b – Lebens, c – Freiheit, d – Ursache, e – Umweltbelastung, f - Sprache, g – Parkplatz, h – leer, i – Verkehr, j – Mobilität.

265 *Lösung: Meinungen beurteilen*

Richtig ist eigentlich die Meinung von beiden. Einerseits sind Sparprozesse notwendig, da Geld für notwendige Investitionen auch bereitstehen sollte. Andererseits sollte natürlich auch Geld ausgegeben werden, da eine größere Nachfrage sich auch positiv auf die Beschäftigungssituation einer Wirtschaft auswirken kann.

266	*Lösungen: Aussagen von Schaubildern erkennen (1)*

Zutreffende Aussagen, die man dem Schaubild entnehmen kann, sind: a, c, d.

267	*Lösungen: Aussagen von Schaubildern erkennen (2)*

Zutreffende Aussagen, die man dem Schaubild entnehmen kann, sind: b, d, e.

268	*Lösungen: Aussagen von Schaubildern formulieren*

a) Mögliche Aussagen zum Schaubild (Beispiele):
   1. Die Löcher in den Haushaltskassen sind seit 1996 bei allen Gebietskörperschaften größer geworden.
   2. Die Steuermindereinnahmen haben sich im gleichen Zeitraum mehr als verdoppelt.
   3. Am stärksten waren die Länder von den Steuermindereinnahmen betroffen.
   4. Bei den Steuermindereinnahmen hat die EU am besten abgeschnitten.

b) Mögliche Überschrift zum Schaubild (Beispiel):
   »Das große Wachstum der Steuerlöcher«

Rechnen	*Vorwort und Literaturtipp*

Dieser Teil ist so aufgebaut, dass Sie – abgesehen von der Dezimalrechnung – am Anfang eines jeden Kapitels eine Beispielaufgabe mit einem Lösungsweg und der entsprechenden Musterlösung vorfinden.

Danach folgen Übungsaufgaben, die Sie ohne Taschenrechner lösen sollten, denn in den Prüfungen sind diese meist nicht erlaubt. Hilfreiche Tipps sind mit dem Hinweis »➧ **TIPP**« gekennzeichnet.

Literatur für weiter gehende Studien

☛ Schüler-Rechenduden, Bibliographischer Verlag, Mannheim

☛ Hübner, K., Schülerhilfe-Mathematik: Bruchrechnen, Falken-Verlag

☛ CD-ROM, Adi Mathematik, 5 + 6 u. 7 + 8, Sierra Coktel

☛ CD-ROM, Mathe lernen Schritt für Schritt, Bruchrechnen u. Prozentrechnen, Klett-Verlag

Rechnen	*Dezimalrechnung*

1	5,83 + 104,005 + 0,172 + 1816,01 + 325,10 + 0,27

	a	2251,387		c	2251,342
	b	2251,477		d	22513,87

2	36,78 + 0,012 + 123,74 – 326,05 + 18,639 + 327,85 – 1,408

	a	179,671		c	179,491
	b	179,6		d	179,563

3 0,02 · 0,005

- [ ] a 0,0001
- [ ] b 0,001
- [ ] c 0,01
- [ ] d 0,00001

4 0,0015 : 0,03

- [ ] a 0,05
- [ ] b 0,005
- [ ] c 0,0005
- [ ] d 0,00005

5 80 : 0,016

- [ ] a 0,5
- [ ] b 5
- [ ] c 500
- [ ] d 5000

6 95 330,961 DM : 126,38

- [ ] a 754,32 DM
- [ ] b 754,31 DM
- [ ] c 75,43 DM
- [ ] d 7543,22 DM

7 1674 : 0,001

- [ ] a 167 400
- [ ] b 1 674 000
- [ ] c 16 740
- [ ] d 1672

8 1682 – 15,4 · 3,06

- [ ] a 1634,876
- [ ] b 5099,796
- [ ] c 1210,76
- [ ] d 1639,976

9	Schreiben Sie $4\frac{3}{8}$ als Dezimalzahl!

- [ ] a 4,125
- [ ] c 4,375
- [ ] b 4,75
- [ ] d 4,38

10	Schreiben Sie $3\frac{2}{3}$ als Dezimalzahl!

- [ ] a 3,333
- [ ] c 3,667
- [ ] b 3,32
- [ ] d 3,23

11	$\frac{4}{5} : 0{,}0004$

- [ ] a 3,2
- [ ] c 200
- [ ] b 20
- [ ] d 2000

12	$0{,}015 : 0{,}3 + 1{,}02$

- [ ] a 6,02
- [ ] c 0,01136
- [ ] b 1,07
- [ ] d 1,52

13	$7 + 8 \cdot 4 - 2$

- [ ] a 37
- [ ] c 30
- [ ] b 58
- [ ] d 23

14	Wie oft ist $\frac{2}{7}$ in 12 enthalten?

- [ ] a 41,379
- [ ] c 3,43
- [ ] b 4,2
- [ ] d 42

15	$32 : 4 - 2 \cdot 3 + 2 \cdot 10$

☐ a 200 ☐ c 80

☐ b 22 ☐ d 800

Die Lösungen zu den Aufgaben 1–15 (Dezimalrechnung) siehe S. 140.

Rechnen	*Bruchrechnung*

Haben Sie die Regeln noch nicht vergessen?

1 Addition und Subtraktion von Brüchen

1.1 Addition und Subtraktion gleichnamiger Brüche

Beispiele:
Addition
$\frac{1}{3} + \frac{1}{3} = \frac{2}{3}$ Zähler addieren
Subtraktion
$\frac{2}{3} - \frac{1}{3} = \frac{1}{3}$ Zähler subtrahieren, Nenner bleibt gleich

Gleichnamige Brüche werden addiert (oder subtrahiert), indem man die Zähler addiert (oder subtrahiert) und der Summe den gemeinsamen Nenner gibt.

1.2 Addition und Subtraktion ungleichnamiger Brüche

Beispiele:
Addition
$\frac{1}{3} + \frac{1}{4} = \frac{7}{12} = \left(\frac{4}{12} + \frac{3}{12}\right) \rightarrow$ gemeinsamer Nenner
Subtraktion
$\frac{1}{3} - \frac{1}{4} = \frac{1}{12} = \left(\frac{4}{12} - \frac{3}{12}\right) \rightarrow$ gemeinsamer Nenner

Ungleichnamige Brüche müssen vor der Addition oder Subtraktion auf den gleichen Nenner gebracht werden. Anschließend wird ebenso wie bei gleichnamigen Brüchen vorgegangen.
Ein **Bruch** wird mit einer **gemischten Zahl** addiert, indem man diese zuerst in einen unechten Bruch umwandelt, beide Brüche auf den gleichen Nenner bringt und dann die Zähler addiert.

Übungsaufgaben

16 $\frac{1}{3} + \frac{4}{3}$

☐ a $= \frac{4}{3} = 1\frac{1}{3}$

☐ b $= \frac{5}{3} = 1\frac{2}{3}$

☐ c $= \frac{3}{5}$

☐ d $= \frac{4}{9}$

17 $\frac{2}{4} + \frac{3}{7}$

☐ a $= \frac{27}{28}$

☐ b $= \frac{5}{11}$

☐ c $= \frac{13}{14}$

☐ d $= \frac{6}{28}$

18 $\frac{23}{39} - \frac{15}{39}$

☐ a $= \frac{8}{39}$

☐ b $= \frac{7}{39}$

☐ c $= \frac{38}{39}$

☐ d $= \frac{9}{39}$

19 $\frac{4}{15} + \frac{1}{5}$

☐ a $= \frac{5}{20}$

☐ b $= \frac{5}{15}$

☐ c $= \frac{7}{15}$

☐ d $= \frac{5}{5}$

20	$\frac{1}{4}+3\frac{1}{5}$

a $= 3\frac{8}{20}$

b $= 3\frac{1}{9}$

c $= \frac{11}{20}$

d $= 3\frac{9}{20}$

21	$\frac{5}{6}-\frac{5}{12}$

a $= \frac{1}{2}$

b $= \frac{5}{12}$

c $= \frac{4}{12}$

d $= 0$

22	$3\frac{3}{4}+2\frac{1}{3}$

a $= \frac{95}{12} = 7\frac{11}{12}$

b $= \frac{94}{12} = 7\frac{5}{6}$

c $= \frac{35}{12} = 2\frac{11}{12}$

d $= \frac{73}{12} = 6\frac{1}{12}$

23	$\frac{7}{8}+\frac{3}{5}$

a $= \frac{4}{3} = 1\frac{1}{3}$

b $= \frac{10}{40} = \frac{1}{4}$

c $= \frac{9}{40}$

d $= 1\frac{19}{40}$

Die Lösungen zu den Aufgaben 16–23 (Bruchrechnung) *siehe S. 140.*

2 Die Multiplikation von Brüchen

2.1 Ein Bruch wird mit einer ganzen Zahl multipliziert, indem man den Zähler mit der ganzen Zahl multipliziert und den Nenner gleich lässt.

Beispiel:

$$\frac{1}{4} \cdot 3 = \frac{1 \cdot 3}{4} = \frac{3}{4}$$

2.2 Ein Bruch wird mit einem Bruch multipliziert, indem man Zähler und Nenner miteinander multipliziert.

Beispiel:

$$\frac{1}{2} \cdot \frac{1}{4} = \frac{1 \cdot 1}{2 \cdot 4} = \frac{1}{8}$$

$$\frac{9}{11} \cdot \frac{5}{6} = \frac{9 \cdot 5}{11 \cdot 6} = \frac{\not{9}^{3} \cdot 5}{11 \cdot \not{6}_{2}} = \frac{15}{22}$$

Kürzen Sie unbedingt vor der Multiplikation!

2.3 Ein Bruch wird mit einer gemischten Zahl multipliziert, indem man zuerst die gemischte Zahl in einen unechten Bruch umwandelt und dann die Zähler und die Nenner jeweils miteinander multipliziert.

Beispiel:

$$\frac{1}{2} \cdot 1\frac{1}{2} = \frac{1}{2} \cdot \frac{3}{2} = \frac{1 \cdot 3}{2 \cdot 2} = \frac{3}{4}$$

$$\frac{2}{5} \cdot 4\frac{3}{8} = \frac{2}{5} \cdot \frac{35}{8} = \frac{\not{2}^{1} \cdot \not{35}^{7}}{\not{5}_{1} \cdot \not{8}_{4}} = \frac{7}{4} = 1\frac{3}{4}$$

Übungsaufgaben

24	$\frac{5}{8} \cdot 7$

☐ a $\frac{35}{40}$

☐ b $\frac{33}{8}$

☐ c $\frac{12}{8}$

☐ d $4\frac{3}{8}$

25	$\frac{3}{5} \cdot \frac{1}{3}$

- [ ] a $\frac{4}{15}$
- [ ] b $\frac{3}{8}$
- [ ] c $\frac{4}{8}$
- [ ] d $\frac{1}{5}$

26	$\frac{3}{8} \cdot \frac{16}{27}$

- [ ] a $\frac{2}{9}$
- [ ] b $\frac{48}{216}$
- [ ] c $\frac{19}{35}$
- [ ] d $\frac{8}{18}$

27	$\frac{3}{4} \cdot \frac{2}{5}$

- [ ] a $\frac{5}{20} = \frac{1}{4}$
- [ ] b $\frac{4}{10} = \frac{2}{5}$
- [ ] c $\frac{3}{10}$
- [ ] d $\frac{5}{9}$

28	$\frac{5}{8} \cdot 2\frac{1}{5}$

- [ ] a $1\frac{3}{8}$
- [ ] b $\frac{13}{40}$
- [ ] c $\frac{10}{40} = \frac{1}{4}$
- [ ] d $1\frac{14}{40} = 1\frac{7}{20}$

29	$\frac{17}{11} \cdot \frac{10}{9}$

- [ ] a $\frac{27}{20}$
- [ ] b $\frac{170}{20}$
- [ ] c $1\frac{71}{99}$
- [ ] d $2\frac{71}{99}$

30	$\frac{4}{9} \cdot 4\frac{1}{2}$

☐ a $\frac{13}{11}$ ☐ c $\frac{16}{18}$

☐ b 2 ☐ d $\frac{8}{9}$

31	$5\frac{3}{7} \cdot 4\frac{2}{3}$

☐ a $20\frac{6}{21}$ ☐ c $25\frac{8}{21}$

☐ b 26 ☐ d $25\frac{1}{3}$

32	$9\frac{1}{3} \cdot 1\frac{1}{2}$

☐ a $9\frac{1}{6}$ ☐ c 14

☐ b $\frac{28}{3}$ ☐ d $\frac{56}{9}$

33	$4\frac{2}{3} \cdot 1\frac{1}{2}$

☐ a 11 ☐ c 7

☐ b $\frac{17}{5}$ ☐ d $\frac{9}{28}$

34	$7\frac{1}{4} \cdot 2\frac{3}{5}$

☐ a $\frac{13}{9}$ ☐ c $\frac{378}{20}$

☐ b $\frac{13}{20}$ ☐ d $18\frac{17}{20}$

Die Lösungen zu den Aufgaben 24–34 (Bruchrechnung) siehe S. 140.

3 Die Division von Brüchen

3.1 Ein Bruch wird durch eine ganze Zahl dividiert, indem man den Nenner des Bruches mit der ganzen Zahl multipliziert.

> Beispiel:
>
> $$\frac{1}{2} : 2 = \frac{1}{2 \cdot 2} = \frac{1}{4}$$

3.2 Ein Bruch wird durch einen anderen Bruch dividiert, indem man den ersten Bruch mit dem Kehrwert des zweiten multipliziert.

> Beispiele:
>
> $$\frac{1}{2} : \frac{1}{2} = \frac{1 \cdot 2}{2 \cdot 1} = \frac{1}{1} = 1$$
>
> $$\frac{5}{8} : \frac{3}{4} = \frac{5}{8} \cdot \frac{4}{3} = \frac{5 \cdot \not{4}^{1}}{\not{8}_{2} \cdot 3} = \frac{5}{6}$$

3.3 Ein Bruch wird durch eine gemischte Zahl dividiert, indem die gemischte Zahl zuerst in einen unechten Bruch verwandelt wird; dieser wird dann mit seinem Kehrwert mit dem ersten Bruch multipliziert.

> Beispiel:
>
> $$\frac{3}{4} : 1\frac{1}{2} = \frac{3}{4} : \frac{3}{2} = \frac{3}{4} \cdot \frac{2}{3} = \frac{2}{4} = \frac{1}{2}$$

Übungsaufgaben

35	$\frac{2}{5} : 2\frac{1}{4}$

☐ a $\frac{1}{10}$

☐ b $\frac{2}{20}$

☐ c $\frac{6}{48}$

☐ d $\frac{8}{45}$

36 $\frac{3}{9} : 3$

- [ ] a 1
- [ ] b $\frac{6}{9}$
- [ ] c $\frac{9}{27}$
- [ ] d $\frac{3}{27} = \frac{1}{9}$

37 $\frac{8}{24} : 6$

- [ ] a $\frac{48}{24}$
- [ ] b $\frac{1}{18}$
- [ ] c $\frac{14}{24}$
- [ ] d $\frac{8}{18}$

38 $\frac{9}{10} : \frac{5}{6}$

- [ ] a $\frac{45}{60}$
- [ ] b $\frac{3}{4}$
- [ ] c $1\frac{2}{25}$
- [ ] d $\frac{14}{60}$

39 $\frac{4}{7} : \frac{3}{4}$

- [ ] a $\frac{3}{7}$
- [ ] b $\frac{12}{16}$
- [ ] c $\frac{1}{3}$
- [ ] d $\frac{16}{21}$

40 $\frac{5}{6} : \frac{7}{8}$

- [ ] a $\frac{35}{48}$
- [ ] b $\frac{20}{21}$
- [ ] c $\frac{6}{7}$
- [ ] d $1\frac{1}{20}$

41	$\frac{4}{9} : \frac{3}{5}$

	a	$\frac{20}{27}$		c	$\frac{1}{4}$
	b	$1\frac{7}{20}$		d	$\frac{12}{45}$

42	$1\frac{1}{2} : \frac{7}{8}$

	a	$\frac{7}{16}$		c	$\frac{21}{16}$
	b	$1\frac{5}{7}$		d	$1\frac{5}{16}$

43	Bestimmen Sie den kleinsten gemeinsamen Nenner: $\frac{1}{2}; \frac{1}{4}; \frac{1}{9}; \frac{1}{12}$

	a	108		b	864		c	36		d	144

44	Bestimmen Sie den kleinsten gemeinsamen Nenner: $1\frac{1}{2}; 3\frac{1}{4}; 5\frac{2}{5}$

	a	100		b	10		c	40		d	20

45	Bestimmen Sie den kleinsten gemeinsamen Nenner: $\frac{1}{2}; \frac{1}{3}; \frac{2}{5}; \frac{3}{10}$

	a	150		b	30		c	15		d	60

Die Lösungen zu den Aufgaben 35–45 (Bruchrechnung) siehe S. 140.

Rechnen	*Dreisatz*

Es gibt grundsätzlich drei verschiedene Dreisatzaufgaben, die zuerst jeweils an einem Beispiel erklärt werden sollen:

1 Einfacher Dreisatz mit geradem Verhältnis

Aufgabe: Die Spesen eines Handlungsreisenden betragen für 5 Tage 135,– DM.
Wie viele Spesen erhält er in 7 Tagen?

Lösung: Bedingungssatz:

①	Was ist GEGEBEN?	Für 5 Tage bekommt der Reisende 135,– DM Spesen.
	Was ist GESUCHT?	Für 7 Tage braucht der Reisende × DM Spesen.
	Fragesatz:	
②	1. Satz	Wenn der Reisende für 5 Tage 135,– DM Spesen bekommt,
③	2. Satz	dann bekommt er für 1 Tag: $\boxed{\frac{135,-}{5}}$ DM (den 5. Teil)
④	3. Satz	und für 7 Tage: 7 × so viel $\boxed{\frac{135,- \cdot 7}{5}}$ = 189,– DM.

Lösungshinweis: Zu ① In die ersten beiden Zeilen kommen die gegebenen Daten. Drei Größen sind bekannt, die vierte muss errechnet werden. Sie kommt an den Schluss der zweiten

Zeile. Die einzelnen Benennungen (Einheiten wie z. B. DM, Tage, Meter usw.) stehen in den beiden Zeilen untereinander.

Zu ② Schreiben Sie den zu der gesuchten Größe gehörenden Wert auf den Bruchstrich

$(\times = \frac{135,-}{})$.

Zu ③ Schließen Sie auf eine Einheit der gegebenen Größe

$(\times = \frac{135,-}{5})$.

Zu ④ Schließen Sie von einer Einheit auf die gesuchte Größe

$(\times = \frac{135,- \cdot 7}{5})$.

➧ **TIPP:**

- Bei einem Dreisatz mit geradem Verhältnis verändern sich die verschiedenen Größen in gleicher Richtung:
  je mehr ↑ … ↑ desto mehr
  oder: je weniger ↓ … ↓ desto weniger
- In einem solchen Verhältnis stehen u.a. folgende Wertepaare:

Ware	– Geld	Verbrauch	– Kosten
Arbeit	– Lohn	Kapital	– Zinsen

- Beim Dreisatz mit geradem Verhältnis wird beim Schluss auf eine Einheit dividiert, beim Schluss auf die gesuchte Größe wird multipliziert.
- Bei jedem Dreisatz wird von der gegebenen Zahl auf eine Einheit und dann auf die gesuchte Größe geschlossen.

Übungsaufgaben

46 1 kg Aufschnitt kostet 18,20 DM. Frau Meier kauft 318 Gramm; wie viel bezahlt sie?

- [ ] a 17,47 DM
- [ ] c 57,23 DM
- [ ] b 5,79 DM
- [ ] d 5,88 DM

47 Ein Pkw verbraucht auf einer Strecke von 185 km 17,4 l bleifreies Normalbenzin.
Welchem Verbrauch je 100 km entspricht das?

- [ ] a 10,6 l
- [ ] b 32,19 l
- [ ] c 9,5 l
- [ ] d 9,41 l

48 $3\frac{1}{4}$ m Kabel kosten 29,50 DM.
Wie viel DM kosten 2,8 m des gleichen Kabels?

- [ ] a 25,42 DM
- [ ] c 25,45 DM
- [ ] b 34,24 DM
- [ ] d 25,81 DM

49 Ein Gardinenstoff kostet bei 150 cm Breite 16,95 DM je Meter. Wie viel kostet ein Stoff gleicher Qualität je Meter, wenn er 1,6 m breit ist?

- [ ] a 1,81 DM
- [ ] c 18,08 DM
- [ ] b 15,89 DM
- [ ] d 0,18 DM

50	$7\frac{1}{2}$ m eines Kostümstoffes kosten 255,75 DM. Es werden 3 Kostüme aus diesem Stoff angefertigt, für die $2\frac{1}{2}$ m, $2\frac{1}{4}$ m und $2\frac{1}{5}$ m benötigt werden. Wie viel DM kostet der gesamte Stoff?

- [ ] a 237,00 DM
- [ ] b 275,99 DM
- [ ] c 235,29 DM
- [ ] d 236,99 DM

51	Ein Hotel mit 90 Betten ist zu $\frac{2}{3}$ belegt und verkauft dabei je Woche 75 Flaschen Wein. Die Hauptsaison von 14 Wochen ist ausgebucht. Wie viele Flaschen Wein müssen für die Saison eingekauft werden?

- [ ] a 113
- [ ] b 1575
- [ ] c 1260
- [ ] d 90

52	Das Betonieren einer Grube, die 8 m lang, $3\frac{1}{2}$ m breit und 2 m tief ist, kostet 8400,00 DM. Wie viel kostet die gleiche Arbeit für eine Grube von 4,5 m × 2 m × $3\frac{1}{2}$ m Ausmaß?

- [ ] a 14 933,33 DM
- [ ] b 4050,00 DM
- [ ] c 5512,50 DM
- [ ] d 4725,00 DM

53	Für die Herstellung von 100 Teilen werden 7,25 t Blech benötigt. Wie viel Blech muss für 120 Teile bereitgestellt werden?

- [ ] a 8,6 t
- [ ] b 8,7 t
- [ ] c 6,04 t
- [ ] d 6,45 t

54	Wie viel kosten 375 g, wenn ein Pfund 7,50 DM kostet?

☐ a 5,63 DM ☐ c 3,76 DM

☐ b 2,81 DM ☐ d 4,80 DM

Die Lösungen zu den Aufgaben 46–54 (Dreisatz) siehe S. 140.

2 Einfacher Dreisatz mit umgekehrtem Verhältnis

Aufgabe: Für die Inventur wurden im vergangenen Jahr 12 Angestellte 20 Stunden eingesetzt. In wie vielen Stunden ist die Inventur erledigt, wenn 15 Angestellte des Betriebes dieses Jahr mithelfen?

Lösung: Bedingungssatz:

① Was ist GEGEBEN?
12 Angestellte benötigen 20 Stunden
Was ist GESUCHT?
15 Angestellte benötigen × Stunden

Fragesatz:

② 1. Satz
Wenn 12 Angestellte 20 Stunden benötigen,

③ 2. Satz
dann benötigt 1 Angestellter 20 · 12 Stunden

④ 3. Satz
und 15 Angestellte benötigen $\frac{20 \cdot 12}{15}$ = 16 Std.

Lösungshinweis: (Vgl. auch die Erklärungen zur Lösung des einfachen Dreisatzes mit geradem Verhältnis.)

Zu ① In die ersten beiden Zeilen kommen die gegebenen und die gesuchte Größe.

Zu ② Schreiben Sie den zu der gesuchten Größe gehörenden Wert auf den Bruchstrich ($\times = \frac{20}{}$).

Zu ③ Schließen Sie auf eine Einheit:

$$(\times = \frac{20 \cdot 12}{})$$

Zu ④ Schließen Sie von einer Einheit auf die gesuchte Größe:

$$(\times = \frac{20 \cdot 12}{15})$$

➧ **TIPP:**
- Bei einem Dreisatz mit umgekehrtem Verhältnis verändern sich die verschiedenen Größen in entgegengesetzter Richtung:
  je mehr ↑ ... desto weniger ↓
  oder: je weniger ↓ ... desto mehr ↑
- In einem solchen umgekehrten oder indirekten Verhältnis stehen in der Regel unter anderem folgende Größen:
  Arbeiterzahl – Lohn- bzw. Gewinnanteil
  Verbrauch – Vorrat
  Geschwindigkeit – Zeit
- Beim Dreisatz mit umgekehrtem Verhältnis wird beim Schluss auf die Einheit multipliziert.

Übungsaufgaben

55	12 Fliesenleger benötigen für das Fliesen eines Hallenbodens 25 Tage. Es fallen bei Arbeitsbeginn jedoch 2 Fliesenleger aus. Wie viele Tage müssen für die Arbeit veranschlagt werden?

☐ a 20,83 ☐ b 30 ☐ c 20 ☐ d 15

56	Eine Kundin tauscht Kristallgläser um. Sie hatte ein Dutzend zu 7,50 DM je Glas gekauft. Wie viele Gläser bekommt sie, wenn sie sich für solche entscheidet, die pro Stück 9,00 DM kosten?

☐ a 10 ☐ b 15 ☐ c 14 ☐ d 8

57	Klaus rechnet sich aus, dass er für einen Urlaub von 14 Tagen jeden Tag 42,00 DM Taschengeld zur Verfügung hat. Wie viel DM kann er täglich ausgeben, wenn er 3 Wochen Urlaub macht?

☐ a 29,40 DM ☐ c 28,00 DM

☐ b 63,00 DM ☐ d 32,67 DM

58	Wie viele Stunden und Minuten benötigt ein Radamateur für eine Strecke von 174 km, wenn seine durchschnittliche Geschwindigkeit 20 km in der Stunde ist?

☐ a 5 Std., 22 Min. ☐ b 6 Std., 90 Min.

☐ c 7 Std., 30 Min. ☐ d 8 Std., 42 Min.

59	Für die Produktion von 4300 Teilen benötigen 16 Arbeiter 18 Tage. Wie viele Arbeiter müssen bereitgestellt werden, wenn der gleiche Auftrag in 12 Tagen erledigt sein muss?

☐ a 13 ☐ b 14 ☐ c 11 ☐ d 24

Die Lösungen zu den Aufgaben 55–59 (Dreisatz) siehe S. 140f.

3 Der zusammengesetzte Dreisatz

Der zusammengesetzte Dreisatz besteht aus mehreren, voneinander unabhängigen Dreisätzen.

Aufgabe: 36 Arbeitskräfte fertigen in 40 Arbeitstagen
144 Pkw-Motoren an.
Wie viele Arbeitnehmer (AN) müssen für einen Auftrag über 90 Motoren eingesetzt werden, wenn dafür eine Zeit von 60 Tagen zur Verfügung steht?

Lösung: ① 144 Pkw-Motoren – 40 Tage – 36 AN
90 Pkw-Motoren – 60 Tage – × AN

② 144 Pkw-Motoren – ✷ – 36 AN
90 Pkw-Motoren – ✷ – x AN

$$x = \frac{36 \cdot 90}{144}$$

③ ✷ 40 Tage – 36 AN
✷ 60 Tage – x AN

$$x \; \boxed{\frac{36 \cdot 90}{144}} \div \boxed{\frac{40}{60}} =$$

④ x = <u>15 Arbeitnehmer (AN)</u>

Lösungshinweis:

Zu ① Bedingungs- und Fragesatz werden aufgestellt. Beachten Sie, dass die jeweils gleichen Größen untereinander stehen und sich die gefragte Größe am Ende befindet.

Zu ② und ③ Der zusammengesetzte Dreisatz wird in einzelne einfache Dreisätze zerlegt. Die einzelnen Wertepaare werden der Reihe nach behandelt.

Das Zeichen ✷ deutet an, dass diese Größen jeweils unberücksichtigt bleiben.

Die auf dem Bruchstrich stehenden Zahlenwerte werden in alle folgenden Rechnungen übernommen. Dabei kommt allerdings die gefragte Größe (hier 36 Arbeitskräfte) nur einmal in den Ansatz. Das Verfahren kann bei beliebig langen zusammengesetzten Dreisätzen angewandt werden.

④ Am Schluss wird der gefragte Wert errechnet. Vergessen Sie nicht zu kürzen.

➡ **TIPP:**
- Stellen Sie die gesuchte Größe an das Ende des Fragesatzes.
- Schreiben Sie die jeweils gleichen Größen untereinander.
- Lösen Sie den zusammengesetzten Dreisatz durch Aufteilen in mehrere einfache Dreisätze.
- Untersuchen Sie jeweils, ob es sich um einen Dreisatz mit geradem oder umgekehrtem Verhältnis handelt.

Übungsaufgaben

60	In 4 Monaten wurden von 250 Beschäftigten 2700 kg Farbe verbraucht. Wie viel Farbe brauchen 225 Arbeiter in 3 Monaten?

☐ a 2250 kg
☐ b 3240 kg
☐ c 1725,7 kg
☐ d 1822,5 kg

61	Für ein Bankguthaben von 9000,00 DM erhält ein Sparer in 8 Monaten 210,00 DM Zinsen. Wie viele Zinsen bekommt ein anderer Sparer bei gleichen Bedingungen für ein Guthaben von 10800,00 DM in 5 Monaten gutgeschrieben?

☐ a 109,38 DM
☐ b 157,50 DM
☐ c 280,00 DM
☐ d 403,20 DM

62	10 Monteure verlegen in 5 Arbeitstagen zu je 8 Stunden 6000 m Kabel. Da sich zwei Monteure krankgemeldet haben, müssen die anderen eine Überstunde pro Tag machen. Wie viel Meter Kabel verlegen sie in 12 Arbeitstagen?

☐ a 4000 m
☐ b 277,77 m
☐ c 12960 m
☐ d 11520 m

63	Mit 20 Maschinen können in 5 Tagen zu je 8 Arbeitsstunden 10500 Werkstücke hergestellt werden. Wie viele Werkstücke können in 6 Tagen zu je 7 Arbeitsstunden mit nur 12 Maschinen hergestellt werden?

☐ a 11025 Stück
☐ b 7656,25 Stück
☐ c 6615 Stück
☐ d 10000 Stück

64	Eine Sportschule kauft für eine Mannschaft von 12 Personen, die 5 Tage bleiben wollen, 15 kg Gemüse. Da die Delegation jedoch aus 14 Personen besteht, die zudem einen längeren Aufenthalt in Aussicht gestellt hat, werden nochmals 13 kg gekauft. Wie lange reicht das Gemüse bei gleichem Speiseplan?

☐ a 11 Tage ☐ b $2\frac{1}{2}$ Tage ☐ c 3 Tage ☐ d 8 Tage

Die Lösungen zu den Aufgaben 60–64 (Dreisatz) siehe S. 141.

Rechnen	*Durchschnittsrechnung*

1 Einfacher Durchschnitt

Aufgabe: Ein Lebensmitteleinzelhandelsgeschäft hatte folgende Tageseinnahmen:

Montag	835,20 DM	Donnerstag	1112,60 DM
Dienstag	912,90 DM	Freitag	1827,40 DM
Mittwoch	865,70 DM	Sonnabend	1264,60 DM

Berechnen Sie die durchschnittliche Tageseinnahme:

Lösung:

$$\begin{array}{r} 835{,}20 \\ +\ 912{,}90 \\ +\ 865{,}70 \\ +\ 1112{,}60 \\ +\ 1827{,}40 \\ +\ 1264{,}60 \\ \hline \end{array} \quad ①$$

$$\underbrace{6818{,}40 : 6}_{②} = \underline{\underline{1136{,}40\ \text{DM}}}$$

Lösungshinweis: Zu ① Addieren Sie die einzelnen Werte.
Zu ② Dividieren Sie diese Summe durch die Anzahl der einzelnen Werte.

Einfacher Durchschnitt = $\dfrac{\textbf{Summe der einzelnen Werte}}{\textbf{Anzahl der Werte}}$

2 Gewogener Durchschnitt

Aufgabe: Eine Firma beschäftigt:

10 Arbeiter mit einem Stundenlohn von 18,70 DM,

15 Arbeiter mit einem Stundenlohn von 20,80 DM,

5 Arbeiter mit einem Stundenlohn von 23,50 DM.

Welchen Durchschnittslohn zahlt die Firma pro Stunde?

Lösung:

$$\overbrace{\begin{array}{rrcr} & 10 \cdot 18{,}70\ \text{DM} & = & 187{,}00\ \text{DM} \\ ② & + 15 \cdot 20{,}80\ \text{DM} & = & 312{,}00\ \text{DM} \\ & 5 \cdot 23{,}50\ \text{DM} & = & \underline{117{,}50\ \text{DM}} \end{array}}^{①} \Bigg\} ③$$

$$= 30 \qquad \underbrace{616{,}50\ \text{DM} \quad : 30 =}_{④}\ \underline{\underline{20{,}55\ \text{DM}}}$$

Lösungshinweis:

Zu ① Ermitteln Sie durch Multiplizieren den Gesamtwert jeder Größe (hier: Arbeiter mal Lohn).

Zu ② Ermitteln Sie die Gesamtmenge durch Addition der einzelnen Mengen.

Zu ③ Ermitteln Sie den Gesamtwert aller Größen durch Addition der einzelnen Gesamtwerte.

Zu ④ Dividieren Sie den Gesamtwert durch die Gesamtmenge aller Größen ②.

Gewogener Durchschnitt =

$$\frac{\textbf{Summe aller Produkte aus Menge und Wert}}{\textbf{Gesamtmenge}}$$

Übungsaufgaben

65 In einem Geschäft wurden folgende Umsätze erzielt: Dienstag 2870,00 DM, Mittwoch 2821,00 DM, Donnerstag 3155,00 DM, Freitag 3422,00 DM, Samstag 4187,00 DM.
Wie hoch war der durchschnittliche Tagesumsatz?

☐ a 3291,00 DM ☐ c 3173,33 DM

☐ b 3188,33 DM ☐ d 3828,00 DM

66 Ein Briefträger hat Montag 213, Dienstag 268, Mittwoch 245, Donnerstag 307, Freitag 501 und Samstag 470 Briefe ausgetragen.
Wie viele Briefe waren das durchschnittlich je Tag?

☐ a 336 ☐ b 400 ☐ c 420 ☐ d 334

67 50 l Wasser mit einer Temperatur von 60°C werden mit 20 l Wasser von 25°C vermischt.
Wie hoch ist die Temperatur der Mischung?

☐ a 70°C ☐ b 50°C ☐ c 60°C ☐ d 55°C

68 Berechnen Sie den Durchschnittspreis folgender Einkäufe für ein Kilogramm!
2440 kg je 2,10 DM, 1810 kg je 1,85 DM, 1650 kg je 1,60 DM

☐ a 1,85 DM ☐ b 1,88 DM ☐ c 1,80 DM ☐ d 1,75 DM

Die Lösungen für die Aufgaben 65–68 (Durchschnittsrechnung) siehe S. 141.

Rechnen	*Verteilungsrechnung*

Mit Hilfe der Verteilungsrechnung können gegebene Größen in einzelne Teile zerlegt werden.

1 Verteilung mit gegebenem Verteilungsschlüssel

Aufgabe: Eine Erbschaft in Höhe von 144000,– DM soll laut Testament wie folgt verteilt werden: Bruder Alfred bekommt 5 Teile, Schwester Berta 4 Teile und Cousine Cäcilie bekommt 1 Teil.
Wie viel DM erhält jeder?

Lösung:

④ (über ① · Betrag für 1 Teil)

① (Teile)

A: 5 Teile · 14400,– DM = 72000,– DM
B: 4 Teile · 14400,– DM = 57600,– DM ⑤
C: 1 Teil · 14400,– DM = 14400,– DM

10 Teile 144000,– DM

② ③ 144000,– DM : 10 = 14400,– DM

↓ Betrag für 1 Teil

Lösungshinweis:

Zu ① Ermitteln Sie die einzelnen Teile und schreiben Sie diese untereinander.

Zu ② Addieren Sie die Teile.

Zu ③ Ermitteln Sie die Summe für einen Teil, indem Sie den gesamten zu verteilenden Betrag durch die Anzahl der Teile dividieren.

Zu ④ Multiplizieren Sie die Anzahl der

jeweiligen Teile mit dem ermittelten Wert für einen Teil.

Zu ⑤ Machen Sie die Probe, indem Sie die in Schritt ④ ermittelten Ergebnisse addieren.

➡ **TIPP:** Ist der Verteilungsschlüssel in Brüchen angegeben, so muss der Hauptnenner gesucht werden. Die Zähler der Brüche ergeben dann die jeweiligen Teile, z.B.:

$$A = \frac{1}{2} = \frac{3}{6} = 3 \text{ Teile}$$

$$B = \frac{1}{6} = \frac{1}{6} = 1 \text{ Teil}$$

$$C = \frac{1}{3} = \frac{2}{6} = 2 \text{ Teile}$$

$$= 6 \text{ Teile}$$

2 Verteilung mit zu errechnendem Verteilungsschlüssel

Aufgabe: Drei Gesellschafter betreiben gemeinsam eine GmbH. A ist mit 30000,- DM, B mit 75000,- DM und C mit 45000,- DM beteiligt. Im Gesellschaftsvertrag wurde festgelegt, dass der Jahresreingewinn im Verhältnis der Kapitaleinlagen zu verteilen sei. Im vergangenen Geschäftsjahr wurde ein Reingewinn von 120000,- DM erzielt. Wie viel DM Gewinn erhält jeder der drei Gesellschafter?

Lösung ① ②

	Anteile	Teile		Gewinnanteil
Gesellschafter A:	30000,–	2	· 12000,– DM =	24000,– DM
Gesellschafter B:	75000,–	5	· 12000,– DM =	60000,– DM
Gesellschafter C:	45000,–	3	· 12000,– DM =	36000,– DM
		10 Teile	=	120000,– DM

120000,– DM : 10 = 12000,– DM (= 1 Teil)

③

Lösungshinweis:

Zu ① Ermitteln Sie die Größen, die als Verteilungsgrundlage dienen, und schreiben Sie diese untereinander.

Zu ② Dividieren Sie diese Größen durch den größten gemeinsamen Teiler. Dadurch erhalten Sie das kleinste ganzzahlige Verhältnis. Hier ist dies 15000.

③ Mit diesem Verteilungsschlüssel verfahren Sie bei Ihrem weiteren Lösungsweg wie bei der Verteilung mit gegebenen Verteilungsschlüsseln.

Übungsaufgaben

69 An den Baukosten für eine neue Sporthalle in Höhe von 2,4 Millionen DM beteiligen sich die Stadt zu $\frac{1}{4}$, das Land trägt $\frac{1}{3}$, der Bund $\frac{1}{6}$ und eine »Bürgerinitiative Sportzentrum« mit dem Rest.
Wie viel DM trägt die Bürgerinitiative?

- [ ] a 400000,00 DM
- [ ] c 800000,00 DM
- [ ] b 1000000,00 DM
- [ ] d 600000,00 DM

70 Der Nettoerlös aus einem Verbesserungsvorschlag von 7888,50 DM, den drei Arbeitskollegen zusammen eingereicht haben, soll gemäß ihren eingebrachten Ideen im Verhältnis von A = 3, B = 2, C = 4 aufgeteilt werden.
Wie viel DM bekommt A?

- [ ] a 876,50 DM
- [ ] c 1753,00 DM
- [ ] b 2629,50 DM
- [ ] d 1972,13 DM

71 Drei Erben lassen ihre Erbschaft versteigern. Danach wird der Reinerlös von 250950,00 DM im Verhältnis A = 2, B = 1, C = 0,5, wie im Testament festgelegt, aufgeteilt.
Wie viel DM erhält B?

- [ ] a 71700,00 DM
- [ ] c 83650,00 DM
- [ ] b 35850,00 DM
- [ ] d 143400,00 DM

72 Ein Gewinn von 70551,00 DM ist an drei Teilhaber eines Geschäftes wie folgt zu verteilen: A bekommt $\frac{3}{5}$, B $\frac{1}{4}$ und C den Rest.
Wie viel DM bekommt C?

- [ ] a 10582,65 DM
- [ ] b 3527,55 DM
- [ ] c 17637,75 DM
- [ ] d 23517,00 DM

73 Drei Freunde haben im Lotto 150501,00 DM gewonnen. Sie wollen den Gewinn im Verhältnis ihrer Einlagen aufteilen.
Wie viel DM bekommt B, wenn A 1,80 DM, B 2,60 DM und C 0,80 DM als Einlage geleistet haben?

- [ ] a 5788,50 DM
- [ ] b 23154,00 DM
- [ ] c 72250,50 DM
- [ ] d 75250,50 DM

74 Vier Bundesligafußballer kaufen zusammen ein Mietshaus, um ihr Geld anzulegen. Das Haus kostet 1948800,00 DM. Der Torwart gibt $\frac{1}{5}$, der Abwehrspieler $\frac{1}{6}$, der Mittelfeldspieler $\frac{1}{3}$ und der Mittelstürmer den Rest.
Wie viel DM gab der Mittelfeldspieler?

- [ ] a 324800,00 DM
- [ ] b 389760,00 DM
- [ ] c 649600,00 DM
- [ ] d 584640,00 DM

75 Am Ende einer Woche gibt ein Einzelhändler seinen vier Verkäuferinnen die versprochene Umsatzprämie von 306,00 DM.
Wie viel DM erhält Petra, wenn Elke $\frac{1}{4}$, Birgit $\frac{2}{5}$, Carla $\frac{1}{6}$ und Petra den Rest des Umsatzes erzielt haben?

- [ ] a 51,00 DM
- [ ] b 5,10 DM
- [ ] c 122,40 DM
- [ ] d 56,10 DM

76 Ein Gemeinschaftsprojekt wird von vier Personen getragen. A übernimmt $\frac{1}{4}$, B $\frac{1}{6}$ und C $\frac{2}{5}$ der Kosten. Die restlichen 39 127,00 DM bezahlt D.
Wie teuer ist das Gesamtprojekt?

- [ ] a 102 070,43 DM
- [ ] b 167 687,14 DM
- [ ] c 234 762,00 DM
- [ ] d 213 420,00 DM

77 Vier Personen lassen ein gemeinsam geerbtes Mietshaus renovieren. Die anfallenden Kosten von 18 270,00 DM sollen im gleichen Verhältnis getragen werden, wie auch die Mieteinnahmen aufgeteilt sind. A bekommt 860,00 DM, B = 1290,00 DM, C = 430,00 DM und D = 1290,00 DM Miete je Monat.
Wie viel DM Renovierungskosten muss D bezahlen?

- [ ] a 6090,00 DM
- [ ] b 2030,03 DM
- [ ] c 6112,64 DM
- [ ] d 6074,18 DM

Die Lösungen zu den Aufgaben 69–77 (Verteilungsrechnung) siehe S. 141 f.

Rechnen	*Prozentrechnung*

1 Einfache Prozentrechnung

Aufgabe: An den Einnahmen eines Fußballspiels in Höhe von 240000,00 DM wird die Mannschaft mit 8 % beteiligt.
Wie viel Prämie erhält sie?

In der Prozentrechnung gibt es drei Größen: den Prozentwert, den Prozentsatz und den Grundwert. Zwei dieser Größen müssen gegeben sein, um die dritte auszurechnen.

$$\text{Prozentwert} = \frac{\text{Grundwert} \cdot \text{Prozentsatz}}{100}$$

$$\text{Prozentsatz} = \frac{\text{Prozentwert} \cdot 100}{\text{Grundwert}}$$

$$\text{Grundwert} = \frac{\text{Prozentwert} \cdot 100}{\text{Prozentsatz}}$$

Lösung: Fragen Sie sich zuerst, welcher Wert gesucht ist. Dann schreiben Sie die Formel auf und setzen die Zahlen ein.

$$\text{Prozentwert} = \frac{\text{Grundwert} \cdot \text{Prozentsatz}}{100}$$

$$= \frac{240000 \cdot 8}{100}$$

$$= 2400 \cdot 8 = 19200{,}00 \text{ DM}$$

Übungsaufgaben

78 Die Bundesrepublik Deutschland hat ca. 80 Millionen Einwohner. Davon sind ca. 55 % wahlberechtigt für die Wahl des Deutschen Bundestages. Wie viele Bürger haben bei einer Wahlbeteiligung von 81 % dann ihre Stimme abgegeben?

- [ ] a 33000000
- [ ] c 3564000
- [ ] b 35640000
- [ ] d 55500000

79 In der Bundesrepublik Deutschland sind von ca. 40 Millionen Arbeitnehmern im Jahresdurchschnitt ca. 7,5 % erkrankt.
Wie viele Personen sind das?

- [ ] a 533333
- [ ] c 22500000
- [ ] b 413793
- [ ] d 3000000

80 Eine Ware wird für 8,00 DM eingekauft und für 9,60 DM verkauft.
Wie viel % wurde auf den Einkaufspreis aufgeschlagen?

- [ ] a 120 %
- [ ] b 12 %
- [ ] c 20 %
- [ ] d 2 %

81 Ein Kfz-Händler gewährt einen Rabatt von $12\frac{1}{2}$ % auf den Kauf eines Pkw, das sind 2750,00 DM.
Wie teuer ist der Normalpreis des Pkw?

- [ ] a 22000,00 DM
- [ ] c 34375,00 DM
- [ ] b 22540,00 DM
- [ ] d 22200,00 DM

82 Im Jahre 2000 werden auf der Erde schätzungsweise 6,8 Milliarden Menschen leben. Davon rund 52 % in Asien.
Wie viele Menschen sind das?

- [ ] a 3536000000
- [ ] c 3536000
- [ ] b 35360000000
- [ ] d 353600000

83 Ein Pkw kostete bisher 24580,00 DM. Das Werk beschließt eine Preiserhöhung von 1,5 %. Nach vier Monaten wurde der Preis nochmals um 2 % erhöht.
Wie viel DM kostet der Pkw jetzt?

- [ ] a 25447,67 DM
- [ ] c 25449,75 DM
- [ ] b 25440,30 DM
- [ ] d 23719,70

84 Sabine erhält 836,00 DM Ausbildungsvergütung brutto. Davon werden 12 % für die gesetzliche Krankenversicherung abgezogen. Den Beitrag zahlen Arbeitgeber und Arbeitnehmer je zu 50 %.
Wie viel Krankenkassenbeitrag zahlt Sabine monatlich?

- [ ] a 100,32 DM
- [ ] c 50,16 D
- [ ] b 41,80 DM
- [ ] d 91,96 DM

85	Im Sommerschlussverkauf wird eine Jacke 20 % billiger angeboten. Die Preissenkung beträgt 36,00 DM. Wie teuer war die Jacke vor dem Schlussverkauf?

☐ a 160,00 DM

☐ b 180,00 DM

☐ c 288,00 DM

☐ d 72,00 DM

Betrachten Sie das Schaubild und lösen Sie die Aufgaben 86 bis 88:

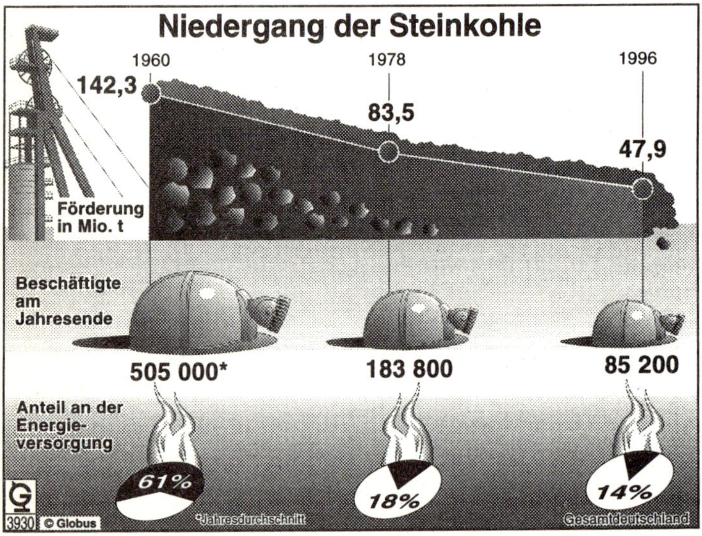

86	Um wie viel Prozent ist die Steinkohleförderung von 1960 bis 1996 gesunken?

- [ ] a um ca. 34 %
- [ ] c um ca. 58 %
- [ ] b um ca. 66 %
- [ ] d um ca. 42 %

87	Um wie viel Prozent war die Beschäftigtenzahl im Jahre 1960 höher als im Jahre 1978?

- [ ] a um ca. 63 %
- [ ] c um ca. 175 %
- [ ] b um ca. 37 %
- [ ] d um ca. 75 %

88	Wie hat sich die Fördermenge pro Beschäftigten verändert?

- [ ] a Sie ist fast gleich geblieben.
- [ ] b Sie ist ständig gesunken.
- [ ] c Sie hat sich von 1960 bis 1996 etwa verdoppelt.
- [ ] d Sie ist von 1960 bis 1978 stärker gefallen als von 1978 bis 1996.

Betrachten Sie das Schaubild und lösen Sie die Aufgaben 89 bis 91:

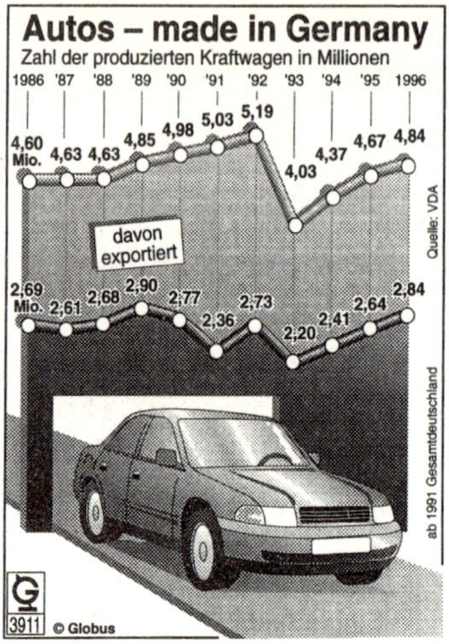

89	Wie stark ist der Autoabsatz im Zeitraum von 1993 bis 1996 gestiegen?

ca. ......%

90	Im Jahre 1986 wurden von 4,60 Millionen etwa 2,69 Millionen Autos exportiert. Wie viel Prozent betrug der Exportanteil?

☐ a 41,52 % ☐ b 71,56 % ☐ c 58,48 % ☐ d 52,35 %

91	Um wie viel Prozent hat sich der Exportanteil von 1992 bis 1996 geändert?

☐ a um ca. 5 % gesunken ☐ c um ca. 8 % erhöht

☐ b um ca. 8 % gesunken ☐ d um ca. 6 % erhöht

Betrachten Sie die Schaubilder und lösen Sie die Aufgaben 92 bis 95:

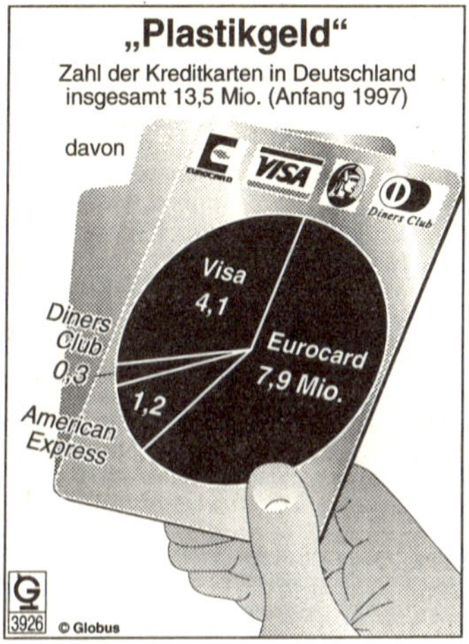

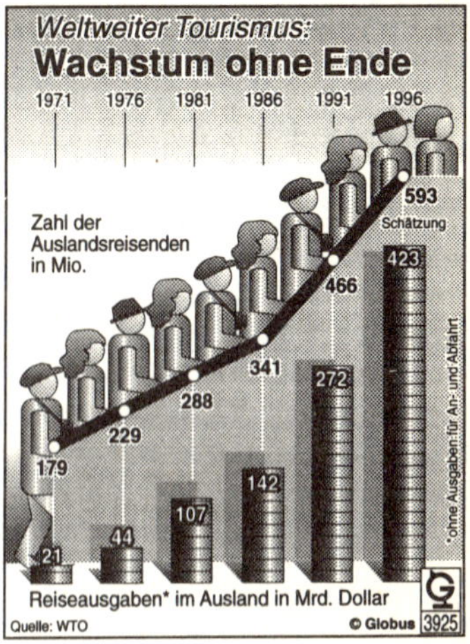

92	Wie hoch ist der Marktanteil von Eurocard?

☐ a ca. 7,9% ☐ b ca. 79% ☐ c ca. 59% ☐ d ca. 41 %

93	Anfang der achtziger Jahre gab es ungefähr drei Millionen Karteninhaber. Um wie viel Prozent hat sich dies bis Anfang 1997 gesteigert?

☐ a um ca. 285 % ☐ c um ca. 160 %

☐ b um ca. 580 % ☐ d um ca. 900 %

94	Um wie viel Prozent waren die Reiseausgaben im Jahre 1971 niedriger als im Jahre 1996?

☐ a um ca. 5 % ☐ c um ca. 75 %

☐ b um ca. 86 % ☐ d um ca. 99 %

95	Wie hoch waren die durchschnittlichen Reiseausgaben im Jahre 1971 und wie hoch sind sie heute?

		1971	heute
	a	1 173,000 $	71 332,00 $
	b	11,73 $	7 133,20 $
	c	1117,31 $	713,32 $
	d	173,13 $	71,33 $

Die Lösungen zu den Aufgaben 78 bis 95 (Prozentrechnung) siehe S. 142.

2 Die Prozentrechnung auf Hundert (Prozentrechnung vom vermehrten Grundwert)

Aufgabe: Nach einer Lohnerhöhung von 5 % verdient ein Arbeitnehmer 2100,00 DM brutto.

a) Wie hoch war der Lohn vor der Erhöhung?

b) Wie viel DM beträgt die Lohnerhöhung?

➡ **TIPP:** Vorüberlegung: Die Gehaltserhöhung bezieht sich auf das alte Gehalt. Dieses (= Grundwert) ist 100 %. Folglich ist das um 5 % erhöhte Gehalt 105 % (= 2100,- DM).

Man spricht in diesem Falle von einem »vermehrten Grundwert«.

Alter Lohn = Grundwert = 100 % | Lohnerhöhung – 5 %

Neuer Lohn = vermehrter Grundwert = 105 %

Lösung:

		②	
	Alter Lohn (Grundwert)	= 100 %	= x DM
①	+ Lohnerhöhung	= 5 %	= x DM
	Neuer Lohn	= 105 %	= 2100,00 DM
		③	

④

a) 105 % – 2100,00 DM
100 % – x DM

$$x = \frac{2100{,}00\ \text{DM} \cdot 100\ \%}{105\ \%} = 2000{,}00\ \text{DM}$$

b) 105 % – 2100,00 DM
5 % – x DM

$$x = \frac{2100{,}00\ \text{DM} \cdot 5\ \%}{105\ \%} = 100{,}00\ \text{DM}$$

Lösungshinweis:

Zu ① Entwickeln Sie ein Lösungsschema, in dem Sie vom alten Wert (Grundwert) über die Erhöhung zu dem neuen Wert (vermehrten Grundwert) kommen.

Zu ② Setzen Sie die in der Vorüberlegung ermittelten Prozentsätze in das Schema ein.

Zu ③ Tragen Sie zu dem vermehrten Grundwert die in der Aufgabe gegebene Summe ein.

Zu ④ Ermitteln Sie den (oder die) gesuchten Wert(e) mit Hilfe des Dreisatzes!

Übungsaufgaben

96 Herr Schröder rechnet sich aus, dass er bei Ratenzahlung eines Farbfernsehgerätes 2629,80 DM zu bezahlen hat. Das sind 8 % mehr als der Barverkaufspreis.
Wie hoch ist dieser?

- [ ] a 2858,48 DM
- [ ] b 2435,00 DM
- [ ] c 2419,42 DM
- [ ] d 2419,00 DM

97 Ein Rasenmäher kostet nach einer Preiserhöhung von 4,5 % 679,25 DM.
Wie viel DM hat er vorher gekostet?

- [ ] a 642,69 DM
- [ ] b 650,00 DM
- [ ] c 654,00 DM
- [ ] d 642,68 DM

98 Herr Schulze verdient nach einer Gehaltserhöhung von 3 % brutto 2935,50 DM.
Wie viel DM erhält er jetzt brutto mehr?

- [ ] a 85,50 DM
- [ ] b 2850,00 DM
- [ ] c 88,06 DM
- [ ] d 88,07 DM

99	Für die Kfz-Prämie muss man bei $\frac{1}{2}$-jährlicher Zahlungsweise $3\frac{1}{2}$ % mehr als bei jährlicher bezahlen. Wie hoch ist die Jahresprämie, wenn $\frac{1}{2}$-jährlich 567,80 DM zu zahlen sind?

☐ a 547,93 DM ☐ c 548,60 DM

☐ b 1097,20 DM ☐ d 11 095,85 DM

100	Eine junge Dame blickt nach dem Urlaub erschrocken auf die Waage. Sie wiegt jetzt 54,5 kg. Das ist eine Zunahme von genau 5 %. Wie viel hat sie vor dem dreiwöchigen Urlaub gewogen?

☐ a 57,37 kg ☐ c 51,78 kg

☐ b 51,90 kg ☐ d 52,00 kg

Die Lösungen zu den Aufgaben 96–100 (Prozentrechnung) siehe S. 142.

3 Die Prozentrechnung im Hundert (Prozentrechnung vom verminderten Grundwert)

Aufgabe: Eine Rechnung wird nach Abzug von 2,5 % Skonto mit 2681,25 DM beglichen.

a) Wie hoch war der Rechnungsbetrag?

b) Wie hoch ist der Skontobetrag?

➡ **TIPP:** Vorüberlegung:
Der Skonto (2,5 %) wurde vom ursprünglichen Rechnungsbetrag abgezogen. Dieser (= Grundwert) ist 100 %. Folglich ist der um 2,5 % verminderte Barzahlungsbetrag 97,5 % (= 2681,25 DM). Man spricht in diesem Falle von einem »verminderten Grundwert«.

Ursprünglicher Rechnungsbetrag = Grundwert = 100 %	
Skonto = 2,5 %	Barzahlungsbetrag = verminderter Grundwert = 97,5 %

Lösung:

①

		②	
	Rechnungsbetrag (Grundwert)	100 %	= 2750,00 DM
./.	Skonto	2,5 %	= 68,75 DM
	Barzahlungsbetrag (verminderter Grundwert)	97,5 %	= 2681,25 DM

③ ⑤ ⑥

④

a)

97,5 % – 2681,25 DM
100 % – x DM

wenn 97,5 % – 2681,25 DM sind,
dann ist 1 % – $\frac{2681{,}25}{97{,}5}$

und dann sind 100 % – $\frac{2681{,}25 \cdot 100}{97{,}5}$ = **2750,– DM**

b)

97,5 % – 2681,25 DM
2,5 % – x DM

wenn 97,5 % – 2681,25 DM sind,
dann ist 1 % – $\frac{2681{,}25}{97{,}5}$

und dann sind 2,5 % – $\frac{2681{,}25 \cdot 2{,}5}{97{,}5}$ = **68,75 DM**

bzw. durch Subtraktion:
2750,00 DM (Rechnungsbetrag, brutto)
–2681,25 DM
68,75 DM (Skonto)

Lösungshinweise: Zu ① Stellen Sie ein Lösungsschema auf, in dem Sie vom alten Wert (Grundwert) über den Abzug zu dem neuen Wert (verminderten Grundwert) gelangen!

Zu ② Setzen Sie die in der Vorüberlegung ermittelten Prozentsätze in das Schema ein!

Zu ③ Tragen Sie die in der Aufgabe gegebene Summe des verminderten Grundwertes ein.

Zu ④ Ermitteln Sie den (oder die) gesuchten Wert(e) mit Hilfe des Dreisatzes!

Zu ⑤ Tragen Sie die ermittelten Werte in das Lösungsschema ein!

Zu ⑥ Machen Sie möglichst die Probe!

Übungsaufgaben

101	Durch den Einbau einer modernen Filteranlage ist der Schadstoffausstoß eines Kraftwerkes um 35 % gesunken. Wie hoch war der Ausstoß, wenn jetzt noch monatlich 37,7 Tonnen in die Luft abgeleitet werden?

☐ a 172,4 t ☐ b 58 t ☐ c 60 t ☐ d 131,25 t

102	Die Belegschaft einer Eisenhütte wurde um 18 % reduziert. Wie viele Arbeitnehmer wurden vorher beschäftigt, wenn jetzt noch 574 dort arbeiten?

☐ a 103 ☐ b 577 ☐ c 473 ☐ d 700

103	Der Preis eines Stereo-Autoradios mit Einbausatz beträgt im Herbst 1052,94 DM. Er wurde Anfang des Jahres um 5 % erhöht. Infolge technischer Neuerungen und eines starken Absatzrückganges wurde er jedoch im Sommer um 8 % gesenkt. Wie teuer war das Gerät ursprünglich?

- [ ] a 1021,35 DM
- [ ] c 1090,00 DM
- [ ] b 1026,26 DM
- [ ] d 1020,00 DM

104	Herr Krause hat den Preis seines Gebrauchtwagens um 12,5 % heruntergehandelt. Der Wagen kostet danach 7437,50 DM. Wie viel sollte er vorher kosten?

- [ ] a 6507,81 DM
- [ ] c 6611,00 DM
- [ ] b 7500,00 DM
- [ ] d 8500,00 DM

105	Ein PC kostet bei Barzahlung 15 % weniger als mit Ratenkauf. Der Barpreis beträgt 1899,00 DM. Wie viel kostet der PC mit Ratenkauf?

- [ ] a 2234,12 DM
- [ ] c 1780,00 DM
- [ ] b 1651,30 DM
- [ ] d 2400,00 DM

106	Die Preise für den PKW XX wurden generell um 5 % erhöht. Kurz darauf wurde aber ein Sondermodell mit 12 % Rabatt zum Preis von 24995,00 DM angeboten. Wie teuer war der PKW vor der Preiserhöhung?

☐ a 26800,00 DM	☐ c 25985,00 DM
☐ b 28403,00 DM	☐ d 27050,87 DM

Die Lösungen der Aufgaben 101–106 (Prozentrechnung) siehe S. 142.

Rechnen | *Zinsrechnung*

➨ **TIPP:** Wie Sie ja noch aus der Schule wissen, kann man mit der Zinsrechnung die Zinsen, das Kapital, die Tage oder den Prozentsatz ausrechnen, wobei drei der vier Größen immer gegeben sein müssen.

Wenn Sie in einer Prüfung nervös sind, können Sie die Formeln leicht verwechseln; deshalb merken Sie sich am besten folgenden Trick:

(Ich) kann prima tanzen → k z / p 100 / t 360

k	z
p	100
t	360

Diese Anfangsbuchstaben schreiben Sie untereinander.

Dass bei der Zinsrechnung **Z**insen und die Zahlen **100** und **360** vorkommen, wissen Sie ebenfalls. Diese schreiben Sie neben den Strich. Wenn Sie jetzt die Formeln benötigen, halten Sie auf die jeweils gesuchte Größe den Zeigefinger und schreiben die Seite, auf der drei offene Zahlen bzw. Begriffe stehen, über und die Seite, auf der Sie eine Größe zuhalten, darunter – fertig sind die Formeln.

Übrigens steht ›k‹ für Kapital, ›p‹ für Prozent (Zinssatz), ›t‹ für Tage und ›z‹ für Zinsen.

Zur Übung: Schreiben Sie die Formeln für die Berechnung
- der Zinsen
- des Kapitals
- des Zinssatzes
- der Zinstage

auf!

Vergleichen Sie Ihre Formel mit den nachfolgenden!

Gesucht:		Formel:
Zinsen	k ⓩ zuhalten p 100 t 360	$z = \frac{k \cdot p \cdot t}{100 \cdot 360}$

Gesucht:		Formel:
Kapital	zuhalten ↙ ⓚ z p 100 t 360	$k = \frac{z \cdot 100 \cdot 360}{p \cdot t}$

Gesucht:		Formel:
Zins-(Prozent-)satz	k z →ⓟ 100 t 360 zuhalten	$p = \frac{z \cdot 100 \cdot 360}{k \cdot t}$

Gesucht:		Formel:
Tage	k z p 100 ⓣ 360 ↑ zuhalten	$t = \frac{z \cdot 100 \cdot 360}{k \cdot p}$

Formel für Monatszinsen:

$$\text{Monatszinsen} = \frac{\text{Kapital} \cdot \text{Zinssatz} \cdot \text{Monate}}{100 \cdot 12}$$

Formel für Jahreszinsen:

$$\text{Jahreszinsen} = \frac{\text{Kapital} \cdot \text{Zinssatz} \cdot \text{Jahre}}{100}$$

➡ **TIPP:**
- In der kaufmännischen Zinsrechnung wird jeder Monat mit 30 Tagen (auch der Februar oder März) und das Jahr mit 360 Tagen gerechnet.
- In der Zinsrechnung wird die zweite Stelle hinter dem Komma
  - aufgerundet, wenn die nachfolgende Zahl 5 oder größer ist;
  - abgerundet, wenn die nachfolgende Zahl 4 oder kleiner ist.

Übungsaufgaben

107 Wie viel DM Zinsen bringen 2300,00 DM bei 4 % Verzinsung in 42 Tagen?

- [ ] a 1,49 DM
- [ ] b 10,73 DM
- [ ] c 10,74 DM
- [ ] d 60,85 DM

108 Wie viel DM Kapital erbringen bei 5 % Verzinsung in 200 Tagen 31,68 DM Zinsen?

- [ ] a 54 454,54 DM
- [ ] b 4561,92 DM
- [ ] c 1140,48 DM
- [ ] d 11 404,80 DM

109	16000,00 DM bringen in 54 Tagen 126,00 DM Zinsen. Wie hoch ist der Zinssatz?

☐ a 5,25 % ☐ b 15,3 % ☐ c 52,5 % ☐ d 1,53 %

110	Wie viele Tage war ein Kapital in Höhe von 7200,00 DM angelegt, wenn es bei 4 % 64,00 DM Zinsen erbrachte?

☐ a 800 ☐ b 80 ☐ c 120 ☐ d 75

111	Zu welchem Zinssatz bringen 2854,65 DM in 8 Monaten 66,61 DM Zinsen?

☐ a 3,6 % ☐ b 0,35 % ☐ c 3,5 % ☐ d 1,56 %

112	Ein Kapital von 20000,00 DM wird bei einer Bank für 7 Jahre mit einem Zinssatz von 6,5 % festgelegt. Wie viel DM Zinsen werden dem Sparer jährlich ausgezahlt?

☐ a 13000,00 DM ☐ c 9100,00 DM

☐ b 130,00 DM ☐ d 1300,00 DM

113	Herr X zahlt monatlich 80,00 DM Zinsen für ein Kapital von 12000,00 DM. Wie hoch ist der Zinssatz?

☐ a 9 % ☐ b 8 % ☐ c 7,6 % ☐ d 5 %

114	630,00 DM bringen bei einem Zinssatz von 5 % in 125 Tagen wie viele Zinsen?

- [ ] a 109,3 DM
- [ ] c 90,72 DM
- [ ] b 7,00 DM
- [ ] d 10,94 DM

115	In der Zeit vom 12. 01. bis zum 2. 09. des gleichen Jahres hat ein Kapital von 5000,00 DM bei einer Verzinsung von 3,5 % wie viel DM Zinsen erbracht?

- [ ] a 24,31 DM
- [ ] c 111,81 DM
- [ ] b 82,64 DM
- [ ] d 97,22 DM

116	Am 18. 08. nimmt ein Kaufmann ein Kapital von 9800,00 DM auf. Der Zinssatz erhöht sich am 13. 09. von 9 % auf 10 %. Wie viel DM muss er am 31. 12. an die Bank einschließlich Zinsen zurückzahlen?

- [ ] a 325,25 DM
- [ ] c 10 147,63 DM
- [ ] b 10 152,53 DM
- [ ] d 10 147,08 DM

117	12 360,00 DM wurden zu $9\frac{3}{4}$ % ausgeliehen und einschließlich Zinsen mit 12 594,33 DM zurückgezahlt. Wie lange war das Kapital ausgeliehen?

- [ ] a 70 Tage
- [ ] b 68 Tage
- [ ] c 67 Tage
- [ ] d 72 Tage

Rechnen	*Umrechnung in Euro*

Am 1. 1. 99 wurde in 11 Staaten der Europäischen Union der Euro als Verrechnungseinheit eingeführt. Spätestens ab 1. 7. 2002 ersetzt der Euro die bisherigen Währungen als Zahlungsmittel. In dieser Übergangszeit muss auf den Euro umgerechnet werden. Dabei gelten folgende Umrechnungskurse:
1 Euro = 1,95583 DM; 5,94573 Finnmark; 6,55957 Franz. Franc; 2,20371 Holl. Gulden; 0,787564 Ir. Pfund; 1936,27 Ital. Lira; 40,3399 Lux. Franc; 13,7603 Österr. Schilling; 200,482 Port. Escudo; 166,386 Span. Peseta; 40,3399 Belg. Franc.

Aufgabe 1: Wieviel Euro sind 6200 DM?
Lösung: 6200,00 : 1,95583 = 3170,0096 € (Da ein Euro 100 Cents hat, muss dieses Ergebnis in der zweiten Stelle gerundet werden. Ist die dritte Stelle nach dem Komma 5 oder größer, dann wird die zweite Stelle nach dem Komma aufgerundet. Ist sie 4 oder kleiner, dann bleibt die zweite Stelle nach dem Komma unverändert. In unserem Beispiel: 3170,01 €.)

Aufgabe 2: Wieviel DM sind 3450 €?
Lösung: 3450,00 · 1,95583 = 6747,6135 DM = (gerundet) 6747,61 (dritte Stelle unter 5)

Aufgabe 3: Wieviel DM sind 12000 FF (franz. Francs)?
6,55957 FF = 1 €
12000,00 FF = x € = 12000,00 : 6,55957 = 1829,388206... € = (gerundet auf die dritte Stelle) 1829,388 € (Achtung: bei Weiterrechnungen wird auf drei Stellen hinter dem Komma gerundet!!!)
1 € = 1,95583 DM
1829,388 € = x DM

1829,388 € · 1,95583 = 3577,9719 ... DM = (DM gerundet auf zwei Stellen) 3577,97 DM

Übungsaufgaben

118	Wieviel Euro sind:

a) 12388,56 DM;

b) 175000 DM;

c) 2860,00 Span. Peseta;

d) 1350800,00 Lira?

119	5760,50 Euro ergibt wieviel:

a) DM;

b) Österr. Schill.;

c) Holl. Gulden;

d) Finnmark?

120	a) Wieviel DM sind 3200,00 Span. Peseta? b) Wieviel Österr. Schilling sind 1250,00 DM?

Rechnen | *Lösungen*

Erklärung: In Klammern [ ] sind Ihnen Lösungshinweise gegeben.

Lösungen: Dezimalrechung

1 a – **2** d – **3** a – **4** a – **5** d – **6** a – **7** b – **8** a – **9** c – **10** c – **11** d – **12** b – **13** a – **14** d – **15** b

Lösungen: Bruchrechnung

16 b – **17** c – **18** a – **19** c – **20** d [= 69/20] – **21** b – **22** d – **23** d – **24** d – **25** d [= 3/15] – **26** a – **27** c [= 6/20] – **28** a [= 55/40] – **29** c – **30** b – **31** d – **32** c – **33** c – **34** d – **35** d – **36** d – **37** b – **38** c – **39** d – **40** b – **41** a – **42** b – **43** c – **44** d – **45** b

Lösungen: Dreisatz

46 b $\left[x = \frac{18{,}20 \cdot 318}{1000}\right]$

47 d $\left[x = \frac{17{,}4 \cdot 100}{185}\right]$

48 a $\left[x = \frac{29{,}50 \cdot 2{,}8}{3{,}25}\right]$

49 c $\left[x = \frac{16{,}95 \cdot 160}{150}\right]$

50 a $\left[2\frac{1}{2} + 2\frac{1}{4} + 2\frac{1}{5} = 6{,}95 \text{ m} \quad x = \frac{255{,}75 \cdot 6{,}95}{7{,}5} = 236{,}995 = 237{,}00 \text{ DM}\right]$

51 b $\left[x = \frac{75 \cdot 90}{60} \cdot 14\right]$

52 d $\left[x = \frac{8400 \cdot 31{,}5}{56}\right]$

53 b $\left[x = \frac{7{,}25 \cdot 120}{100}\right]$

54 a $\left[x = \frac{375 \cdot 7{,}5}{500}\right]$

55 b $\left[x = \frac{25 \cdot 12}{10}\right]$

56 a $\left[1 \text{ Dutzend} = 12 \text{ Stück} \quad x = \frac{12 \cdot 7{,}5}{9} = 10\right]$

57 c $\left[x = \frac{42 \cdot 14}{21}\right]$

58 d $\left[x = \frac{60 \cdot 174}{20} = 522 \text{ Min.} = 8 \text{ Std. } 42 \text{ Min.}\right]$

59 d $\left[x = \frac{16 \cdot 18}{12}\right]$

60 d $\left[x = \frac{2700 \cdot 3225}{4 \cdot 250}\right]$

61 b $\left[x = \frac{210 \cdot 10800 \cdot 5}{9000 \cdot 8}\right]$

62 c [10 Mon. – 5 Tage – 8 Std. – 6000 m
8 Mon. – 12 Tage – 9 Std. – x m
$x = \frac{6000 \cdot 8 \cdot 12 \cdot 9}{10 \cdot 5 \cdot 8} = 12960$ m]

63 c $\left[x = \frac{10500 \cdot 12 \cdot 6 \cdot 7}{20 \cdot 5 \cdot 8}\right]$

64 d $\left[x = \frac{5 \cdot 12 \cdot 28}{14 \cdot 15} = 8 \text{ Tage}\right]$

Lösungen: Durchschnittsrechnung

65 a – **66** d – **67** b – **68** b

Lösungen: Verteilungsrechung

69 d

Anteile		Teile	Betrag
Stadt $\frac{1}{4}$	$\frac{3}{12}$	3	600000,– DM
Land $\frac{1}{3}$	$\frac{4}{12}$	4	800000,– DM
Bund $\frac{1}{6}$	$\frac{2}{12}$	2	400000,– DM
Bürgerin.	$\frac{3}{12}$	3	600000,– DM
		12 Teile =	2,4 Mill. DM

1 Teil = 200000,– DM · 3 = 600000,– DM

70 b

Anteile

A 3 = 2629,50 DM ←
B 2
C 4

9 Teile 7888,50 DM : 9 = 876,50 · 3 = 2629,50 DM

71 a [250950,00 DM : 3,5 = 71700 DM]

72 a

Anteile		Teile	Betrag
A $\frac{3}{5}$	$\frac{12}{20}$	12	42330,60 DM
B $\frac{1}{4}$	$\frac{5}{20}$	5	17637,75 DM
C ?	$\frac{3}{20}$	3	10582,65 DM
		20 Teile =	70551,- DM
		1 Teil =	3527,55 DM
		3 Teile =	10582,65 DM

73 d – **74** c – **75** d – **76** d – **77** a

Lösungen: Prozentrechnung

78 b – **79** d – **80** c – **81** a – **82** a – **83** a – **84** c – **85** b – **86** b – **87** c – **88** c – **89** = 20 % – **90** c – **91** d – **92** c – **93** a – **94** d – **95** c – **96** b – **97** b – **98** a – **99** b – **100** b – **101** b – **102** d – **103** c – **104** d – **105** a – **106** d

zu **103** c

92 % – 1052,94 DM	105 % – 1144,50 DM
100 % – 1144,50 DM	100 % – 1090,00 DM

Lösungen: Zinsrechung

107 b – **108** c – **109** a – **110** b – **111** c – **112** d – **113** b – **114** d –

115 c [12.01.–02.09. = 230 Tage

$$Z = \frac{5000 \cdot 3,5 \cdot 230}{100 \cdot 360} = 111{,}8055 = 111{,}81 \text{ DM}]$$

116 b [9800,00 DM (Kapital) + 61,25 DM (Zinsen) + 291,28 DM (Zinsen) = 10 152,53 DM]

117 a [12 594,33 – 12 360 = 234,33

$$t = \frac{234,33 \cdot 100 \cdot 360}{12360 \cdot 9,75} = 70 \text{ Tage}]$$

Lösungen: Umrechnung in Euro

118 a 6334,1701 € = 6334,17 €

b 89 476,0792 € = 89 476,08 €

c 17,1889 € = 17,19 €

d 697,6299 € = 697,63 €

119 a 11 266,5587 DM = 11 266,56 DM

b 79 266,2081 öS. = 79 266,21 öS. (Österr. Schilling)

c 12 694,4714 hfl = 12 694,47 hfl (Holl. Gulden)

d 34,2503 FM = 34,25 (Finnmark)

120 a 3200,00 pts = 19,232(3) € = 37,6145 DM = 37,61 DM

b 1250,00 DM = 639,114(85) € = 639,115 € = 8794,4141 öS. = 8794,41 öS.

Geometrie — *Vorwort und Literaturtipp*

Geometrische Grundkenntnisse haben die meisten Schüler vermittelt bekommen. Einiges davon werden Sie noch wissen, anderes dagegen vergessen haben. Zur Auffrischung dieses Stoffgebiets wurde daher den Übungsaufgaben ein Erklärungsteil vorangestellt. Er ist in drei Schritte eingeteilt:

- Aufgabe
- Formel
- Lösung

Die Lösungen der Übungsaufgaben befinden sich am Ende des Geometrieteils. Aufgaben, die erklärungsbedürftig sind, wurden mit Lösungshinweisen versehen.

Literatur für weiter gehende Studien:

☛ Lambacher/Schweizer, Geometrie 1 u. 2, Klett Verlag, Stuttgart

☛ Breitner, A., Schülerhilfe, Mathematik: Geometrie 5–8, Falken-Verlag

☛ CD-ROM: Adi-Mathematik, Sierra-Coktel

☛ CD-ROM: Mathe lernen Schritt für Schritt, Klett-Verlag »Alge-Blaster«

Geometrie — *Flächeninhalte ebener Figuren*

Quadrat

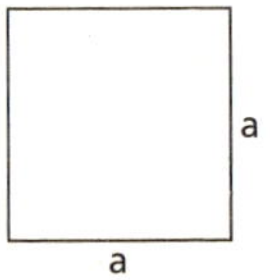

Aufgabe: Ein Grundstück hat die Form eines Quadrats mit einer Seitenlänge von $a = 22$ m. Wie groß ist das Grundstück?

Formel: Ein Quadrat mit der Seitenlänge a hat den Flächeninhalt:

$$A = a \cdot a = a^2$$

Lösung: $A = a \cdot a = 22\text{ m} \cdot 22\text{ m} =$ **484 m²**

Rechteck

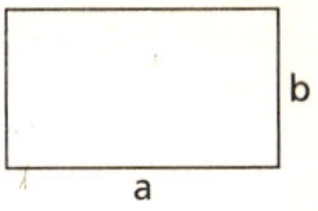

Aufgabe: Wie groß ist der Flächeninhalt eines Rechtecks mit den Seitenlängen von a = 5 cm und b = 3 cm?

Formel: Ein Rechteck mit den Seitenlängen a und b hat den Flächeninhalt:

$$A = a \cdot b$$

Lösung: $A = a \cdot b = 5\ \text{cm} \cdot 3\ \text{cm} =$ **15 cm²**

Parallelogramm

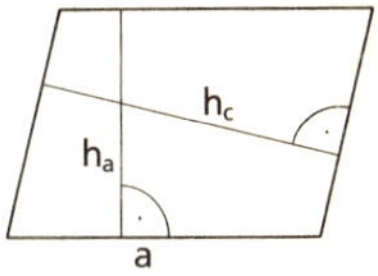

Aufgabe: Wie groß ist der Flächeninhalt eines Parallelogramms, dessen Seite a = 20 cm lang ist und dessen dazugehörige Höhe h_a = 14 cm beträgt?

Formel: Ein Parallelogramm mit der Seitenlänge von a und der zugehörigen Höhe h_a hat den Flächeninhalt:

$$A = a \cdot h_a$$

Lösung: $A = a \cdot h_a = 20\ \text{cm} \cdot 14\ \text{cm} =$ **280 cm²**

Dreieck

Aufgabe: Ermitteln Sie den Flächeninhalt eines Dreiecks ABC, dessen Grundseite c 10 cm und dessen dazugehörige Höhe h_c 8,5 cm beträgt.

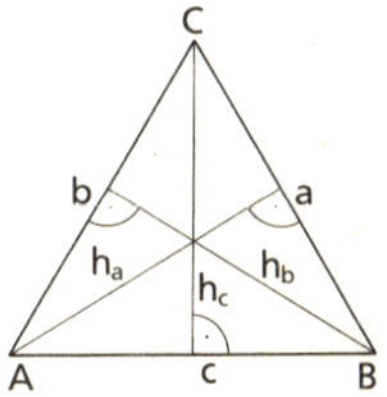

Formel: Ein Dreieck mit der Seite c und der zugehörigen Höhe h_c hat den Flächeninhalt:

$$A = \frac{1}{2} c \cdot h_c$$

Wenn a und h_a gegeben sind, gilt:

$$A = \frac{1}{2} a \cdot h_a$$

Wenn b und h_b gegeben sind, gilt:

$$A = \frac{1}{2} b \cdot h_b$$

Lösung: $A = \frac{1}{2}\, c \cdot h_c = \frac{1}{2} \cdot 10\text{ cm} \cdot 8{,}5\text{ cm} =$ **$42{,}50\text{ cm}^2$**

Trapez

Aufgabe: Von einem Trapez sind gegeben die Mittelparallele m = 15 cm und die Höhe h = 12 cm. Wie groß ist der Flächeninhalt A?

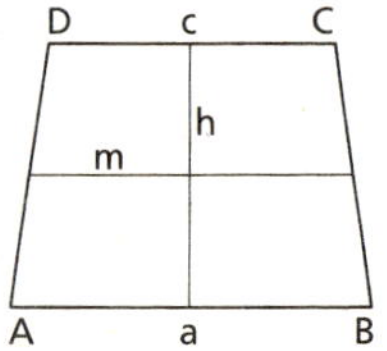

Formel: Ein Trapez mit der Mittelparallele m und der Höhe h hat den Flächeninhalt:

$$A = m \cdot h$$
$$A = \frac{1}{2}\,(a + c) \cdot h$$

Lösung: $A = m \cdot h = 15\text{ cm} \cdot 12\text{ cm} =$ **180 cm^2**

Übungsaufgaben

1	Wie groß ist der Flächeninhalt einer quadratischen Zeltplane, die eine Seitenlänge von a = 2,60 m hat?

☐ a $5{,}20\text{ m}^2$ ☐ c $4{,}60\text{ m}^2$

☐ b $6{,}76\text{ m}^2$ ☐ d $12{,}40\text{ m}^2$

2	Berechnen Sie den Flächeninhalt einer Plakatwand, die die Form eines Rechtecks hat. Die beiden Seiten haben die Maße von 12,20 m und 8,30 m.

☐ a $1012{,}60\ m^2$ ☐ c $20{,}50\ m^2$

☐ b $10{,}13\ m^2$ ☐ d $101{,}26\ m^2$

3	Eine rechteckige Werkstatt ist 12,80 m lang und 8,40 m breit. Welche Menge an Bodenplatten werden benötigt, wenn diese die Maße 40 cm · 40 cm haben?

☐ a 68 Platten ☐ c 672 Platten

☐ b 269 Platten ☐ d 6720 Platten

4	Wie groß ist der Flächeninhalt eines Parallelogramms, dessen Seiten b = 10,50 m und die Höhe $h_b = 14{,}20$ m beträgt?

☐ a $149{,}10\ m^2$ ☐ c $1491{,}00\ m^2$

☐ b $14{,}91\ m^2$ ☐ d $24{,}70\ m^2$

5	In einem Parallelogramm sind folgende Größen gegeben: a = 7 cm, b = 5 cm, $h_a = 4$ cm. Ermitteln Sie den Wert von h_b!

☐ a 5,6 cm ☐ c 140,0 cm

☐ b 28,0 cm ☐ d 8,8 cm

6	Wie groß ist der Flächeninhalt eines Dreiecks ABC? Die Seite a hat eine Länge von 8,3 cm und h_a von 9,0 cm.

☐ a 3,74 cm² ☐ c 74,70 cm²

☐ b 37,35 cm² ☐ d 373,50 cm²

7	Berechnen Sie die Höhe h_c eines Dreiecks ABC. Der Flächeninhalt beträgt 25 cm² und die Seite c hat eine Länge von 10 cm.

☐ a 0,5 cm ☐ b 0,4 cm ☐ c 12,5 cm ☐ d 5,0 cm

8	Von einem Trapez sind gegeben: a = 6,5 cm, h = 4 cm und A = 28 cm². Berechnen Sie die Länge von c!

☐ a 75,0 cm ☐ b 7,5 cm ☐ c 49,5 cm ☐ d 2,2 cm

Die Lösungen zu den Aufgaben 1–8 (Flächeninhalte ebener Figuren) siehe S. 162.

Geometrie	*Flächensätze am rechtwinkligen Dreieck*

Pythagoras

Aufgabe: Welche Länge hat die Diagonale d eines Rechtecks mit den Seiten a = 4 m und b = 3 m?

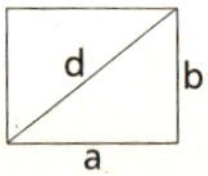

Formel: Im rechtwinkligen Dreieck ist die Summe der Flächeninhalte der Kathetenquadrate gleich dem Flächeninhalt des Hypotenusenquadrats.

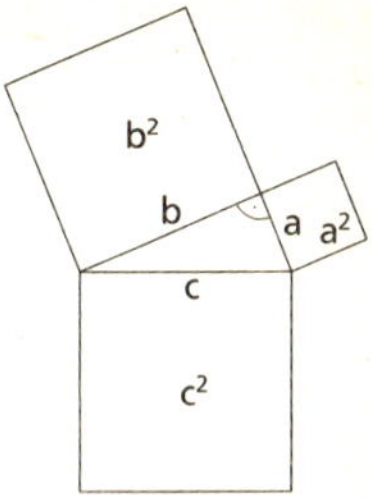

$$c^2 = a^2 + b^2$$
$$c = \sqrt{a^2 + b^2}$$

Lösung: Die Diagonale d zerlegt das Rechteck in zwei gleiche Hälften. Die Diagonale wird mit Hilfe des Satzes von Pythagoras berechnet.
Danach gilt:

$$d^2 = a^2 + b^2$$
$$d^2 = 16 + 9 = 25$$
$$d = \sqrt{25} =$$

$$= \mathbf{5\ m}$$

Kathetensatz

Aufgabe: Welche Länge hat die Kathete a eines rechtwinkligen Dreiecks mit der Hypotenuse c = 36 cm und dem anliegenden Hypotenusenabschnitt p = 4 cm?

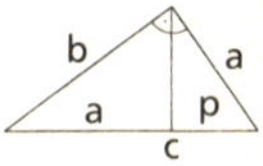

Formel: Im rechtwinkligen Dreieck ist der Flächeninhalt des Quadrats über einer Kathete gleich dem Flächeninhalt des Rechtecks, gebildet aus der Länge der Hy-

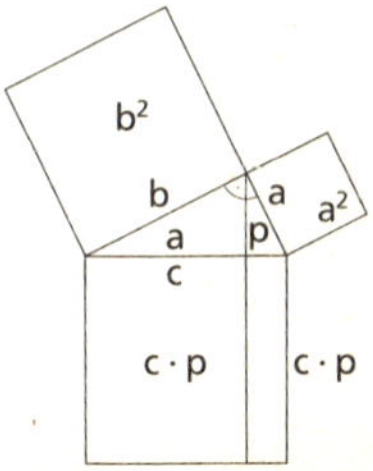

potenuse und der Länge des anliegenden Hypotenusenabschnitts.

$$a^2 = c \cdot p$$
$$b^2 = c \cdot q$$

Lösung: $a^2 = c \cdot p = 36 \cdot 4 = 144$

$a = \sqrt{144} =$ **= 12 cm**

Höhensatz

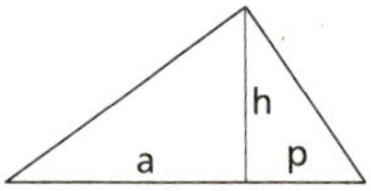

Aufgabe: Ermitteln Sie die Höhe h in einem rechtwinkligen Dreieck, wenn die Hypotenusenabschnitte p = 2 cm und q = 4,5 cm betragen.

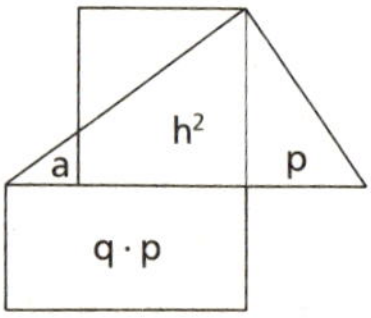

Formel: Im rechtwinkligen Dreieck ist das Quadrat über der Höhe gleich dem Rechteck, welches aus den Hypotenusenabschnitten gebildet wird.

$$h^2 = q \cdot p$$

Lösung: $h^2 = q \cdot p$

$h = \sqrt{q \cdot p} = \sqrt{2 \cdot 4,5} = \sqrt{9}$ **= 3 cm**

Übungsaufgaben

9	Eine 7 m hohe Hauswand soll durch einen Holzbalken abgestützt werden. Der Balken soll 3 m vom Fußpunkt der Wand aufgesetzt werden und bis zu ihrem Ende reichen. Welche Länge muss der Balken haben?

☐ a 76,20 m ☐ b 7,62 m ☐ c 3,16 m ☐ d 6,32 m

10	Ermitteln Sie den Hypotenusenabschnitt q eines rechtwinkligen Dreiecks, wenn die Hypotenuse c = 10 cm und die Kathete b = 8 cm lang ist?

☐ a 1,6 cm ☐ b 84,0 cm ☐ c 12,5 cm ☐ d 6,4 cm

11	Berechnen Sie die Höhe h eines rechtwinkligen Dreiecks, wenn gegeben sind: p = 5 cm, q = 8 cm.

☐ a 40,0 cm ☐ b 63,2 cm ☐ c 6,32 cm ☐ d 20,0 cm

Die Lösungen zu den Aufgaben 9–11 (Flächensätze am rechtwinkligen Dreieck) siehe S. 163.

Geometrie	*Kreisberechnung*

Kreisinhalt

Aufgabe: Ein Kreis hat einen Durchmesser von d = 24 cm. Wie groß ist der Kreisinhalt?

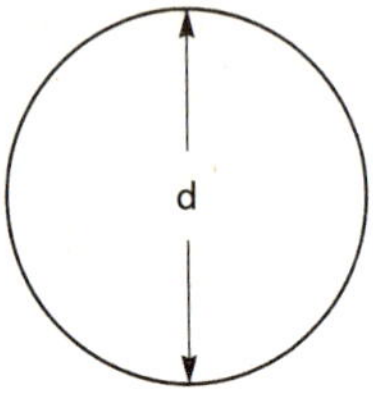

Formel: Ein Kreis mit dem Durchmesser d hat den Flächeninhalt:

$$A = \frac{\pi}{4} \cdot d^2$$

oder:

$$A = \pi \cdot r^2$$

Lösung: $A = \frac{\pi}{4} \cdot d^2 = \frac{3,14}{4} \cdot 576 =$ **452,16 cm²**

oder:

$A = \pi \cdot r^2 = 3{,}14 \cdot 144 =$ **452,16 cm²**

Kreisumfang

Aufgabe: Ein Kreis hat einen Radius von r = 18 cm. Wie groß ist der Kreisumfang?

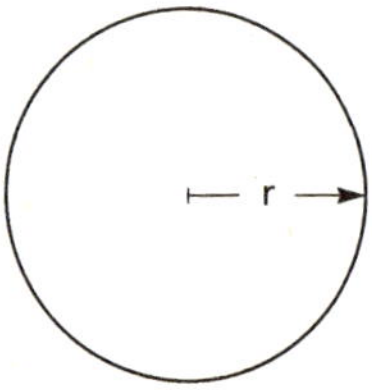

Formel: Ein Kreis mit dem Radius r hat den Umfang:

$$U = 2\,\pi \cdot r$$

oder:

$$U = \pi \cdot d$$

Lösung: $U = 2\,\pi \cdot r = 6{,}28 \cdot 18 =$ **113,04 cm**

oder:

$U = \pi \cdot d = 3{,}14 \cdot 36 =$ **113,04 cm**

Kreisbogen

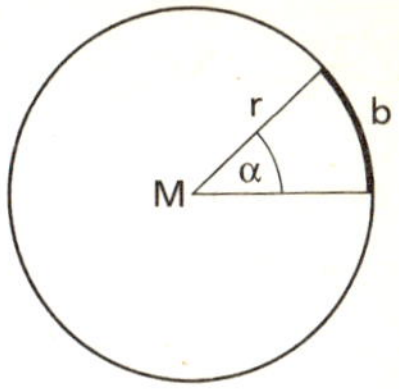

Aufgabe: Berechnen Sie die Länge des Kreisbogens b in einem Kreis mit r = 20 cm und einem zugehörigen Mittelpunktswinkel von $\alpha = 40°$!

Formel: Ein Kreisbogen b mit dem Radius r und dem Mittelpunktswinkel α hat die Länge:

$$b = \pi \cdot r \cdot \frac{\alpha}{180}$$

Lösung: $b = \pi \cdot r \cdot \frac{\alpha}{180} = 3{,}14 \cdot 20\text{ cm} \cdot \frac{40}{180} = \mathbf{13{,}96\ cm}$

Kreisausschnitt

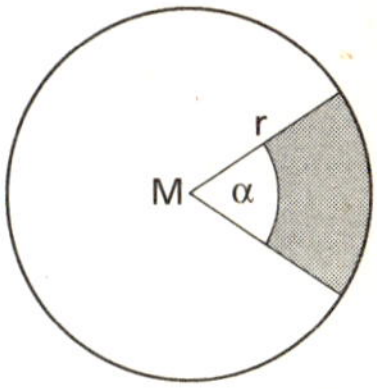

Aufgabe: Wie groß ist der Flächeninhalt A eines Kreisausschnitts mit einem Mittelpunktswinkel $\alpha = 60°$ und einem Radius von r = 0,35 m?

Formel: Ein Kreisausschnitt mit dem Radius r und dem Mittelpunktswinkel α hat den Flächeninhalt:

$$A = \pi \cdot r^2 \cdot \frac{\alpha}{360}$$

Lösung: $A = \pi \cdot r^2 \cdot \frac{\alpha}{360} = 3{,}14 \cdot 0{,}1225\text{ m}^2 \cdot \frac{60}{360} = \mathbf{0{,}064\ m^2}$

Übungsaufgaben

12	Wie groß ist der Kreisinhalt, wenn der Radius des Kreises r = 0,70 m beträgt?

☐ a 1,54 m^2 ☐ b 2,20 m^2 ☐ c 6,90 m^2 ☐ d 6,15 m^2

13	Auf einem verkehrsreichen runden Platz mit einem Durchmesser von D = 52 m soll in der Mitte ein kreisrunder Springbrunnen mit einem Durchmesser von d = 6 m gebaut werden. Wie viel m^2 bleiben für den Verkehr übrig?

☐ a 1840,04 m^2 ☐ c 2094,38 m^2

☐ b 209,44 m^2 ☐ d 20943,80 m^2

14	Eine Kirchturmuhr hat einen Durchmesser von 0,75 m. Wie groß ist der Uhrenumfang?

☐ a 7,40 m ☐ b 2,36 m ☐ c 4,71 m ☐ d 0,24 m

15	Wie lang ist der Kreisbogen b in einem Kreis mit einem Radius von r = 0,40 m und einem Mittelpunktswinkel von $\alpha = 90°$?

☐ a 0,63 m ☐ b 2,51 m ☐ c 1,26 m ☐ d 6,30 m

16	Wie lang ist der Weg, den die Spitze des großen Zeigers einer Kirchturmuhr mit einer Länge von 0,75 m in 15 Minuten zurücklegt?

☐ a 0,59 m ☐ b 1,18 m ☐ c 4,71 m ☐ d 2,36 m

17	Ermitteln Sie den Flächeninhalt eines Kreisausschnitts, wenn der Mittelpunktswinkel $\alpha = 20°$ beträgt und der Radius eine Länge von $r = 40$ m hat.

☐ a $55{,}8\ m^2$ ☐ c $279{,}1\ m^2$

☐ b $1116{,}4\ m^2$ ☐ d $558{,}2\ m^2$

18	Der Scheibenwischer eines Autos hat eine Länge von 0,38 m und deckt einen Winkel von 130° ab. Wie groß ist die gereinigte Fläche der Autoscheibe?

☐ a $1{,}60\ m^2$ ☐ b $1{,}26\ m^2$ ☐ c $0{,}65\ m^2$ ☐ d $0{,}16\ m^2$

Die Lösungen zu den Aufgaben 12–18 (Kreisberechnung) siehe S. 163f.

Geometrie | *Rauminhalte von Körpern*

Würfel

Aufgabe: Ein Würfel hat die Kantenlänge von a = 14 cm. Wie groß ist das Volumen V des Würfels?

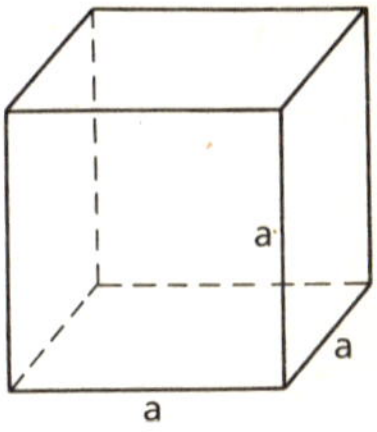

Formel: Ein Würfel mit der Kantenlänge a hat den Rauminhalt:

$$V = a \cdot a \cdot a = a^3$$

Lösung: $V = a^3 = 14\ cm \cdot 14\ cm \cdot 14\ cm =$ **$2744\ cm^3$**

Quader

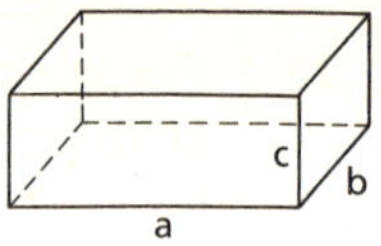

Aufgabe: Ein Quader hat die Kantenlänge von a = 12 cm, b = 9 cm und c = 4 cm. Wie groß ist das Volumen V des Quaders?

Formel: Ein Quader mit den Kantenlängen a, b und c hat den Rauminhalt:

$$V = a \cdot b \cdot c$$

Lösung: $V = a \cdot b \cdot c = 12\text{ cm} \cdot 9\text{ cm} \cdot 4\text{ cm} =$ **432 cm³**

Kreiszylinder

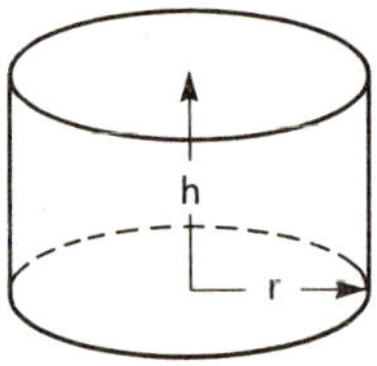

Aufgabe: Berechnen Sie den Rauminhalt eines senkrechten Kreiszylinders mit dem Grundkreisradius r = 2 m und einer Höhe von h = 1,85 m.

Formel: Ein senkrechter Kreiszylinder mit dem Grundkreisradius r und der Höhe h hat den Rauminhalt von:

$$V = \pi \cdot r^2 \cdot h$$

Lösung: $V = \pi \cdot r^2 \cdot h = 3{,}14 \cdot 4 \cdot 1{,}85 =$ **$23{,}24\ m^3$**

Übungsaufgaben

19	Ein Würfel hat die Kantenlänge von a = 9 cm. Ermitteln Sie das Volumen des Würfels!

- [ ] a $729\ m^3$
- [ ] c $7290\ cm^3$
- [ ] b $27\ cm^3$
- [ ] d $162\ cm^3$

20	Ein Würfel hat ein Volumen von 64 cm^3. Wie groß ist die Kantenlänge des Würfels?

☐ a 12 cm ☐ b 4 cm ☐ c 8 cm ☐ d 9 cm

21	Wie groß ist das Volumen eines Quaders, wenn die Länge seiner Kanten folgende Maße hat: a = 6 cm, b = 8 cm und h = 5 cm?

☐ a 48 cm^3

☐ b 2,40 cm^3

☐ c 240 cm^3

☐ d 30 cm^3

22	Ein Aquarium hat eine Seitenlänge von a = 50 cm und b = 40 cm. Die Höhe h beträgt 35 cm. Wie viel Liter Wasser enthält das Aquarium, wenn es bis auf 5 cm gefüllt ist?

☐ a 7 l ☐ b 60 l ☐ c 70 l ☐ d 6 l

23	Wie groß ist der Rauminhalt eines senkrechten Kreiszylinders mit einem Grundkreisradius von r = 1,60 cm und einer Höhe von h = 2,25 m?

☐ a 18,086 m^3

☐ b 11,304 m^3

☐ c 25,434 m^3

☐ d 113,000 m^3

24	Eine Regentonne in Form eines Kreiszylinders hat einen inneren Durchmesser von d = 80 cm. Ihre Höhe beträgt 95 cm. Wie viel m^3 Wasser kann die Tonne aufnehmen?

☐ a 4,773 m^3

☐ b 1,134 m^3

☐ c 1,193 m^3

☐ d 0,477 m^3

25	Eine zylinderförmige Blechbüchse hat einen Durchmesser von 14 cm. Die Blechbüchse soll 2 Liter fassen können. Wie hoch muss die Büchse sein?

☐ a 91,0 cm ☐ b 13,0 cm ☐ c 9,1 cm ☐ d 45,5 cm

26	Ein Zylinder hat eine Höhe von 2 m und fasst 4000 Liter. Ermitteln Sie die Länge des Radius!

☐ a 79,8 cm

☐ b 798,0 cm

☐ c 564,0 cm

☐ d 56,4 cm

Die Lösungen zu den Aufgaben 19–26 (Rauminhalte von Körpern) siehe S. 164.

Geometrie	*Oberflächeninhalte von Körpern*

Würfel

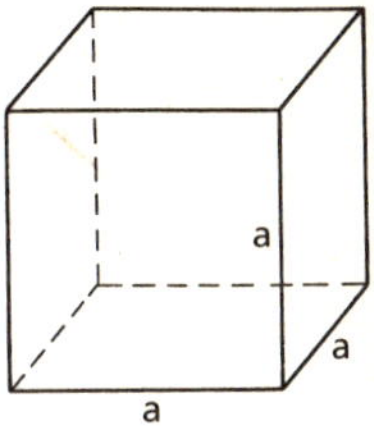

Aufgabe: Ein Holzwürfel hat die Kantenlängen von $a = 24$ cm. Wie groß ist der Oberflächeninhalt des Würfels?

Formel: Der Oberflächeninhalt eines Würfels ist gleich der Summe aller Grund- und Seitenflächen:

$$O = 6 \cdot a^2$$

Lösung: $O = 6 \cdot a^2 = 6 \cdot 576 =$ **3456 cm²**

Quader

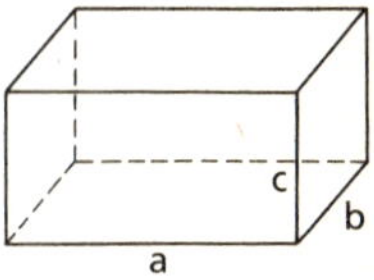

Aufgabe: Eine Schachtel hat die Form eines Quaders. Die Kantenlängen betragen: $a = 8$ cm, $b = 6$ cm, $c = 4$ cm. Wie groß ist der Oberflächeninhalt des Körpers?

Formel: Der Oberflächeninhalt eines Quaders ist gleich der Summe aller Grund- und Seitenflächen:

$$O = 2ab + 2ac + 2bc$$

$$O = 2(ab + ac + bc)$$

Lösung: $O = 2(ab + ac + bc) = 2(8 \cdot 6 + 8 \cdot 4 + 6 \cdot 4) =$ **208 cm²**

Kreiszylinder

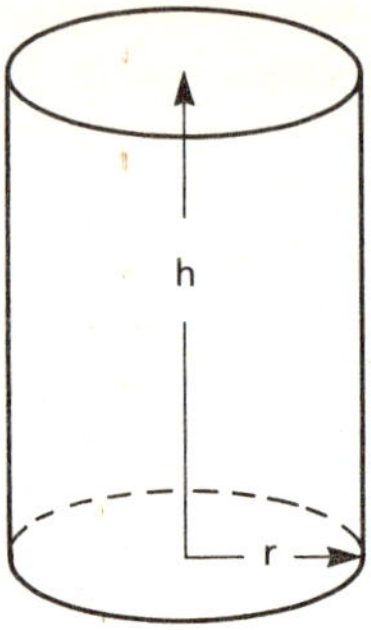

Aufgabe: Eine Plakatsäule hat eine Höhe von 3 m bei einem Radius von 0,25 m. Wie groß ist die Fläche?

Formel: Ein Zylinder mit dem Radius r und der Höhe h hat den Oberflächeninhalt von:

$O = 2 \cdot G + M$
$O = 2\pi r^2 + 2\pi rh$
$O = 2\pi r\,(r + h)$

(Hinweis:
$G = \text{Grundfläche} = \pi \cdot r^2$
$M = \text{Mantel} = 2\pi rh$)

Lösung: $O = 2\pi r\,(r + h) = 2 \cdot 3{,}14 \cdot 0{,}25\,(0{,}25 + 3) =$ **5,10 m²**

Übungsaufgaben

27	Ermitteln Sie den Oberflächeninhalt eines Würfels, der eine Kantenlänge von a = 8 cm hat!

☐ a 384 cm^2 ☐ b 24 cm^2 ☐ c 512 cm^2 ☐ d 96 cm^2

28	Wie groß ist die Seitenkante eines Würfels, der eine Oberfläche von 96 cm^2 hat?

☐ a 16 cm ☐ b 8 cm ☐ c 4 cm ☐ d 48 cm

29	Bestimmen Sie den Oberflächeninhalt eines Quaders, der die Kantenlängen a = 10 cm, b = 9 cm und c = 5 cm hat!

☐ a 185 cm^2 ☐ b 370 cm^2 ☐ c 450 cm^2 ☐ d 410 cm^2

30	Wie groß ist der Oberflächeninhalt einer Konservendose? Der Durchmesser beträgt 8 cm und die Höhe 10 cm.

☐ a 90,43 cm^2 ☐ c 1004,80 cm^2

☐ b 904,32 cm^2 ☐ d 351,68 cm^2

31	Wie hoch ist ein Zylinder, wenn der Radius 8 cm beträgt und der Flächeninhalt des Mantels mit 840 cm^2 angegeben wird?

☐ a 16,72 cm ☐ c 13,38 cm

☐ b 133,76 cm ☐ d 33,44 cm

Die Lösungen zu den Aufgaben 27–31 (Oberflächeninhalte von Körpern) siehe S. 164.

Geometrie | *Lösungen*

Lösungen: Flächeninhalte ebener Figuren

1 b–**2** d

3 c → Lösungshinweise:
- Flächeninhalt Werkstatt $= 107{,}52\ m^2$
- Flächeninhalt einer Platte $= 0{,}16\ m^2$
- Anzahl der Platten $= 107{,}52 : 0{,}16 =$ **672**

4 a

5 a → Lösungshinweise:
- $A = a \cdot h_a \qquad A = b \cdot h_b$
- $b \cdot h_b = a \cdot h_a$
- $h_b = \frac{a \cdot h_a}{b} = \frac{7 \cdot 4}{5} = \mathbf{5{,}6\ cm}$

6 b

7 d → Lösungshinweise:
- $A = \frac{1}{2}\, c \cdot h_c$
- $h_c = \frac{2A}{c} = \frac{50}{10} = \mathbf{5\ cm}$

8 b → Lösungshinweise:
- $\frac{1}{2}\,(a + c) \cdot h = A$
- $a + c = \frac{2A}{h}$
- $c = \frac{2A}{h} - a = \frac{2 \cdot 28}{4} - 6{,}5 = \mathbf{7{,}5\ cm}$

Lösungen: Flächensätze am rechtwinkligen Dreieck

9 b → Lösungshinweise:
- $c^2 = a^2 + b^2$ (Satz des Pythagoras)
- $c^2 = 9 + 49 = 58$
- $c = \sqrt{58} = \mathbf{7{,}62\ m}$

10 d → Lösungshinweise:
- $b^2 = c \cdot q$ (Kathetensatz)
- $q = \frac{b^2}{c} = \frac{64}{10} = \mathbf{6{,}4\ cm}$

11 c → Lösungshinweise:
- $h^2 = q \cdot p$
- $h = \sqrt{q \cdot p} = \sqrt{8 \cdot 5} = \sqrt{40} = \mathbf{6{,}32\ cm}$

Lösungen: Kreisberechnung

12 a

13 c → Lösungshinweise:
- Flächeninhalt Platz:
  $A_1 = \frac{\pi}{4} \cdot D^2 = \frac{3,14}{4} \cdot 52^2 = 2122{,}64\ m^2$
- Flächeninhalt Springbrunnen:
  $A_2 = \frac{\pi}{4} \cdot d^2 = \frac{3,14}{4} \cdot 6^2 = 28{,}26\ m^2$

- Differenz **$2094{,}38\ m^2$**

14 b

15 a

16 b → Lösungshinweise:
- Mittelpunktswinkel α für 15 Minuten → $90°$
- Weg des Zeigers: $b = \pi \cdot r \cdot \frac{\alpha}{180}$
- $b = 3{,}14 \cdot 0{,}75 \cdot \frac{90}{180} = 1{,}18\ m$

17 c

18 d → Lösungshinweise:

$- A = \pi \cdot r^2 \cdot \frac{\alpha}{360}$

$- A = 3{,}14 \cdot 0{,}38^2 \cdot \frac{130}{360} = \mathbf{0{,}16\ m^2}$

Lösungen: Rauminhalte von Körpern

19 a - **20** b - **21** c

22 b → Lösungshinweise:
$a \cdot b \cdot c = 0{,}5\ m \cdot 0{,}4\ m \cdot 0{,}3\ m = 0{,}06\ m^3 = 60\ l$
$(1\ m^3 = 1000\ l)$

23 a - **24** d - **25** b - **26** a

Lösungen: Oberflächeninhalte von Körpern

27 a

28 c → Lösungshinweise:
$- O = 6 \cdot a^2$

$- a^2 = \frac{O}{6}$

$- a = \sqrt{\frac{O}{6}} = \sqrt{\frac{96}{6}} = \sqrt{16} = \mathbf{4\ cm}$

29 b - **30** d

31 a → Lösungshinweise:
$2\pi \cdot r \cdot h = M$

$- h = \frac{M}{2\pi \cdot r} = \frac{840}{2 \cdot 3{,}14 \cdot 8} = \frac{840}{50{,}24} = \mathbf{16{,}72\ cm}$

Wirtschaft und Soziales	*Vorwort und Literaturtipp*

Aus dem komplexen Gebiet »Wirtschaft und Soziales« wurde die Auswahl der Fragen unter dem Gesichtspunkt getroffen, welche Fakten bzw. Begriffe Ihnen in den Medien begegnen. Sehr oft zielen Fragen in Tests sowie die Inhalte der Vorstellungsgespräche auf diese meist aktuellen Gebiete ab.

Neben einer Auffrischung und Überprüfung Ihres Wissens können Sie Neues dazulernen. Daher wurde bei tiefer gehenden Fragen oft die Form der Negativantwort gewählt, die Ihnen mit den drei falschen Lösungen jeweils richtige Merkmale des Komplexes angibt.

Literatur für weiter gehende Studien:

☛ Seuß, Alles über Geld, bank-verlag, Köln, kostenlos bei Banken und Sparkassen erhältlich

☛ Lippens, Im Kreislauf der Wirtschaft, bank-verlag, Köln, kostenlos bei Banken und Sparkassen erhältlich

☛ Lötzerich, Schneider, Zindel, Handlungsfeld Wirtschaft, Winklers Verlag, Darmstadt

☛ Schneider, Zindel, Münscher, Wirtschaftlich denken und handeln, Winklers Verlag, Darmstadt, 10. Aufl.

☛ Streit u.a., Wie funktioniert das?, Die Wirtschaft heute, Bibliographisches Institut, Mannheim

Wirtschaft und Soziales	*Wirtschaftliche Grundbegriffe*

1	Wie wird das Wirtschaftssystem in der Bundesrepublik Deutschland bezeichnet?

- a Freie Marktwirtschaft
- b Soziale Marktwirtschaft
- c Planwirtschaft
- d Zentrale Verwaltungswirtschaft

2	Wie wurde das Wirtschaftssystem der ehemaligen DDR bezeichnet?

- a Freie Marktwirtschaft
- b Soziale Marktwirtschaft
- c Zentralverwaltungswirtschaft
- d Planwirtschaft

3	Welche Wirtschaftsordnung war der Vorgänger der sozialen Marktwirtschaft?

- a Zentrale Marktwirtschaft
- b Freie Marktwirtschaft

☐ c Planwirtschaft

☐ d Zentralverwaltungswirtschaft

4	Welches der unten genannten ist kein Merkmal der sozialen Marktwirtschaft?

☐ a Der Staat greift zum Schutz der sozial Schwächeren in das Marktgeschehen ein.

☐ b Vertragsfreiheit

☐ c Freie Unternehmer, die in der Regel nach größtmöglichem Gewinn streben.

☐ d Der Staat plant und lenkt das gesamte Wirtschaftsgeschehen.

5	Welches ist kein Merkmal der Zentralverwaltungswirtschaft?

☐ a Die Produktion und Verteilung der Güter werden vom Staat zentral geplant und gelenkt.

☐ b Es gibt überwiegend staatliche Betriebe.

☐ c In einem Wirtschaftsabschwung kann es zu Konkursen und hoher Arbeitslosigkeit kommen.

☐ d Planungsfehler führen zu Versorgungsmängeln, die mangelnden Leistungswillen bei den Arbeitnehmern bewirken.

6	Was versteht man unter »Recycling«?

☐ a Moderne Vertriebsmethode

☐ b Rauchgasentschwefelung von Kraftwerken

- [ ] c Strahlenschutz
- [ ] d Wiederverarbeitung von Abfallstoffen

7	Über welchen Rohstoff verfügt die Bundesrepublik Deutschland am meisten?

- [ ] a Gold
- [ ] b Erdgas
- [ ] c Braunkohle
- [ ] d Erdöl

8	Was versteht man unter Tarifautonomie?

- [ ] a Die Regierung legt Löhne und Gehälter nach Abstimmung mit Gewerkschaften und Arbeitgebern fest.
- [ ] b Die Tarifparteien handeln ohne staatliche Eingriffe die neuen Tarifverträge aus.
- [ ] c Die Bundesbahn legt autonom die Frachttarife fest.
- [ ] d Der Bundesminister für Wirtschaft greift bei Streik und Aussperrung in den Arbeitskampf ein.

9	Was ist ein Manteltarifvertrag?

- [ ] a Langfristiger Tarifvertrag z.B. für Arbeitsbedingungen, -zeiten usw.
- [ ] b Vertrag, bei dem der Lohn für das kommende Jahr festgelegt wird.
- [ ] c Tarifvertrag in der Textilindustrie
- [ ] d Oberster Tarifvertrag, der vom Bundeswirtschaftsminister festgelegt wird und alle Kurztarifverträge umschließt.

10	Wer entscheidet über Beginn und Ende eines Streiks?

- [ ] a Alle in der Gewerkschaft organisierten Arbeitnehmer
- [ ] b Die in der betreffenden Gewerkschaft organisierten Arbeitnehmer eines Tarifgebietes
- [ ] c Die Gewerkschaftsfunktionäre
- [ ] d Alle Arbeitnehmer eines Gebietes oder einer Branche

11	Was versteht man unter einer Urabstimmung?

- [ ] a Namentliche Abstimmung im Bundestag über Arbeitsschutzgesetze
- [ ] b Abstimmung von Bundestag und Bundesrat über wirtschaftspolitische Grundziele
- [ ] c Abstimmung des Betriebsrats über einen Sozialplan bei einer Betriebsstilllegung
- [ ] d Abstimmung der Gewerkschaftsmitglieder zur Einleitung von Kampfmaßnahmen in einem Tarifkonflikt

12	Wer gilt als Begründer der sozialen Marktwirtschaft in der Bundesrepublik Deutschland?

- [ ] a Konrad Adenauer
- [ ] b Helmut Schmidt
- [ ] c Ludwig Erhard
- [ ] d Helmut Kohl

13	Was sind Subventionen?

- [ ] a Zahlungen von Handwerkskammern an Not leidende Betriebe
- [ ] b Zahlungen des Staates an Betriebe
- [ ] c Lediglich die Zahlungen der EU an Landwirte
- [ ] d Staatliche Festlegung von Mindestpreisen für landwirtschaftliche Produkte und Erzeugnisse der Stahlindustrie

14	Welche Steuerart ist zur Zeit die größte Einnahmequelle für unseren Staat?

- [ ] a Mineralölsteuer
- [ ] b Gewerbesteuer
- [ ] c Kfz-Steuer
- [ ] d Umsatz-(Mehrwert-)steuer

15	Welche Aussage über die Aktie ist falsch?

- [ ] a Aktien werden an der Wertpapierbörse gehandelt.
- [ ] b Der Aktionär erhält am Jahresende eine feste Verzinsung auf seinen Kaufbetrag für die Aktien.
- [ ] c In der Hauptversammlung wird eine Dividende festgesetzt, die auf jede Aktie ausgezahlt wird.
- [ ] d Die Aktie kann an eine andere Person weiterverkauft werden.

16	Was geschieht an der Wertpapierbörse?

- [ ] a Festlegung des Dollarkurses
- [ ] b Ermittlung des Rohölpreises durch Gegenüberstellung von Angebot und Nachfrage
- [ ] c Verkauf von Aktien sowie die Ermittlung ihrer Kurswerte
- [ ] d Festlegung der Nennwerte der Aktien

17	Welcher Betrieb hat die Rechtsform einer Genossenschaft?

- [ ] a Deutsche Telekom
- [ ] b Deutsche Lufthansa
- [ ] c Daimler-Benz AG
- [ ] d Raiffeisen Bank

18	Eine Investition ist …

- [ ] a … ein Kauf von Konsumgütern.
- [ ] b … eine Geldanlage in Investmentzertifikaten.
- [ ] c … ein Truppeneinmarsch.
- [ ] d … Kauf von Anlagegütern durch Unternehmen.

19	Eine »Dividende« ist …

- [ ] a … der ausgeschüttete Gewinnanteil auf Aktien.
- [ ] b … der tatsächliche Zinssatz auf eine Geldanlage.

| | c | ... der Kurswert einer Aktie, der in der Börse ermittelt wird.
| | d | ... der Nennwert einer Aktie.

20 Wie wird der Kurs einer Aktie ermittelt?

| | a | Durch das Fixing an der Rentenbörse
| | b | Durch Angebot und Nachfrage
| | c | Durch Beschluss des Vorstandes und der Hauptversammlung einer AG
| | d | Durch Angebot der Aufsichtsräte und Nachfrage der Börsenmakler

21 Welche Aussage zu »lean production« ist falsch?

| | a | Sie wurde bekannt gemacht durch japanische Firmen.
| | b | Mit ihr soll die Produktivität gesteigert werden.
| | c | Sie bezieht sich nicht nur auf moderne Fertigungsverfahren, wie z. B. Gruppenfertigung, CIM, CAM, CAD, sondern auch auf just in time und schlankeres Management.
| | d | Lean production bedeutet, dass die Rohstoffe und andere Materialien gerade dann geliefert werden, wenn sie zum Einbau benötigt werden.

22 Was verstehen Sie unter dem »Dow Jones«?

| | a | Preisindex für Lebenshaltungskosten eines Landes
| | b | Handelsbilanzüberschuss der USA

- [ ] c Aktienindex der Börse von Tokio
- [ ] d Aktienindex der Wall Street

23	In welcher Aussage wird der Begriff »Rentabilität« richtig beschrieben?

- [ ] a Die Leistung der Arbeitnehmer wird erhöht.
- [ ] b Prozentuales Verhältnis von Gewinn zu eingesetztem Kapital.
- [ ] c Der Zinssatz, der alle Nebenkosten beinhaltet.
- [ ] d Einnahmen eines Tages in einem Einzelhandelsbetrieb.

24	Unter »Rentenmarkt« an der Börse versteht man ...

- [ ] a ... die Rücklagen der Rentenversicherungsanstalten BfA und LVA.
- [ ] b ... Angebot und Nachfrage für festverzinsliche Wertpapiere.
- [ ] c ... Wertpapiere von Lebensversicherungsgesellschaften.
- [ ] d ... die Einnahmen und Auszahlungen der gesetzlichen Renten-Versicherungsträger.

25	Der »DAX« ist ...

- [ ] a ... der »Dow-Jones«-Aktien-Index der New Yorker Wertpapierbörse.
- [ ] b ... der Kurs von 30 ausgewählten Aktien an der Frankfurter Wertpapierbörse.

| | c | … das Deutsche Aktieninformationssystem, das die Kurse der Börse in Frankfurt online in die Banken überträgt.

| | d | … der Durchschnittskurs aller deutschen Aktien eines Tages.

Die Lösungen zu den Aufgaben 1–25 (Wirtschaftliche Grundbegriffe) siehe S. 193.

Wirtschaft und Soziales	*Geld*

26	Was versteht man unter Buchgeld?

| | a | Die aus der Buchführung errechnete Geldmenge eines Betriebes

| | b | Die Kassenbestände aller Banken

| | c | Geld auf einem Girokonto

| | d | Geld, das bei Buchmachern für Wetten eingesetzt wird

27	Wie funktioniert die »Bargeld-Karte«?

| | a | Ein Chip in der Karte wird immer wieder aufgeladen, indem der Betrag vom Girokonto abgebucht wird.

| | b | Wenn die alte Karte leer ist, kauft man eine neue Karte. Der Kaufpreis wird vom Girokonto abgebucht.

c Man steckt die Karte in ein Lesegerät, bestätigt den Betrag und gibt die Geheimzahl ein. Dann wird der Betrag vom Girokonto abgebucht.

d Man kann mit der Karte an Bargeldautomaten Geld abheben.

28	Die im Umlauf befindlichen Scheidemünzen (1-Pf- bis 5-DM-Stücke) und Banknoten bezeichnet man als Bargeld. Schätzen Sie das Verhältnis der umlaufenden Banknoten zu den Münzen in der Bundesrepublik Deutschland!

a Münzen : Banknoten 1 : 1

b Münzen : Banknoten 2 : 1

c Münzen : Banknoten 1 : 5

d Münzen : Banknoten 1 : 10

29	Was sind Sorten?

a Ausländisches Bargeld

b Verschiedene Arten ausländischer Eurocheques

c Verschiedene Arten von Aktien

d Verschiedene Münzen mit Sammlerwert

30	Welche Aussage zu den Euro-Noten ist falsch?

- [ ] a Die Stückelung beträgt: 5 €; 10 €; 20 €; 50 €; 100 €; 200 €; 500 €.
- [ ] b Die Stückelung beträgt: 5 €; 10 €; 20 €; 50 €; 100 €; 500 €; 1000 €.
- [ ] c Die Gebäude auf den Euro-Noten sind von Land zu Land verschieden.
- [ ] d Der Umlauf der Euro-Noten beginnt am 1. Januar 2002.
- [ ] e DM-Noten werden bis zum 30. Juni 2002 in Euro-Noten umgetauscht.

31	Was versteht man unter Scheidemünzen?

- [ ] a Alte Münzen mit hohem Sammlerwert
- [ ] b Münzen, deren Metallwert niedriger ist als der aufgeprägte Wert
- [ ] c Münzen, deren Metallwert gleich hoch ist wie der aufgedruckte Wert
- [ ] d Goldmünzen (z. B. der Krügerrand), die in Deutschland als Geldanlage gekauft werden

32	Was sind Kurantmünzen?

- [ ] a Münzen aus der Zeit des »Dritten Reiches«, die heute nicht mehr von den Banken umgetauscht werden
- [ ] b Ausländische Münzen, die in Deutschland nicht umgetauscht werden können
- [ ] c Unsere heutigen im Umlauf befindlichen Münzen
- [ ] d Münzen, deren Metallwert dem aufgedruckten Wert entspricht

33	Welchen Aufdruck tragen alle als gesetzliches Zahlungsmittel im Umlauf befindlichen deutschen Münzen?

- [ ] a Bundesrepublik Deutschland
- [ ] b Deutsche Bundesbank
- [ ] c Bank deutscher Länder
- [ ] d Landeszentralbank Deutschlands

34	Ein Geldschein ist zerrissen. Welche Aussage ist richtig?

- [ ] a Er wird von einer Bank nur umgetauscht, wenn beide Teile vorgelegt werden.
- [ ] b Der größere Teil muss beim Umtausch abgegeben werden.
- [ ] c Der Teil mit dem Wasserzeichen und der großen Wertangabe wird umgetauscht.
- [ ] d Der Teil mit dem inliegenden Silberfaden wird umgetauscht.

35	Wer gibt in der Bundesrepublik Deutschland Banknoten aus?

- [ ] a Der Bundestag
- [ ] b Die Bundesregierung (Bundesfinanzministerium)
- [ ] c Die Deutsche Bundesbank
- [ ] d Die Landeszentralbanken

36	Wer gibt in der Bundesrepublik Deutschland Münzgeld heraus?

☐ a Die Deutsche Bundesbank

☐ b Die Länder (Landeszentralbanken)

☐ c Die Bundesregierung

☐ d Die vier privaten Münzprägeanstalten

37	Auf jeder deutschen Geldmünze ist einer der folgenden vier Buchstaben geprägt, der den Herstellungsort bezeichnet: D, F, G, J. Welche Zahlenkombination - Buchstabe/Stadt - ist richtig? 0 = Berlin, 1 = Düsseldorf, 2 = Frankfurt/M., 3 = Gladbach, 4 = Hamburg, 5 = Jever, 6 = Karlsruhe, 7 = München, 8 = Stuttgart

☐ a 7–8–6–4

☐ b 0–6–4–8

☐ c 1–2–3–5

☐ d 1–2–0–7

38	Welchen Geldschein gibt es in der Bundesrepublik Deutschland nicht als Zahlungsmittel?

☐ a 5-Mark-Schein

☐ b 10-Mark-Schein

☐ c 500-Mark-Schein

☐ d 5000-Mark-Schein

39 Wer ermittelt den Preisindex?

- [ ] a Das Statistische Bundesamt
- [ ] b Die Statistischen Landesämter
- [ ] c Das Bundeswirtschafts- und das Bundeslandwirtschaftsministerium
- [ ] d Die Stiftung Warentest in Berlin

40 Ordnen Sie den folgenden Ländern die jeweils richtige Währung zu! Welche Buchstaben-/Zahlenkombination ist richtig?

Länder:	A = USA	B = Italien
	C = Frankreich	D = Großbritannien
	E = Japan	F = Spanien
Währungen:	1 = Franc	2 = Yen
	3 = Lire	4 = Pfund (£)
	5 = Dollar ($)	6 = Kronen
	7 = Peseten	

- [ ] a A = 5, B = 2, C = 1, D = 4, E = 3, F = 2
- [ ] b A = 5, B = 7, C = 1, D = 6, E = 4, F = 7
- [ ] c A = 5, B = 3, C = 1, D = 4, E = 2, F = 7
- [ ] d A = 5, B = 1, C = 7, D = 6, E = 2, F = 4

41	Was versteht man unter bargeldlosem Zahlungsverkehr?

- [ ] a Kauf auf Kredit
- [ ] b Kauf von Devisen mit Eurocheque
- [ ] c Bezahlen durch Abheben vom Sparbuch
- [ ] d Überweisung von Konto zu Konto

42	Was ist ein Girokonto?

- [ ] a Ein Konto, auf welches nur Lohn oder Gehalt überwiesen wird
- [ ] b Ein Konto für Jugendliche, um sie im Umgang mit Bankgeschäften vertraut zu machen
- [ ] c Ein Konto für alle Überweisungen, Ein- und Auszahlungen
- [ ] d Ein Konto für Kredite an Privatpersonen

43	Wann ist der offizielle Beginn für die Einführung des Euro als gemeinsame europäische Währung?

- [ ] a 1. Jan. 1998
- [ ] b 1. Jan. 1999
- [ ] c 1. Jan. 2001
- [ ] d 1. Jan. 2002

Die Lösungen zu den Aufgaben 26–43 (Geld) siehe S. 193.

Wirtschaft und Soziales	*Wirtschaftspolitik*

44

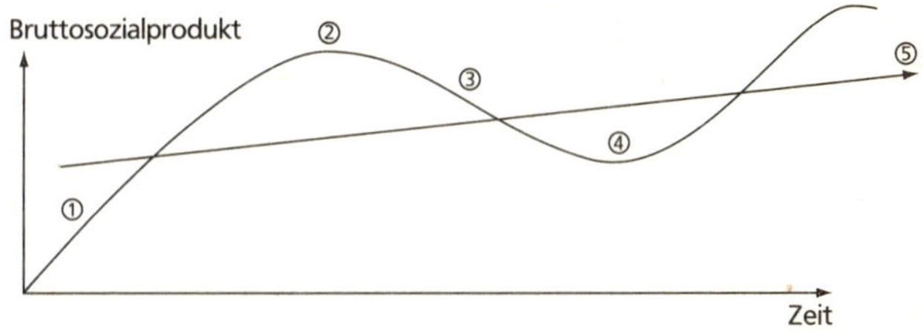

Ordnen Sie folgende Begriffe den oben aufgeführten Zahlen zu! Welche Reihenfolge stimmt?

A = Hochkonjunktur B = Depression
C = Trend D = Konjunkturaufschwung
E = Rezession

- [ ] a 1 - 2 - 3 - 4 - 5
  A–B–C–D–E
- [ ] c 1 - 2 - 3 - 4 - 5
  D–A–E–B–C
- [ ] b 1 - 2 - 3 - 4 - 5
  E–A–D–B–C
- [ ] d 1 - 2 - 3 - 4 - 5
  C–A–E–B–D

45 Was versteht man unter einem Konjunkturverlauf?

- [ ] a Wirtschaftsaufschwung
- [ ] b Wirtschaftliche Entwicklung im Zeitverlauf
- [ ] c Anstieg des Bruttosozialprodukts
- [ ] d Trend des Bruttosozialprodukts

46	Ein Boom ist ...

- [ ] a ... ein Konjunkturhoch mit Vollbeschäftigung und großer Auslastung der Produktionskapazitäten.
- [ ] b ... ein Wirtschaftsaufschwung mit Abbau der Arbeitslosigkeit.
- [ ] c ... die Durchschnittsentwicklung des Konjunkturverlaufs.
- [ ] d ... ein Konjunkturtief mit hoher Arbeitslosigkeit und Firmenzusammenbrüchen.

47	Eine Depression ist ...

- [ ] a ... die Phase der Hochkonjunktur.
- [ ] b ... die Talsohle des Wirtschaftsverlaufes.
- [ ] c ... ein Wirtschaftsaufschwung.
- [ ] d ... ein Wirtschaftsabschwung.

48	Unter Rezession versteht man ...

- [ ] a ... einen Konjunkturhöchststand.
- [ ] b ... einen Konjunkturtiefststand.
- [ ] c ... einen Wirtschaftsaufschwung.
- [ ] d ... einen Wirtschaftsabschwung.

49	Wie bezeichnet man rhythmische Schwankungen im Wirtschaftsablauf?

- [ ] a Boom
- [ ] b Trend
- [ ] c Konjunkturverlauf
- [ ] d Rezession

50	Was versteht man unter dem Begriff »Preisindex«?

- [ ] a Preisvergleich durch die Stiftung Warentest
- [ ] b Herstellungspreis von Lebensmitteln
- [ ] c Preisvergleich über mehrere Jahre, wobei ein bestimmtes Jahr mit 100 % zu Grunde gelegt wurde
- [ ] d Vergleich der Preise von Gütern in Deutschland mit denen anderer Länder

51	Was ist eine Inflation?

- [ ] a Staatsverschuldung im Ausland
- [ ] b Geldaufwertung
- [ ] c Geldentwertung
- [ ] d Erhöhung der Geldmenge

52	Was versteht man unter Kaufkraft der DM?

- [ ] a Den Durchschnittspreis aller Güter eines Landes
- [ ] b Den Durchschnittspreis aller Konsumgüter eines Landes

	c	Die Gütermenge, die für eine DM gekauft werden kann
	d	Die Gütermenge, die ein Haushalt in einem Monat kaufen kann

53	Was versteht man unter Bruttosozialprodukt?

	a	Die Summe aller in einem Land hergestellten Güter pro Jahr
	b	Der Wert aller in einem Land hergestellten Güter und Dienstleistungen pro Jahr
	c	Der Bruttowert aller von Industrie- und Handwerksbetrieben erstellten Güter pro Jahr
	d	Der Bruttowert aller Sozialleistungen eines Landes pro Jahr

54	Mit welcher Maßnahme könnte die Bundesregierung in einer wirtschaftlichen Krisensituation versuchen, die Konsumgüternachfrage anzukurbeln?

	a	Die Bundesregierung kann die Tarifautonomie außer Kraft setzen.
	b	Die Bundesregierung kann der Deutschen Bundesbank eine Senkung des Diskontsatzes vorschreiben.
	c	Die Bundesregierung kann einen prozentualen Aufschlag auf die Lohn- und Einkommensteuer erheben.
	d	Die Bundesregierung kann die Lohn- und Einkommensteuer senken, um damit die Kaufkraft der Bevölkerung zu erhöhen.

55	Welche Auswirkungen kann eine Erhöhung der Umsatzsteuer (MwSt.) haben?

- [ ] a Ankurbelung der Konsumgüternachfrage
- [ ] b Höhere Gewinne für die Unternehmer
- [ ] c Nachfragerückgang nach Konsumgütern
- [ ] d Erhöhung der Kaufkraft der DM

56	Welche Aussage zur Deutschen Bundesbank ist falsch?

- [ ] a Die Deutsche Bundesbank bleibt neben der EZB bestehen.
- [ ] b Die Deutsche Bundesbank wurde mit Einführung des Euro am 1. Januar 1999 abgeschafft.
- [ ] c Die Deutsche Bundesbank sorgt für die Abwicklung des Zahlungsverkehrs.
- [ ] d Die EZB und die Deutsche Bundesbank haben ihren Sitz in Frankfurt/M.

57	Welches ist kein Instrument der EZB zur Erhaltung der Geldwertstabilität?

- [ ] a Diskontpolitik
- [ ] b Mindestreservepolitik
- [ ] c Wertpapierpensionsgeschäfte
- [ ] d Einlagen- und Refinanzierungsfaszilitäten

58	Ein Nachrichtensprecher teilt mit: »Der Lombardsatz wurde vom Europäischen System der Zentralbanken um 0,5% gesenkt.« Wie soll diese Maßnahme wirken?

- [ ] a Die Sparzinsen sollen sich erhöhen.
- [ ] b Die Kreditzinsen sollen sich erhöhen.
- [ ] c Die Kreditzinsen sollen fallen.
- [ ] d Es sollen weniger Kredite genommen werden.

59	Was bedeutet ein Anstieg des Euro-Kurses gegenüber dem Dollar für die deutsche Wirtschaft?

- [ ] a Anstieg des Exports und damit Umsatzsteigerungen
- [ ] b Umsatzverluste durch Exportrückgänge und Importsteigerungen
- [ ] c Umsatzsteigerungen durch Importrückgänge
- [ ] d Keine Auswirkungen, da eine Aufwertung nur das Ausland betrifft

60	Was ist ein EURO?

- [ ] a Milchquotenregelung in der EU
- [ ] b Münze anlässlich des Beitritts Spaniens in die EU
- [ ] c Petrodollar
- [ ] d Bezeichnung der künftigen Währung in der Europäischen Union

61	Welche Aussage zur Politik des Europäischen Systems der Zentralbanken (ESZB) ist falsch?

- [ ] a Das ESZB besteht aus der Europäischen und den nationalen Zentralbanken der »Euro-Länder«.
- [ ] b Wenn der Mindestreservesatz gesenkt wird, verfügen die Banken über mehr Geld (Liquidität) und können so die Kreditzinsen evtl. senken.
- [ ] c Im Rahmen der Einlagenfaszilitäten können die Banken bei dem ESZB Geld langfristig anlegen.
- [ ] d Der Leitzinssatz.

62	Welche Satzergänzung ist falsch? Ein Kursrückgang des US-Dollars ($) kann bewirken …

- [ ] a … eine Erhöhung der Ölpreise für die Bundesrepublik Deutschland
- [ ] b … eine Verbilligung des Urlaubs in den USA
- [ ] c … einen Rückgang der importierten Rohstoffpreise für deutsche Unternehmen
- [ ] d … einen Rückgang des Exports deutscher Waren in die USA

63	In der Zeitung lesen Sie den Begriff »Weltwirtschaftsgipfel«. Was ist hierunter zu verstehen?

- [ ] a Ein Boom in allen westlichen Industrienationen
- [ ] b Wirtschaftskonferenz von Regierungsvertretern der sieben wichtigsten Industriestaaten
- [ ] c Weltwirtschaftskonferenz der UNO
- [ ] d Konferenz der Nord-Süd-Kommission

64	In den wirtschaftspolitischen Nachrichten ist häufig von einem »Warenkorb« die Rede. Wozu dient er?

- [ ] a Um einzukaufen
- [ ] b Zur Darstellung der Konsumwünsche der Bevölkerung
- [ ] c Zur Dokumentation der wirtschaftlichen Entwicklung
- [ ] d Zur Ermittlung der Entwicklung der Lebenshaltungskosten

65	Welches wirtschaftspolitische Ziel der Bundesregierung zählt nicht zum so genannten magischen Viereck?

- [ ] a Vollbeschäftigung und Preisstabilität
- [ ] b Außenwirtschaftliches Gleichgewicht
- [ ] c Möglichst geringe Umweltbelastung
- [ ] d Angemessenes und stetiges Wirtschaftswachstum

66	Was besagt es, wenn die Zahlungsbilanz eines Landes negativ ist?

- [ ] a Das Land hat in einem Jahr mehr bei anderen Ländern ausgegeben, als es eingenommen hat.
- [ ] b Das Land hat mehr Güter ex- als importiert.

- [ ] c Das Land hat mehr EU-Beiträge erstattet bekommen, als es bezahlt hat.
- [ ] d Das Land hat zu wenig Entwicklungshilfe bezahlt.

67	Welche Bedingungen müssen erfüllt sein, damit ein Land der Europäischen Währungsunion beitreten kann?

- [ ] a In einer Volksbefragung müssen 75 Prozent der Wahlberechtigten einverstanden sein.
- [ ] b Die Schulden der öffentlichen Hand müssen vollständig abgebaut sein.
- [ ] c Der gesamte Schuldenstand eines Landes darf nicht höher als 60% des Bruttoinlandsprodukts sein.
- [ ] d Die Inflationsrate eines Landes darf 5% nicht übersteigen und nicht höher als 2% über dem Durchschnitt der übrigen EU-Länder liegen.

68	Welche Aussage zum Euro ist richtig?

- [ ] a Es gibt keine Wechselkursschwankungen mehr innerhalb der Länder der Währungsunion.
- [ ] b Der Euro ist ab 1. Jan. 1999 als Bargeldersatz im Umlauf.
- [ ] c Die Preise für Güter und Dienstleistungen in den EU-Staaten sind nach Einführung des Euro gleich.
- [ ] d Alle jetzigen Währungen haben nach Einführung des Euro die gleiche Inflationsrate.

Die Lösungen zu den Aufgaben 44–68 (Wirtschaftspolitik) siehe S. 193.

Wirtschaft und Soziales	*Sozialpolitik*

69	Welche Versicherung zählt nicht zur Sozialversicherung?

- [ ] a Rentenversicherung
- [ ] b Haftpflichtversicherung
- [ ] c Unfallversicherung
- [ ] d Arbeitslosenversicherung

70	In der Bundesrepublik Deutschland ist die Rente aus der gesetzlichen Rentenversicherung dynamisiert. Was bedeutet dies?

- [ ] a Die Renten passen sich den jährlichen durchschnittlichen Lohnsteigerungen an.
- [ ] b Die Renten steigen in Höhe der Inflationsraten.
- [ ] c Die Renten sind dynamisch, d.h. sie können steigen und fallen.
- [ ] d Die Renten steigen jedes Jahr mit dem gleichen Prozentsatz.

71	Welches Ereignis gilt als Geburt der deutschen Sozialversicherung?

- [ ] a Kaiserliche Botschaft Wilhelms I.
- [ ] b Inkrafttreten des Grundgesetzes
- [ ] c Die Gründung der ersten privaten Versicherung
- [ ] d Der Beginn der sozialen Marktwirtschaft

72	Welche Aussage über den so genannten »Generationenvertrag« trifft nicht zu?

- [ ] a Der Generationenvertrag besagt, dass der jeweils arbeitende Teil der Bevölkerung die Renten für die Rentner trägt.
- [ ] b Eine Gefahr für das System des Generationenvertrags ist der Geburtenrückgang.
- [ ] c Die Renten der jetzt im Arbeitsalter befindlichen Generationen sollen von der nachfolgenden Generation beglichen werden.
- [ ] d Rentner mit hohen Renten sollen Arbeitslose unterstützen.

73	Die deutsche Sozialversicherung beruht auf dem Solidarprinzip. Welche Aussage hierzu ist falsch?

- [ ] a Gesunde zahlen für Kranke
- [ ] b Beschäftigte zahlen für Arbeitslose
- [ ] c Beamte zahlen für Arbeitsplatzsuchende
- [ ] d Junge zahlen für Alte

74	Wer bezahlt die Beiträge zur Sozialversicherung?

- [ ] a Jeder Arbeitnehmer und Auszubildende
- [ ] b Renten-, Kranken- und Arbeitslosenversicherungsbeiträge zahlt der Arbeitnehmer allein, der Arbeitgeber übernimmt die betrieblichen Unfallversicherungsbeiträge.

c Alle Beiträge zahlen Arbeitnehmer und Arbeitgeber zu je 50%.

d Der Arbeitgeber trägt den Beitrag zur betrieblichen Unfallversicherung allein, die anderen Beiträge werden zu je 50% von Arbeitnehmern und Arbeitgebern beglichen.

75	Welches Merkmal gilt nicht für die soziale Marktwirtschaft?

a Steuererleichterungen

c Arbeitsplatzgarantie

b Freier Wettbewerb

d Gewerbefreiheit

76	»ABM« ist ...

a ... ein Allgemeines-Beschäftigungszahl-Modell: Prognose der Bundesanstalt für Arbeit für den jeweils kommenden Monat.

b ... der Aktien-Börsen-Markt-Kurs der Wertpapierbörse aus Frankfurt.

c ... eine allgemeine Bundesratsmaßnahme zur Änderung eines Gesetzes.

d ... eine Arbeitsbeschaffungsmaßnahme für Langzeitarbeitslose.

77	Was bedeutet »Bündnis für Arbeit«?

a Gewerkschaften und Arbeitgeber einigen sich auf eine »Null-Runde«.

b Die Sozialversicherungsbeiträge sollen auch von den Beamten bezahlt werden.

☐ c Gewerkschaften, Arbeitgeberverbände und Politiker versuchen in einem gemeinsamen Konzept die Arbeitslosigkeit zu bekämpfen.

☐ d Gemeinsamer Kampf der Bundesländer gegen Schwarzarbeit und illegale Leiharbeiter aus anderen Ländern.

Die Lösungen zu den Aufgaben 69–77 (Sozialpolitik) siehe unten.

Wirtschaft und Soziales	*Lösungen*

Lösungen: Wirtschaftliche Grundbegriffe

1 b – **2** c – **3** b – **4** d – **5** c – **6** d – **7** c – **8** b – **9** a – **10** b – **11** d – **12** c – **13** b – **14** d – **15** b – **16** c – **17** d – **18** d – **19** a – **20** b – **21** d – **22** d – **23** b – **24** b – **25** b

Lösungen: Geld

26 c – **27** a – **28** d – **29** a – **30** b – **31** b – **32** d – **33** a – **34** d – **35** c – **36** c – **37** a – **38** d – **39** a – **40** c – **41** d – **42** c – **43** b

Lösungen: Wirtschaftspolitik

44 c – **45** b – **46** a – **47** b – **48** d – **49** c – **50** c – **51** c – **52** c – **53** b – **54** d – **55** c – **56** b – **57** a – **58** c – **59** b – **60** d – **61** c – **62** a – **63** b – **64** d – **65** c – **66** a – **67** c – **68** a

Lösungen: Sozialpolitik

69 b – **70** a – **71** a – **72** d – **73** c – **74** d – **75** c – **76** d – **77** c

Politik	*Vorwort und Literaturtipp*

Die täglich in großer Flut über uns hereinbrechenden politischen Mitteilungen in Presse, Rundfunk und Fernsehen werden häufig nicht oder nur wenig beachtet.

Die Ursache liegt oft darin, dass bestimmte Grundkenntnisse fehlen, ohne die solche Nachrichten nicht eingeordnet werden können.

Politik muss nicht langweilig oder undurchsichtig sein. In einem demokratischen Staat hat jeder Mitbürger nicht nur das Recht, sondern die Pflicht, am politischen Entscheidungsprozess teilzunehmen. Deshalb kommt der Aufgeschlossenheit gegenüber politischen Fragestellungen in fast allen Lebenssituationen ein starkes Gewicht zu.

Unter dem Stichwort »Vorabinformation« werden Ihnen für den größten Teil der folgenden Testfragen Beantwortungshilfen zu Beginn der jeweiligen Kapitel gegeben.

Literatur für weiter gehende Studien:

☛ Schneider/Zindel/Pollert, Blickpunkt Politik, Winklers Verlag, Darmstadt

☛ Grundwissen Politik, Klett-Verlag, Stuttgart

Politik	*Merkmale der Demokratie – Das Grundgesetz*

Vorabinformation

Das Grundgesetz der Bundesrepublik Deutschland wurde vier Jahre nach dem Ende des Zweiten Weltkrieges verkündet. Vorausgegangen waren erfolglose Verhandlungen der vier Siegerstaaten über die politische und wirtschaftliche Zukunft Deutschlands. Unter Leitung von Prof. Dr. Carlo Schmid wurden vom Parlamentarischen Rat und dessen Präsidenten Konrad Adenauer die Grundzüge der parlamentarischen Demokratie Westdeutschlands erarbeitet und am 23. Mai 1949 verkündet. Dabei wurde der eigentlich übliche Begriff »Verfassung« bewusst nicht verwendet, weil das Grundgesetz nur eine Übergangslösung bis zur gut 40 Jahre später erreichten Einheit Deutschlands darstellen sollte.

Im Grundgesetz ist festgelegt, dass die Bundesrepublik Deutschland ein sozialer Rechtsstaat ist, in der die Bürgerinnen und Bürger über Grundrechte verfügen, die zum Teil unabänderlich festgeschrieben sind, zumindest aber nicht in ihrem Wesensgehalt angetastet werden dürfen. In den ersten 19 Artikeln des Grundgesetzes werden die Menschenwürde sowie die Freiheits-, Unverletzlichkeits-, Gleichheitsrechte sowie die sozialen Grundrechte festgelegt.

Ein weiteres wichtiges Element ist die Gewaltenteilung mit der zentralen Aussage, dass alle Staatsgewalt vom Volke ausgeht und sich durch demokratische Wahlen, aber z. B. auch durch das Recht auf freie Meinungsäußerung ausdrückt. Die Gewaltenteilung findet ihren konkreten Ausdruck in den Organen der Legislative (Gesetzgebung), der Exekutive (Ausführung) sowie der Judikative (unabhängige Justiz).

Der Name Bundesrepublik besagt aber auch, dass sich die Länder zu einem Bundesstaat zusammengeschlossen haben. Die ursprünglich 11 und nach der Vereinigung jetzt 16 Bundesländer haben eigene Verfassungen und staatliche Gewalten. Politisch sind sie auf Bundesebene durch den Bundesrat vertreten. Die Staatsgebiete der Länder sind selbstverständlich zugleich auch Bundesgebiete. In einigen Bereichen haben die Länder die Möglichkeit der eigenständigen Gesetzgebung, die durch die konkurrierende Gesetzgebung mit Kompetenzen von Bund und Ländern ergänzt wird. Hier gilt im Zweifel der Grundsatz, dass das Bundesrecht höherwertig ist (»Bundesrecht bricht Landesrecht«). Bestimmte Bereiche der Gesetzgebung sind ausschließlich dem Bund vorbehalten (z. B. die Außenpolitik).

1	Wann wurde das Grundgesetz der Bundesrepublik Deutschland verkündet?

- [ ] a Am 30. Juni 1945
- [ ] c Am 23. Mai 1949
- [ ] b Am 17. Juni 1953
- [ ] d Am 8. Mai 1945

2	Was steht in Artikel 1 und damit an oberster Stelle des Grundgesetzes?

- [ ] a Freie Meinungsäußerung
- [ ] c Vereinigungsfreiheit
- [ ] b Menschenwürde
- [ ] d Koalitionsfreiheit

3	Welches Gericht überwacht die Einhaltung des Grundgesetzes?

- [ ] a Amtsgericht
- [ ] b Bundesverfassungsgericht
- [ ] c Landgericht
- [ ] d Bundesgerichtshof

4	Was gehört zur ausschließlichen Gesetzgebung des Bundes?

- [ ] a Wohnungswesen
- [ ] b Verteidigung
- [ ] c Schulverwaltung
- [ ] d Naturschutz und Gewässerreinhaltung

5	In welchem Verhältnis stehen Bundes- und Landesrecht?

- [ ] a Bundesrecht steht unter Landesrecht.
- [ ] b Landesrecht bricht Bundesrecht.
- [ ] c Bundesrecht bricht Landesrecht.
- [ ] d Bundes- und Landesrecht schließen sich gegenseitig aus.

6	Welches Organ gehört zur gesetzgebenden Gewalt?

- [ ] a Bundestag
- [ ] b Bundesversammlung
- [ ] c Bundesregierung
- [ ] d Bundesverfassungsgericht

7	Welche Rechte stehen im Grundgesetz (Artikel 1–19)?

☐ a Freiheitsrechte

☐ b Strafrechte

☐ c Steuerrechte

☐ d Ehrenrechte

8	Welche Aussage kennzeichnet einen Rechtsstaat?

☐ a Gerichte erlassen Gesetze.

☐ b Rechtssicherheit ist gewährleistet.

☐ c Gesetze verordnet die Bundesregierung.

☐ d Länderrecht geht vor Bundesrecht.

9	Welche Aussage zu der Änderung von Grundrechten stimmt?

☐ a Grundrechte dürfen niemals geändert werden.

☐ b Änderungen können in bestimmten Grenzen nur mit einer qualifizierenden Mehrheit von Bundestag und Bundesrat erfolgen. Der Wesensgehalt darf aber nicht verändert werden.

☐ c Einer Grundgesetzänderung muss das Bundesverfassungsgericht zustimmen.

☐ d Grundrechte können von der Bundesregierung jederzeit geändert werden.

10	Welche Aussage zum Eigentumsrecht des Grundgesetzes ist richtig?

- [ ] a In der Bundesrepublik gibt es nur Privateigentum.
- [ ] b Eigentum muss immer dem Allgemeinwohl dienen.
- [ ] c Eigentum verpflichtet. Sein Gebrauch soll auch dem Wohle der Allgemeinheit dienen.
- [ ] d Enteignungen sind nicht möglich.

11	Welches der nachfolgenden Merkmale passt nicht zu einem demokratischen Regierungssystem?

- [ ] a Wettbewerb mehrerer Parteien
- [ ] b Versuch politischer Einflussnahme durch Bürgerinitiativen
- [ ] c Bildung von Koalitionen verschiedener Fraktionen
- [ ] d Kontrolle der Gerichte durch Regierungen

12	Die ausführende Gewalt ist die Exekutive. Es ist …

- [ ] a … die Opposition.
- [ ] c … die Koalition.
- [ ] b … das Parlament.
- [ ] d … die Regierung.

13	Welche Staatsform besitzt die Bundesrepublik Deutschland?

- [ ] a Diktatur
- [ ] b Konstitutionelle Demokratie
- [ ] c Parlamentarische Demokratie
- [ ] d Präsidialdemokratie

14	Mit welcher Mehrheit kann das Grundgesetz geändert werden?

- [ ] a zwei Drittel von Bundesrat und Bundestag
- [ ] b drei Viertel von Bundesrat und Bundestag
- [ ] c absolute Mehrheit von Bundestag und Bundesrat
- [ ] d absolute Mehrheit der Bundesversammlung

15	Welche Farbenfolge hat die Flagge der Bundesrepublik Deutschland?

- [ ] a rot-gold-blau
- [ ] b rot-gold-schwarz
- [ ] c schwarz-rot-gold
- [ ] d schwarz-blau-rot

Die Lösungen zu den Aufgaben 1–15 (Das Grundgesetz) siehe S. 246.

Politik	*Merkmale der Demokratie – Wahlen*

16	Wahlen sind in Demokratien …

- [ ] a … geheime Abstimmungen über Personen oder Parteien.
- [ ] b … unmittelbare Bestätigungen von Regierungen.
- [ ] c … offene politische Willensbekundungen.
- [ ] d … Pflichtabstimmungen.

17	Wahlberechtigt ist jeder Bürger, der die Ehrenrechte besitzt und …

- [ ] a … 21 Jahre
- [ ] b … 19 Jahre
- [ ] c … 16 Jahre
- [ ] d … 18 Jahre alt ist.

18	Passives Wahlrecht heißt …

- [ ] a … wählen zu können.
- [ ] b … gewählt werden zu können.
- [ ] c … frei zu wählen.
- [ ] d … unmittelbar zu wählen.

19	Wie oft finden Bundestagswahlen statt?

- [ ] a jährlich
- [ ] b alle 5 Jahre
- [ ] c alle 4 Jahre
- [ ] d alle 6 Jahre

20	Welche Aussage zum Wahlrecht in der Bundesrepublik Deutschland ist falsch?

- [ ] a Alle Stimmen zählen gleich viel.
- [ ] b Der Bundeskanzler wird direkt gewählt.
- [ ] c Wahlen sind geheim.
- [ ] d Der Bundesrat wird nicht gewählt.

21	Im Deutschen Bundestag sitzen regulär ...

- [ ] a ... 328 stimmberechtigte Abgeordnete.
- [ ] b ... 1024 Abgeordnete.
- [ ] c ... 496 Abgeordnete.
- [ ] d ... 656 stimmberechtigte Abgeordnete.

Die Lösungen zu den Aufgaben 16–21 (Wahlen) siehe S. 246.

Vorabinformation

Das in der Bundesrepublik Deutschland gültige Wahlrecht sieht eine Kombination von Mehrheits- und Verhältniswahl vor. Bei diesem modifizierten Verhältniswahlrecht verfügt der Wähler über zwei Stimmen.

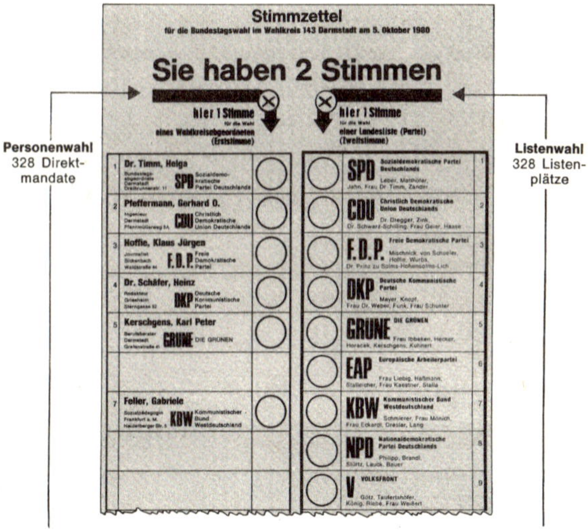

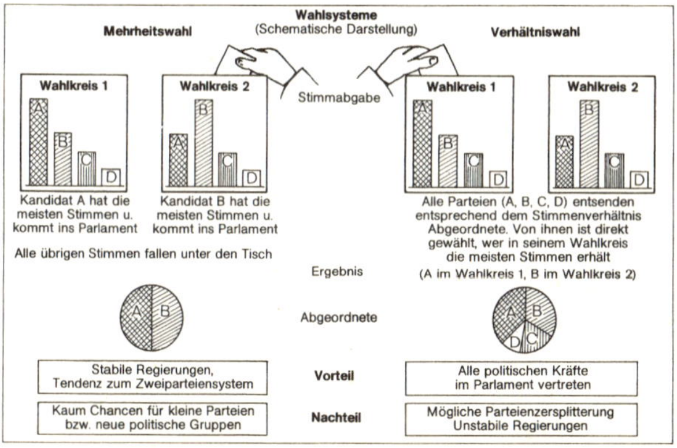

Quelle: Schneider, Zindel, Pollert, Blickpunkt Politik, Winklers Verlag, Darmstadt Nr. 3031

Die Bundesrepublik Deutschland besteht aus 328 Wahlkreisen mit ungefähr gleichen Bevölkerungszahlen. Die Anzahl entspricht der Hälfte der Bundestagsmandate (656). Jeder Wähler hat zwei Stimmen. Die Erststimme kommt dem Wahlkreiskandidaten zugute, die Zweitstimme der Partei, die in jedem Bundesland eine Kandidatenliste erstellt.

22	In wie viele Wahlkreise wird die Bundesrepublik Deutschland eingeteilt?

- [ ] a 328
- [ ] b 496
- [ ] c 656
- [ ] d 522

23	Was bedeutet Mehrheitswahl? Gewählt ist der Kandidat mit der …

- [ ] a … einfachen Mehrheit.
- [ ] b … absoluten Mehrheit.
- [ ] c … qualifizierten Mehrheit.
- [ ] d … $\frac{2}{3}$-Mehrheit.

24	Mit der Zweitstimme wählt man …

- [ ] a … einen Parteikandidaten.
- [ ] b … eine Parteiliste.
- [ ] c … einen Direktkandidaten.
- [ ] d … den Bundeskanzler.

25	Über wie viele Stimmen verfügt der Wähler beim so genannten »modifizierten Verhältniswahlrecht« bei Bundestagswahlen?

☐ a eine ☐ b zwei ☐ c drei ☐ d vier

Vorabinformation

Nicht alle Parteien, die Wählerstimmen erhalten, kommen in den Bundestag. Um einer zu starken Zersplitterung mit Koalitionsbildungen aus vielen kleinen Parteien vorzubeugen, hat man die 5 %-Klausel eingeführt. Eine Partei muss bei einer Wahl mindestens 5 % der abgegebenen Stimmen oder drei Direktmandate auf sich vereinigen. Erst dann wird sie im Bundestag durch Abgeordnete vertreten sein. Die 5 %-Klausel ist nicht unumstritten, aber sie verhindert Splitterparteien und soll damit die Effektivität der Bundestagsarbeit erhöhen. Andererseits wird kleinen Parteien damit die Existenzbasis und ein politischer Einfluss erschwert.

26	Eine Partei fällt unter die 5 %-Klausel. Was heißt das?

☐ a Sie hat weniger als 5 % der Erststimmen erreicht.

☐ b Der Zweitstimmenanteil liegt 5 % unter den Erststimmen.

☐ c Der Anteil an den abgegebenen gültigen Zweitstimmen liegt unter 5 %.

☐ d 5 % der Wähler sprechen sich für ein Verbot der Partei aus.

27	Eine Partei erreicht bei einer Wahl nur 4,9 % der Zweitstimmen. Welche Aussage gilt?

- [ ] a Sie kommt auf keinen Fall ins Parlament.
- [ ] b Wenn sie mindestens ein Direktmandat erreicht, zieht dieser Kandidat ins Parlament ein.
- [ ] c Um ins Parlament zu kommen, müssen mindestens drei Direktmandate erreicht werden.
- [ ] d Wenn eine andere Partei 0,1 % der Stimmen abtritt, ist ein Parlamentseinzug möglich.

Die Lösungen zu den Aufgaben 22–27 (Wahlen) siehe S. 246.

Vorabinformation

Eine Grundlage für die Sitzverteilung bildet das von dem belgischen Mathematiker d'Hondt erfundene Höchstzahlverfahren. Dieses d'Hondt'sche Verfahren setzt voraus, dass eine feststehende Zahl von Mandaten zu vergeben ist. Die Ermittlung der sog. Höchstzahlen erfolgt, indem man die auf jede Partei entfallene Stimmenzahl jeweils durch 1, 2, 3, 4 usw. dividiert. Bei der Verteilung der Mandate auf die einzelnen Parteien werden nunmehr diese Teilungsergebnisse miteinander verglichen.

Das 1. Mandat fällt der Partei mit den meisten Stimmen zu. Das von dieser Partei erzielte Wahlergebnis wird jetzt durch 2 geteilt und das Resultat mit den Wahlergebnissen der übrigen Parteien verglichen. Die Partei, die nunmehr das höchste Teilungsergebnis (= Höchstzahl) aufweist, erhält das zweite Mandat.

Sobald eine Partei auf Grund einer Höchstzahl ein Mandat zugeteilt wird, muss ihre Ausgangszahl (= ursprüngliches Stimmenergebnis) weiter geteilt werden. Das Verfahren wird so lange fortgesetzt, bis alle Mandate vergeben sind.

Beispiel: Parteien	A	B	C	D	E	
Stimmen	720	600	540	420	100	
: 1	①720	②600	③540	④420	100	
: 2	⑤360	⑥300	⑦270	⑨210		
: 3	⑧240	⑩200	180	140		
: 4	↓ 180	↓	↓	↓	↓	
	3 :	3 :	2 :	2 :	0 :	= 10 Sitze

Ein anderes Verfahren zur Ermittlung der Sitzverteilung ist das von Hare/Niemeier. Es findet immer stärkere Verbreitung und arbeitet nicht mit Höchstzahlen wie d'Hondt, sondern streng nach dem Stimmenverhältnis. Die Anzahl der Sitze einer Partei wird mit folgender Formel errechnet:

$$\text{Sitze} = \frac{\text{auf die Partei entfallene Stimmenzahl} \cdot \text{Zahl der zu vergebenden Sitze}}{\text{Gesamtzahl der abgegebenen gültigen Stimmen}}$$

Im oben aufgeführten Beispiel ergäbe dies folgende Rechnung:

$$\text{Partei A} = \frac{720 \cdot 10}{2380} = 3{,}0252$$

$$\text{Partei B} = \frac{600 \cdot 10}{2380} = 2{,}5210$$

$$\text{Partei C} = \frac{540 \cdot 10}{2380} = 2{,}2689$$

$$\text{Partei D} = \frac{420 \cdot 10}{2380} = 1{,}7647$$

$$\text{Partei E} = \frac{100 \cdot 10}{2380} = 0{,}4201$$

Die einzelnen Parteien erhalten zunächst die der jeweiligen Zahl vor dem Komma entsprechende Zahl von Sitzen. Hier wären es für A, B, C und D jeweils 3, 2, 2 und 1 Sitz. Partei E bleibt ohne Sitz, da die 5 %-Hürde nicht überschritten wird.

Die noch zu vergebenden 2 restlichen Sitze erhalten die Parteien, die hinter dem Komma in obiger Rechnung die größten Zahlen aufweisen. In diesem Falle wären es die Parteien D (0,7) und B (0,5). Damit ergibt sich eine endgültige Verteilung, wie sie auch dem Verfahren nach d'Hondt entsprochen hätte.
Das Verfahren nach Hare/Niemeier wird auch bei Bundestagswahlen angewandt!

28	Wonach richtet sich die Sitzplatzverteilung im Deutschen Bundestag?

☐ a Nach den Direktmandaten

☐ b Nach dem Zweitstimmenanteilen

☐ c Nach den Überhangmandaten

☐ d Nach den Erststimmenanteilen

29	Das d'Hondt'sche Verfahren verteilt die Sitze nach dem ...

- [ ] a ... relativen Direktwahlsystem.
- [ ] b ... Mehrheitswahlsystem.
- [ ] c ... Verhältniswahlsystem.
- [ ] d ... Mischwahlsystem.

30	Wie viele Sitze erhält die Partei B nach dem Höchstzahlverfahren bei folgendem Wahlergebnis (insgesamt sind 6 Sitze zu vergeben): A = 4000 B = 3000 C = 1500 D = 250

- [ ] a 1 Sitz
- [ ] b 2 Sitze
- [ ] c 3 Sitze
- [ ] d 4 Sitze

31	Eine Partei hat die absolute Mehrheit bei mindestens ...

- [ ] a ... 66 $\frac{2}{3}$ % der Mandate.
- [ ] b ... 50 % der Mandate.
- [ ] c ... 75 % der Mandate.
- [ ] d ... mehr als 50 % der Mandate.

32	Was ist eine Koalition?

- [ ] a Zusammenschluss von Parteien
- [ ] b Regierungsbildung durch verschiedene Parteien
- [ ] c Rücktritt eines Ministers
- [ ] d Aufnahme von Tarifverhandlungen

33	Wie wird die Sitzplatzverteilung nach Hare/Niemeier berechnet?

- [ ] a $\dfrac{\text{gültige Stimmen} \cdot \text{Sitzzahl}}{\text{abgegebene Stimmen}}$
- [ ] b $\dfrac{\text{abgegebene Stimmen}}{\text{gültige Stimmen}}$
- [ ] c $\dfrac{\text{gültige Stimmen pro Partei} \cdot \text{Zahl der zu vergebenden Sitze}}{\text{insgesamt abgegebene gültige Stimmen}}$
- [ ] d Kein Bruch ist richtig

34	Nach Hare/Niemeier erhalten vier Parteien folgende (als Dezimalzahl) errechnete Sitze: A = 10,216 B = 8,314 C = 3,523 D = 0,804 Wie viele Sitze erhält die Partei C in einem Parlament mit 23 Mandatsträgern?

- [ ] a 1 Sitz
- [ ] c 3 Sitze
- [ ] b 2 Sitze
- [ ] d 4 Sitze

35	Die Parteien (siehe Nr. 34) haben folgende Direktmandate errungen: A = 3 B = 1 C = 2 D = 2 Welche Partei erhält ein Überhangmandat?

☐ a Partei A

☐ b Partei B

☐ c Partei C

☐ d Partei D

36	Wann erhält eine Partei ein Überhangmandat?

☐ a Wenn sie mehr Erst- als Zweitstimmen hat.

☐ b Wenn sie mehr Zweit- als Erststimmen hat.

☐ c Wenn die Anzahl der Direktmandate höher ist als die Listenplätze nach dem Zweitstimmenanteil.

☐ d Wenn der Bundeskanzler einen neuen Minister ernennt.

Die Lösungen zu den Aufgaben 28–36 (Wahlen) siehe S. 246.

Politik	*Parlament und Regierung – Bundestag*

Vorabinformation

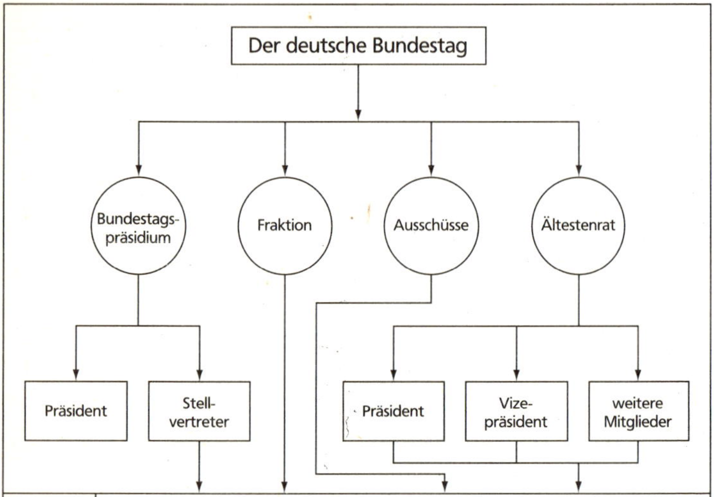

Wahl Zusammen-setzung	• Wahl erfolgt durch die Abgeordneten • Präsident ist traditionsgemäß Mitglied der stärksten Fraktion	• Nach Ergebnis der Bundestagswahl • Mindestens 33 Mitglieder pro Fraktion	• Ernennung der Fraktionsmitglieder entsprechend der Zusammensetzung des Bundestages	• Ernennung durch die Fraktionen entsprechend ihren Stärke-verhältnissen
Aufgaben	• Hausrecht und Polizeigewalt in den Bundes-tagsgebäuden • Erteilung und Entzug des Rede-rechts an Abgeordnete	• Gesetzesvorlagen • Anfragen im Bundestag • Abstimmungen im Bundestag	• Informations-beschaffung und Beratung als Entscheidungs-hilfe	• Zeitliche Planung, Koordination und Steuerung der Bundes-tagsarbeit

Quelle: Schneider, Zindel, Pollert, Blickpunkt Politik, Winklers Verlag, Darmstadt

37	Was versteht man unter einer Fraktion?

- [ ] a Zusammenschluss von Politikern einer Partei
- [ ] b Arbeitsvereinbarung zwischen Parteien
- [ ] c Bruch in einer Koalition
- [ ] d Gruppe, die den Kanzler zu stürzen versucht

38	Wer steht an der Spitze des Bundestages?

- [ ] a Bundestagspräsident
- [ ] b Bundesratspräsident
- [ ] c Bundeskanzler
- [ ] d Bundespräsident

39	Aus wie vielen Personen muss eine Fraktion mindestens bestehen?

- [ ] a 24
- [ ] b 148
- [ ] c 28
- [ ] d 33

40	Welche Aufgabe hat der Petitionsausschuss?

- [ ] a Kontrolle der Redezeit von Abgeordneten
- [ ] b Entgegennahme von Anträgen zur Tagesordnung
- [ ] c Entgegennahme von Beschwerden aus der Bevölkerung
- [ ] d Vorarbeit zu den Bundestagssitzungen

41	Wer erteilt den Abgeordneten das Rederecht?

☐ a Bundeskanzler

☐ b Ministerpräsident

☐ c Bundesminister

☐ d Bundestagspräsident

42	Welche Personen gehören zum Plenum?

☐ a alle Abgeordneten

☐ b alle Minister

☐ c alle Zuschauer

☐ d alle Regierungsmitglieder

43	In welchem Falle handelt es sich um eine Vertrauensfrage im Sinne des Art. 68 GG[1]?

☐ a Eine Fraktion (mindestens 33 Abgeordnete) stellt den Antrag, dem Kanzler das Vertrauen auszusprechen.

☐ b Der Bundeskanzler beantragt, ihm das Vertrauen auszusprechen.

☐ c Ein Minister bittet nach einem besonderen Vorfall, dass das Parlament und der Bundespräsident ihm das Vertrauen aussprechen.

☐ d Der Bundespräsident beantragt im Deutschen Bundestag eine Abstimmung über den Bundeskanzler.

1 GG = Abkürzung für »Grundgesetz«

44	Die notwendige Mehrheit wird bei der Vertrauensfrage nicht erreicht. Was passiert nun?

- [ ] a Der Bundestag gilt ab sofort als aufgelöst.
- [ ] b Binnen 24 Stunden wird ein neuer Kanzler gewählt.
- [ ] c Binnen 21 Tagen kann der Bundespräsident den Bundestag auflösen.
- [ ] d Der Bundestag muss binnen 48 Stunden aufgelöst und Neuwahlen ausgeschrieben werden.

45	Was versteht man unter einer »Interpellation« im Deutschen Bundestag?

- [ ] a Große Anfrage
- [ ] c Redeschlacht
- [ ] b Aktuelle Stunde
- [ ] d Kleine Anfrage

46	Was ist ein »imperatives Mandat«?

- [ ] a Abgeordnete sind nur ihrem Gewissen unterworfen.
- [ ] b Abgeordnete sind an Weisungen gebunden.
- [ ] c Abgeordnete sind straffrei.
- [ ] d Abgeordnete genießen vollen Rechtsschutz vor Verfolgungen.

47	Von wie vielen Abgeordneten muss eine »große Anfrage« unterstützt werden?

- [ ] a 52
- [ ] b 256
- [ ] c 128
- [ ] d 33

48	Welche der folgenden Aufgaben steht dem Bundestag nicht zu?

- [ ] a Verabschiedung von Gesetzen
- [ ] b (Mit-)Wahl des Bundespräsidenten
- [ ] c Wahl des Bundeskanzlers
- [ ] d Kontrolle des Bundesrates

49	Wer beruft die Mitglieder des Bundesrates?

- [ ] a Der Bundestag unter Berücksichtigung der Herkunft der Abgeordneten
- [ ] b Der Bundespräsident auf Vorschlag des Bundeskanzlers
- [ ] c Die Länderregierungen
- [ ] d Die Parteien der einzelnen Länder

50	Unter dem Begriff »Opposition« versteht man …

- [ ] a … die Mehrheitsfraktion(en) im Bundestag.
- [ ] b … die Minderheitsfraktion(en) des Bundestages.
- [ ] c … die Regierungsparteien.
- [ ] d … die Partei mit weniger als 50 %.

51	Was versteht man unter einem politischen »Junktim«?

☐ a Koppelung verschiedener Verträge oder Gesetzesvorlagen zum Zwecke einer gemeinsamen Annahme

☐ b Verpflichtung für einen Abgeordneten, sich dem Mehrheitsbeschluss der Fraktion zu beugen

☐ c Rücktritt eines Ministers nach Misstrauensvotum

☐ d Regierungsumbildung nach einer Parlamentskrise

52	Was steht hinter dem Begriff »Ratifizierung«?

☐ a Zustimmung mehrerer Parlamente zu einem Vertragswerk

☐ b Ablehnung eines Gesetzesparagrafen

☐ c Einschaltung des Vermittlungsausschusses in eine Gesetzesverabschiedung

☐ d Abänderung eines Grundrechtes mit der qualifizierten Mehrheit von Bundestag und Bundesrat

53	Eine »Paraphierung« ist die …

☐ a … Unterzeichnung von Staatsverträgen durch beglaubigte Vertreter.

☐ b … Unterschrift des Bundespräsidenten unter ein Verwaltungsurteil.

☐ c … Verabschiedung eines Gesetzes im Bundestag.

☐ d … Notiz wichtiger Mitteilungen.

Die Lösungen zu den Aufgaben 37–53 (Bundestag) siehe S. 246.

Politik	*Parlament und Regierung – Abgeordnete*

Vorabinformation

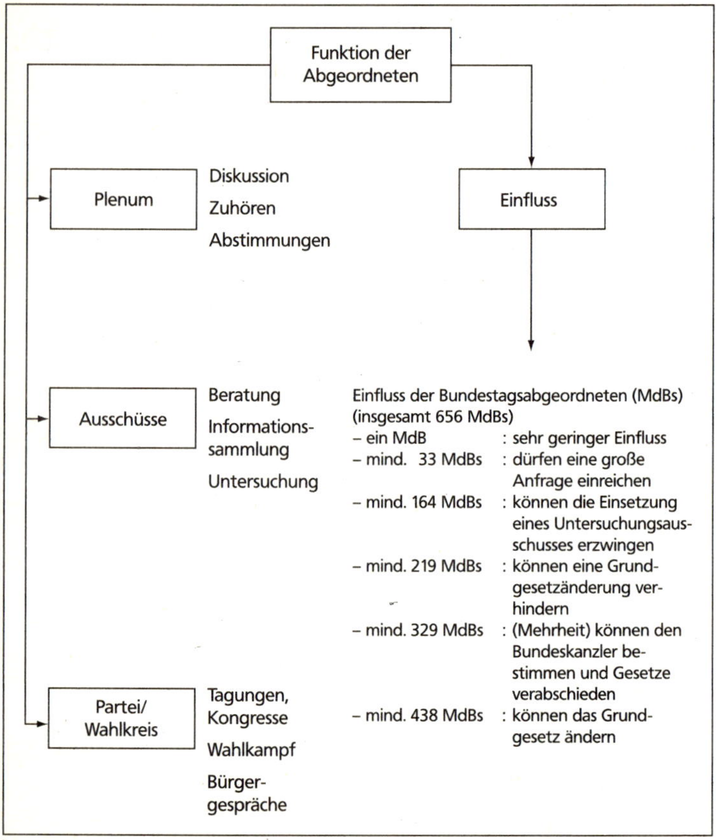

Quelle: Schneider, Zindel, Pollert, Blickpunkt Politik, Winklers Verlag, Darmstadt

54	Wie viele Abgeordnete können eine Grundgesetzänderung verhindern?

- [ ] a Mindestens 26
- [ ] b Mindestens 52
- [ ] c Mindestens 248
- [ ] d Mindestens 219

55	Zur Wahl des Bundeskanzlers benötigt man die …

- [ ] a … einfache Mehrheit.
- [ ] b … qualifizierte Mehrheit.
- [ ] c … absolute Mehrheit.
- [ ] d … $\frac{2}{3}$-Mehrheit.

56	Die absolute Mehrheit ist bei 656 Abgeordneten erreicht bei …

- [ ] a … mehr als 126 Stimmen.
- [ ] b … mindestens 329 Stimmen.
- [ ] c … mehr als 196 Stimmen.
- [ ] d … mindestens 332 Stimmen.

57	Grundgesetzänderungen bedürfen einer …

- [ ] a … absoluten Mehrheit des Bundestages.
- [ ] b … $\frac{2}{3}$-Mehrheit des Bundestages und Bundesrates.
- [ ] c … relativen Mehrheit des Bundestages.
- [ ] d … $\frac{3}{4}$-Mehrheit des Bundestages und Bundesrates.

58	Wie viele Abgeordnete sind mindestens zur Bildung einer Fraktion notwendig?

☐ a 1 ☐ b 33 ☐ c 56 ☐ d 128

59	Ordnen Sie den Begriffen »Immunität«, »Diäten«, »Legislative« die richtigen Bedeutungen zu. Welche der unten stehenden Kombination ist richtig?

A	Immunität	1	gesetzgebende Gewalt
B	Diäten	2	Abmagerungskur für Abgeordnete
C	Legislative	3	Schutz vor strafrechtlicher Verfolgung
		4	Gebundenheit an Parteianweisungen
		5	Pflicht zur Teilnahme an Sitzungen
		6	Abgeordnetenbezüge
		7	ausführende Gewalt

☐ a A 4 / B 2 / C 3 ☐ c A 5 / B 6 / C 7

☐ b A 3 / B 6 / C 1 ☐ d A 3 / B 1 / C 7

60	Kennzeichnen Sie die richtige Aussage zu dem Mandat von Abgeordneten!

☐ a Das Mandat ist an die Person gebunden.

☐ b Das Mandat gehört der Partei.

| | c | Direktkandidaten können im Unterschied zu Listenkandidaten bei einem Parteiwechsel das Mandat behalten.

| | d | Mehrheitsbeschlüsse der Partei können einen Abgeordneten zum Rücktritt zwingen.

61	Was heißt »Rotationsprinzip« bei der Mandatsausübung?

| | a | Neue Form des Wahlsystems

| | b | Abgeordnete behalten ihr Mandat nur eine bestimmte Zeit und treten dann zurück.

| | c | Tausch von Ministerposten nach vorhergehender Absprache

| | d | Abgeordnete müssen sowohl im Plenum als auch in ihren Wahlkreisen ständig ansprechbar sein, d. h., sie rotieren zwischen beiden Orten.

62	Was gehört *nicht* zu den Sonderrechten von Abgeordneten?

| | a | Kostenlose Benutzung von Taxis

| | b | Immunität

| | c | Kündigungsschutz des früheren Arbeitsplatzes

| | d | Indemnität

63	Was versteht man unter »Fraktionsdisziplin«?

- [ ] a Anpassung an das Abstimmungsverhalten der Fraktionsmehrheit
- [ ] b Einheitliche Kleiderordnung unter den Mitgliedern einer Fraktion
- [ ] c Abstimmungsverhalten, das von der Fraktionslinie abweicht
- [ ] d Regelmäßige Teilnahme an Fraktionssitzungen

64	Ein Abgeordneter ist vor Strafverfolgungen geschützt. Dies bezeichnet man als …

- [ ] a … Indemnität.
- [ ] b … Isolation.
- [ ] c … Immunität.
- [ ] d … Kausalität.

65	Diäten von Abgeordneten sind …

- [ ] a … Reisekostenpauschalen.
- [ ] b … Unkostenerstattungen.
- [ ] c … regelmäßige Aufwandsentschädigungen.
- [ ] d … steuerfreie Einkommen.

66	Was versteht man unter einem »Hammelsprung«?

- [ ] a Abstimmungen mit relativer Mehrheit
- [ ] b Minderheitsvotum

| | c | Gesetzeswidrige Abstimmung

| | d | Abstimmung, bei der die Abgeordneten verschiedene Eingangstüren des Plenarsaales benutzen.

Die Lösungen zu den Aufgaben 54–66 (Abgeordnete) *siehe S. 247.*

Politik	*Parlament und Regierung – Wahl des Bundeskanzlers*

Vorabinformation

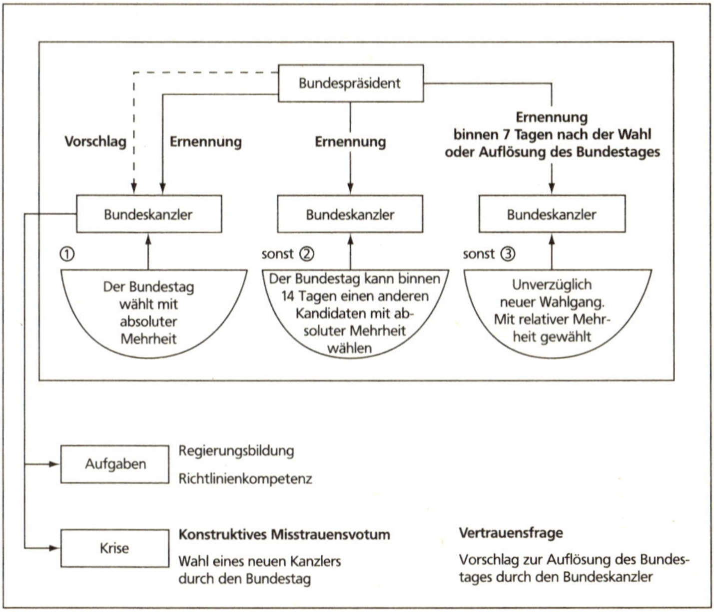

Quelle: Schneider, Zindel, Pollert, Blickpunkt Politik, Winklers Verlag, Darmstadt, Nr. 3031

67	Von wem wird der Bundeskanzler gewählt?

☐ a Vom Volk

☐ b Vom Bundespräsidenten

☐ c Von den Abgeordneten des Bundestages

☐ d Vom Bundesrat und den Länderabgeordneten

68	Wie viele Stimmen werden zur Abwahl des Bundeskanzlers mindestens benötigt?

☐ a 496

☐ b 522

☐ c 126

☐ d 329

69	Der Bundestag wählt während einer laufenden Legislaturperiode einen neuen Bundeskanzler. Bei diesem Vorgang handelt es sich um …

☐ a … ein Misstrauensvotum.

☐ b … eine konstruktive Vertrauensentscheidung.

☐ c … ein Missbilligungsverfahren.

☐ d … ein Regierungsausschlussvotum.

70	Der Bundeskanzler wird für eine Legislaturperiode gewählt. Sind das …

☐ a … 3 Jahre?

☐ b … 4 Jahre?

☐ c … 5 Jahre?

☐ d … 6 Jahre?

71	Eine Auflösung des Deutschen Bundestages kann vorgenommen werden durch …

☐ a … den Bundeskanzler.

☐ b … die Mehrheit des Bundestages.

☐ c … den Bundespräsidenten nach einer vorausgegangenen Vertrauensfrage.

☐ d … die Bundesregierung.

72	Welcher Zeitraum muss zwischen Antrag und Abstimmung des Misstrauensvotums und der Vertrauensfrage liegen?

☐ a Mindestens 1 Woche

☐ b Mindestens 48 Stunden

☐ c Mindestens 1 Tag

☐ d Mindestens 24 Stunden

Die Lösungen zu den Aufgaben 67–72 (Wahl des Bundeskanzlers) siehe S. 247.

Politik	*Parlament und Regierung – Bundespräsident*

Vorabinformation

Der Bundespräsident ist das Staatsoberhaupt der Bundesrepublik Deutschland. Er vertritt die Bundesrepublik Deutschland im Sinne des Völkerrechtes, schließt Verträge mit anderen Staaten ab und empfängt Botschafter und Gesandte fremder Staaten.
Der Bundespräsident ist für die Politik selbst nicht verantwortlich und ist an dem politischen Geschehen auch nur indirekt beteiligt. Durch die Ausfertigung von Gesetzen (Artikel 82 GG) und die Möglichkeit der Einberufung oder Auflösung des Bundestages (Artikel 39 und Artikel 63 GG) unter bestimmten Bedingungen hat er Anteil an der gesetzgebenden Gewalt.

Da der Bundespräsident den Bundeskanzler vorschlägt und ihn nach der Wahl durch den Bundestag auch ernennt, die Minister nach Vorschlag des Bundeskanzlers ernennt und entlässt sowie die Geschäftsordnung der Bundesregierung genehmigt, ist er auch an der vollziehenden Gewalt beteiligt.

Dem Bundespräsidenten steht zusätzlich das Recht der Ernennung und Entlassung von Bundesrichtern und Bundesbeamten zu. Dieses Recht ist aber vielfach auf die Bundesminister übertragen.

Letztlich kann der Bundespräsident das Begnadigungsrecht für den Bund ausüben.

73	Für welchen Zeitraum wird der Bundespräsident gewählt?

☐ a 2 Jahre ☐ b 3 Jahre ☐ c 4 Jahre ☐ d 5 Jahre

74	Wie oft ist eine Wiederwahl des Bundespräsidenten möglich?

☐ a keinmal ☐ c zweimal

☐ b einmal ☐ d beliebig oft

75	Wer wählt den Bundespräsidenten?

☐ a Mitglieder des Bundestages

☐ b Bundestag und Bundesrat

☐ c Mitglieder des Bundestages und gleiche Anzahl von Ländervertretern

☐ d Das Volk in geheimer Abstimmung

76	Aus wie vielen Personen besteht die Bundesversammlung?

☐ a 1312 ☐ b 1036 ☐ c 518 ☐ d 496

77	Wie setzt sich die Bundesversammlung zusammen?

☐ a Bundestagsabgeordnete und gleiche Anzahl Ländervertreter

☐ b Alle Mitglieder von Bundesrat und Bundestag

c Ministerpräsidenten der Länder und der Bundespräsident

d Mitglieder sämtlicher Landtage

78 In welchem Zeitabstand tagt in der Regel die Bundesversammlung?

a Nach Bedarf

b Alle vier Jahre

c Alle 5 Jahre

d Einmal pro Jahr

79 Wer vertritt die Bundesrepublik Deutschland im völkerrechtlichen Sinne?

a Der Bundespräsident

b Der Bundeskanzler

c Der Außenminister

d Der Bundestag

80 Welche der folgenden Aufgaben fällt in den Zuständigkeitsbereich des Bundespräsidenten?

a Gesetzesinitiativen in den Bundestag einbringen

b Auflösung des Bundestages

c Gesetzesänderung vorbereiten

d Vermittlung in Streitfällen zwischen Regierung und Opposition

81	Der Bundespräsident verweigert die Ausfertigung eines Gesetzes. Welche Aussage gilt?

- [ ] a Das Gesetz tritt trotzdem in Kraft.
- [ ] b Das Gesetz tritt nicht in Kraft.
- [ ] c Das Gesetz tritt erst in Kraft, wenn der Bundestag erneut mit $\frac{2}{3}$-Mehrheit beschließt.
- [ ] d Der Bundespräsident muss jedes Gesetz unterzeichnen.

82	Eine der folgenden Tätigkeiten fällt nicht in den Zuständigkeitsbereich des Bundespräsidenten. Welche ist es?

- [ ] a Entlassungsurkunde für Minister ausfertigen
- [ ] b Bundeskanzler zur Wahl vorschlagen
- [ ] c Misstrauensantrag gegen Bundeskanzler stellen
- [ ] d Repräsentationsaufgaben im Ausland

83	Welche formalen Voraussetzungen muss ein Kandidat für die Position des Bundespräsidenten nachweisen?

- [ ] a Nur deutsche Staatsbürgerschaft und Wahlrecht
- [ ] b Wahlrecht, Vollendung des 40. Lebensjahres und deutsche Staatsbürgerschaft

☐ c Wahlrecht, Vollendung des mindestens 50. Lebensjahres und deutsche Staatsbürgerschaft

☐ d Vollendung des 18. Lebensjahres, deutsche Staatsbürgerschaft

Die Lösungen zu den Aufgaben 73–83 (Bundespräsident) siehe S. 247.

Politik	*Parlament und Regierung – Der Bundesrat*

Vorabinformation

Artikel 50 GG[1]

Durch den Bundesrat wirken die Länder bei der Gesetzgebung und Verwaltung des Bundes mit.

Artikel 41 GG

(1) Der Bundesrat besteht aus Mitgliedern der Regierungen der Länder, die sie bestellen und abberufen. Sie können durch andere Mitglieder ihrer Regierungen vertreten werden.

(3) Jedes Land kann so viele Mitglieder entsenden, wie es Stimmen hat. Die Stimmen eines Landes können nur einheitlich und nur durch anwesende Mitglieder oder deren Vertreter abgegeben werden.

In Art. 51 GG ist die Zusammensetzung des Bundesrates klar geregelt. Er besteht aus Mitgliedern der Regierungen der Länder, die sie bestellen und abberufen. Im selben Artikel ist auch die Zahl der Mitglieder bestimmt.

1 GG = Abkürzung für »Grundgesetz«

84	Die Bundesrepublik Deutschland ist ein …

- [ ] a … Staatenbund.
- [ ] b … Bundesstaat.
- [ ] c … Bundesverband.
- [ ] d … Staatsverband.

85	Die jeweiligen Bundesländer haben eigene Regierungen. An der Spitze von Stadtstaaten steht der …

- [ ] a … Ministerpräsident.
- [ ] b … Stadtverordnetenvorsteher.
- [ ] c … Fraktionssprecher.
- [ ] d … Regierende Bürgermeister.

86	Wie viele Bundesländer gehören zur Bundesrepublik Deutschland (einschließlich Stadtstaaten)?

- [ ] a 14
- [ ] b 15
- [ ] c 16
- [ ] d 17

87	Welche Stadt ist ein Stadtstaat?

- [ ] a Hamburg
- [ ] b Bonn
- [ ] c München
- [ ] d Frankfurt

88	Das Bundesland mit den meisten Einwohnern ist …

- [ ] a … Bayern.
- [ ] b … Baden-Württemberg.
- [ ] c … Nordrhein-Westfalen.
- [ ] d … Hessen.

89	Wie viele Abgeordnete hat der Bundesrat?

- [ ] a 69
- [ ] b 90
- [ ] c 180
- [ ] d 496

90	Wonach richtet sich die Anzahl der Ländervertreter im Bundesrat?

- [ ] a nach der Einwohnerzahl
- [ ] b nach der Flächengröße
- [ ] c nach dem Steueraufkommen
- [ ] d nach den Mehrheitsverhältnissen

91	Welche Aussage über das Abstimmungsverhalten der Ländervertreter im Bundesrat ist richtig?

- [ ] a Jeder einzelne Vertreter ist nur seinem eigenen Gewissen unterworfen.
- [ ] b Die Bundestagsfraktion der jeweiligen Partei schreibt das Abstimmungsverhalten vor.

- [ ] c Die Abstimmung erfolgt immer gemäß den Mehrheitsverhältnissen in den einzelnen Ländern.
- [ ] d Die Vertreter eines Bundeslandes können nur gemeinsam abstimmen.

92	Welcher Satz ist richtig? Die Bundesratsmitglieder werden …

- [ ] a … vom Volk gewählt.
- [ ] b … von der Landesregierung bestellt.
- [ ] c … von den Landtagsabgeordneten gewählt.
- [ ] d … aus den Reihen der Landtagsabgeordneten gelost.

93	Die absolute Mehrheit ist im Bundesrat mit mindestens …

- [ ] a … 68 Stimmen
- [ ] b … 35 Stimmen
- [ ] c … 30 Stimmen
- [ ] d … 23 Stimmen erreicht.

94	Die Amtszeit des Bundesratspräsidenten dauert …

- [ ] a … 1 Jahr.
- [ ] b … 4 Jahre.
- [ ] c … 5 Jahre.
- [ ] d … 2 Jahre.

95 Wo hat der Bundesrat seinen Sitz?

- [ ] a Bonn
- [ ] b Frankf./M.
- [ ] c Berlin
- [ ] d München

96 Wie viele Mitglieder entsendet das Land Niedersachsen in den Bundesrat?

- [ ] a 1
- [ ] b 3
- [ ] c 4
- [ ] d 6

97 Angenommen, die Bundesländer Hessen, Nordrhein-Westfalen und Bremen stimmen im Bundesrat gemeinsam ab. Wie viele Stimmen sind das?

- [ ] a 14
- [ ] b 15
- [ ] c 21
- [ ] d 45

98 Wie lautet die Amtsbezeichnung des Vorsitzenden der Länderkammer?

- [ ] a Bundespräsident
- [ ] b Bundesratspräsident
- [ ] c Länderratsvorsitzender
- [ ] d Staatsratsvorsitzender

99 Der Bundesrat ist …

- [ ] a … die Länderkammer.
- [ ] b … die Opposition im Bundestag.

| | c | … die gesetzgebende Gewalt.

| | d | … eine politisch neutrale Organisation.

Die Lösungen zu den Aufgaben 84–99 (Der Bundesrat) *siehe S. 247.*

Politik	*Parlament und Regierung – Gesetzgebung*

Vorabinformation

Gesetze können als Vorlage beim Bundestag aus dessen Mitte (Fraktionsstärke erforderlich), durch die Bundesregierung oder durch den Bundesrat eingebracht werden. Der Gang der Gesetzgebung kann bei zustimmungspflichtigen Gesetzen sehr unterschiedlich verlaufen.

● Das Gesetz wird dem Bundesrat zugeleitet. Hier erfolgt erneut eine eingehende Beratung. Der Bundesrat ist der gleichen Auffassung wie die Mitglieder des Bundestages und lässt das Gesetz passieren, d. h., er stimmt zu.

Nach der Zustimmung des Bundesrates muss das Gesetz durch den Fachminister und den Bundeskanzler gegengezeichnet werden. Nach der Unterschrift des Bundespräsidenten erfolgt die Veröffentlichung im Bundesgesetzblatt.

Ist kein Zeitpunkt des Inkrafttretens bestimmt, tritt das Gesetz 14 Tage nach der Veröffentlichung in Kraft.

● Das Gesetz wird dem Bundesrat zugeleitet. Hier werden Einwände vorgebracht. Daraufhin wird der Vermittlungsausschuss angerufen. In diesem Ausschuss kommt man zu dem Schluss, dass keine Änderungen erforderlich sind.

Der Bundesrat muss nun nochmals über das ursprüngliche Gesetz entscheiden. Angenommen, die Mitglieder der Länderkammer sehen nunmehr die Notwendigkeit der angestrebten gesetzlichen Regelung ein, werden sie in der zweiten Abstimmung das Gesetz passieren lassen, sodass es nach der

Unterzeichnung durch den Fachminister und den Bundeskanzler sowie der Ausfertigung durch den Bundespräsidenten in Kraft treten kann.
● Das Gesetz wird dem Bundesrat zugeleitet. Hier werden Einwände vorgebracht. Der angerufene Vermittlungsausschuss kommt zu einem Kompromiss, das vorgesehene Gesetz wird abgeändert.
Deshalb muss es nun zunächst dem Bundestag zugeleitet werden. Akzeptieren die Abgeordneten des Bundestages diesen Kompromiss, wird die geänderte Gesetzesvorlage wiederum dem Bundesrat zur Abstimmung vorgelegt. Ist man hier mit den Änderungen einverstanden und stimmt dem Gesetz zu, steht der Unterzeichnung durch den Fachminister und den Bundeskanzler sowie der Ausfertigung durch den Bundespräsidenten und der Veröffentlichung im Bundesgesetzblatt nichts mehr im Wege.

100 Bringen Sie die folgenden Tätigkeiten bei zustimmungspflichtigen Gesetzgebungsverfahren in die richtige Reihenfolge:

a) Ausfertigung des Gesetzes durch den Bundespräsidenten
b) Lesungen im Bundestag mit Abstimmungen
c) Gesetzesinitiative
d) Beratung und Abstimmung im Bundesrat
e) Gegenzeichnung durch Bundeskanzler und Fachminister
f) Veröffentlichung im Bundesgesetzblatt

☐ a a-c-b-d-e-f

☐ b c-b-d-e-a-f

☐ c c-b-d-a-e-f

☐ d b-c-e-f-a-d

101 Wann wird ein Vermittlungsausschuss eingeschaltet?

☐ a Regierung und Opposition erzielen keine Einigkeit bei einer Gesetzesvorlage.

☐ b Fraktionsmitglieder stimmen unterschiedlich ab.

| | c | Bundesrat lehnt Zustimmungsgesetz ab.

| | d | Bundespräsident verweigert Unterschrift.

102	Wann tritt ein Gesetz in Kraft?

| | a | Nach Verabschiedung im Bundestag (3. Lesung)

| | b | Nach Ausfertigung durch den Bundespräsidenten und Veröffentlichung im Bundesanzeiger

| | c | Am Tag der Verkündung im Bundesgesetzblatt, spätestens aber mit der Unterzeichnung des Bundeskanzlers

| | d | Beim Fehlen einer zeitlichen Angabe für das Inkrafttreten 14 Tage nach Veröffentlichung im Bundesgesetzblatt

103	Der Bundestag verabschiedet ein Gesetz, welches von der Opposition für verfassungswidrig gehalten wird. Bei welchem Gericht kann Klage erhoben werden?

| | a | Bundesverfassungsgericht in Köln

| | b | Bundesarbeits- und -sozialgericht München

| | c | Bundesverfassungsgericht in Karlsruhe

| | d | Zivilprozessgericht Bonn

Die Lösungen zu den Aufgaben 100–103 (Gesetzgebung) *siehe S. 247.*

Politik	*Vermischte Fragen*

104 Wann erfolgte die Gründung der ehemaligen DDR?

- [ ] a 23. Mai 1945
- [ ] b 17. Juni 1953
- [ ] c 23. Mai 1949
- [ ] d 7. Oktober 1949

105 Zu welchem Zeitpunkt (Jahr) endete das Besatzungsstatut der drei Westalliierten?

- [ ] a 1949
- [ ] b 1950
- [ ] c 1953
- [ ] d 1954

106 Der »Tag der deutschen Vereinigung« ist der ...

- [ ] a ... 17. Juni 1953
- [ ] b ... 1. Mai 1960
- [ ] c ... 3. Okt. 1990
- [ ] d ... 6. Dez. 1989

107 In welches Jahrzehnt fallen die wichtigsten ostpolitischen Verträge?

- [ ] a 1950–1960
- [ ] b 1960–1970
- [ ] c 1970–1980
- [ ] d 1980–1990

108 Welches Organ hatte bis zur deutschen Vereinigung die oberste Entscheidungsgewalt in West-Berlin?

- [ ] a Der Senat
- [ ] b Der Regierende Bürgermeister

- [ ] c Die Westalliierten
- [ ] d Die Bundesregierung

109	Wie hieß der Bundeskanzler, unter dem die Deutsche Vereinigung zustande kam?

- [ ] a Konrad Adenauer
- [ ] b Willi Brandt
- [ ] c Helmut Schmidt
- [ ] d Helmut Kohl

110	Wie hieß der erste deutsche Bundeskanzler?

- [ ] a Ludwig Erhard
- [ ] b Helmut Kohl
- [ ] c Helmut Schmidt
- [ ] d Konrad Adenauer

111	Wer war der erste deutsche Bundespräsident?

- [ ] a Theodor Heuss
- [ ] b Gustav Heinemann
- [ ] c Heinrich Lübke
- [ ] d Karl Schiller

112	Was versteht man unter der Legislative?

- [ ] a gesetzgebendes Organ
- [ ] b juristisches Organ
- [ ] c oppositionelles Organ
- [ ] d ausführendes Organ

113	Welches Bundesland gehört zu den so genannten »fünf neuen Ländern«?

- [ ] a Hessen
- [ ] b Sachsen
- [ ] c Saarland
- [ ] d Berlin

114	Bei welchen Gesetzen muss der Bundesrat mit $\frac{2}{3}$-Mehrheit zustimmen?

- [ ] a Bei allen Gesetzen
- [ ] b Bei Steuergesetzen
- [ ] c Bei einer Änderung der Ländereinteilung
- [ ] d Bei einer Aufhebung der Grenzkontrollen

115	Von wem können Gesetzesvorlagen in den Bundestag eingebracht werden?

- [ ] a Vom Bundespräsidenten
- [ ] b Von jedem einzelnen Abgeordneten
- [ ] c Von einer Fraktion
- [ ] d Vom Bundesverfassungsgericht

116	Wer fertigt ein Gesetz aus?

- [ ] a Bundestag
- [ ] b Bundeskanzler
- [ ] c Bundesrat
- [ ] d Bundespräsident

117	Was versteht man unter KSZE?

- a **K**ommunistische **S**icherheits-**Z**entrale **E**uropa
- b **K**onferenz **s**ozialistischer **Z**entral-**E**uropäer
- c **K**onferenz für **S**icherheit und **Z**usammenarbeit in **E**uropa
- d **K**ampfbündnis **s**ozialistischer **Z**entralisten

118	Welche Organisation steht hinter dem Begriff UNO?

- a Vereinte Nationen
- b Unabhängige Nationale Organe
- c Weltgesundheitsorganisation
- d Weltkinderhilfswerk der Vereinten Nationen

119	Wo hat die UNO ihren Sitz?

- a Athen
- c Washington
- b Rom
- d New York

120	Wo hat der Internationale Gerichtshof seinen Sitz?

- a Den Haag
- c Moskau
- b New York
- d Jerusalem

121	Wie viele ständige Vertreter sind im Sicherheitsrat der Vereinten Nationen?

☐ a 1 ☐ b 3 ☐ c 5 ☐ d 7

122	Welches Land gehört nicht zu den ständigen Vertretern des Weltsicherheitsrates?

☐ a Sowjetunion
☐ c China
☐ b Schweiz
☐ d Frankreich

123	Im Sicherheitsrat macht ein Land von seinem Vetorecht Gebrauch. Wer hat dieses Recht?

☐ a Jedes Mitglied der UNO

☐ b Alle Mitglieder des Sicherheitsrates

☐ c Nur die ständigen Mitglieder des Sicherheitsrates

☐ d Nur die beiden Großmächte

124	Eines der folgenden Länder gehörte nicht zu den Gründungsstaaten der E(W)G. Welches?

☐ a Großbritannien
☐ c Niederlande
☐ b Belgien
☐ d Luxemburg

125	Sitz des Europäischen Parlaments ist …

☐ a … Wien.
☐ c … Straßburg.
☐ b … Paris.
☐ d … Luxemburg.

126	In welchem Jahr wurde die EWG als Vorgängerin der heutigen EU gegründet?

- [ ] a 1957
- [ ] b 1961
- [ ] c 1975
- [ ] d 1985

127	Was beinhalteten die »Römischen Verträge«?

- [ ] a Die Gründung der Europäischen Wirtschaftsgemeinschaft
- [ ] b Regeln zur Aufnahme Italiens in die EU
- [ ] c Zoll- und Handelsvorschriften für Westeuropa
- [ ] d Bestimmungen zur Wirtschaftsordnung südeuropäischer Staaten

128	Hinter der Abkürzung UNICEF steht …

- [ ] a … das Weltkinderhilfswerk der Vereinten Nationen.
- [ ] b … die Internationale Europäische Föderation.
- [ ] c … der Internationale Fernmeldeverein.
- [ ] d … die Internationale Handelsorganisation der UN.

129	Welche Aussage über die Rolle der Bundeswehr ist richtig?

- [ ] a Sie darf nur verteidigen, niemals angreifen.
- [ ] b Angriffe sind nur zur Verteidigung möglich.

- [ ] c Wann die Bundeswehr zum Einsatz kommt, entscheidet der Bundeskanzler.
- [ ] d Oberstes Befehlsorgan der Bundeswehr ist die NATO.

130	Was verbinden Sie mit dem Begriff »Blauhelme«?

- [ ] a Feuerlöschtruppe in Kuwait
- [ ] b Anti-Drogen-Organisation
- [ ] c UN-Friedenstruppe
- [ ] d NATO-Eingreiftruppe

131	Welches Land gehört nicht zur NATO?

- [ ] a Italien
- [ ] b Norwegen
- [ ] c Großbritannien
- [ ] d Schweiz

132	Wann wurde die NATO gegründet?

- [ ] a 1933
- [ ] b 1945
- [ ] c 1949
- [ ] d 1954

133	Welche Aufgaben hat der Petitionsausschuss?

- [ ] a Entgegennahme von Bürgerbeschwerden
- [ ] b Untersuchung von Vorfällen im Bundestag

☐ c Aufstellung der Tagesordnung von Bundestagssitzungen

☐ d Koordination der Zusammenarbeit von Bundesrat und Bundestag

134	Wie oft wird ein Gesetz im Bundestag »gelesen«?

☐ a einmal

☐ b zweimal

☐ c dreimal

☐ d viermal

135	Was bedeutet »Konkurrierende Gesetzgebung«?

☐ a Diskussion von Gesetzesvorhaben zwischen Regierung und Opposition

☐ b Gesetzgebungsbefugnis der Länder, solange Bund von seinem Gesetzgebungsrecht keinen Gebrauch macht

☐ c Notwendigkeit zur Einschaltung des Vermittlungsausschusses bei Zustimmungsgesetzen

☐ d Beteiligung des Bundesrates am Gesetzgebungsverfahren

136	Im Deutschen Bundestag gehen jährlich viele Petitionen ein. Um was handelt es sich dabei?

☐ a Petitionen sind Eingaben von Bürgern gegen sexuelle Belästigungen.

☐ b Petitionen sind Eingaben von Bürgern, mit denen sich der Bundestag und der Bundesrat zu beschäftigen hat.

| | c | Mit Petitionen versuchen die Bürger, ihre Abgeordneten zu einem von ihnen gewünschten Abstimmungsverhalten zu zwingen.

| | d | Petitionen sind Bitten und Beschwerden, die jeder Bürger an den Bundestag herantragen kann.

137	Wie bezeichnet man das »Einkommen« der Abgeordneten?

| | a | Diäten | | c | Löhne
| | b | Gehälter | | d | Effekten

Die Lösungen zu den Aufgaben 104–137 (Vermischte Fragen) siehe S. 247.

Politik | *Lösungen*

Lösungen: Merkmale der Demokratie – Das Grundgesetz

1 c – **2** b – **3** b – **4** b – **5** c – **6** a – **7** a – **8** b – **9** b – **10** c – **11** d – **12** d – **13** c – **14** a – **15** c

Lösungen: Merkmale der Demokratie – Wahlen

16 a – **17** d – **18** b – **19** c – **20** b – **21** d – **22** a – **23** a – **24** b – **25** b – **26** c – **27** c – **28** b – **29** c – **30** b – **31** d – **32** b – **33** c – **34** d – **35** d – **36** c

Lösungen: Parlament und Regierung – Bundestag

37 a – **38** a – **39** d – **40** c – **41** d – **42** a – **43** b – **44** c – **45** a – **46** b – **47** d – **48** d – **49** c – **50** b – **51** a – **52** a – **53** a

Lösungen: Parlament und Regierung – Abgeordnete

54 d – **55** c – **56** b – **57** b – **58** b – **59** b – **60** a – **61** b – **62** a – **63** a – **64** c – **65** c – **66** d

Lösungen: Parlament und Regierung – Wahl des Bundeskanzlers

67 c – **68** d – **69** a – **70** b – **71** c – **72** b

Lösungen: Parlament und Regierung – Bundespräsident

73 d – **74** b – **75** c – **76** a – **77** a – **78** c – **79** a – **80** b – **81** b – **82** c – **83** b

Lösungen: Parlament und Regierung – Der Bundesrat

84 b – **85** d – **86** c – **87** a – **88** c – **89** a – **90** a – **91** d – **92** b – **93** b – **94** a – **95** c – **96** d – **97** a – **98** b – **99** a

Lösungen: Parlament und Regierung – Gesetzgebung

100 b – **101** c – **102** d – **103** c

Lösungen: Vermischte Fragen

104 d – **105** d – **106** c – **107** c – **108** c – **109** d – **110** d – **111** a – **112** a – **113** b – **114** c – **115** c – **116** d – **117** c – **118** a – **119** d – **120** a – **121** c – **122** b – **123** c – **124** a – **125** c – **126** a – **127** a – **128** a – **129** a – **130** c – **131** d – **132** c – **133** a – **134** c – **135** b – **136** d – **137** a

Geschichte	*Vorwort und Literaturtipp*

Geschichtskenntnisse sind wichtig für das Verständnis der Gegenwart. Fragen aus diesem Gebiet begegnen Ihnen daher auch häufig in Prüfungssituationen. Das Schwergewicht der folgenden Fragen liegt auf der deutschen Geschichte ab 1914. Es wurde versucht, sich auf den folgenden wenigen Seiten auf Standardfragen zu beschränken.

Vor allem vor Vorstellungsgesprächen sollten Sie sich über die neuesten politischen und geschichtlichen Veränderungen aus Zeitungen und Nachrichtensendungen informieren!

Literatur für weiter gehende Studien:

☛ Fragen an die deutsche Geschichte, Herausgeber: Deutscher Bundestag, Bonn (kostenlos)

☛ Schülerduden, Geschichte, Dudenverlag, Mannheim

☛ Grundwissen Geschichte, Klett-Verlag, Stuttgart

☛ CD-Rom: Erlebnis Geschichte, Deutschland seit 1945, Klett-Heureka, Stuttgart

☛ CD-Rom: Centennia-Windows, Europäische Geschichte, Klett-Heureka, Stuttgart

☛ Zeitungen

Geschichte	*Die Weimarer Republik*

1	Der erste Reichspräsident der Weimarer Republik war:

☐ a Philipp Scheidemann ☐ c Friedrich Ebert

☐ b Walther Rathenau ☐ d Gustav Stresemann

2	Auf welchen Zeitraum erstreckte sich die Weimarer Republik?

- [ ] a 1914–1918
- [ ] b 1871–1914
- [ ] c 1933–1945
- [ ] d 1919–1933

3	Welche geschichtliche Bedeutung bekam der Ort Versailles im Jahre 1919?

- [ ] a Friedensbedingungen der Siegermächte wurden von Deutschland angenommen.
- [ ] b Exil von Wilhelm II.
- [ ] c Sitz der französischen Exilregierung
- [ ] d Erster Weltkrieg wurde durch Waffenstillstandsbeschluss beendet.

4	Was sind Reparationen?

- [ ] a Wiedergutmachungsleistungen an Siegermächte
- [ ] b Gehälter von Abgeordneten
- [ ] c Anspruch der Siegermächte auf Instandsetzung der zerstörten Produktionsanlagen
- [ ] d Schadensersatzleistung der Siegermächte an ehemalige Gegner

5	Wer war Gustav Stresemann?

- [ ] a Sozialreformer
- [ ] b Wissenschaftler

	c	Gründer der Zentrumspartei
	d	Reichskanzler und Außenminister der Weimarer Republik

6	Die wirtschaftliche Lage der Weimarer Republik im Jahre 1923 lässt sich durch folgende Merkmale beschreiben:

	a	Wirtschaftswachstum und Exportüberschuss
	b	Hohe Inflationsrate und Arbeitslosigkeit
	c	Vollbeschäftigung und Preisstabilität
	d	Arbeitslosigkeit und Preisstabilität

7	Welches politische Hauptziel hatte der Völkerbund in Genf?

	a	Sicherung des Weltfriedens
	b	Vertretung der wirtschaftlichen Interessen der Mitgliedsländer
	c	Planung und Organisation des Kulturaustauschs zwischen Mitgliedsländern
	d	Leistung von Entwicklungshilfe

8	Wann war die Weltwirtschaftskrise?

	a	1929		c	1919
	b	1939		d	1932

Die Lösungen zu den Aufgaben 1–8 (Die Weimarer Republik) *siehe S. 264.*

Geschichte	Das Dritte Reich

9	Wer war der Verfasser des Buches »Mein Kampf«?

- [ ] a Hermann Göring
- [ ] b Joseph Goebbels
- [ ] c Rudolf Heß
- [ ] d Adolf Hitler

10	Welche Partei verbinden Sie mit dem Namen Adolf Hitler?

- [ ] a Deutschnationale Volkspartei
- [ ] b Deutsche Zentrumspartei
- [ ] c Nationalsozialistische Deutsche Arbeiterpartei
- [ ] d Deutsche Demokratische Partei

11	Auf welchen Zeitraum erstreckte sich das Dritte Reich?

- [ ] a 1933–1945
- [ ] b 1933–1939
- [ ] c 1918–1933
- [ ] d 1923–1933

12	Durch das Ermächtigungsgesetz von 1933 bekam Hitler das Recht:

- [ ] a Minister ohne Gegenzeichnung des Reichspräsidenten zu berufen
- [ ] b Selbstständig Reichsgesetze zu erlassen

- [ ] c Den Oberbefehl über die Wehrmacht auszuüben
- [ ] d Den Reichstag aufzulösen

13	Welches Ereignis verbinden Sie mit der Reichskristallnacht?

- [ ] a Verbot von Gewerkschaften und Arbeitgebervereinigungen
- [ ] b Begeisterter Empfang Hitlers durch die Berliner Bevölkerung
- [ ] c Prächtiges Fest anlässlich der Machtübernahme Hitlers
- [ ] d Plünderung und Inbrandsetzung jüdischer Tempel (Synagogen) und Geschäfte

14	Wer war Joseph Goebbels?

- [ ] a Stellvertreter des Führers
- [ ] b General
- [ ] c Chef der Sicherheitspolizei
- [ ] d Reichspropagandaminister

15	Wann begann und wann endete der Zweite Weltkrieg?

- [ ] a 1939–1945
- [ ] b 1933–1944
- [ ] c 1942–1945
- [ ] d 1940–1943

16	Welche Namen verbinden Sie mit der Widerstandsbewegung gegen Hitler?

- [ ] a Röhm und Ley
- [ ] b Strasser und Dönitz
- [ ] c Himmler und Göring
- [ ] d Stauffenberg und Beck

17	Gegen welche Bevölkerungsgruppe richteten sich die Nürnberger Gesetze?

- [ ] a Vertreter der Kirchen
- [ ] b Ausländer
- [ ] c Juden
- [ ] d Schriftsteller

18	Gegen welche der genannten Länder führte Hitler keinen Krieg?

- [ ] a Spanien und Schweden
- [ ] b Belgien und Holland
- [ ] c Norwegen und Dänemark
- [ ] d Frankreich und Russland

19	Welche Vorstellungen verbinden Sie mit dem Kriegsschauplatz Stalingrad?

- [ ] a Verhandlung über Waffenstillstand mit Russland
- [ ] b Sechste deutsche Armee wird von russischen Soldaten eingeschlossen.

☐ c Aufmarschgebiet der deutschen Soldaten im Polenfeldzug

☐ d Russische Armee wird von deutschen Soldaten eingeschlossen.

20	Was ereignete sich am 20. Juli 1944?

☐ a Beendigung des Seekriegs

☐ b Bombardierung Berlins

☐ c Fehlgeschlagenes Attentat auf Hitler

☐ d Einmarsch der Russen in Berlin

Die Lösungen zu den Aufgaben 9–20 (Das Dritte Reich) siehe S. 264.

Geschichte	*Bundesrepublik Deutschland*

21	Wann wurde das Grundgesetz der Bundesrepublik verabschiedet?

☐ a 1945 ☐ b 1944 ☐ c 1949 ☐ d 1950

22	Wie hießen die ersten drei Bundespräsidenten der Bundesrepublik?

☐ a Heuss, Lübke, Scheel

☐ b Heuss, Heinemann, Scheel

- [ ] c Heuss, Lübke, Heinemann
- [ ] d Heinemann, Scheel, Carstens

23	Welcher Partei entstammte der erste Bundespräsident Theodor Heuss?

- [ ] a CDU
- [ ] b CSU
- [ ] c SPD
- [ ] d F.D.P.

24	Welchen Inhalt hatte der Einigungsvertrag zwischen der Bundesrepublik Deutschland und der damaligen DDR?

- [ ] a Bildung einer Wirtschafts-, Währungs- und Sozialunion
- [ ] b Abriss der Mauer
- [ ] c Freie Reisegarantien für DDR-Bürger
- [ ] d Erste gemeinsame Bundestagswahl

25	Welche Vorstellungen verbinden Sie mit dem historischen Ereignis der Luftbrücke?

- [ ] a Einweihung des Berliner Flugplatzes Tempelhof
- [ ] b Versorgung afrikanischer Notstandsgebiete mit Hilfe von Flugzeugen
- [ ] c Anschluss Berlins an die internationalen Luftlinien
- [ ] d Blockade Berlins durch russische Soldaten

26	Was ereignete sich am 17. Juni 1953 in der damaligen DDR?

- [ ] a Aufstand der Bevölkerung gegen die Herrschaft der SED-Regierung
- [ ] b Besuch des Regierenden Bürgermeisters Berlins in der DDR
- [ ] c Treffen des Bundeskanzlers mit dem Staatsratsvorsitzenden der DDR
- [ ] d Errichtung der Mauer in Berlin

27	Welche Partei(en) verbinden Sie mit den Namen Erich Ollenhauer und Kurt Schumacher?

- [ ] a Bündnis 90/Grüne
- [ ] b CDU/CSU
- [ ] c F.D.P.
- [ ] d SPD

28	Welche Zielsetzung verfolgte der Marshall-Plan?

- [ ] a Wiedervereinigung Deutschlands
- [ ] b Aufrüstung der Bundesrepublik
- [ ] c Finanzierung des europäischen Wiederaufbaus durch USA
- [ ] d Politische Vereinigung Westeuropas

29	Was war der Warschauer Pakt?

- [ ] a Militärisches Bündnissystem des Ostblocks
- [ ] b Rat für gegenseitige Wirtschaftshilfe im Ostblock
- [ ] c Polnisch-russisches Militärbündnis
- [ ] d Wirtschaftsvereinigung der kommunistischen Staaten

30	Warum hat der 13. August 1961 besonders für die Berliner Bevölkerung eine große Bedeutung?

- [ ] a Besuch des amerikanischen Präsidenten
- [ ] b Abschluss des Viermächteabkommens in Berlin
- [ ] c Gewährung von Steuererleichterungen an die Westberliner Bevölkerung
- [ ] d Beginn des Mauerbaus

31	Welchen Inhalt haben die römischen Verträge?

- [ ] a Kulturabkommen mit Italien
- [ ] b Gründung der Europäischen Wirtschaftsgemeinschaft (EWG) und der Europäischen Atomgemeinschaft (Euratom)
- [ ] c Zollabkommen mit Italien
- [ ] d Beitritt Italiens zur NATO

32 Welcher Bundeskanzler erhielt 1971 den Friedensnobelpreis?

- [ ] a Georg Kiesinger
- [ ] c Helmut Schmidt
- [ ] b Willy Brandt
- [ ] d Ludwig Erhard

33 Welche Parteien waren 1966 an der Bildung der »Großen Koalition« beteiligt?

- [ ] a CDU und SPD
- [ ] c SPD und F.D.P.
- [ ] b CDU/CSU und F.D.P.
- [ ] d CDU/CSU und SPD

34 Wann wurde Deutschland vereinigt?

- [ ] a 3. Oktober 1990
- [ ] c 1. Juli 1990
- [ ] b 20. September 1990
- [ ] d 9. November 1989

35 Welches Land ließ als erstes ehemaliges Mitglied des Warschauer Pakts Flüchtlinge aus der damaligen DDR in den Westen ausreisen?

- [ ] a Ungarn
- [ ] c ČSFR
- [ ] b Polen
- [ ] d Jugoslawien

36 Wer war an dem 2-plus-4-Gesprächen beteiligt?

- [ ] a UdSSR, USA, Großbritannien, Frankreich, DDR und BRD
- [ ] b UdSSR, USA, Großbritannien, Frankreich, Deutschland, Polen

☐ c Gorbatschow, Kohl, Krenz, Modrow, Reagan, Thatcher

☐ d Polen, Ungarn, ČSFR, UdSSR, USA, Deutschland

Die Lösungen zu den Aufgaben 21–36 (Bundesrepublik Deutschland) siehe S. 264.

Geschichte	*Europäische und andere Länder*

37	Welche unmittelbare Folge hatte die russische Februarrevolution von 1917?

☐ a Zar ernennt seinen Sohn zum Nachfolger.

☐ b Vertreibung der Revolutionsanhänger

☐ c Zar dankt ab und Russland wird Republik.

☐ d Auswanderung vieler Bolschewisten

38	Wer war Vorsitzender der ersten Sowjetregierung?

☐ a Lenin

☐ b Stalin

☐ c Trotzki

☐ d Molotow

39	In welchem Land kam es 1956 zu einem Aufstand gegen die sowjetrussische Vorherrschaft?

☐ a Tschechoslowakei

☐ b DDR

☐ c Rumänien

☐ d Ungarn

40	In welchem Land besteht das parlamentarische System aus einem Unter- und Oberhaus?

- [ ] a Frankreich
- [ ] b Italien
- [ ] c Großbritannien
- [ ] d Dänemark

41	Wer gilt als Gründer der Volksrepublik China?

- [ ] a Mao Tse-tung
- [ ] b Chiang Kai-shek
- [ ] c Sun Yat-sen
- [ ] d Lin Piaos

42	Wann wurde der Staat Israel gegründet?

- [ ] a 1933
- [ ] b 1948
- [ ] c 1954
- [ ] d 1962

43	Wer gilt als Begründer der modernen Türkei?

- [ ] a Tekin Ariburbun
- [ ] b Kemal Atatürk
- [ ] c Cemal Gürsel
- [ ] d Süleyman Demirel

44	Welche Aussage zu Michail Gorbatschow ist falsch?

- [ ] a Er warnte die damalige DDR-Führung mit dem Satz: »Wer zu spät kommt, den bestraft das Leben.«
- [ ] b Er begann die Öffnung mit Glasnost und Perestroika.
- [ ] c Er war die Schlüsselfigur für den Prozess der Wiedervereinigung.
- [ ] d Er war Präsident der Volksrepublik Polen.

45 Welcher amerikanische Präsident wurde 1963 ermordet?

- a John F. Kennedy
- b Lyndon B. Johnson
- c Richard Nixon
- d Dwight D. Eisenhower

46 Auf welche Stadt fiel 1945 die erste Atombombe?

- a Nagasaki
- b Hiroshima
- c Tokio
- d Osaka

47 Welchen indischen Namen verbinden Sie mit dem passiven Widerstand gegen die britische Besatzungsmacht?

- a Pandit Nehru
- b Tippo-Sahib
- c Indira Gandhi
- d Mahatma Gandhi

48 Wie heißt der Ministerpräsident von Kuba, der 1959 durch einen Bürgerkrieg an die Macht kam?

- a Fidel Castro
- b Fulgencio Batista
- c José Miguel Gómez
- d Leónidas Trujillo

49	Was beinhaltet der 1978 in den USA abgeschlossene Vertrag von Camp David?

- [ ] a Rücktritt von Präsident Carter
- [ ] b Friedensvertrag zwischen Ägypten und Israel
- [ ] c Waffenhilfe der USA an Israel gegen Ägypten
- [ ] d Verzicht Ägyptens auf alle Gebietsansprüche

50	Welche Vorstellungen verbinden Sie mit dem Namen Boris Jelzin?

- [ ] a Präsident der Republik Russland
- [ ] b Parteivorsitzender der KPdSU
- [ ] c Polnischer Ministerpräsident
- [ ] d Russischer Widerstandskämpfer

51	Welche Zielsetzung verfolgen die SALT-Abkommen?

- [ ] a Begrenzung der strategischen Waffen
- [ ] b Verbesserung der wirtschaftlichen Situation von Entwicklungsländern
- [ ] c Gemeinsame Nutzung der Weltmeere durch alle Länder
- [ ] d Förderung zwischenstaatlicher Kulturbeziehungen

52	Was bedeutet die Abkürzung KSZE?

- [ ] a Polnische Einheitspartei
- [ ] b Konferenz über Sicherheit und Zusammenarbeit in Europa
- [ ] c Unterorganisation der UN
- [ ] d Abkommen über friedliche Nutzung des Weltraums

53	Welche Länder erhielten als erste im Jahr 1991 ihre Unabhängigkeit von der ehemaligen UdSSR?

- [ ] a Balten, Ukraine und Slowenien
- [ ] b Estland, Lettland, Litauen
- [ ] c Russland, Ukraine, Aserbaidschan
- [ ] d Armenien, Aserbaidschan, Kasachstan

Die Lösungen zu den Aufgaben 37–53 (Europäische und andere Länder) *siehe S. 264.*

Geschichte	*Lösungen*

Lösungen: Die Weimarer Republik

1 c – **2** d – **3** a – **4** a – **5** d – **6** b – **7** a – **8** a

Lösungen: Das Dritte Reich

9 d – **10** c – **11** a – **12** b – **13** d – **14** d – **15** a – **16** d – **17** c – **18** a – **19** b – **20** c

Lösungen: Bundesrepublik Deutschland

21 c – **22** c – **23** d – **24** a – **25** d – **26** a – **27** d – **28** c – **29** a – **30** d – **31** b – **32** b – **33** d – **34** a – **35** a – **36** a

Lösungen: Europäische und andere Länder

37 c – **38** a – **39** d – **40** c – **41** a – **42** b – **43** b – **44** d – **45** a – **46** b – **47** d – **48** a – **49** b – **50** a – **51** a – **52** b – **53** b

Geografie	*Vorwort und Literaturtipp*

»Die heutige Welt ist klein geworden.« Dieser Spruch, den Sie selbst vielleicht auch schon gebraucht haben, zeigt, dass geografische Grundkenntnisse ein wichtiger Bestandteil unserer Allgemeinbildung sind.

Der Aktionsradius der Menschen war früher räumlich eng begrenzt. Heute umspannt er durch wirtschaftliche, politische, aber auch touristische Aktivitäten die gesamte Welt.

In den folgenden Aufgaben werden Ihre Kenntnisse über wichtige geografische Gegebenheiten aufgefrischt.

Literatur für weiter gehende Studien:

☛ Diercke Weltatlas, Verlag Westermann, Braunschweig (oder jeder andere Atlas z.B. von Bertelsmann, der Büchergilde usw.)

☛ CD-ROM: Euroreporter, Klett-Heureka, Stuttgart

☛ CD-ROM: Kennst Du Deine Erde?, Klett-Heureka, Stuttgart

☛ CD-ROM: Mit Alex auf Reisen, Deutschland, Klett-Heureka, Stuttgart

Geografie	*Deutschland*

1	Welches Land grenzt nicht an die Bundesrepublik Deutschland?

☐ a Schweiz

☐ b Norwegen

☐ c Österreich

☐ d Belgien

☐ e Tschechische Republik

2	Wie heißt das flächenmäßig kleinste Bundesland? (ohne Stadtstaaten)

- [ ] a Sachsen-Anhalt
- [ ] b Saarland
- [ ] c Hessen
- [ ] d Schleswig-Holstein
- [ ] e Baden-Württemberg
- [ ] f Mecklenburg-Vorpommern

3	Welche Bundesländer haben keine gemeinsame Grenze?

- [ ] a Bremen / Niedersachsen
- [ ] b Berlin / Brandenburg
- [ ] c Saarland / Rheinland-Pfalz
- [ ] d Niedersachsen / Hessen
- [ ] e Thüringen / Rheinland-Pfalz

4	Welches Land grenzt nicht an Deutschland?

- [ ] a Frankreich
- [ ] b Tschechien
- [ ] c Schweiz
- [ ] d Italien

5	Welches der folgenden Länder hat keine gemeinsame Grenze mit der Bundesrepublik Deutschland?

- [ ] a Dänemark
- [ ] b Belgien
- [ ] c Österreich
- [ ] d Niederlande
- [ ] e Liechtenstein

6	Das Ruhrgebiet liegt in …

- [ ] a … Hessen.
- [ ] b … Schleswig-Holstein.
- [ ] c … Nordrhein-Westfalen.
- [ ] d … Niedersachsen.
- [ ] e … Lothringen.

7	Welches der folgenden Länder hat eine gemeinsame Grenze mit der Bundesrepublik Deutschland?

- [ ] a Großbritannien
- [ ] b Polen
- [ ] c Ungarn
- [ ] d Slowenien

8	Welche Zuordnung Bundesland und zugehörige Hauptstadt ist falsch?

- [ ] a Mecklenburg-Vorpommern/Rostock
- [ ] b Hessen/Wiesbaden
- [ ] c Brandenburg/Potsdam

d Thüringen/Erfurt

e Niedersachsen/Hannover

9	Dresden liegt an der …

a … Weichsel.

b … Warthe.

c … Donau.

d … Elbe.

e … Maas.

10	Welche Stadt liegt nicht an der Nordsee?

a Cuxhaven

b Wilhelmshaven

c Lübeck

d Büsum

e Bremerhaven

11	Welche der folgenden Städte liegt in Bayern?

a Stuttgart

b Freiburg

c Hannover

d Augsburg

e Heilbronn

12	Eine der folgenden Städte liegt nicht in Baden-Württemberg. Welche ist es?

a Heidelberg

b Tübingen

c Stuttgart

d Baden-Baden

e Dortmund

13	Eine der folgenden Städte liegt in Sachsen. Welche ist es?

- [ ] a Dresden
- [ ] b Erfurt
- [ ] c Fulda
- [ ] d Potsdam
- [ ] e Schwerin

14	Welcher Ort liegt an der »Romantischen Straße«?

- [ ] a Frankfurt
- [ ] b Rothenburg ob der Tauber
- [ ] c Köln
- [ ] d Hannover
- [ ] e Stuttgart

15	Welche Stadt liegt in Niedersachsen?

- [ ] a Fulda
- [ ] b Regensburg
- [ ] c Kiel
- [ ] d Braunschweig
- [ ] e Offenbach

16	Welche Stadt liegt an der Mündung der Mosel in den Rhein?

- [ ] a Bonn
- [ ] b Mainz
- [ ] c Frankfurt
- [ ] d Trier
- [ ] e Koblenz

17	Welche der fünf Städte liegt in Hessen?

- [ ] a Mainz
- [ ] b Düsseldorf
- [ ] c Darmstadt
- [ ] d Freiburg
- [ ] e Karlsruhe

18	Eine der folgenden Städte liegt nördlich der Donau. Welche ist es?

- [ ] a Nürnberg
- [ ] b München
- [ ] c Salzburg
- [ ] d Rosenheim
- [ ] e Augsburg

19	Die nördlichste Stadt Deutschlands ist …

- [ ] a … Hamburg.
- [ ] b … Bremen.
- [ ] c … Kiel.
- [ ] d … Flensburg.
- [ ] e … Lübeck.

20	Welche der folgenden Städte liegt am südlichsten?

- [ ] a Bielefeld
- [ ] b Göttingen
- [ ] c Oldenburg
- [ ] d Karlsruhe
- [ ] e Kassel

21	Ordnen Sie die folgenden Städte und Bundesländer richtig zu: 1 Leipzig — A Rheinland-Pfalz 2 Bielefeld — B Sachsen 3 Mainz — C Baden-Württemberg 4 Ingolstadt — D Nordrhein-Westfalen 5 Karlsruhe — E Bayern

- [ ] a 1 B – 2 A – 3 C – 4 E – 5 D
- [ ] b 1 B – 2 D – 3 A – 4 E – 5 C
- [ ] c 1 D – 2 A – 3 C – 4 B – 5 E
- [ ] d 1 E – 2 B – 3 A – 4 C – 5 D

22	Wo mündet der Rhein?

- [ ] a Bei Hamburg in die Nordsee
- [ ] b In den Niederlanden in die Nordsee
- [ ] c In Frankreich in das Mittelmeer
- [ ] d Bei Emden in die Nordsee
- [ ] e Bei Lübeck in die Ostsee

23	Die Donau entspringt …

- [ ] a … in den Alpen.
- [ ] b … im Hunsrück.
- [ ] c … im Westerwald.
- [ ] d … in den Sudeten.
- [ ] e … im Schwarzwald.

24	An welchem Fluss liegt München?

- [ ] a Inn
- [ ] b Donau
- [ ] c Isar
- [ ] d Rhein
- [ ] e Weser

25	Welcher Strom entsteht durch das Zusammenfließen zweier Flüsse?

- [ ] a Fulda
- [ ] b Donau
- [ ] c Emscher
- [ ] d Elbe
- [ ] e Weser

26	In welchen Fluss oder Strom mündet die Isar?

- [ ] a Salzach
- [ ] b Inn
- [ ] c Altmühl
- [ ] d Donau
- [ ] e Main

27	Wie heißt das größte Binnenmeer der Bundesrepublik Deutschland?

- [ ] a Chiemsee
- [ ] b Tegernsee
- [ ] c Bodensee
- [ ] d Ammersee
- [ ] e Steinhuder Meer

28	Welcher Fluss bildet streckenweise die Grenze zu Polen?

- [ ] a Mosel
- [ ] b Elbe
- [ ] c Oder
- [ ] d Donau
- [ ] e Isar

29	In welches Meer mündet der Rhein?

- [ ] a Mittelmeer
- [ ] b Pazifik
- [ ] c Steinhuder Meer
- [ ] d Nordsee
- [ ] e Ostsee

30	Welcher Fluss ist kein Nebenfluss des Rheins?

- [ ] a Mosel
- [ ] b Neckar
- [ ] c Main
- [ ] d Ruhr
- [ ] e Weser

31	Welches ist der vergleichsweise längste Fluss?

- [ ] a Main
- [ ] b Neckar
- [ ] c Weser
- [ ] d Donau
- [ ] e Elbe

32	Das Steinhuder Meer liegt in …

- [ ] a … Hessen.
- [ ] b … Bayern.
- [ ] c … Niedersachsen.
- [ ] d … Schleswig-Holstein.
- [ ] e … Rheinland-Pfalz.

33	Wo liegt die Insel Rügen und zu welchem Land gehört sie?

- [ ] a Ostsee – Bundesrepublik Deutschland
- [ ] b Nordsee – Dänemark
- [ ] c Nordsee – Bundesrepublik Deutschland
- [ ] d Ostsee – Polen
- [ ] e Nordsee – Belgien

34	Welche Insel gehört zur Bundesrepublik Deutschland?

- [ ] a Falkland-Insel
- [ ] b Insel Krim
- [ ] c Insel Juist
- [ ] d Insel Bornholm
- [ ] e Insel Elba

35	Zu welchem Bundesland gehört die Insel Sylt?

- [ ] a Niedersachsen
- [ ] b Nordrhein-Westfalen
- [ ] c Rheinland-Pfalz
- [ ] d Schleswig-Holstein
- [ ] e Hansestadt Hamburg

36	Auf welcher Insel liegt die Stadt Westerland?

- [ ] a Fehmarn
- [ ] b Rügen
- [ ] c Sylt
- [ ] d Pellworm
- [ ] e Amrum

37	Nennen Sie die höchste Erhebung der Bundesrepublik Deutschland!

- [ ] a Großglockner
- [ ] b Feldberg
- [ ] c Zugspitze
- [ ] d Matterhorn
- [ ] e Wasserkuppe

38	Welches Gebirge liegt nördlich des Mains?

- [ ] a Schwarzwald
- [ ] b Rhön
- [ ] c Vogesen
- [ ] d Bayerischer Wald
- [ ] e Alpen

39	Nennen Sie das am südlichsten liegende Gebirge!

- [ ] a Hunsrück
- [ ] b Schwarzwald
- [ ] c Bayerischer Wald
- [ ] d Thüringer Wald
- [ ] e Spessart

40	Der Predigtstuhl (1024 m) liegt ...

- [ ] a ... in den Alpen.
- [ ] b ... im Bayerischen Wald.
- [ ] c ... in Oberbayern.
- [ ] d ... im Salzkammergut.

41	Welches Gebirge liegt zum Teil in Niedersachsen und Sachsen-Anhalt?

- [ ] a Hunsrück
- [ ] b Harz
- [ ] c Spessart
- [ ] d Solling
- [ ] e Vogelsberg

42	Welche Stadt liegt im Allgäu?

- [ ] a Kempten
- [ ] b Wolfsburg
- [ ] c Offenbach
- [ ] d Kassel
- [ ] e Würzburg

43	Der »Kahle Asten« ist die höchste Erhebung im …

- [ ] a … Rothaargebirge.
- [ ] b … Schwarzwald.
- [ ] c … Hunsrück.
- [ ] d … Bayerischen Wald.
- [ ] e … Fichtelgebirge.

Die Lösungen zu den Aufgaben 1–43 (Deutschland) *siehe S. 293.*

Geografie	*Welt*

44	Wie heißt das Grenzgebirge zwischen Frankreich und Spanien?

- [ ] a Alpen
- [ ] b Pyrenäen
- [ ] c Ardèche
- [ ] d Lombardei

45	Welches ist der höchste europäische Berg?

- [ ] a Zugspitze
- [ ] b Matterhorn
- [ ] c Mount Everest
- [ ] d Montblanc
- [ ] e Großglockner

46 Das Riesengebirge liegt …

- [ ] a … in den Sudeten.
- [ ] b … im Erzgebirge.
- [ ] c … im Schwarzwald.
- [ ] d … im Ural.
- [ ] e … in den Alpen.

47 Zwischen welchen beiden Ländern liegen die Pyrenäen?

- [ ] a Deutschland – Schweiz
- [ ] b Deutschland – Frankreich
- [ ] c Frankreich – Schweiz
- [ ] d Spanien – Frankreich
- [ ] e Spanien – Tunesien

48 In welchem Land liegen die Karpaten?

- [ ] a Ungarn
- [ ] b Italien
- [ ] c Rumänien
- [ ] d Spanien
- [ ] e Marokko

49 Zu welchem Erdteil gehört der Victoria-See?

- [ ] a Europa
- [ ] b Amerika
- [ ] c Asien
- [ ] d Afrika
- [ ] e Australien

50	Welche Insel gehört zu den Balearen?

- a Menorca
- b Island
- c Sylt
- d Malta
- e Amrum

51	Zu welchem Land gehört die Insel Kreta?

- a Türkei
- b Italien
- c Spanien
- d Griechenland
- e Frankreich

52	Zu welcher Insel gehört die Stadt Palermo?

- a Sizilien
- b Korsika
- c Elba
- d Menorca
- e Gran Canaria

53	Welches ist die größte Halbinsel Europas?

- a Island
- b Iberische Halbinsel
- c Skandinavien
- d Italien
- e Großbritannien

54	Zu welchem Staat gehört die Insel Elba?

- [ ] a Italien
- [ ] b Deutschland
- [ ] c Niederlande
- [ ] d Frankreich
- [ ] e Tunesien

55	Der Gardasee liegt in …

- [ ] a … Österreich.
- [ ] b … Schweden.
- [ ] c … Deutschland.
- [ ] d … Italien.
- [ ] e … Ungarn.

56 Ordnen Sie die Hauptstädte (a–l) den jeweiligen Ländern (A–L) zu:

a) Madrid	A) Belgien
b) Amsterdam	B) Griechenland
c) London	C) Finnland
d) Paris	D) Schweden
e) Warschau	E) Großbritannien
f) Athen	F) Niederlande
g) Tel Aviv	G) Libanon
h) Beirut	H) Polen
i) Stockholm	I) Israel
j) Helsinki	J) Frankreich
k) Lissabon	K) Spanien
l) Brüssel	L) Portugal

a		e		i	
b		f		j	
c		g		k	
d		h		l	

57	In welches Meer mündet die Donau?

- [ ] a Kaspisches Meer
- [ ] b Mittelmeer
- [ ] c Schwarzes Meer
- [ ] d Atlantik
- [ ] e Ostsee

58	Der Rheinfall von Schaffhausen liegt in …

- [ ] a … der Schweiz.
- [ ] b … Deutschland.
- [ ] c … Österreich.
- [ ] d … Holland.
- [ ] e … Italien.

59	Durch welche Stadt fließt die Oder und in welches Meer mündet sie?

- [ ] a Wien – Nordsee
- [ ] b Breslau – Ostsee
- [ ] c Prag – Schwarzes Meer
- [ ] d Salzburg – Mittelmeer
- [ ] e Budapest – Kaspisches Meer

60	Welcher Fluss mündet in der Form eines Deltas?

- [ ] a Tiber
- [ ] b Rhone
- [ ] c Ebro
- [ ] d Dnjepr
- [ ] e Seine

61	Wo entspringt die Moldau?

- [ ] a Bayerischer Wald
- [ ] b Erzgebirge
- [ ] c Böhmerwald
- [ ] d Vogesen
- [ ] e Ural

62	Wie bezeichnet man die zerklüfteten Küsten Norwegens?

- [ ] a Deiche
- [ ] b Siele
- [ ] c Polder
- [ ] d Marschen
- [ ] e Fjorde

63	Welche beiden Kontinente trennt die Meerenge von Gibraltar?

- [ ] a Europa – Asien
- [ ] b Nordamerika – Südamerika
- [ ] c Afrika – Asien
- [ ] d Europa – Afrika
- [ ] e Australien – Asien

64	Zwischen Nord- und Ostsee besteht eine natürliche Seeverbindung. Sie führt durch …

- [ ] a … den Skagerrak.
- [ ] b … die Finnische Meerenge.
- [ ] c … den Golfstrom.
- [ ] d … den Panama-Kanal.
- [ ] e … den Bosporus.

65	Der höchste Berg der Erde ist …

- [ ] a … der Montblanc.
- [ ] b … die Zugspitze.
- [ ] c … der Nanga Parbat.
- [ ] d … der Mount Everest.
- [ ] e … der Kilimandscharo.

66	Einer der folgenden Seen liegt am Äquator. Ist es der …

- [ ] a … Viktoria-See?
- [ ] b … Chiemsee?
- [ ] c … Erie-See?
- [ ] d … Ontario-See?
- [ ] e … Bodensee?

67 Welche beiden Meere verbindet der Suez-Kanal?

- [ ] a Mittelmeer – Atlantik
- [ ] b Rotes Meer – Mittelmeer
- [ ] c Indischer Ozean – Rotes Meer
- [ ] d Südamerika – Mittelamerika
- [ ] e Nordsee – Ostsee

68 Die Halbinsel Krim liegt …

- [ ] a … im Kaspischen Meer.
- [ ] b … im Schwarzen Meer.
- [ ] c … im Finnischen Meerbusen.
- [ ] d … im Golf von Biscaya.
- [ ] e … im Aral-See.

69 Ordnen Sie dem »Südpol« den passenden geografischen Begriff zu:

- [ ] a Antarktis
- [ ] d Atlantik
- [ ] b Nordmeer
- [ ] e Alaska
- [ ] c Arktis

70	Welche der folgenden Inseln liegt im Indischen Ozean?

- [ ] a Madeira
- [ ] b Gran Canaria
- [ ] c Cypern
- [ ] d Madagaskar
- [ ] e Kuba

71	Wo liegen die Rocky Mountains?

- [ ] a In Asien
- [ ] b In Nordamerika
- [ ] c In Südafrika
- [ ] d In England
- [ ] e In Südamerika

72	Welche Stadt liegt am Mississippi?

- [ ] a Chicago
- [ ] b Kairo
- [ ] c Buenos Aires
- [ ] d New Orleans
- [ ] e Havanna

73	Wie heißt die größte Meeresbucht Kanadas?

- [ ] a Labrador-See
- [ ] b Sargassobai
- [ ] c Hudsonbai
- [ ] d Bering-See
- [ ] e Golf von Kanada

74 Welchen Durchmesser hat die Erde?

- a ca. 1075 Kilometer
- b ca. 12800 Kilometer
- c ca. 45000 Kilometer
- d ca. 60500 Kilometer
- e ca. 108400 Kilometer

75 Der Erdradius beträgt ungefähr …

- a … 6400 Kilometer.
- b … 12800 Kilometer.
- c … 40000 Kilometer.
- d … 1380 Kilometer.
- e … 3600 Kilometer.

76 Wie groß ist der Erdumfang?

- a ca. 40000 Kilometer
- b ca. 16000 Kilometer
- c ca. 12000 Kilometer
- d ca. 60000 Kilometer
- e ca. 100000 Kilometer

77 Der 0. Längengrad verläuft durch eine europäische Stadt. Ist dies …

- a … London?
- b … Versailles?
- c … Greenwich?
- d … Paris?
- e … Neapel?

78	Welches Land liegt im Vergleich zur Bundesrepublik Deutschland genau auf der anderen Seite der Erdkugel?

- a China
- b Neuseeland
- c Afrika
- d Japan
- e Amerika

79	An welchem Meer liegt die russische Stadt St. Petersburg?

- a Finnischer Meerbusen
- b Kaspisches Meer
- c Schwarzes Meer
- d Weißes Meer
- e Rotes Meer

80	Welches ist der kleinste Erdteil?

- a Europa
- b Afrika
- c Amerika
- d Australien
- e Asien

81	In welchem Erdteil liegt Marokko?

- a Europa
- b Australien
- c Asien
- d Afrika

82	Wo würden Sie Kapstadt suchen? In ...

- [ ] a ... Nordafrika.
- [ ] b ... Südamerika
- [ ] c ... Norddeutschland.
- [ ] d ... Südafrika.

83	Die Galapagos-Inseln liegen ...

- [ ] a ... in der Ägäis.
- [ ] b ... in Südamerika.
- [ ] c ... im Chinesischen Meer.
- [ ] d ... im Atlantik.

84	Der Ärmelkanal ist die Meeresenge zwischen ...

- [ ] a ... Dänemark und Norwegen.
- [ ] b ... Deutschland und Schweden.
- [ ] c ... Frankreich und England.
- [ ] d ... Spanien und Frankreich.

85	Jemand, der den Nanga Parbat besteigt, befindet sich in ...

- [ ] a ... Asien.
- [ ] b ... Europa.
- [ ] c ... Amerika.
- [ ] d ... Afrika.

86	Welche Stadt liegt von Deutschland aus gesehen am südlichsten?

- [ ] a Johannesburg
- [ ] b Rom
- [ ] c New York
- [ ] d Haifa

87	Ein Flugzeug startet in Frankfurt und fliegt nach San Francisco. Welche Aussage ist richtig?

- [ ] a Die Passagiere kommen zu genau der Zeit an, zu der sie in Frankfurt gestartet sind.
- [ ] b Die Passagiere müssen ihre Uhren vorstellen.
- [ ] c Die Uhren müssen zurückgestellt werden.
- [ ] d Es gibt keinen Zeitunterschied, da wegen der Ausrichtung an der Sonne zu jeder Zeit an jeder Stelle der Erde die gleiche Zeit herrscht.

88	Der kürzeste Weg eines Flugzeuges von München nach New York führt über …

- [ ] a … Nordafrika.
- [ ] b … den Atlantik.
- [ ] c … den Indischen Ozean.
- [ ] d … Australien.

89	Welcher Erdteil muss umrundet werden, wenn ein Schiff von Hamburg nach Madagaskar fährt, ohne einen Kanal zu benutzen?

- [ ] a Südamerika
- [ ] b Afrika
- [ ] c Europa
- [ ] d Asien

90	Wie verläuft der Äquator?

- [ ] a Vom Nordpol zum Südpol
- [ ] b Durch Asien
- [ ] c Durch Afrika und Südamerika
- [ ] d Vom Südpol über Australien nach Afrika

91	Suchen Sie den Vierwaldstätter See in ...

- [ ] a ... der Schweiz?
- [ ] b ... Österreich?
- [ ] c ... Deutschland?
- [ ] d ... Finnland?

92	Liegt der Plattensee in ...

- [ ] a ... Deutschland?
- [ ] b ... Österreich?
- [ ] c ... Dänemark?
- [ ] d ... Ungarn?

93	Bringen Sie die folgenden Städte in eine geografische Reihenfolge. Dabei bekommt die Stadt, die am nördlichsten liegt, eine »1« und die am südlichsten liegende Stadt eine »5«.

- [ ] a Palermo
- [ ] b Stockholm
- [ ] c München
- [ ] d Berlin
- [ ] e Mailand

94	Welche der folgenden Städte liegt an der Adria?

☐ a Madrid ☐ b Rimini ☐ c Florenz ☐ d Rom

95	Das Kattegat liegt zwischen ...

☐ a ... Dänemark und Deutschland.

☐ b ... Schweden und Norwegen.

☐ c ... England und Frankreich.

☐ d ... Dänemark und Schweden.

96	Die folgenden Länder liegen mit einer Ausnahme jeweils in einem Erdteil. Welche Zuordnung ist falsch?

☐ a Deutschland – Schweiz – Frankreich – Großbritannien – Ungarn

☐ b Libyen – Marokko – Zaire – Kenia – Südafrika

☐ c Brasilien – Argentinien – Chile – Kolumbien – Mexiko

☐ d Indien – Pakistan – China – Russland – Iran

97	Liegt Hawaii im ...

☐ a ... Atlantischen Ozean?

☐ b ... Pazifik?

☐ c ... Indischen Ozean?

☐ d ... Südpolarmeer?

98	Wo liegt Saudi-Arabien?

- [ ] a Am Golf von Guinea
- [ ] b Am Persischen Golf
- [ ] c Am Mittelmeer
- [ ] d Am Schwarzen Meer

99	Die Inselgruppe der Kanaren …

- [ ] a … liegt vor Kanada.
- [ ] b … gehört zu Spanien.
- [ ] c … befindet sich im Indischen Ozean.
- [ ] d … besteht aus insgesamt 10 Inseln.

100	Was verbinden Sie mit dem Namen »Feuerland«?

- [ ] a Es ist eine ständig von Feuer bedrohte Steppe in Afrika.
- [ ] b Feuerland ist eine Bezeichnung für die Region um den Vesuv.
- [ ] c Dies ist die Beschreibung eines Kriegsgebietes der Indianerkämpfe in Brasilien.
- [ ] d Es handelt sich um den südlichsten Punkt des Festlandes in Südamerika.

Die Lösungen zu den Aufgaben 44–100 (Welt) siehe S. 293.

Geografie | *Lösungen*

Lösungen: Deutschland

1 b – **2** b – **3** e – **4** d – **5** e – **6** c – **7** b – **8** a – **9** d – **10** c – **11** d – **12** e – **13** a – **14** b – **15** d – **16** e – **17** c – **18** a – **19** d – **20** d – **21** b – **22** b – **23** e – **24** c – **25** e – **26** d – **27** c – **28** c – **29** d – **30** e – **31** d – **32** c – **33** a – **34** c – **35** d – **36** c – **37** c – **38** b – **39** c – **40** b – **41** b – **42** a – **43** a

Lösungen: Welt

44 b – **45** d – **46** a – **47** d – **48** c – **49** d – **50** a – **51** d – **52** a – **53** b – **54** a – **55** d – **56** aK, bF, cE, dJ, eH, fB, gI, hG, iD, jC, kL, lA – **57** c – **58** a – **59** b – **60** b – **61** c – **62** e – **63** d – **64** a – **65** d – **66** a – **67** b – **68** b – **69** a – **70** d – **71** b – **72** d – **73** c – **74** b – **75** a – **76** a – **77** c – **78** b – **79** a – **80** d – **81** d – **82** d – **83** b – **84** c – **85** a – **86** a – **87** c – **88** b – **89** b – **90** c – **91** a – **92** d – **93** a5/b1/c3/d2/e4 – **94** b – **95** d – **96** d – **97** b – **98** b – **99** b – **100** d

Kultur	*Vorwort und Literaturtipp*

Kulturelles Geschehen ist sehr vielfältig. Es umfasst eine große Anzahl menschlicher Aktivitäten, die hier nur beispielhaft angeschnitten werden können. Prüfungsfragen aus diesem Gebiet sind der Allgemeinbildung zuzuordnen. Dabei soll Ihr Interesse am kulturellen Geschehen der Vergangenheit und Gegenwart getestet werden.

Die folgenden Aufgaben möchten Sie auf klassische Kulturbereiche in der gebotenen Kürze hinweisen.

Literatur und weiter gehende Studien:

☛ Schülerduden, Dudenverlag, Mannheim

☛ Kunstlexikon, Kompaktwissen für Schüler und junge Erwachsene, Cornelsen Verlag, Berlin 1995

☛ Musiklexikon, Kompaktwissen für Schüler und junge Erwachsene, Cornelsen Verlag, Berlin 1995

☛ Die Kunst, Dudenverlag, Mannheim

☛ Die Musik, Dudenverlag, Mannheim 1989

☛ Boehncke, Kuhne, Jugendlexikon Literatur, rororo, Hamburg 1991

Kultur	*Baukunst*

1	In welchem Baustil wurde der Kölner Dom erbaut?

☐ a Barock ☐ c Romantik

☐ b Gotik ☐ d Renaissance

2	Die Golden-Gate-Brücke befindet sich in:

- [ ] a San Francisco
- [ ] b New York
- [ ] c Sydney
- [ ] d Istanbul

3	Wo steht die Kirche Notre-Dame?

- [ ] a Brest
- [ ] b Marseille
- [ ] c Paris
- [ ] d Straßburg

4	Wie nennt man in Italien den vom Kirchenbau freistehenden Glockenturm?

- [ ] a Empore
- [ ] b Kemenate
- [ ] c Kampanile
- [ ] d First

5	Welches ist die größte Kirche der Welt?

- [ ] a Straßburger Münster
- [ ] b Invalidendom in Paris
- [ ] c St-Pauls-Kathedrale in London
- [ ] d Petersdom in Rom

6	Die Türme der Frauenkirche überragen die Stadt …

- [ ] a … Stuttgart.
- [ ] b … München.
- [ ] c … Augsburg.
- [ ] d … Berlin.

7	Was ist ein Kapitell?

- [ ] a Eckiger Sockel
- [ ] b Kopf einer Säule
- [ ] c Rundbogen
- [ ] d Dreiteiliges Altarwerk

8	Wo steht die Alhambra?

- [ ] a Granada
- [ ] b Madrid
- [ ] c Tunis
- [ ] d Valencia

9	Welches der folgenden Bauelemente ist bezeichnend für den romanischen Baustil?

- [ ] a Spitzbogen
- [ ] b Treppengiebel
- [ ] c Rundbogen
- [ ] d Stuckverzierungen

10	In welcher italienischen Stadt steht der »Schiefe Turm«?

- [ ] a Genua
- [ ] b Florenz
- [ ] c Pisa
- [ ] d Neapel

Die Lösungen zu den Aufgaben 1–10 (Baukunst) siehe S. 312.

Kultur | *Bildende Künste*

11 Von welchem Künstler stammt die »Mona Lisa«?

- [ ] a Leonardo da Vinci
- [ ] b Frans Hals
- [ ] c Raffael
- [ ] d Francisco de Goya

12 Wer malte das Bild »Der arme Poet«?

- [ ] a Adolf von Menzel
- [ ] b Anselm Feuerbach
- [ ] c Moritz von Schwind
- [ ] d Carl Spitzweg

13 Von welchem Künstler stammt der Kupferstich »Ritter, Tod und Teufel«?

- [ ] a Konrad Witz
- [ ] b Albrecht Dürer
- [ ] c Hans Holbein
- [ ] d Hans Thoma

14 Wer malte das Bild »Der Mann mit dem Goldhelm«?

- [ ] a Peter Paul Rubens
- [ ] b Arnold Böcklin
- [ ] c Rembrandt
- [ ] d Frans Hals

15 Was versteht man unter einem Aquarell?

- [ ] a Malerei mit Wasserfarben
- [ ] b Tuschezeichnung
- [ ] c Ölgemälde
- [ ] d Kupferstich

16	Was ist ein Stillleben?

- [ ] a Bild mit ländlicher Idylle
- [ ] b Bild, das Ruhe ausstrahlt
- [ ] c Bild ohne menschliche Darstellung
- [ ] d Bild mit leblosen Dingen

17	Von wem stammt das Bild »Blaues Pferd«?

- [ ] a John Marin
- [ ] b Amedeo Modigliani
- [ ] c Le Corbusier
- [ ] d Franz Marc

18	Was ist eine Pietà?

- [ ] a Historische Vase
- [ ] b Darstellung Marias mit dem Leichnam Christi
- [ ] c Bemalte Kirchendecke
- [ ] d Abgebildete Heilige

19	In welchem Museum hängt das Gemälde »Mona Lisa«?

- [ ] a Louvre (Paris)
- [ ] b Alte Pinakothek (München)

c Prado (Madrid)

d Tate Gallery (London)

20	Von wem stammt die Marmorfigur des jugendlichen David?

a Niccolò Pisano

b Michelangelo Buonarotti

c Domenico Ghirlandaio

d Giorgio Vasari

21	Wo befindet sich die Kunstsammlung der Uffizien?

a Mailand

b Verona

c Florenz

d Leningrad

22	Was bedeutet kolorieren?

a Ausmalen eines Ölgemäldes

b Bemalen einer Zeichnung mit Buntstiften oder Wasserfarbe

c Zeichnen mit Kohle

d Drucken eines Bildes

Die Lösungen zu den Aufgaben 11–22 (Bildende Künste) S. 312.

Kultur	*Musik*

23	Wer komponierte die Oper »Der Rosenkavalier«?

- [ ] a Johann Strauß
- [ ] b Carl Orff
- [ ] c Béla Bartók
- [ ] d Richard Strauss

24	Aus welchem Anlass wurde Verdis Oper »Aida« erstmalig aufgeführt?

- [ ] a Krönungsfeierlichkeit
- [ ] b Einweihung des Mailänder Doms
- [ ] c Eröffnung des Suez-Kanals
- [ ] d Friedensfeier

25	Was ist ein Libretto?

- [ ] a Morgenständchen
- [ ] b Gesangsübung
- [ ] c Textbuch von Opern und Operetten
- [ ] d Wechselgesang

26	Von wem stammt die Musik zu »Madame Butterfly«?

- [ ] a Giacomo Puccini
- [ ] c Giacomo Rossini
- [ ] b Otto Nicolai
- [ ] d Carl Goldmark

27	Wer komponierte die Operette »Der Vogelhändler«?

- [ ] a Carl Zeller
- [ ] c Eduard Künneke
- [ ] b Paul Lincke
- [ ] d Leo Fall

28	Mit welchem Instrument wurde Louis Armstrong berühmt?

- [ ] a Saxophon
- [ ] c Posaune
- [ ] b Klarinette
- [ ] d Trompete

29	Wer komponierte »Eine kleine Nachtmusik«?

- [ ] a Wolfgang Amadeus Mozart
- [ ] b Robert Schumann
- [ ] c Frédéric Chopin
- [ ] d Leopold Mozart

30	Wer schrieb das Ballett »Nussknacker«?

- [ ] a Richard Strauss
- [ ] b Peter Iljitsch Tschaikowski
- [ ] c Béla Bartók
- [ ] d Josef Bayer

31	Wer war Enrico Caruso?

- [ ] a Dirigent
- [ ] b Opernkomponist
- [ ] c Italienischer Tenor
- [ ] d Solotänzer beim Ballett

32	Durch wen wurden die Bayreuther Festspiele begründet?

- [ ] a Franz Liszt
- [ ] b Richard Wagner
- [ ] c Cosima Wagner
- [ ] d Arthur Honegger

Die Lösungen zu den Aufgaben 23–32 (Musik) siehe S. 312.

Kultur	*Literatur*

33	Wer schrieb den Roman »Der alte Mann und das Meer«?

- [ ] a Ernest Hemingway
- [ ] b Oscar Wilde
- [ ] c William Faulkner
- [ ] d Somerset Maugham

34	Wer schrieb das Drama »Julius Cäsar«?

- [ ] a Franz Grillparzer
- [ ] b William Shakespeare
- [ ] c Georg Büchner
- [ ] d Friedrich von Schiller

35	Von wem stammt der Roman »Der Hauptmann von Köpenick«?

- [ ] a Frank Wedekind
- [ ] c Carl Zuckmayer
- [ ] b Heinrich von Kleist
- [ ] d Stefan Zweig

36	Welcher Schriftsteller verfasste auch Kinderbücher?

- [ ] a Erich Kästner
- [ ] c Hans Hellmut Kirst
- [ ] b Hermann Kasack
- [ ] d Heinz G. Konsalik

37	Was waren die Barden?

- [ ] a Priester
- [ ] b Stammeshäuptlinge
- [ ] c Heilpflanzensammler
- [ ] d Dichter und Sänger im Altertum und Mittelalter

38	Was ist ein Plagiat?

- [ ] a Versform
- [ ] b Stabreim
- [ ] c Nachgemachtes Kunstwerk
- [ ] d Körperliche Anstrengung

39	Welcher deutsche Schriftsteller erhielt 1972 den Nobelpreis für Literatur?

- [ ] a Heinrich Böll
- [ ] b Günter Grass
- [ ] c Erich Maria Remarque
- [ ] d Luise Rinser

40	In welchem Werk kommt der Name Scheherezade vor?

- [ ] a Der eingebildete Kranke
- [ ] b Märchen der Gebrüder Grimm
- [ ] c Die unendliche Geschichte
- [ ] d Tausendundeine Nacht

41	Wer war Dante?

- [ ] a Spanischer Schauspieler
- [ ] b Mexikanischer Literaturnobelpreisträger
- [ ] c Schauspielleiter
- [ ] d Italienischer Dichter

42	Welches war das Hauptwerk von Dante?

☐ a Don Quijote ☐ c Göttliche Komödie

☐ b Sieben gegen Theben ☐ d Die Wespen

Die Lösungen zu den Aufgaben 33–42 (Literatur) siehe S. 312.

Kultur	*Film und Fernsehen*

43	In welcher Stadt findet alle 2 Jahre die Filmbiennale statt?

☐ a Pisa ☐ c Venedig

☐ b Verona ☐ d Genua

44	Was ist der »Oscar«?

☐ a Preis der amerikanischen Filmakademie

☐ b Bekannter Regisseur

☐ c Bekannter Schauspieler

☐ d Titelheld in einem Zeichentrickfilm

45	Wie heißen die Hauptdarsteller in dem Film »Casablanca«?

☐ a Ginger Gogers – Fred Astaire

☐ b Ingrid Bergman – Humphrey Bogart

- [ ] c Leslie Howard – Clark Gable
- [ ] d Jane Darwell – Henry Fonda

46	Welcher Film wurde nicht von Alfred Hitchcock gedreht?

- [ ] a Familiengrab
- [ ] b Der unsichtbare Dritte
- [ ] c Die Schatzinsel
- [ ] d Psycho

47	Welches historische Ereignis behandelt der Film »Der längste Tag«?

- [ ] a Mondlandung
- [ ] b Verteidigung von Stalingrad
- [ ] c Invasion in der Normandie
- [ ] d Untergang der Titanic

48	Für welche Schauspielerin wurde der Film »Pretty Woman« ein erster großer Erfolg?

- [ ] a Shirley McLaine
- [ ] b Goldie Hawn
- [ ] c Julia Roberts
- [ ] d Andie McDowell

49	James Dean wurde mit seinem ersten Film bereits weltberühmt. Der Name des Films ist:

- [ ] a Psycho
- [ ] b … denn sie wissen nicht, was sie tun
- [ ] c Giganten
- [ ] d Bitter Moon

50	Der Film »Evita« brachte den Durchbruch als Schauspielerin für

- [ ] a Barbara Streisand.
- [ ] b Whitney Houston.
- [ ] c Madonna.
- [ ] d Sharon Stone.

51	Welcher Zeichentrickfilm für Kinder ist das Remake eines Filmklassikers?

- [ ] a Jurassic Park
- [ ] b Der Glöckner von Notre Dame
- [ ] c Die drei Musketiere
- [ ] d Water World

52	Der amerikanische Filmschauspieler Dustin Hoffman spielte die Hauptrolle in dem Film:

- [ ] a Star Trek
- [ ] b Marathon Man
- [ ] c Tarzan
- [ ] d Terminator

53	Die Fernsehsendung »Boulevard Bio« ist ein(e)

- [ ] a Reisequiz.
- [ ] c Talkshow.
- [ ] b Kultursendung.
- [ ] d Familienserie.

54	Welchem Fernsehsender ordnen Sie die Sendung »ran« zu?

- [ ] a ARD
- [ ] c ZDF
- [ ] b RTL
- [ ] d SAT1

55	Der amerikanische Sender CNN ist ein

- [ ] a Nachrichtensender.
- [ ] c Musiksender.
- [ ] b Kulturmagazin.
- [ ] d Sportsender.

56	Welche Art von Sendungen moderiert Gerd Rugenbauer?

- [ ] a Kultur
- [ ] c Musik
- [ ] b Sport
- [ ] d Nachrichten

57	Welcher Schauspieler wurde durch die Fernsehrolle des Kommissar Schimanski bekannt?

- [ ] a Horst Tappert
- [ ] c Götz George
- [ ] b Fritz Wepper
- [ ] d Eberhard Feik

58	Welche der folgenden Sendungen gehört nicht zur Gruppe der Krimiserien?

☐ a Der Alte
☐ b Derrick
☐ c Marienhof
☐ d Die Zwei

59	In welchem Sender läuft die legendäre Hitparade?

☐ a ARD ☐ b ZDF ☐ c WDR ☐ d RTL 2

Die Lösungen zu den Aufgaben 44–59 (Film u. Fernsehen) siehe S. 312.

Kultur	*Erfindungen und Entdeckungen*

60	Wer erfand den Druck mit beweglichen Lettern?

☐ a Jakob Mayer
☐ b Oliver Evans
☐ c Johannes Gutenberg
☐ d Fischer von Erlach

61	Wer erfand das Telefon?

☐ a Otto von Guericke
☐ b Philipp Reis
☐ c Joseph Ressel
☐ d Josef Madersperger

62	Welche Erfindung stammt von Thomas Alva Edison?

- [ ] a Glühbirne
- [ ] b Motorrad
- [ ] c Dieselmotor
- [ ] d Revolver

63	Wer führte die Fließbandproduktion in der Automobilindustrie ein?

- [ ] a Gottlieb Daimler
- [ ] b Henry Ford
- [ ] c Karl Benz
- [ ] d Rudolf Diesel

64	Welche Strecke legte die erste deutsche Eisenbahn zurück?

- [ ] a Wiesbaden–Frankfurt
- [ ] b Augsburg–Nürnberg
- [ ] c Nürnberg–Fürth
- [ ] d Kassel–Göttingen

65	Wem gelang als erster die Spaltung des Uranatoms?

- [ ] a Albert Einstein
- [ ] b Werner Karl Heisenberg
- [ ] c Niels Bohr
- [ ] d Otto Hahn und Fritz Straßmann

66	Wann und durch wen wurde der erste Satellit gestartet?

☐ a 1952 durch die USA

☐ b 1954 durch die USA

☐ c 1957 durch die UdSSR

☐ d 1963 durch China

67	Welche Astronauten landeten als Erste auf dem Mond?

☐ a Neil Armstrong - Edwin Aldrin

☐ b James McDivitt - Edward White

☐ c John Glenn - Neil Armstrong

☐ d Juri Gagarin - Pavel Romanivich

68	Wer entdeckte das Gesetz des freien Falls?

☐ a Peter Henlein

☐ b Isaac Newton

☐ c Johannes Kepler

☐ d Galileo Galilei

69	Wer gilt als Entdecker des Tuberkelbazillus?

☐ a Emil von Behring

☐ b Robert Koch

☐ c Conrad Röntgen

☐ d Justus von Liebig

Die Lösungen zu den Aufgaben 60–69 (Erfindungen u. Entdeckungen) siehe S. 312.

Kultur	*Lösungen*

Lösungen: Baukunst

1 b – **2** a – **3** c – **4** c – **5** d – **6** b – **7** b – **8** a – **9** c – **10** c

Lösungen: Bildende Künste

11 a – **12** d – **13** b – **14** c – **15** a – **16** d – **17** d – **18** b – **19** a – **20** b – **21** c – **22** b

Lösungen: Musik

23 d – **24** c – **25** c – **26** a – **27** a – **28** d – **29** a – **30** b – **31** c – **32** b

Lösungen: Literatur

33 a – **34** d – **35** c – **36** a – **37** d – **38** c – **39** a – **40** d – **41** d – **42** c

Lösungen: Film und Fernsehen

43 c – **44** a – **45** b – **46** c – **47** c – **48** c – **49** b – **50** c – **51** b – **52** b – **53** c – **54** d – **55** a – **56** b – **57** c – **58** c – **59** b

Lösungen: Erfindungen und Entdeckungen

60 c – **61** b – **62** a – **63** b – **64** c – **65** d – **66** c – **67** a – **68** d – **69** b

Naturwissenschaften	*Vorwort und Literaturtipp*

In zunehmendem Maße ergreift die Technik Platz im menschlichen Leben. Vieles, was als nahezu selbstverständlich hingenommen wird, beruht auf der Ausnutzung natürlicher Gesetze und Gegebenheiten.

Technisches Grundwissen ist damit zu einem Bestandteil der allgemeinen Bildung geworden. Natürlich ist das Wissensgebiet sehr umfangreich und niemand kann erwarten, dass Sie darin perfekt sind. Vieles werden Sie sich in Ihrem angestrebten Berufs- oder Arbeitsziel selbst erarbeiten und aneignen müssen.

Die folgenden Fragen aus den unterschiedlichen Teilbereichen der Naturwissenschaften behandeln Grundelemente der Physik und Chemie.

Durch sie versucht man in Einstellungs- oder Eignungstests festzustellen, inwieweit Grundkenntnisse bei den Bewerbern vorhanden sind.

Literatur für weiter gehende Studien:

☛ Wie funktioniert das? Die Technik im Leben von heute, Bibliographisches Institut, Meyers Lexikonverlag, Mannheim

☛ 100 x Technik im Alltag, Meyers Lexikonverlag, Mannheim

☛ Grundwissen Technik, Klett-Verlag, Stuttgart

☛ Grundwissen Physik/Chemie, Klett-Verlag, Stuttgart

Naturwissenschaften	*Physik und Chemie*

1	Was versteht man unter einer Zerstreuungslinse?

- [ ] a Ihre Mitte ist dicker als der Rand.
- [ ] b Sie ist am Rand dünner als in der Mitte.
- [ ] c Die Mitte ist dünner als ihr Rand.
- [ ] d Es handelt sich um ein gleichstarkes Glas.

2	Die Entfernung des Brennpunktes von der Linsenmitte ist...

- [ ] a ... die Brennlinse.
- [ ] b ... der Brennabstand.
- [ ] c ... die Brennweite.
- [ ] d ... der Vergrößerungspunkt.

3	Welche Aussage über die Vergrößerung einer Lupe ist richtig?

- [ ] a Sie vergrößert um so stärker, je geringer sie gewölbt ist.
- [ ] b Die Vergrößerung hängt nur von der Wölbung ab.

☐ c Je stärker die Wölbung und je größer die Brennweite, desto stärker vergrößert sie.

☐ d Die Vergrößerung wird stärker, wenn die Wölbung zu- und die Brennweite abnimmt.

4	Wie ist ein funktionsfähiges Mikroskop aufgebaut?

☐ a Zwei Sammellinsen in einem Tubus

☐ b Eine Sammellinse

☐ c Ein Okular in einem Tubus

☐ d Eine Sammel- und zwei Umkehrlinsen in einer Röhre

5	Um welche Linsenform handelt es sich hier? 

☐ a Bi-konvex

☐ b Konvex

☐ c Plan

☐ d Plan-konkav

6	Ein Strahlen bündelndes Brennglas ist …

☐ a … beidseitig plan.

☐ b … beidseitig konkav.

☐ c … beidseitig konvex.

☐ d … plan-konvex.

7	Wie hoch ist die Geschwindigkeit des Lichtes?

- [ ] a 300000 km/Std.
- [ ] b 300000 m/min
- [ ] c 300000 m/sec
- [ ] d 300000 km/sec

8	Wozu dient u. a. ein Prisma?

- [ ] a Zur Lichtverstärkung
- [ ] b Zur Zerlegung des Lichtes in seine Bestandteile
- [ ] c Zur Temperaturreglung
- [ ] d Zur Filterung von Gammastrahlen

9	Welche Farbe ist im Lichtspektrum nicht enthalten?

- [ ] a Rot
- [ ] b Orange
- [ ] c Schwarz
- [ ] d Violett

10	Wie viele sichtbare Farben sind im Lichtspektrum enthalten?

- [ ] a Drei
- [ ] b Fünf
- [ ] c Sieben
- [ ] d Neun

11	Welche Aussage über die ultravioletten Strahlen ist richtig?

- ☐ a Sie befinden sich im Spektrum vor der Farbe Rot.
- ☐ b Sie sind unsichtbar und überdecken das gesamte Farbspektrum.
- ☐ c Sie sind unsichtbar und liegen im Farbspektrum jenseits von Violett.
- ☐ d Ultraviolette Strahlen sind ebenso sichtbar wie alle anderen Farben.

12	Was benötigt man, um Licht in seine Bestandteile zu zerlegen?

- ☐ a Lichtquelle - Prisma - Dunkelkammer
- ☐ b Lichtquelle - Fotoplatte - Lichtschlitz
- ☐ c Lichtquelle - Lichtschlitz - Prisma
- ☐ d Lichtquelle - Brennglas - Thermometer

13	Welche der folgenden Linsen *verkleinert* ein betrachtetes Objekt?

- ☐ a Bi-konvex
- ☐ b Plan-konkav
- ☐ c Bi-konkav
- ☐ d Konkav-konvex

14	Wie viel kW hat (die frühere Maßeinheit) 1 PS?

- [ ] a 0,95
- [ ] b 1,25
- [ ] c 0,73
- [ ] d 1,36

15	Wann herrscht am gewöhnlichen Flaschenzug Gleichgewicht?

- [ ] a Kraft gleich Last
- [ ] b Last gleich Kraft, multipliziert mit der Rollenzahl
- [ ] c Kraft gleich Last, gebrochen durch Anzahl der Rollen
- [ ] d Kraft = Rollenzahl : Last

16 Welchen Kraftaufwand benötigt man in folgendem Fall?

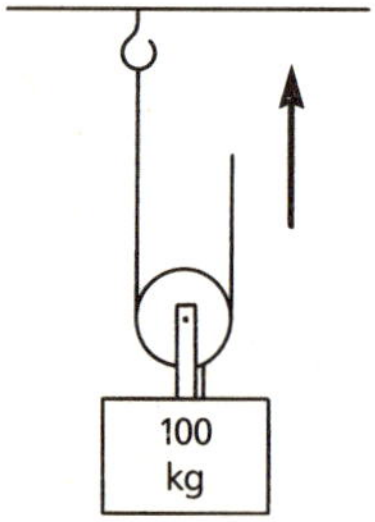

- [ ] a 981 Newton
- [ ] b 392,40 Newton
- [ ] c 1500 Newton
- [ ] d 490,50 Newton

17	Wie viel Kraft benötigt man, um einen Gegenstand von 150 kg mit Hilfe folgender Rolle zu bewegen?

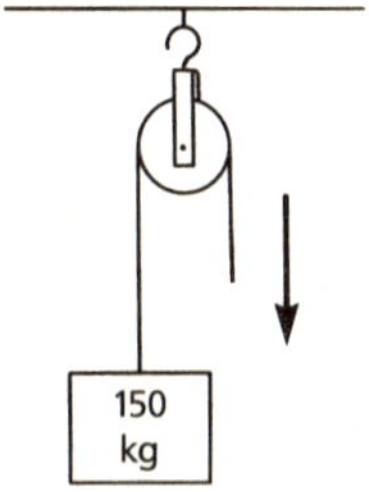

- [ ] a 1471,5 Newton
- [ ] b 735,75 Newton
- [ ] c 981 Newton
- [ ] d 490,50 Newton

18	Wie wird die Arbeit im physikalischen Sinn definiert?

- [ ] a Arbeit = Kraft · Weg
- [ ] b Arbeit = Kraft + Weg
- [ ] c Arbeit = Weg · Zeit
- [ ] d Arbeit = Weg + Kraft + Zeit

19	Welche Formel steht für das Gleichgewicht am Hebel?

- [ ] a Last · Kraft = Lastarm · Kraftarm
- [ ] b Last · Lastarm = Kraftaufwand

☐ c Last · Lastarm = Kraft · Kraftarm

☐ d Last · Kraftarm = Lastarm · Kraft

20 Wie lang muss der Hebelarm (x) sein, damit Gleichgewicht herrscht?

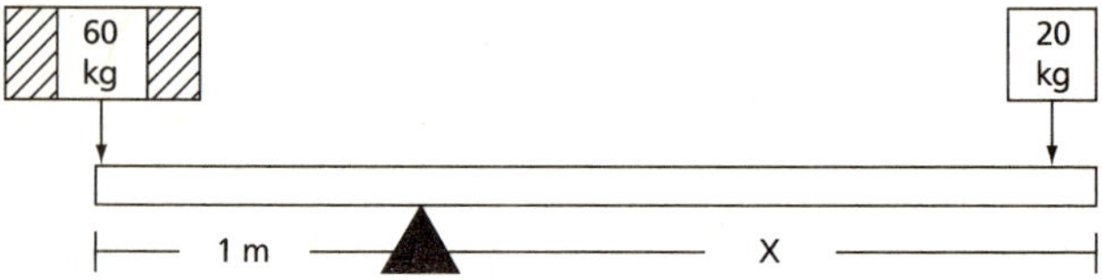

☐ a 1 m ☐ b 3 m ☐ c 2 m ☐ d 4 m

21 Welche Masse muss aufgewendet werden, um die Waage ins Gleichgewicht zu bringen?

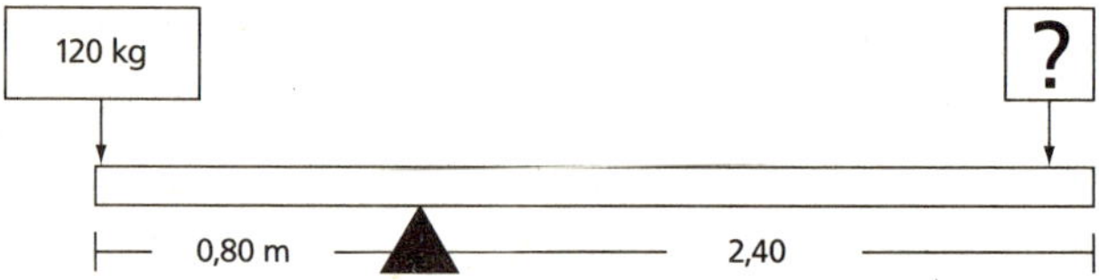

☐ a 50 kg ☐ b 30 kg ☐ c 120 kg ☐ d 40 kg

22 In welcher Einheit wird Stromspannung gemessen?

☐ a Ampere ☐ b Volt ☐ c Ohm ☐ d Kilojoule

23 Der Widerstand elektrischer Leitungen wird ausgedrückt in …

☐ a … Farad.

☐ c … Ohm.

☐ b … Volt.

☐ d … Ampere.

24	Die Stromstärke wird gemessen in …

- [ ] a … Kilowatt.
- [ ] b … Pascal.
- [ ] c … Kilohertz.
- [ ] d … Ampere.

25	Im Bereich der Elektronik hört man häufig den Begriff »Frequenz«. Wie wird eine Frequenz gemessen?

- [ ] a In Watt
- [ ] b In Hertz
- [ ] c In Kilopond
- [ ] d In Kilowatt

26	Welche Geschwindigkeit legt der Schall zurück?

- [ ] a ca. 333 km/sec
- [ ] b ca. 333 m/sec
- [ ] c ca. 333 cm/sec
- [ ] d ca. 333 km/Std.
- [ ] e ca. 333 m/min

27	In welchen Stoffen pflanzt sich der Schall am besten fort?

- [ ] a In festen Stoffen
- [ ] b In flüssigen Stoffen
- [ ] c In gasförmigen Stoffen
- [ ] d Im Vakuum

28	Welche Definition ist richtig für die Bestimmung von 4,19 KJ (Kilojoule)? Es ist die Wärmemenge, die ...

- [ ] a ... benötigt wird, um 1 Liter Wasser zu kochen.
- [ ] b ... benötigt wird, um 1 Liter Wasser zu verdampfen.
- [ ] c ... 1 Gramm Wasser um 1°C erwärmt.
- [ ] d ... 1 Liter Wasser um 1°C erwärmt.

29	Wie viel Watt hat ein Kilowatt?

- [ ] a 1
- [ ] b 10
- [ ] c 1000
- [ ] d 10000

30	Welche Aussage über den Siedepunkt des Wassers ist richtig?

- [ ] a Der Siedepunkt liegt immer bei 100°C.
- [ ] b Der Siedepunkt liegt niedriger, wenn der Luftdruck geringer ist.
- [ ] c Je höher der Luftdruck, desto niedriger der Siedepunkt.
- [ ] d Je niedriger der Siedepunkt, desto mehr Energie wird benötigt.

31	Welcher Stoff leitet die Wärme am besten?

- [ ] a Wasser
- [ ] b Stein
- [ ] c Styropor
- [ ] d Silber

32	In einigen Ländern wird die Temperatur in Fahrenheit gemessen. Wie viel °C entspricht eine Temperatur von 32° Fahrenheit?

☐ a 100°C ☐ b 80°C ☐ c 20°C ☐ d 0°C

33	Bei welcher Temperatur (in °C) nimmt Wasser den kleinsten Raum und die größte Dichte ein?

☐ a 100°C ☐ b 4°C ☐ c 0°C ☐ d –4°C

34	Welche der folgenden Aussagen über die Eigenschaften des Wassers stimmt?

☐ a Wasser gefriert erst bei –4°C.

☐ b Wasser nimmt einen größeren Raum ein, wenn es gefriert.

☐ c Wasser zieht sich bei dem Gefrierprozess zusammen.

☐ d Wasser siedet bei 80°C.

35	Welche Aussage stimmt?

☐ a Unterdruck in einem Gefäß kann zur Explosion führen.

☐ b Der Luftdruck ist überall auf der Welt gleich.

☐ c Der Luftdruck nimmt mit steigender Höhe ab.

☐ d Der Luftdruck nimmt mit steigender Höhe zu.

36	Was wird mit einem Barometer gemessen?

☐ a Luftdruck ☐ b Luftfeuchtigkeit

☐ c Luftverschmutzung ☐ d Lufttemperatur

37	Wann öffnet sich ein Überdruckventil?

☐ a Bei sinkendem Luftdruck

☐ b Wenn der Luftdruck in einem Gefäß eine bestimmte Grenze überschreitet

☐ c Beim Unterschreiten eines Luftdruckgrenzwertes

☐ d Nur bei manueller Betätigung

38 Eine Rohrverbindung hat folgendes Aussehen:

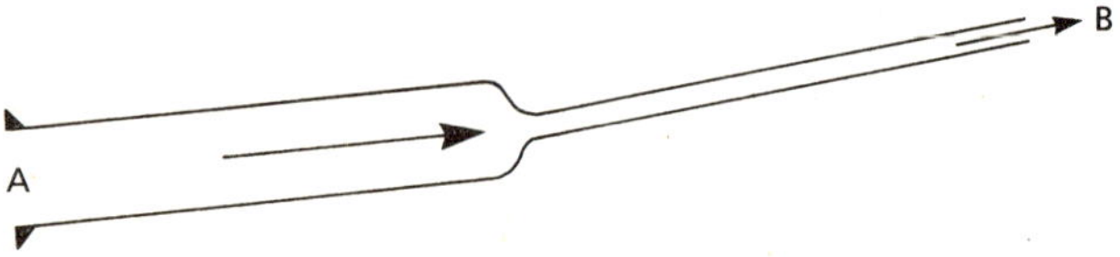

In Pfeilrichtung wird Wasser mit einem Druck von 7 bar gepumpt. Welche Aussage stimmt?

☐ a In B baut sich ein kleinerer Druck auf.

☐ b In B baut sich ein höherer Druck auf.

☐ c Wenn der Querschnitt von B zu groß ist, kann das Wasser nicht fließen.

☐ d Wenn B einen zu geringen Querschnitt hat, fließt das Wasser rückwärts.

39	Der Zeiger soll sich nach rechts bewegen. Bei welcher Zahnradbewegung erfolgt das?

- [ ] a Zahnrad 1 nach rechts drehen
- [ ] b Zahnrad 2 nach rechts drehen
- [ ] c Zahnrad 3 nach links drehen
- [ ] d Zahnrad 1 nach links drehen

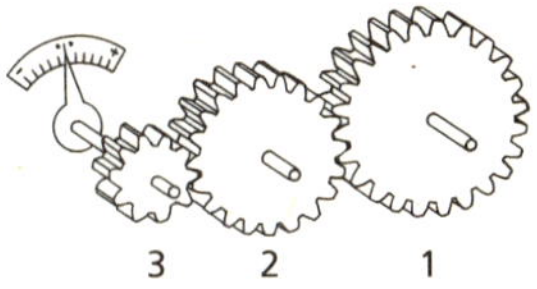

40	Ein Werkstoff nimmt nach einer Belastung von selbst wieder seine ursprüngliche Form an. Welcher Begriff kennzeichnet die Stoffeigenschaft?

- [ ] a Elastizität
- [ ] c Sprödigkeit
- [ ] b Viskosität
- [ ] d Härte

41	Bei welchem der folgenden Arbeiten handelt es sich um einen spanlosen Vorgang?

- [ ] a Drehen
- [ ] c Hobeln
- [ ] b Bohren
- [ ] d Schweißen

42	Welche Stoffe benötigt man (in der richtigen Mischung) zum Schweißen?

- [ ] a Sauerstoff – Stickstoff
- [ ] b Stickstoff – Acetylen

| | c | Acetylen – Sauerstoff

| | d | Wasserstoff – Helium

43	Welcher Motor arbeitet mit Selbstzündung?

| | a | Wankel-Motor | | c | Otto-Motor

| | b | Diesel-Motor | | d | Turbine

44	Welcher Stoff steht hinter der chemischen Abkürzung H_2O?

| | a | Gold | | c | Wasserstoff

| | b | Silber | | d | Wasser

45	Wie viele chemische Elemente gibt es?

| | a | 10 | | b | 50 | | c | 105 | | d | 250

46	Welche Abkürzung trägt das chemische Element Eisen?

| | a | Fe | | b | Es | | c | Ei | | d | Fd

47	Das chemische Zeichen Ag steht für ein Edelmetall. Welches ist es?

| | a | Gold | | b | Platin | | c | Silber | | d | Kupfer

48	Eines der folgenden Elemente gehört nicht zur Gruppe der Edelgase. Welches ist es?

- [ ] a Helium
- [ ] b Neon
- [ ] c Propangas
- [ ] d Krypton

49	An einem Eisenteil bildet sich Rost. Diesen chemischen Prozess bezeichnet man als …

- [ ] a … Reduktion.
- [ ] b … Oxidation.
- [ ] c … Kumulsion.
- [ ] d … Lotion.

50	Was versteht man unter »Halbwertszeit«?

- [ ] a Die Geschwindigkeit von Rechnern
- [ ] b Die Zeit der Beschleunigung von PKWs
- [ ] c Die Zeit, in der radioaktive Stoffe zur Hälfte verfallen sind
- [ ] d Die Zeit, die für die Ansparung einer Mindestrente erforderlich ist

51	Was ist eine »Legierung«?

- [ ] a Metallgemisch
- [ ] b Verflüssigtes Gas
- [ ] c Flüssiges Metall
- [ ] d Edelmetall

52	Welche Stromquelle versorgt ein Kfz während der Fahrt?

- [ ] a Zündkerze
- [ ] b Motor
- [ ] c Batterie
- [ ] d Lichtmaschine

53	Was ist ein »Streamer«?

- [ ] a Einspritzer für einen Turbo-Diesel-Motor
- [ ] b Katalysator zur Erkennung von chemischen Inhaltsstoffen
- [ ] c Einlauföffnungen eines Gezeitenkraftwerkes
- [ ] d Gerät zur Datensicherung

54	Cäsium-Werte sind ein wichtiger Indikator für die …

- [ ] a … Klimaforschung.
- [ ] b … Wasserverschmutzung.
- [ ] c … radioaktive Belastung.
- [ ] d … Schadstoffbelastung in Holz.

Die Lösungen zu den Aufgaben 1–54 (Naturwissenschaften) siehe S. 329.

Naturwissen-schaften	*Lösungen*

Lösungen: Physik und Chemie

1 c – **2** c – **3** d – **4** a – **5** d – **6** c – **7** d – **8** b – **9** c – **10** c – **11** c – **12** c – **13** c – **14** c – **15** c – **16** d – **17** a – **18** a – **19** c – **20** b – **21** d – **22** b – **23** c – **24** d – **25** b – **26** b – **27** a – **28** d – **29** c – **30** b – **31** d – **32** d – **33** b – **34** b – **35** c – **36** a – **37** b – **38** a – **39** a – **40** a – **41** d – **42** c – **43** b – **44** d – **45** c – **46** a – **47** c – **48** c – **49** b – **50** c – **51** a – **52** d – **53** d – **54** c

II. MUSTERTESTS

Vorwort und Bewertungsschlüssel

Wenn Sie das Buch bis hierhin sorgfältig durchgearbeitet haben, sind Sie Ihrem Ziel, Tests möglichst erfolgreich zu absolvieren, einen großen Schritt näher gekommen.

Ein wichtiger Aspekt, der bei einer Prüfung nicht übersehen werden darf, ist eine möglichst gute Zeiteinteilung. Beantworten Sie die Fragen konzentriert, aber zügig. Lesen Sie möglichst alle Antworten durch – auch wenn Sie meinen, die erste oder zweite ist schon die richtige.

Damit Sie ein Zeitgefühl für die Prüfung bekommen, sollten Sie folgende Tests in je ca. 2 $\frac{1}{2}$ Stunden gelöst haben.

Nachfolgende Bewertungsschlüssel sollen Ihnen eine Tendenz Ihres Kenntnisstandes geben.

Verzweifeln Sie nicht, wenn Sie die von Ihnen angestrebte Note nicht erreicht haben – bedenken Sie, dass jede Prüfung andere Fragen hat!

Üben Sie anhand der Literaturangaben!

Bewertungsschlüssel[1]: Test I

Richtige	Antworten	Note
61–56	A	1
55–50	A	2
49–42	A	3
41–31	A	4
30–20	A	5
19– 0	A	6

Bewertungsschlüssel[1]: Test II

Richtige	Antworten	Note
62–57	A	1
56–51	A	2
50–43	A	3
42–32	A	4
31–21	A	5
20– 0	A	6

1 nach dem Schema der Industrie- u. Handelskammern

Test 1

Der folgende Text enthält in den durchnummerierten Zeilen Fehler, die nicht den Vorgaben der neuen Rechtschreibreform entsprechen. Versuchen Sie zu erkennen, in welcher Spalte der einzelnen Zeile sich Fehler befinden. Wenn Sie einen Fehler gefunden haben, vermerken Sie die Buchstaben der Fehlerspalten in dem Lösungsfeld. Sollte eine Zeile fehlerfrei sein, so machen Sie bitte ein Kreuz (x) in das Lösungsfeld. Die ersten drei Zeilen sind bereits korrigiert und dienen der Veranschaulichung, zusätzlich wurden hier die Fehler angestrichen.

Aufgabe	a	b	c	d	Ihre Lösung
1	Bei Krankheit nicht zur Kirmes				x
2	Wer als Arbeitnehmer	krank geschrieben ist, hat alles zu tun,	um seine Genehsung zu fördern.	Besucht er stadtdessen eine	b, c, d
3	Kirmesveranstaltung, befindet sich	der Arbeitgeber im recht, wenn er eine	Kündigung ausspricht.		
4	Der Betroffene litt seid Jahren an	Gicht und war deshalb zum dritten mal	krankgeschrieben worden. Als er	wegen eines widerholten	

5	Gichtanfalls arbeits-unfähig war,	hinderte Ihn dies nicht, mit einer Taxe	Mittags zur Kirmes zu fahren. Dort	traf ihn ausgerech-net sein Chef.	
6	Der Arbeitnehmer gab an, am	morgen bei seinem Arzt eine Spritze	auf grund der starken	Gichtbeschwerden bekommen,	
7	und dann den gan-zen Tag daheim	im Bett gelegen zu haben. Erst am	späten abend sei er dann, an	Krücken humpelnd auf den	
8	Festplatz gefahren. Darin sah das	Arbeitsgericht einen schweren Verstoss	gegen die Pflichten des	Arbeitnehmers. Der	
9	Arbeitgeber muß sich auf eine	ärztlich attästierte Arbeitsunfähigkeit	verlassen können. Er muss sich auch	darauf verlassen können, daß	
10	der Arbeitnehmer alles mögliche	unterlässt, was diese ärztliche	Feststellung in frage stellt und der	Besserung oder Ge-nesung des	
11	leidens hinderlich sein kann. Im	normalen Fall kann der Arbeitnehmer	in seiner Freizeit letzt Endlich tun	und laßen, was er will. Wenn er	
12	aber im Krankheits-fall seinen follen	Lohn ohne ent-sprechende	Gegenleistung nach den Vorschriften	des Lohnfort-zahlungsgesetzes	
13	fordert, muss er seine prifate	Lebensführung der Arbeitsunfähigkeit	anpassen.		

Ordnen Sie die folgenden Fremdwörter den jeweiligen Erklärungen (deutsche Bedeutungen) zu, indem Sie die richtige Kennziffer (a, b, c usw.) jeweils der entsprechenden Aufgabe zuordnen.

Aufgabe	Fremdwort		Erklärung	Ihre Lösung
14	Administrativ	a	Gemeinde	
15	Autarkie	b	Alltäglich	
16	Banal	c	Wirtschaftlicher Rückgang	
17	Demoskopie	d	Bittschrift	
18	Devisen	e	Zusammenarbeit	
19	Doktrin	f	Rechtmäßig	
20	Petition	g	Beweglichkeit	
21	Kommune	h	Letzte Frist	
22	Kooperation	i	Wirtschaftliche Unabhängigkeit eines Landes	
23	Legitim	k	Grundsatz	
24	Mobilität	l	Ausländische Zahlungsmittel	
25	Rezession	m	Verwaltungsmäßig	
26	Ultimatum	n	Meinungsforschung	

27	$0{,}007 \cdot 0{,}012 =$

- [ ] a 0,0084
- [ ] b 0,00084
- [ ] c 0,000084
- [ ] d 0,0000084

28	Welche Zahl ist um 1001 größer als 99089998?

- [ ] a 100 101 009
- [ ] b 99 090 999
- [ ] c 99 091 000
- [ ] d 99 989 999

29	Wie viel ist $5\frac{1}{7} + 3\frac{1}{8}$?

- [ ] a $8\frac{43}{56}$
- [ ] b $8\frac{34}{56}$
- [ ] c $8\frac{5}{56}$
- [ ] d $8\frac{15}{56}$

30	$\frac{2}{9} : \frac{5}{6} =$

- [ ] a $\frac{7}{15}$
- [ ] b $\frac{10}{36}$
- [ ] c $\frac{5}{18}$
- [ ] d $\frac{4}{15}$

31	16 Arbeiter fertigen bei 8-stündiger Arbeitszeit in 12 Tagen 48 Formen an. Wie viele Aushilfskräfte müssen eingestellt werden, wenn ein dringender Auftrag von 63 Formen in 8 Arbeitstagen fertig sein muss und alle Arbeiter eine Überstunde pro Tag machen sollen?

- [ ] a 28
- [ ] b 16
- [ ] c 12
- [ ] d 13

32	Die Finanzierung eines Eigenheimes im Wert von 235665,- DM wurde folgendermaßen geplant: Gespartes Kapital des Bauherrn $\frac{1}{5}$, Eigenleistung $\frac{3}{10}$, Bauspardarlehen $\frac{1}{3}$, den Rest der Bausumme übernimmt die Bank gegen Eintragung einer Grundschuld. Wie hoch ist diese Grundschuld?

- [ ] a 47133,- DM
- [ ] b 78555,- DM
- [ ] c 70699,50 DM
- [ ] d 39277,50 DM

33	Der Preis für Heizöl wurde infolge des Überangebots um 20 % gesenkt. Ein Liter kostet danach 0,56 DM. Wie teuer war er vor der Preissenkung?

- [ ] a 0,70 DM
- [ ] b 0,67 DM
- [ ] c 0,47 DM
- [ ] d 0,65 DM

34	Wie viel DM Zinsen bringt ein Kapital von 7560,- DM, das 200 Tage zu 3,5 % angelegt war?

- [ ] a 150,- DM
- [ ] b 70,- DM
- [ ] c 210,- DM
- [ ] d 147,- DM

35	Wie viele Tage war ein Kapital von 20000,- DM zu 6 % ausgeliehen, wenn 200,- DM Zinsen berechnet wurden?

- [ ] a 600 Tage
- [ ] b 60 Tage
- [ ] c 120 Tage
- [ ] d 180 Tage

36	Eine Fläche von 800 qm soll mit Platten belegt werden, die ein Maß von 50 cm × 50 cm haben. Wie viele Platten werden benötigt?

- [ ] a 16000
- [ ] b 32000
- [ ] c 3200
- [ ] d 320

37	Ein Kreis hat einen Radius von 38 cm. Wie groß ist sein Umfang?

- [ ] a 238,64 cm
- [ ] b 119,32 cm
- [ ] c 117,80 cm
- [ ] d 239,40 cm

38	Ein Grundstück hat die Form eines Trapezes. Die parallelen Seiten sind 60 m und 82 m lang. Der Abstand der Seiten beträgt 45 m. Wie groß ist der Garten?

- [ ] a 3195 m^2
- [ ] b 3810 m^2
- [ ] c 6390 m^2
- [ ] d 4305 m^2

39	In welcher Konjunkturphase kommt es normalerweise zu einem Arbeitskräftemangel und zu Überstunden?

- [ ] a Aufschwung
- [ ] b Abschwung
- [ ] c Boom
- [ ] d Depression

40	Was versteht man unter dem Stabilitätsgesetz?

- [ ] a Gesetzliche Maßnahme der Bundesregierung zur Beendigung eines Arbeitskampfes (Streik und Aussperrung)
- [ ] b Gesetz zur Förderung der Stabilität und des Wachstums der Wirtschaft
- [ ] c Gesetz zur Stabilität der Umwelt
- [ ] d Gesetz zur Sicherung der sozialen Marktwirtschaft

41	Welches ist die wichtigste gesetzliche Grundlage der rechtsstaatlichen Ordnung in der Bundesrepublik?

- [ ] a Potsdamer Abkommen
- [ ] c Besatzungsstatut
- [ ] b Staatsvertrag
- [ ] d Grundgesetz

42	Was heißt Pressekonzentration?

- [ ] a Zensur der Zeitungen durch Staatsaufsicht
- [ ] b Begrenzung der Zeitungsauflagen
- [ ] c Zusammenschluss von bisher selbstständigen Zeitungen zur Markt- und Meinungsbeherrschung
- [ ] d Meinungsbeeinflussung durch Großunternehmen

43	Mit welcher Partei verbinden Sie den Begriff »Godesberger Programm«?

- [ ] a NPD
- [ ] b CDU
- [ ] c CSU
- [ ] d SPD

44	Welche Buchstabenfolge gibt die richtige Reihenfolge der Bundeskanzler von 1945 bis 1987 wieder: A) Adenauer B) Brandt C) Kiesinger D) Erhard E) Kohl F) Schmidt

- [ ] a A, B, C, D, E, F
- [ ] b A, D, F, B, C, E
- [ ] c A, D, C, B, F, E
- [ ] d A, D, C, F, B, E

45	Wer darf in der Bundesrepublik Deutschland Banknoten drucken und in Umlauf geben?

- [ ] a Die Landeszentralbank
- [ ] b Die Bundesregierung
- [ ] c Der Bundesfinanzminister zusammen mit dem Zentralbankrat
- [ ] d Die Deutsche Bundesbank

46	Welches Instrument wird nicht geblasen?

- [ ] a Alphorn
- [ ] b Dudelsack
- [ ] c Cello
- [ ] d Fagott

47	Was ist ein Copyright?

- [ ] a Druckrecht
- [ ] b Urheberrecht
- [ ] c Vom Autor unterschriebenes Buch
- [ ] d Bestseller

48	Wer malte das Bild »Die Sixtinische Madonna«?

- [ ] a Leonardo da Vinci
- [ ] b Albrecht Dürer
- [ ] c Vincent van Gogh
- [ ] d Raffael

49	Wer komponierte die »Moldau«?

- [ ] a Friedrich Smetana
- [ ] b Ludwig van Beethoven
- [ ] c Wolfgang Amadeus Mozart
- [ ] d Friedrich Liszt

50	Wer baute als erster einen programmgesteuerten Digitalrechner?

- [ ] a Nixdorf
- [ ] b Robert Bosch
- [ ] c Konrad Zuse
- [ ] d W. v. Braun

51	Eine der folgenden Zuordnungen von Städten und Flüssen ist falsch. Welche ist es?

- [ ] a München – Isar
- [ ] c Trier – Mosel
- [ ] b Bremen – Weser
- [ ] d Mainz – Main

52	Von wem übernahm der frühere Bundeskanzler Helmut Schmidt die Regierung?

- [ ] a Willy Brandt
- [ ] c Kurt-Georg Kiesinger
- [ ] b Konrad Adenauer
- [ ] d Ludwig Erhard

53	Welches politische Amt hatte Theodor Heuss inne?

- [ ] a Bundeskanzler
- [ ] c Bundestagspräsident
- [ ] b Bundesminister
- [ ] d Bundespräsident

54	Wie hieß der erste Bundeskanzler der Bundesrepublik Deutschland?

- [ ] a Helmut Schmidt
- [ ] c Konrad Adenauer
- [ ] b Carlo Schmid
- [ ] d Ludwig Erhard

55	In welcher Reihenfolge wurden die USA vor Präsident Clinton regiert?

- [ ] a Nixon – Carter – Ford
- [ ] b Carter – Nixon – Ford

- [ ] c Carter – Reagan – Bush
- [ ] d Kennedy – Nixon – Carter

56	Welche der folgenden Aussagen trifft auf das kaiserliche Deutschland vom November 1918 zu?

- [ ] a Kaiser Wilhelm II. dankt ab und die Republik wird ausgerufen.
- [ ] b Kaiser Wilhelm II. ernennt seinen Nachfolger.
- [ ] c Kaiser Wilhelm II. ernennt einen neuen Reichskanzler.
- [ ] d Kaiser Wilhelm II. verbleibt für zwei weitere Jahre im Amt.

57	Eine politische Folge der 1929 begonnenen Weltwirtschaftskrise auf das Wahlverhalten der Bevölkerung war:

- [ ] a Abwanderung der Wähler bei den Reichstagswahlen zu den radikalen Parteien
- [ ] b Zulauf von Wählern zu gemäßigten Parteien
- [ ] c Hohes Maß an Wahlenthaltung
- [ ] d Große Schwankungen im Wahlverhalten

58	Wie wird ein »einfaches« Gesetz behandelt, wenn der Bundesrat dagegen mehrheitlich Einspruch einlegt?

- [ ] a Das Gesetz kommt vor den Vermittlungsausschuss.
- [ ] b Das Gesetz tritt trotzdem in Kraft.

- [ ] c Der Bundestag kann den Einspruch mehrheitlich zurückweisen.
- [ ] d Das Gesetz muss neu formuliert werden.

59	Was versteht man unter »Lobbyismus«?

- [ ] a Politische Einflussnahme von Verbänden
- [ ] b Gewissensfreiheit der Abgeordneten
- [ ] c Nebenbeschäftigung von Abgeordneten
- [ ] d Zeugnisverweigerungsrecht von Abgeordneten

60	Was ist eine »Plenarsitzung«?

- [ ] a Sitzung des Deutschen Bundestages
- [ ] b Sitzung der Bundesregierung
- [ ] c Sitzung des Innenausschusses
- [ ] d Sitzung des Bundespresseamtes

61	Was versteht man unter »Föderalismus«?

- [ ] a Einen Staatenbund
- [ ] b Einen internationalen Zusammenschluss
- [ ] c Subventions- und Fördermaßnahmen für gefährdete Betriebe
- [ ] d Den bundesstaatlichen Aufbau

Lösungen: Test 1

1 x – **2** b, c, d – **3** b – **4** a, b, d – **5** b, c – **6** b, c – **7** c – **8** b – **9** a, b, d – **10** c – **11** a, c, d – **12** a – **13** a – **14** m – **15** i – **16** b – **17** n – **18** l – **19** k – **20** d – **21** a – **22** e – **23** f – **24** g – **25** c – **26** h – **27** c – **28** b – **29** d – **30** d – **31** c – **32** d – **33** a – **34** d – **35** b – **36** c – **37** a – **38** a – **39** c – **40** b – **41** d – **42** c – **43** d – **44** c – **45** d – **46** c – **47** b – **48** d – **49** a – **50** c – **51** d – **52** a – **53** d – **54** c – **55** c – **56** a – **57** a – **58** c – **59** a – **60** a – **61** d

Lösungen Test 1

Aufgabe	a	b	c	d	Ihre Lösung
1	Bei Krankheit nicht zur Kirmes				x
2	Wer als Arbeitnehmer	krankgeschrieben ist, hat alles zu tun,	um seine Genesung zu fördern.	Besucht er stattdessen eine	b, c, d
3	Kirmesveranstaltung, befindet sich	der Arbeitgeber im Recht, wenn er eine	Kündigung ausspricht.		b
4	Der Betroffene litt seit Jahren an	Gicht und war deshalb zum dritten Mal	krankgeschrieben worden. Als er	wegen eines wiederholten	a, b, d
5	Gichtanfalls arbeitsunfähig war,	hinderte ihn dies nicht, mit einer Taxe	mittags zur Kirmes zu fahren. Dort	traf ihn ausgerechnet sein Chef.	b, c
6	Der Arbeitnehmer gab an, am	Morgen bei seinem Arzt eine Spritze	aufgrund (oder auf Grund) der starken	Gichtbeschwerden bekommen	b, c

Aufgabe	a	b	c	d	Ihre Lösung
7	und dann den ganzen Tag daheim	im Bett gelegen zu haben. Erst am	späten Abend sei er dann, an	Krücken humpelnd auf den	c
8	Festplatz gefahren. Darin sah das	Arbeitsgericht einen schweren Verstoß	gegen die Pflichten des	Arbeitnehmers. Der	b
9	Arbeitgeber muss sich auf eine	ärztlich attestierte Arbeitsunfähigkeit	verlassen können. Er muss sich auch	darauf verlassen können, dass	a, b, d
10	der Arbeitnehmer alles mögliche	unterlässt, was diese ärztliche	Feststellung infrage stellt und der	Besserung oder Genesung des	c
11	Leidens hinderlich sein kann. Im	normalen Fall kann der Arbeitnehmer	in seiner Freizeit letztendlich tun	und lassen, was er will. Wenn er	a, c, d
12	aber im Krankheitsfall seinen vollen	Lohn ohne entsprechende	Gegenleistung nach den Vorschriften	des Lohnfortzahlungsgesetzes	a
13	fordert, muss er seine private	Lebensführung der Arbeitsunfähigkeit	anpassen.		a

Test 2

Der folgende Text enthält in den nummerierten Zeilen Fehler, die nicht den Vorgaben der neuen Rechtschreibreform entsprechen. Auch Kommafehler befinden sich in der Tabelle. Versuchen Sie zu erkennen, in welcher Spalte der einzelnen Zeile sich Fehler befinden. Wenn Sie einen Fehler gefunden haben, vermerken Sie die Buchstaben der Fehlerspalten in dem Lösungsfeld. Sollte eine Zeile fehlerfrei sein, so machen Sie bitte ein Kreuz (x) in das Lösungsfeld. Die ersten zwei Zeilen sind bereits korrigiert und dienen der Veranschaulichung, zusätzlich wurden die fehlerhaften Stellen unterstrichen.

Aufgabe	a	b	c	d	Ihre Lösung
1	Dieter Böhm ,	wie es Ihm (i) erging!			a, b
2	Dieter Böhm lernt	seid (t) einiger Zeit den	Beruf des Industriemechanikers	in der Maschinenfabrik	b
3	Karl Berger AG	Mannheim. Sein Ausbilder	hat nur immer Montags Zeit, um	ihm die notwendigen	
4	Arbeitsgänge zu zeigen und	zu erklären. Als zu Beginn	seiner Ausbildungszeit in dem	Werkzeugkasten, den er erhalten	

Aufgabe	a	b		d	Ihre Lösung
5	hatte, zwei Schraubenschlüssel fehlten, wurde von Ihm verlangt,	das er sie aus eigenen Mitteln	widerbeschaffen sollte.		
6	Das er vor der Frühstückspause	Brötchen und Getrenke für	seine Arbeitskollegen zu holen	hatte, gehörte ebenso zu seinen	
7	Aufgaben wie das all Abendliche	Säubern der Werkshalle. Als	ein Mal eine Bürohilfskraft	erkrankte, mußte er während	
8	dieser Zeit die anfallenden	Botengänge zur Post erledigen.	»Leerjahre sind keine	Herrenjahre« waren die Worte	
9	seines Ausbilders zu dieser	Tätigkeit. Nach dem die	Wissensrückstände immer	deutlicher wurden, entschloß er	
10	sich schließlich, im Zweiten	Ausbildungsjahr das	Ausbildungsverhältnis zu	kündigen. Dieter fand wenig	
11	später entgültig eine neue Stelle.	Man vereinbarte, das ihm die	vergangene Ausbildungszeit	angerechnet werden sollte,	
12	wenn er seine	Wissensrückstände in der	drei Monatigen Probezeit	aufholen würde.	

13 $\frac{8}{9} : \frac{2}{3} =$

☐ a $\frac{5}{3}$ ☐ b 1 ☐ c $1\frac{1}{3}$ ☐ d $\frac{16}{27}$

14 $5\frac{3}{4} \cdot 1\frac{1}{3} =$

☐ a $6\frac{8}{12}$ ☐ b $7\frac{2}{3}$ ☐ c $7\frac{6}{12}$ ☐ d $7\frac{1}{2}$

15 $6\frac{2}{5} + 3\frac{4}{7} =$

☐ a $9\frac{34}{35}$ ☐ b $9\frac{32}{35}$ ☐ c $9\frac{31}{35}$ ☐ d $9\frac{29}{35}$

16 $2\frac{2}{3} + 4\frac{1}{5} - 3\frac{1}{2} =$

☐ a $3\frac{1}{3}$ ☐ b $3\frac{3}{10}$ ☐ c $3\frac{9}{30}$ ☐ d $3\frac{11}{30}$

17 1,00017 + 1,023 =

☐ a 2,004 ☐ c 2,02317

☐ b 2,04 ☐ d 2,002317

18 2,001 · 0,00010 =

☐ a 0,002001 ☐ c 0,000201

☐ b 0,0002001 ☐ d 0,00201

19 Wie viel km² sind 25 ha?

☐ a 25 km^2 ☐ c 0,25 km^2

☐ b 2,5 km^2 ☐ d 0,025 km^2

20	0,34 m^2 sind wie viel mm^2?

☐ a 340 ☐ b 3400 ☐ c 34000 ☐ d 340000

21	0,0073 km sind wie viel dm?

☐ a 73 ☐ b 730 ☐ c 7300 ☐ d 73000

22	11,2 Tonnen sind wie viel Kilogramm?

☐ a 1120 kg ☐ c 112000 kg

☐ b 11200 kg ☐ d 1120000 kg

23	7,5 t sind wie viel Zentner?

☐ a 375 ☐ b 750 ☐ c 75 ☐ d 150

24	Wie viel Gramm sind 0,04 Tonnen?

☐ a 40 Gramm ☐ c 4000 Gramm

☐ b 400 Gramm ☐ d 40000 Gramm

25	60 m^3 Wasser sind wie viel Liter (l)?

☐ a 60 l ☐ b 600 l ☐ c 6000 l ☐ d 60000 l

26	Verteilen Sie 25000 Stück im Verhältnis A: 1, B: 2, C: 3, D: 4! Wie viel Stück fallen auf C?

☐ a 2500 ☐ b 5000 ☐ c 7500 ☐ d 10000

27	Der Verbrauch eines PKW ist bei einer Geschwindigkeit von 90 km/h mit 9,3 l angegeben. Klaus fährt eine Durchschnittsgeschwindigkeit von 135 km/h. Wie viel l verbraucht der Wagen für diese Autobahnfahrt im Durchschnitt?

☐ a 6,2 l ☐ b 14,95 l ☐ c 12,56 l ☐ d 13,95 l

28	Für einen Urlaub von 24 Tagen hat Gaby pro Tag 20,- DM Taschengeld zurückgelegt. Wie viel DM kann sie täglich ausgeben, wenn sie nur 15 Tage fahren will?

☐ a 18,- DM ☐ c 23,- DM

☐ b 32,- DM ☐ d 12,50 DM

29	Eine Preiserhöhung von 5 % für einen PKW beträgt 1125,- DM. Wie teuer war der Wagen vorher?

☐ a 22500,- DM ☐ c 22000,- DM

☐ b 25000,- DM ☐ d 5626,- DM

30	Ein Reisebus benötigt für die Hinfahrt zu einem Urlaubsort 11 Std. und 20 Minuten. Auf der Rückfahrt ist er leer und daher 5 % schneller. Wie lange benötigt er?

☐ a 6,46 Stunden ☐ c 10 Std. 46 Min.

☐ b 7,14 Std. ☐ d 10 Std. 64 Min.

31	Ein Öltank ist 2,50 m lang, 185 cm hoch und 1600 mm breit. Er darf aus Sicherheitsgründen nur bis 15 cm unter den oberen Rand gefüllt werden. Wie viel Liter können höchstens getankt werden?

☐ a 7400 l ☐ b 740 l ☐ c 680 l ☐ d 6800 l

32	Wie groß ist der Flächeninhalt eines Dreiecks, dessen Seite a = 12 cm und die zugehörige h_a = 7,5 cm beträgt?

☐ a 9 cm^2 ☐ b 19,5 cm^2 ☐ c 90 cm^2 ☐ d 45 cm^2

33	Eine Baugrube von 11 m Länge, 5,50 m Breite und einer Tiefe von 3 m soll ausgehoben werden. Wie viel m^3 Erde müssen ausgehoben werden?

☐ a 181,50 m^3 ☐ c 18,15 m^3

☐ b 19,50 m^3 ☐ d 195,00 m^3

34	Ein Wagen hat Räder mit einem Durchmesser von 1 m. Wie viel m hat der Wagen zurückgelegt, wenn sich die Räder 50-mal gedreht haben?

☐ a 314 m ☐ b 78,50 m ☐ c 157 m ☐ d 628 m

35	Welcher der folgenden Namen steht stellvertretend für die »moderne Kunst«?

☐ a Joseph Leinen ☐ c Joseph Beuys

☐ b Joschka Fischer ☐ d Hans Albers

36	Wo findet die Kunstausstellung »documenta« statt? In …

☐ a … München. ☐ c … New York.

☐ b … Berlin. ☐ d … Kassel.

37	Was bedeutet »Comecon«?

☐ a Weltwirtschaftsorganisation

☐ b Wirtschaftsgipfel der 7 wichtigsten westlichen Industrienationen

☐ c Organisation der Welthungerhilfe

☐ d Rat für gegenseitige Wirtschaftshilfe der Ostblockstaaten

38	Welcher Sperrbolzen muss bewegt werden, damit der Riegel in Pfeilrichtung bewegt werden kann?

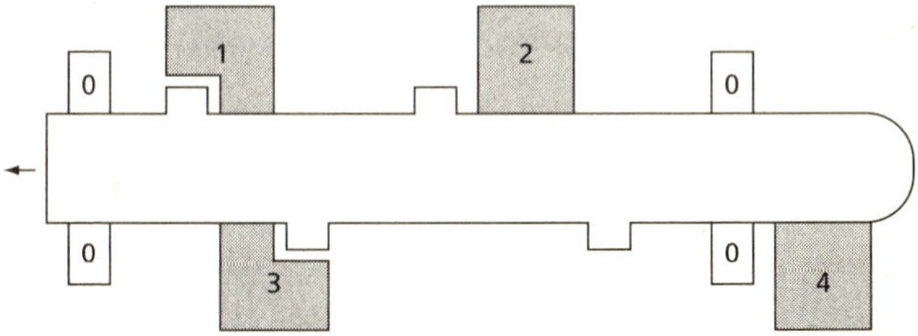

☐ a 1 ☐ b 2 ☐ c 3 ☐ d 4

39	Die Handelsbilanz der Bundesrepublik Deutschland ist positiv. Welche Erklärung hierzu ist richtig?

- [ ] a Es wurden mehr Güter importiert als exportiert.
- [ ] b Alle deutschen Handelsbetriebe haben eine Umsatzsteigerung gegenüber dem Vorjahr erzielt.
- [ ] c Die Exporterlöse waren größer als der Geldabfluss durch Zahlungen deutscher Urlauber im Ausland.
- [ ] d Es wurden mehr Güter ex- als importiert.

40	Welcher Motor hat einen Vergaser?

- [ ] a Turbine
- [ ] c Ottomotor
- [ ] b Elektromotor
- [ ] d Dieselmotor

41	Welche Zuordnung von Städten und Ländern ist falsch?

- [ ] a Rom – Italien
- [ ] b Vaduz – Liechtenstein
- [ ] c Athen – Griechenland
- [ ] d Beirut – Libyen

42	Was wird mit einem Hygrometer gemessen?

- [ ] a Radioaktivität
- [ ] b Temperatur
- [ ] c Luftfeuchtigkeit
- [ ] d Atmosphärendruck

43	In welcher Stadt steht das Brandenburger Tor?

- [ ] a Hamburg
- [ ] b Dresden
- [ ] c Berlin
- [ ] d Leipzig

44	*Nicht*mitgliedstaat der EU ist …

- [ ] a … Schweiz.
- [ ] b … Spanien.
- [ ] c … Portugal.
- [ ] d … Dänemark.

45	Welche Wirtschaftsordnung gibt es in der Bundesrepublik Deutschland?

- [ ] a Freie Marktwirtschaft
- [ ] b Soziale Planwirtschaft
- [ ] c Zentralverwaltungswirtschaft
- [ ] d Soziale Marktwirtschaft

46	Wer gilt als Erfinder der Glühbirne?

☐ a Adam Smith
☐ b Isaac Newton
☐ c James Watt
☐ d Thomas A. Edison

47	Von wem wurde der erste funktionsfähige Viertaktmotor gebaut?

☐ a Nikolaus Otto
☐ b Rudolf Diesel
☐ c Henry Ford
☐ d Max Planck

48	Welches Element ist mit dem Leitbild der sozialen Marktwirtschaft nicht vereinbar?

☐ a Investitionslenkung für alle Wirtschaftsbereiche
☐ b Gewerbefreiheit
☐ c Wettbewerbspolitik
☐ d Freie Konsumwahl

49	Welches ist der größte Binnenhafen der Bundesrepublik Deutschland?

☐ a Duisburg
☐ b Frankfurt
☐ c Hamburg
☐ d Kiel

50	Wann wurde die Mauer zwischen dem Ost- und Westteil der Stadt Berlin errichtet?

- [ ] a 17. Juni 1953
- [ ] b 13. August 1961
- [ ] c 17. Juni 1949
- [ ] d 8. Mai 1945

51	Wie hieß der erste deutsche Bundespräsident?

- [ ] a Theodor Heuss
- [ ] b Konrad Adenauer
- [ ] c Heinrich Lübke
- [ ] d Gustav Heinemann

52	Was versteht man unter Export?

- [ ] a Auslandsreisen
- [ ] b Ausfuhr von Waren
- [ ] c Einfuhr von Waren
- [ ] d Einfuhr von Fremdwährung

53	Welcher der unten stehenden Flüsse fließt von West nach Ost?

- [ ] a Oder
- [ ] b Elbe
- [ ] c Donau
- [ ] d Rhein

54	An welchem Fluss liegt München?

- [ ] a Rhein
- [ ] b Donau
- [ ] c Neckar
- [ ] d Isar

55	Welcher spätere deutsche Bundeskanzler wurde als »Wirtschaftswunderminister« bekannt?

- [ ] a Konrad Adenauer
- [ ] b Franz Josef Strauß
- [ ] c Ludwig Erhard
- [ ] d Karl Schiller

56	In welchem Land liegt Bukarest?

- [ ] a Sowjetunion
- [ ] b Polen
- [ ] c Ungarn
- [ ] d Rumänien

57	Wie heißt die Südspitze Afrikas?

- [ ] a Kap Verde
- [ ] b Kap der Guten Hoffnung
- [ ] c Kap der Sehnsucht
- [ ] d Golf von Afrika

58	In welchem Jahrhundert lebte Wolfgang Amadeus Mozart?

- [ ] a 17. Jahrhundert
- [ ] b 18. Jahrhundert
- [ ] c 19. Jahrhundert
- [ ] d 20. Jahrhundert

59	Wann wurde die Bundesrepublik Deutschland gegründet?

- [ ] a 1. März 1933
- [ ] b 7. Oktober 1949
- [ ] c 23. Mai 1949
- [ ] d 17. Juni 1953

60	In welcher Stadt findet die größte deutsche Industriemesse statt?

- [ ] a Frankfurt
- [ ] b München
- [ ] c Hannover
- [ ] d Düsseldorf

61	Welches ist der kleinste Erdteil?

☐ a Europa

☐ b Afrika

☐ c Amerika

☐ d Australien

☐ e Asien

62	Der Sitz des Europäischen Parlaments ist …

☐ a … Straßburg.

☐ b … Brüssel.

☐ c … Luxemburg.

☐ d … Wien.

Lösungen: Test 2

(**1** a, b – **2** b) – **3** a, c – **4** x – **5** b, c, d – **6** a, b – **7** a, c, d – **8** c – **9** b, d – **10** a – **11** a, b – **12** c – **13** a – **14** b – **15** a – **16** d – **17** c – **18** b – **19** c – **20** d – **21** a – **22** b – **23** d – **24** d – **25** d – **26** c – **27** d – **28** b – **29** a – **30** c – **31** d – **32** d – **33** a – **34** c – **35** c – **36** d – **37** d – **38** c – **39** d – **40** c – **41** d – **42** c – **43** c – **44** a – **45** d – **46** d – **47** a – **48** a – **49** a – **50** b – **51** a – **52** b – **53** c – **54** d – **55** c – **56** d – **57** b – **58** b – **59** c – **60** c – **61** d – **62** a

Lösungen: Test 2

Aufgabe	a	b	c	d	Ihre Lösung
1	Dieter Böhm,	wie es ihm erging!			a, b
2	Dieter Böhm lernt	seit einiger Zeit den	Beruf des Industriemechanikers	in der Maschinenfabrik	b
3	Karl Berger AG,	Mannheim. Sein Ausbilder	hat nur immer montags Zeit, um	ihm die notwendigen	a, c
4	Arbeitsgänge zu zeigen und	zu erklären. Als zu Beginn	seiner Ausbildungszeit in dem	Werkzeugkasten, den er erhalten	x
5	hatte, zwei Schraubenschlüssel	fehlten, wurde von ihm verlangt,	dass er sie aus eigenen Mitteln	wiederbeschaffen sollte.	b, c, d

6	Dass er vor der Frühstückspause	Brötchen und Getränke für	seine Arbeitskollegen zu holen	hatte, gehörte ebenso zu seinen	a, b
7	Aufgaben wie das allabendliche	Säubern der Werkshalle. Als	einmal eine Bürohilfskraft	erkrankte, musste er während	a, c, d
8	dieser Zeit die anfallenden	Botengänge zur Post erledigen.	»Lehrjahre sind keine	Herrenjahre« waren die Worte	c
9	seines Ausbilders zu dieser	Tätigkeit. Nachdem die	Wissensrückstände immer	deutlicher wurden, entschloss er	b, d
10	sich schließlich, im zweiten	Ausbildungsjahr das	Ausbildungsverhältnis zu	kündigen. Dieter fand wenig	a
11	später endgültig eine neue Stelle.	Man vereinbarte, dass ihm die	vergangene Ausbildungszeit	angerechnet werden sollte,	a, b
12	wenn er seine	Wissensrückstände in der	dreimonatigen Probezeit	aufholen würde.	c

III. Eignungs- und Leistungstests

Vorwort

Ziel der vorstehenden Kapitel war die Wiederholung und Vertiefung gängiger Wissensgebiete. Neben Fragen aus diesen Gebieten können Ihnen in Prüfungssituationen auch Aufgaben begegnen, die der Gruppe der Intelligenztests entstammen. Sie werden eingesetzt, um einen Eindruck Ihrer geistigen Fähigkeiten, wie z. B. Kombinationsfähigkeit, Konzentrations- und Erinnerungsvermögen zu bekommen. Bitte nehmen Sie diese Art von Tests ernst, auch wenn deren Sinn nicht immer einsichtig ist. Vorsicht auch bei den modernen Testformen, wie etwa den Persönlichkeitstests, mit denen man Sie »durchleuchten« will, und den Assessment-Center, in denen Sie genau beobachtet werden.

Nicht alle Testarten, die Ihnen in Prüfungen begegnen können, werden auf den folgenden Seiten dargestellt. Dies ist aber auch nicht notwendig, da viele Tests Ähnlichkeiten aufweisen.

Bevor Sie mit der Testbearbeitung beginnen, lesen Sie bitte erst die zur Orientierung jeweils vorangestellten Bearbeitungshinweise, Beispiele und Erklärungen. Wichtig sind auch die durch den Hinweis »➡ TIPP« gekennzeichneten Textstellen. Hier werden Ihnen Vorschläge gemacht, die für die Testbearbeitung hilfreich sein können.

Logisches Denken – Abstraktionsfähigkeit

Die meisten intellektuellen Leistungen basieren auf der Fähigkeit, Beziehungen zwischen Symbolen, Begriffen oder Aussagen herzustellen. Es ist dies die Fähigkeit, logisch zu folgern.

Das Erkennen von Beziehungen und deren Umsetzung auf andere Situationen wird im täglichen Leben oft verlangt. Im Zusammenleben, beim Sport, im Straßenverkehr, aber auch vor allem im Beruf geht es darum, Prinzipien und Regeln zu erkennen und diese dann anzuwenden.

In nachfolgenden Tests wird versucht festzustellen, inwieweit Sie solche Regeln erkennen und anwenden, d. h. umsetzen können.

Logisches Denken – Abstraktionsfähigkeit	*Buchstaben ordnen – Wörter bilden*

Bearbeitungshinweis:
In dem nachfolgenden Test sollen Sie Ihre Sprachbeherrschung, Ihre so genannte verbale Intelligenz, beweisen.

Die Buchstabenkombinationen ergeben durch Umstellung eines oder mehrerer Buchstaben ein deutsches Hauptwort in der Einzahl.

Beispiel 1:
T O A U

Erklärung:
Durch die Umstellung der Silben »AU« und »TO« erhält man das Wort »Auto«.

Beispiel 2:
S T U R D

Erklärung:
Bringt man den letzten Buchstaben nach vorn, die ersten beiden an den Schluss, entsteht das Wort »Durst«.

➧ **TIPP:**
- Lesen Sie die Kombination erst von rechts nach links!
- Tauschen Sie die Silben aus!
- Gibt es nur einen Selbstlaut, wird dieser im zu bildenden Wort in der Regel an zweiter oder dritter (bei »ST« oder »CH«) bzw. an vierter Stelle (bei »SCH«) stehen.
- Halten Sie sich nicht an einer Kombination länger auf, sondern lösen Sie zuerst alle leichten, da nur die Anzahl der erkannten Worte zählt.

Bearbeiten Sie die folgenden 24 Aufgaben. Ihre Vorgabezeit beträgt 7 Minuten.

1	L I C H M	**9**	T I L K E T	**17**	G A N E M
2	N O K I	**10**	P A U H T	**18**	N A N E B A
3	H U C B	**11**	M E M A	**19**	S E L K E S
4	N I E T S	**12**	T U D E T	**20**	M O R S E M
5	P E L M Ü T	**13**	T O T O M	**21**	T I L C H
6	A T T E M	**14**	M U T A R	**22**	M E L U B
7	B E R A N	**15**	S T A U F	**23**	L O W E L
8	B E T T U R	**16**	A N N E T	**24**	T A C H N

Die Lösungen zu den Aufgaben 1–24 (Buchstaben ordnen – Wörter bilden) siehe S. 452.

Logisches Denken – Abstraktionsfähigkeit	*Gemeinsamkeiten finden*

Eine beliebte Testreihe zielt darauf ab, dass Sie möglichst schnell Gemeinsamkeiten von verschiedenen Begriffen oder Zahlenreihen herausfinden.

Beispiel 1:
Kreuzen Sie das Wort an, welches nicht zu den anderen passt:

	a	Pferd	x	b	Löwe		c	Huhn		d	Ente

Anzukreuzen ist *b*. Begründung: Der Löwe zählt nicht zur Gattung der Haustiere.

Beispiel 2:
weiß : schwarz = hell : ?
Ergänzen Sie das Fragezeichen durch einen Begriff, der die gleiche Beziehung ausdrückt:

x	a	dunkel		b	spät		c	rein		d	gut

Richtige Lösung ist *a*, denn durch die Farben Weiß und Schwarz wird ebenso ein Gegensatz ausgedrückt wie durch das Wortpaar hell und dunkel.

Beispiel 3:
Kilometer : Meter = Woche : ?

	a	Jahr		b	Minute		c	Monat	x	d	Tag

Richtige Lösung ist *d*, denn die nächstkleinere Unterteilung der Woche sind Tage.

Beispiel 4:
Alle Bäume haben ...

	a	Blätter.		c	Nadeln.
x	b	Wurzeln.		d	Früchte.

Sie müssen *b* ankreuzen, weil es auch Bäume gibt, die keine Blätter oder Nadeln besitzen und auch keine Früchte tragen.

Beispiel 5:
Ergänzen Sie die folgende Zahlenreihe:
0–4–8–12–16–20–24–?

	a	25		b	26	x	c	28		d	30

Anzukreuzen ist *c*, denn von Zahl zu Zahl wurden jeweils 4 addiert.

Die Zahlenfolge kann auch in mehrere Abschnitte eingeteilt sein.

Beispiel 6:
81–9–64–8–25–5–9–?

	a	5	x	b	3		c	2		d	1

Richtige Lösung ist *b*, denn $3 \cdot 3 = 9$.

In der Regel wird man Ihnen für diese Tests zu wenig Zeit geben, um alle Aufgaben lösen zu können. Das bedeutet, dass Sie sich neben der logischen Denkfähigkeit damit auch einem Belastungstest besonderer Art unterziehen müssen.

Dies ist eine ganz wichtige Erkenntnis, weil sie die Stresssituation ganz wesentlich beeinflussen kann.

➡ **TIPP:** Halten Sie sich nicht an einer Aufgabe zu lange fest! Lösen Sie zunächst diejenigen, die Sie am leichtesten finden!

Für die folgenden 25 Aufgaben stehen Ihnen 2 Minuten zur Verfügung.

1	☐ a Schrank	☐ b Tisch	☐ c Stuhl	☐ d Lampe
2	☐ a Tanne	☐ b Buche	☐ c Kiefer	☐ d Fichte
3	☐ a Dreieck	☐ b Quadrat	☐ c Rechteck	☐ d Kreis
4	☐ a Bier	☐ b Wein	☐ c Sprudel	☐ d Schnaps
5	☐ a Banane	☐ b Apfel	☐ c Birne	☐ d Erdbeere
6	☐ a Kassel	☐ b Hamburg	☐ c Gießen	☐ d Wiesbaden
7	☐ a gehen	☐ b stehen	☐ c hocken	☐ d sitzen
8	☐ a biegen	☐ b kleben	☐ c nieten	☐ d schrauben
9	☐ a Forelle	☐ b Hering	☐ c Hecht	☐ d Karpfen
10	☐ a Auto	☐ b Moped	☐ c Motorrad	☐ d Eisenbahn
11	☐ a rund	☐ b oval	☐ c hohl	☐ d eckig
12	☐ a Tasse	☐ b Glas	☐ c Flasche	☐ d Becher
13	☐ a rennen	☐ b laufen	☐ c springen	☐ d fahren

14	a schreiben	b hobeln	c sägen	d bohren
15	a Messer	b Pfeil	c Beil	d Schwert
16	a groß	b dick	c frech	d dünn
17	a wandern	b tauchen	c schwimmen	d segeln
18	a Frankfurt	b München	c Stuttgart	d Düsseldorf
19	a Höhe	b Breite	c Länge	d Gewicht
20	a schneiden	b fräsen	c gießen	d sägen
21	a waschen	b bohren	c putzen	d bügeln
22	a sparsam	b mutig	c tapfer	d ängstlich
23	a Mikroskop	b Telefon	c Megafon	d Mikrofon
24	a hübsch	b schön	c lieblich	d groß
25	a Kompass	b Rucksack	c Landkarte	d Wegweiser

Die Lösungen zu den Aufgaben 1–25 (Gemeinsamkeiten finden) siehe S. 452.

Logisches Denken – Abstraktionsfähigkeit	*Wortpaare ergänzen*

Bearbeiten Sie nun die folgenden Aufgaben. Ihre Vorgabezeit beträgt 3 Minuten!

1	tief : hoch = Erde : ?

a Himmel

b Mensch

c Feuer

d Wasser

2	Lehrer : Schüler = Vater : ?

☐ a Mutter
☐ b Kind
☐ c Schwester
☐ d Bruder

3	nass : Regen = trocken : ?

☐ a Sommer
☐ b Winter
☐ c Nässe
☐ d Sonne

4	helfen : Freunde = bekämpfen : ?

☐ a Soldaten
☐ b Schlacht
☐ c Feinde
☐ d Siegen

5	Mensch : Schuhe = Auto : ?

☐ a Straße
☐ b Reifen
☐ c Fahrbahn
☐ d Feder

6	Sitzender : Stuhl = Tasse : ?

☐ a Untertasse
☐ b Tisch
☐ c Schlüssel
☐ d Stuhlbein

7	Baum : Erde = Mensch : ?

☐ a Heimat ☐ b Arbeit ☐ c Mond ☐ d Boden

8	dünn : dick = kurz : ?

- a schmal
- b schlank
- c weit
- d lang

9	Motor : Benzin = Mensch : ?

- a Wohnung
- b Umgebung
- c Nahrung
- d Öl

10	laufen : gehen = rasen : ?

- a anhalten
- b Schritt fahren
- c beschleunigen
- d bremsen

11	Käse : Geruch = Blume : ?

- a Duft
- b Farbe
- c Stängel
- d Erde

12	Feuer : Wasser = Hund : ?

- a Futter
- b Katze
- c Maus
- d Wärme

13	Reichtum : Fleiß = Armut : ?

- a Strebsamkeit
- b Sparsamkeit
- c Faulheit
- d Genügsamkeit

14	eckig : rund = krumm : ?

- [ ] a schief
- [ ] b bucklig
- [ ] c schlank
- [ ] d gerade

15	rasen : Unfall = schlemmen : ?

- [ ] a Essen
- [ ] b Nahrung
- [ ] c Krankheit
- [ ] d Trinken

Die Lösungen zu den Aufgaben 1–15 (Wortpaare ergänzen) siehe S. 452.

Logisches Denken – Abstraktionsfähigkeit	*Satzergänzung*

Für folgende 24 Aufgaben ist Ihre Richtzeit 4 Minuten.

1	Der Bruder Ihres Vaters ist Ihr ...?

- [ ] a ... Onkel.
- [ ] b ... Neffe.
- [ ] c ... Cousin.
- [ ] d ... Großvater.

2	Zum Schreiben gehört in jedem Falle ...?

- [ ] a ... Papier.
- [ ] b ... Tinte.
- [ ] c ... Schreibgerät.
- [ ] d ... Kugelschreiber.

3	Wenn eine Ware unentgeltlich von einer Person an eine andere übergeben wird, handelt es sich um eine ...?

- [ ] a ... Schenkung.
- [ ] b ... Erbschaft.
- [ ] c ... Miete.
- [ ] d ... Kaufverpflichtung.

4	Das Gegenteil von Liebe ist ...?

- [ ] a ... Verrat.
- [ ] b ... Treue.
- [ ] c ... Hass.
- [ ] d ... Eifersucht.

5	Ein Sprichwort lautet: Reden ist Silber, Schweigen ist ...?

- [ ] a ... Gold.
- [ ] b ... Platin.
- [ ] c ... nichts.
- [ ] d ... falsch.

6	Verurteilungsgründe, die nicht bewiesen werden können, sind ...?

- [ ] a ... Suggestionen.
- [ ] b ... Meineide.
- [ ] c ... Floskeln.
- [ ] d ... Indizien.

7	Ein Mensch, der verschiedenen Meinungen offen gegenübersteht, ist ein ...?

- [ ] a ... Abgeordneter.
- [ ] b ... Liberaler.
- [ ] c ... Autokrat.
- [ ] d ... Diktator.

8	Ein Schreibmaschinenblatt …?

- [ ] a … ist immer weiß.
- [ ] b … hat immer zwei Seiten.
- [ ] c … kann nicht von Hand beschriftet werden.
- [ ] d … hat das Format DIN A5.

9	Wenn ein Kaufmann die Kosten von seinen Erlösen abzieht, erhält er …?

- [ ] a … den Umsatz.
- [ ] b … die Rendite.
- [ ] c … immer einen Gewinn.
- [ ] d … einen Gewinn oder einen Verlust.

10	Fische atmen durch …?

- [ ] a … Flossen.
- [ ] b … Lungen.
- [ ] c … Kiemen.
- [ ] d … Poren.

11	Ein Ölbild hat immer …?

- [ ] a … einen Rahmen.
- [ ] b … einen Maler.
- [ ] c … einen Wert.
- [ ] d … nur eine Farbe.

12	Ein Vogel kann nicht …?

- [ ] a … zwitschern.
- [ ] b … fliegen.
- [ ] c … bellen.
- [ ] d … laufen.

13	Das Gegenteil von heiß ist …?

- [ ] a … warm.
- [ ] b … lauwarm.
- [ ] c … kalt.
- [ ] d … kühl.

14	Jedes Haus hat …?

- [ ] a … eine Treppe.
- [ ] b … einen Keller.
- [ ] c … einen Dachstuhl.
- [ ] d … einen Eingang.

15	Gas ist immer …?

- [ ] a … leichter als Wasser.
- [ ] b … geruchlos.
- [ ] c … ungiftig.
- [ ] d … trüb gefärbt.

16	Das Gegenteil von immer ist …?

- [ ] a … meist.
- [ ] b … oft.
- [ ] c … selten.
- [ ] d … nie.

17	Der letzte Tag eines Monats ist …?

- [ ] a … immer der 31.
- [ ] b … immer Zahltag.
- [ ] c … der Ultimo.
- [ ] d … immer ein Sonntag.

18	Welche Aussage stimmt? Heute ist der Tag ...?

- [ ] a ... vor gestern.
- [ ] b ... nach gestern.
- [ ] c ... vor übermorgen.
- [ ] d ... nach vorgestern.

19	Zu einem Fußballspiel gehört immer ...?

- [ ] a ... ein Tor.
- [ ] b ... ein Trainer.
- [ ] c ... eine Tabelle.
- [ ] d ... ein Verteidiger.

20	Ein kleiner Hase hat Ähnlichkeit mit einem ...?

- [ ] a ... Meerschwein.
- [ ] b ... Hund.
- [ ] c ... Schaf.
- [ ] d ... Eichhörnchen.

21	Jede Uhr hat ...?

- [ ] a ... einen Zeiger.
- [ ] b ... ein Armband.
- [ ] c ... eine Feder.
- [ ] d ... ein Uhrwerk.

22	Das Kommunistische Manifest wurde geschrieben von ...?

- [ ] a ... Lenin.
- [ ] b ... Ulbricht.
- [ ] c ... Marx.
- [ ] d ... Engels.

23	Menschliches Verhalten in verschiedenen Situationen untersucht die ...?

☐ a ... Soziologie.
☐ b ... Psychologie.
☐ c ... Technologie.
☐ d ... Ökonomie.

24	Der Wert von Geld wird gesteigert durch die ...?

☐ a ... Wirtschaftlichkeit.
☐ b ... Teilbarkeit.
☐ c ... Rentabilität.
☐ d ... Knappheit.

Die Lösungen zu den Aufgaben 1–24 (Satzergänzung) *siehe S. 452.*

Logisches Denken – Abstraktionsfähigkeit	*Zahlenreihen ergänzen*

Zeitvorgabe: 6 Minuten

1	1 3 5 7 9 11 13 ?

☐ a 15 ☐ b 17 ☐ c 19 ☐ d 21

2	5 11 18 26 35 45 56 ?

☐ a 66 ☐ b 67 ☐ c 68 ☐ d 76

3	4 8 16 32 64 128 256 ?

☐ a 384 ☐ b 512 ☐ c 1024 ☐ d 756

4	10 5 11 6 13 8 16 ?

☐ a 11 ☐ b 20 ☐ c 24 ☐ d 30

5	768 384 192 96 48 24 12 ?

☐ a 9 ☐ b 8 ☐ c 7 ☐ d 6

6	200 100 300 150 450 225 675 ?

☐ a 305,50 ☐ b 375,50 ☐ c 332,50 ☐ d 337,50

7	15 10 18 13 21 16 24 ?

☐ a 12 ☐ b 19 ☐ c 36 ☐ d 48

8	21 7 9 12 51 17 19 ?

☐ a 21 ☐ b 22 ☐ c 38 ☐ d 51

9	3 4 16 20 5 6 36 ?

☐ a 6 ☐ b 30 ☐ c 42 ☐ d 72

10	3 9 18 4 16 32 5 ?

☐ a 10 ☐ b 15 ☐ c 20 ☐ d 25

11	6 12 14 9 18 20 12 ?

☐ a 24 ☐ b 28 ☐ c 36 ☐ d 52

12	1 4 9 16 25 36 49 ?

☐ a 52 ☐ b 55 ☐ c 64 ☐ d 81

13	90 81 60 54 30 27 20 ?

☐ a 19 ☐ b 18 ☐ c 17 ☐ d 16

14	60 20 10 30 10 5 15 ?

☐ a 5 ☐ b 10 ☐ c 20 ☐ d 30

15	28 7 11 12 3 7 88 ?

☐ a 56 ☐ b 44 ☐ c 11 ☐ d 22

16	3 9 36 12 36 144 50 ?

☐ a 100 ☐ b 120 ☐ c 150 ☐ d 200

Die Lösungen zu den Aufgaben 1–16 (Zahlenreihen) siehe S. 452.

Logisches Denken – Abstraktionsfähigkeit	*Figuren ergänzen*

Bearbeitungshinweis:
Drei Figuren sind Ihnen vorgegeben. Die vierte hierzu passende Figur wird gesucht. Kreuzen Sie deshalb eine der 4 vorgegebenen Figuren an, die zu den ersten dreien passt.

Beispiel:

☐ a  ☐ b  ☐ c  ☐ d 

Erklärung:
Die richtige Lösung ist *a*, da sich die Positionen der Punkte entgegen dem Uhrzeigersinn bewegen.

➡ **TIPP:** Schauen Sie sich beim Ergänzungstest die einzelnen Figuren sehr genau an. Achten Sie dabei auch auf sehr geringe Unterschiede. Stellen Sie sich dann die Frage: Welche Regel (Gesetzmäßigkeit) steckt hinter dem Aufbau der einzelnen Figurenreihen? Unterschiede der Figuren können z. B. zustande kommen, indem:

- Bildelemente verringert oder vergrößert werden,
- die Anordnung der Bildelemente verändert werden,
- Größe und Farbgestaltung der Bildelemente eine Änderung erfahren.

Bearbeiten Sie jetzt die folgenden Aufgaben. Ihre Vorgabezeit beträgt 3 Minuten!

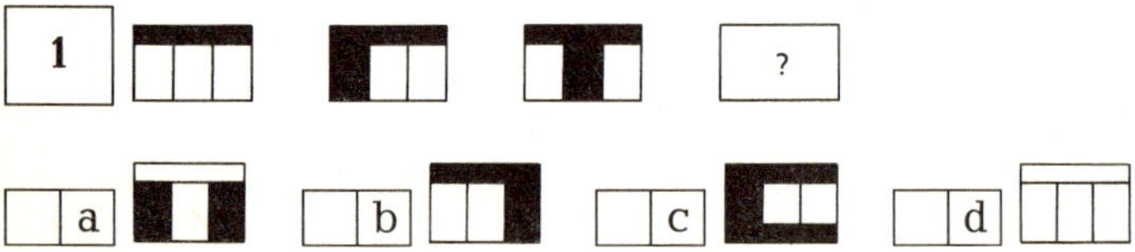

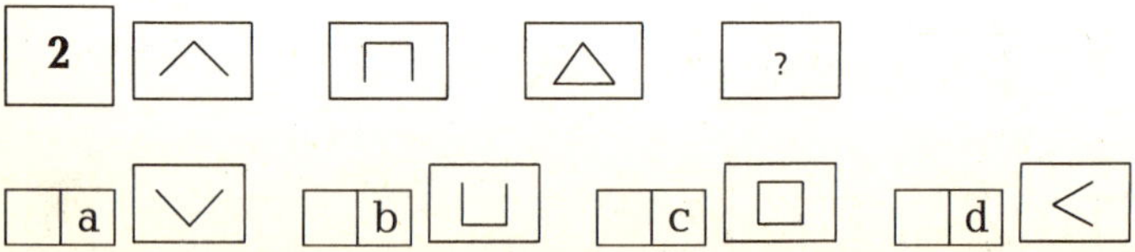

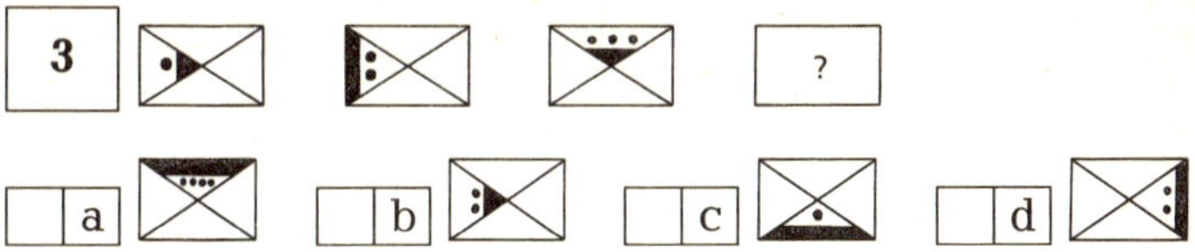
3
?
a
b
c
d

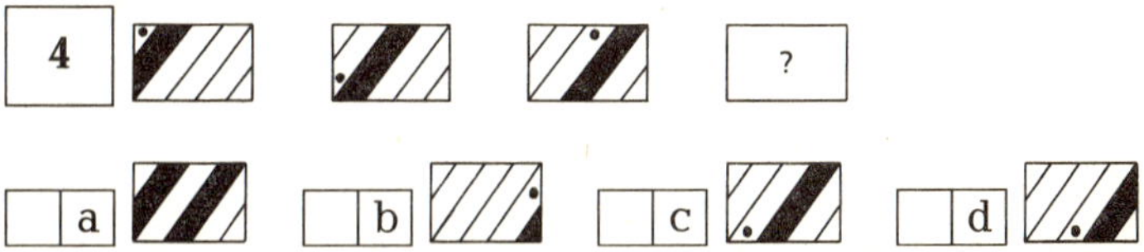
4
?
a
b
c
d

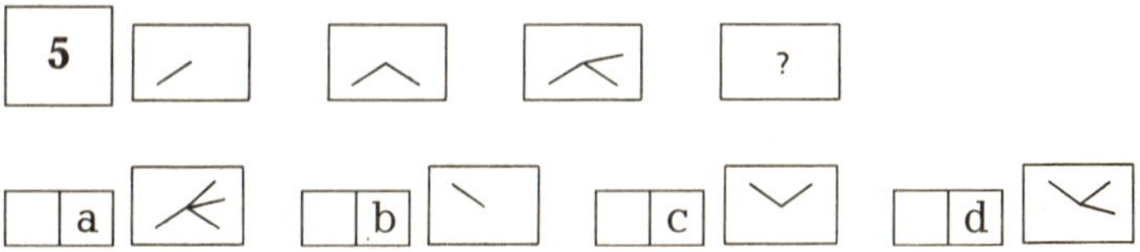
5
?
a
b
c
d

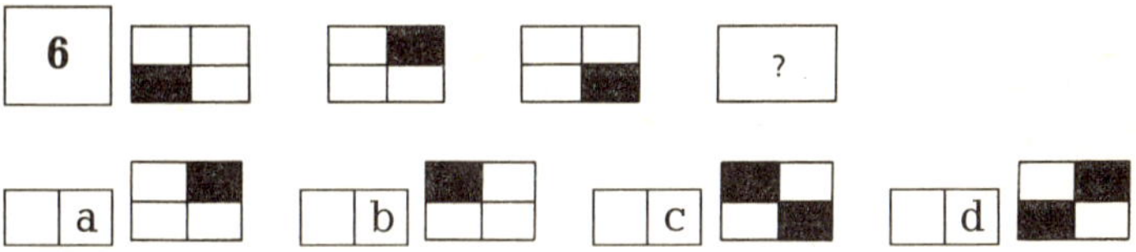
6
?
a
b
c
d

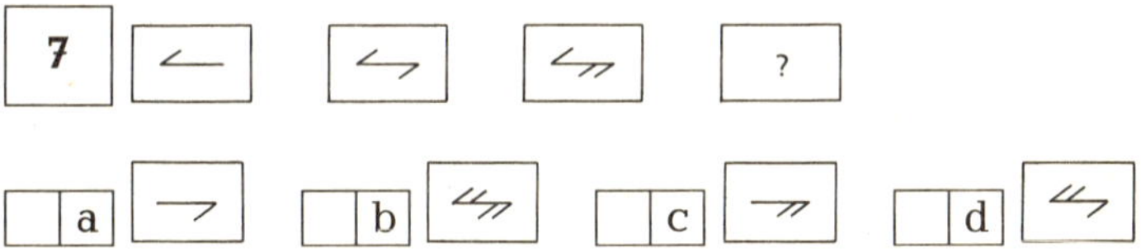
7
?
a
b
c
d

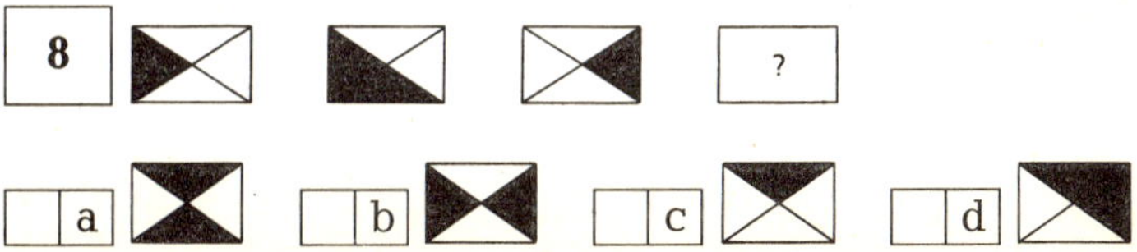
8
?
a
b
c
d

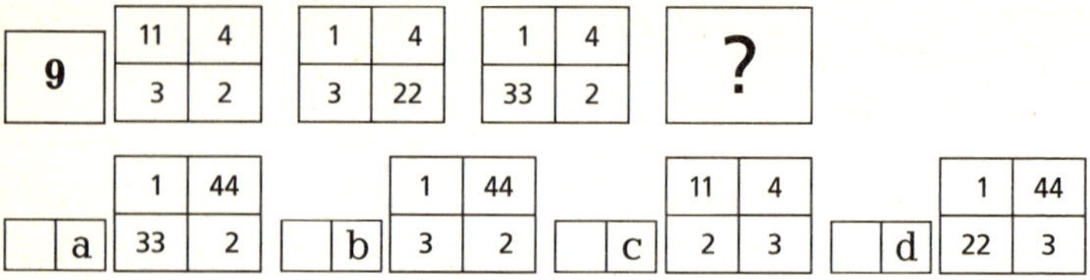

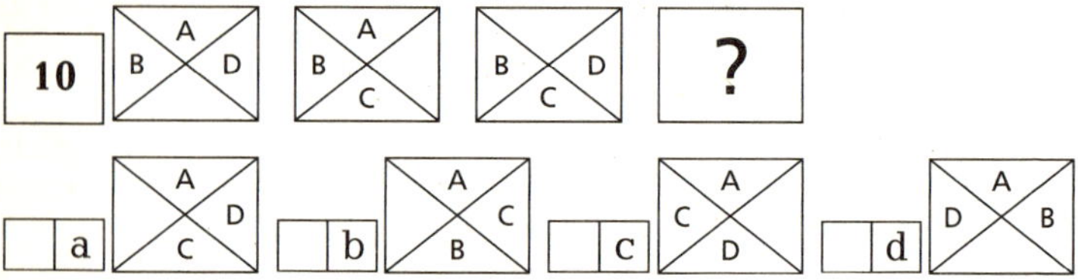

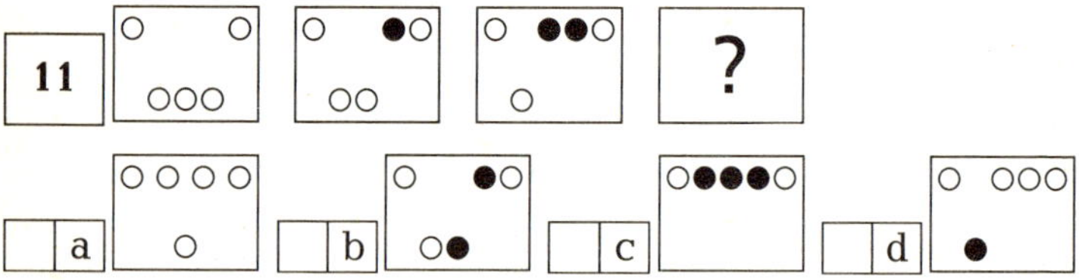

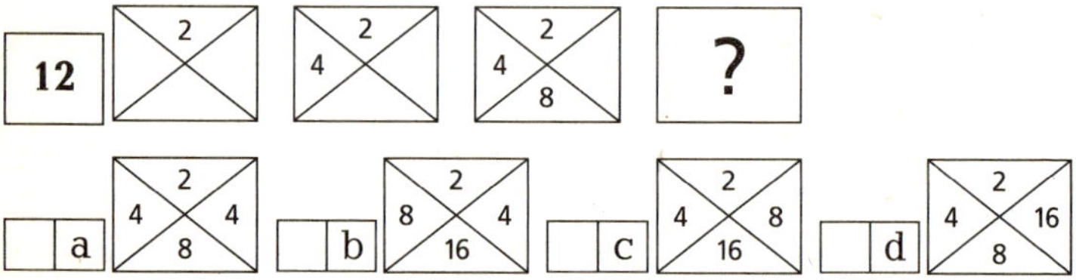

Die Lösungen zu den Aufgaben 1–12 (Figuren ergänzen) *siehe S. 453.*

Logisches Denken – Abstraktionsfähigkeit	*Dominosteine ergänzen*

Bearbeitungshinweis:
Fünf Dominosteine werden Ihnen vorgegeben. Ihre Aufgabe ist es, den sechsten Stein auszuwählen und anzukreuzen, der in die Reihe der ersten fünf Steine passt.

Beispiel:

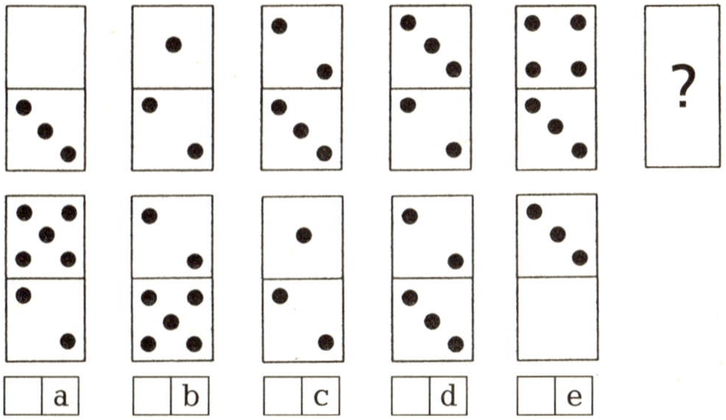

Erklärung:
Die richtige Lösung ist *a*, da
- in der oberen Reihe der Dominosteine die Punktzahl jeweils um 1 zunimmt,
- in der unteren Reihe auf 3 Punkte immer 2 Punkte folgen.

➡ **TIPP:** Betrachten Sie die Punktzahl in der oberen und unteren Reihe getrennt. Es muss kein Zusammenhang zwischen beiden Reihen bestehen. Versuchen Sie, in den Reihen Regelmäßigkeiten zu erkennen. Dazu reicht es nicht aus, nur den jeweils folgenden Stein zu berücksichtigen. Die Aufbauregel der Reihen ergibt sich häufig erst aus ihrem Gesamtbild. Zahlensprünge zwischen aufeinander folgenden Steinen sind dabei keine Seltenheit. Sie sind häufig Bestandteil der Aufbauregel.

Bearbeiten Sie jetzt die folgenden Aufgaben. Ihre Vorgabezeit beträgt 1,5 Minuten!

1

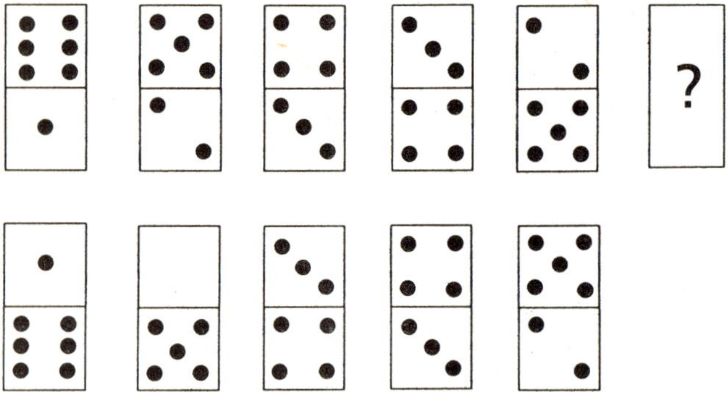

a b c d e

2

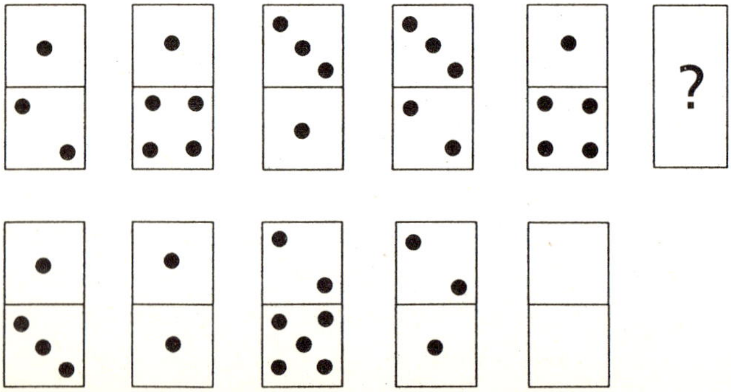

a b c d e

3

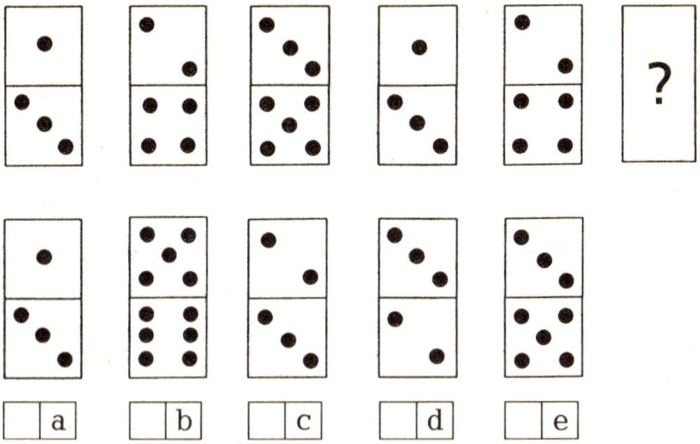

4

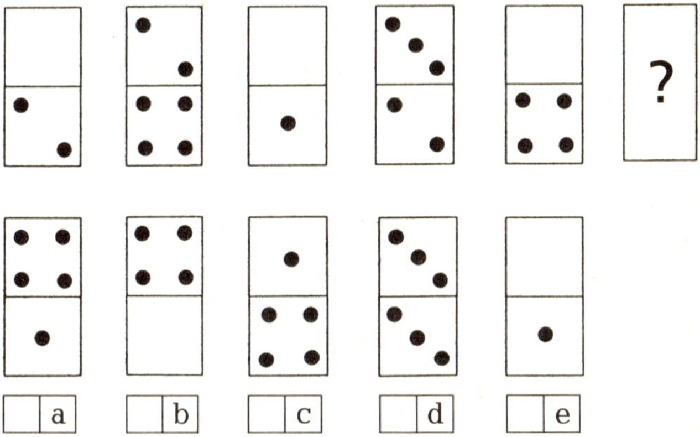

5

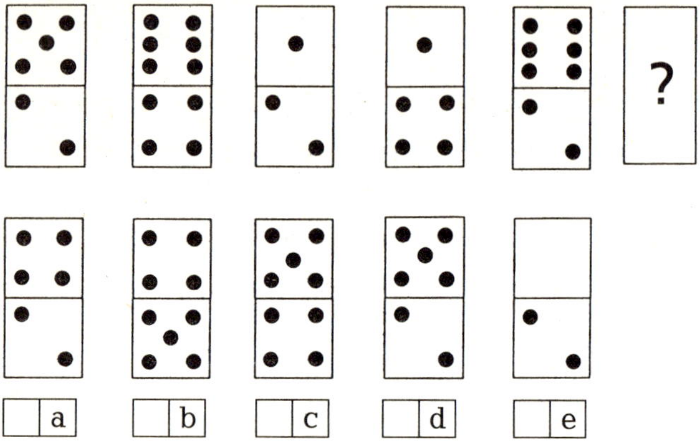

6

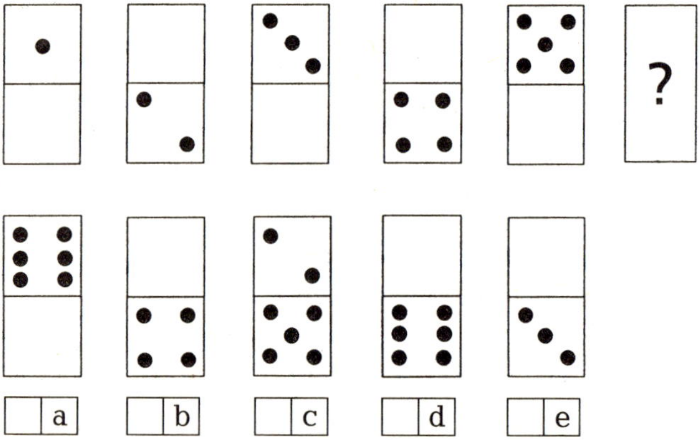

7

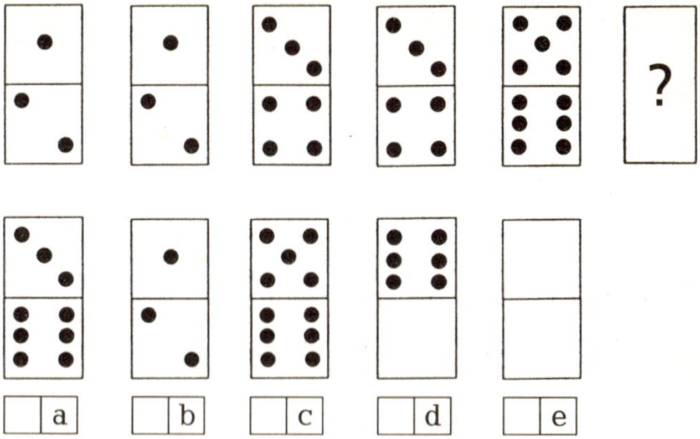

8

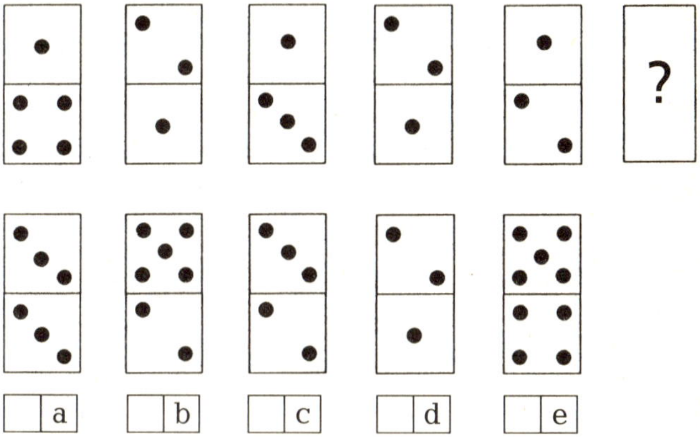

Die Lösungen zu den Aufgaben 1–8 (Dominosteine ergänzen) siehe S. 453.

Merkfähigkeit

Es gibt neben Testreihen, die gezielt bestimmte Fähigkeiten wie logisches Denken, Rechen- oder Schreibfertigkeiten, Kombinationsvermögen u. Ä. überprüfen, auch solche Aufgabenbänke, die ganz speziell auf das Konzentrationsvermögen ausgerichtet sind.

Hier sollen Sie beweisen, dass Sie in der Lage sind, kurzfristig und kurzzeitig Fakten und Tatbestände zu erfassen und abrufbereit zu speichern.

Die Aufgaben selbst sind relativ leicht und sind weniger an der Denkfähigkeit orientiert. In gewisser Hinsicht stellen sie einen Kontrast zu den Merkmalen unserer schnelllebigen Zeit dar, in der die täglich auf uns einstürmenden vielfältigen Informationen nur noch oberflächlich wahrgenommen werden. Aufgaben dieses Typs erfordern im Gegensatz dazu höchste Konzentration und Ruhe.

Sicher wird man in kaufmännischen Berufen mit solchen Testaufgaben stärker in Berührung kommen als im technischen Bereich. Gleichwohl lässt sich hier keine allgemein gültige Aussage treffen.

Beim Training für diesen Aufgabentyp können Sie nahezu jede Alltagssituation nutzen. Versuchen Sie z. B. beim Autofahren, beim Spazierengehen, beim Einkaufen, beim Zeitunglesen oder bei sonstigen Gelegenheiten besonders konzentriert zu sein und nach einem bestimmten Zeitabstand möglichst viele Einzelheiten zu nennen. Ein Partner, der Ihnen entsprechend gezielte Fragen stellt, kann eine wertvolle Hilfe sein. So wird das Konzentrationstraining zum gemeinsamen Erfolgserlebnis!

Merkfähigkeit | *Räumliche Erinnerung*

Bearbeitungshinweis:
Bei dieser Übung sind keine Begriffe, sondern Figuren vorgegeben, bei denen jeweils nur ein Feld schraffiert ist. Sie haben 2 Minuten Zeit, sich die Figuren einzuprägen. Anschließend werden Fragen zu den Figuren gestellt, durch die Ihr räumliches Erinnerungsvermögen getestet werden soll. Bevor Sie mit Ihrer Arbeit beginnen und die richtige Antwort ankreuzen, decken Sie bitte die Figuren ab.

1

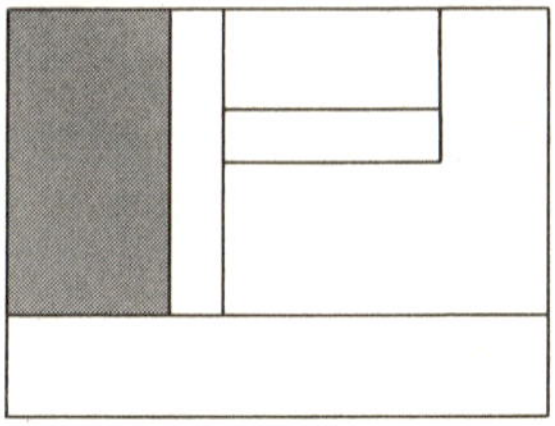

2

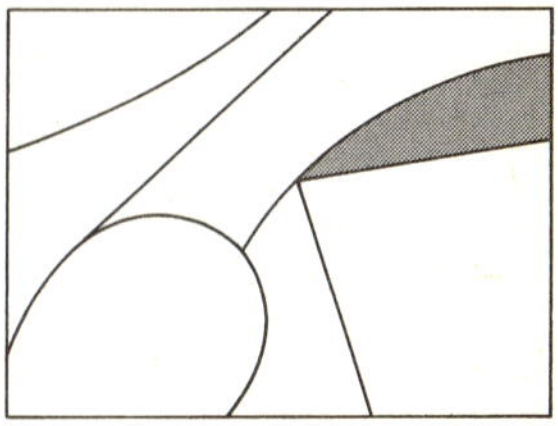

3

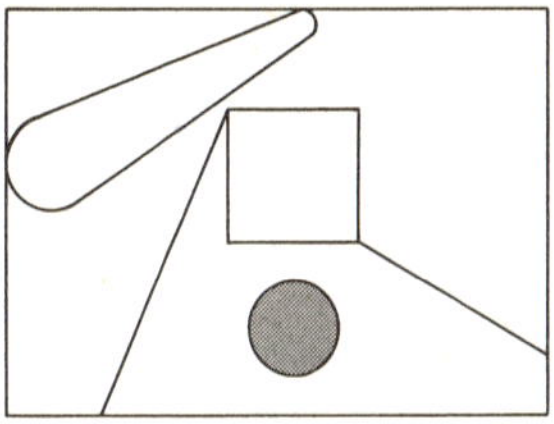

4

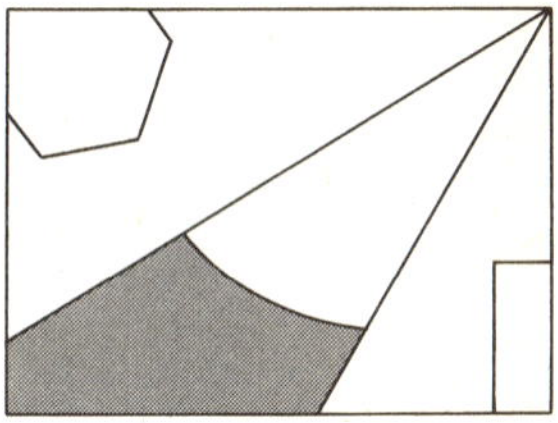

5

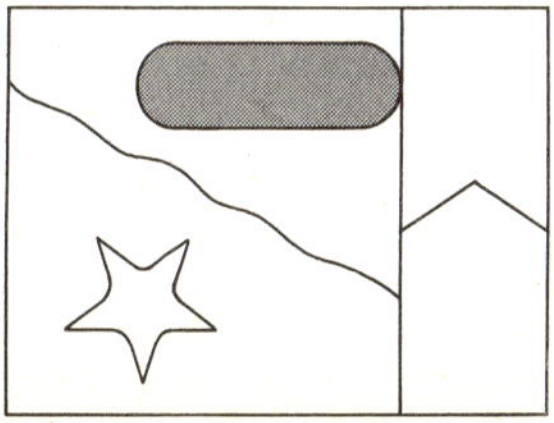

6

7

8

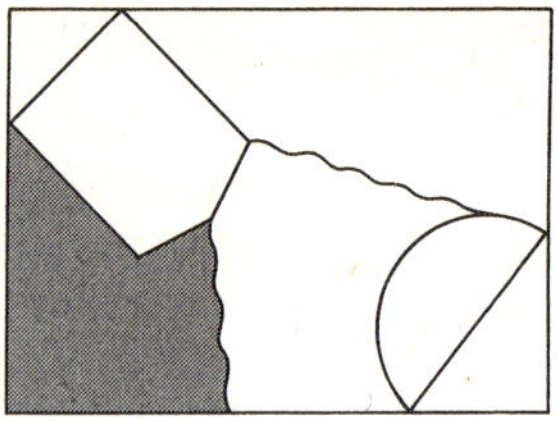

9

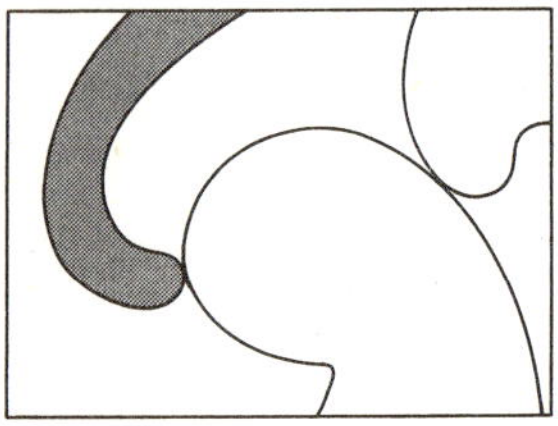

10

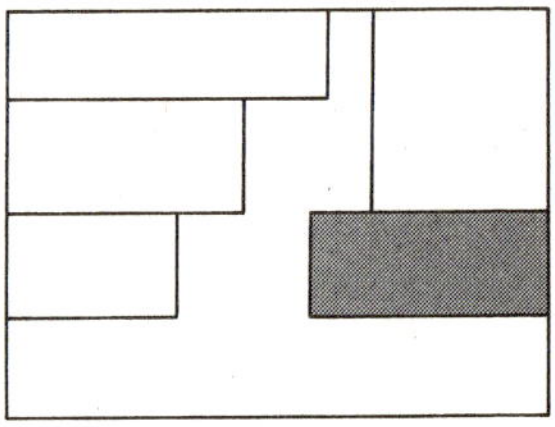

Beispiel:

Vorgegebene Figur:

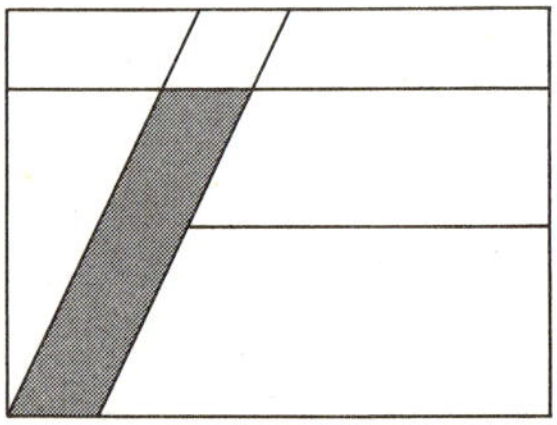

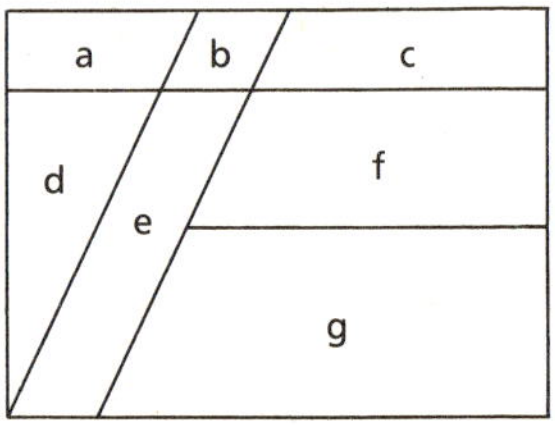

☐ a ☐ b ☐ c ☐ d

☐ e ☐ f ☐ g

Erklärung:

Die richtige Lösung ist *e*, da dieses Feld in der vorgegebenen Figur schraffiert ist.

➡ **TIPP:** Konzentrieren Sie sich bei den schraffierten Flächen auf markante Eigenarten. Sie prägen sich leichter ein. Diese können z. B. sein: Form (z. B. Kreis), Lage (z. B. rechte Randlage) und Größe (z. B. kleinste oder größte Fläche).

Bearbeiten Sie jetzt die folgenden Aufgaben. Ihre Vorgabezeit beträgt 7 Minuten!

1

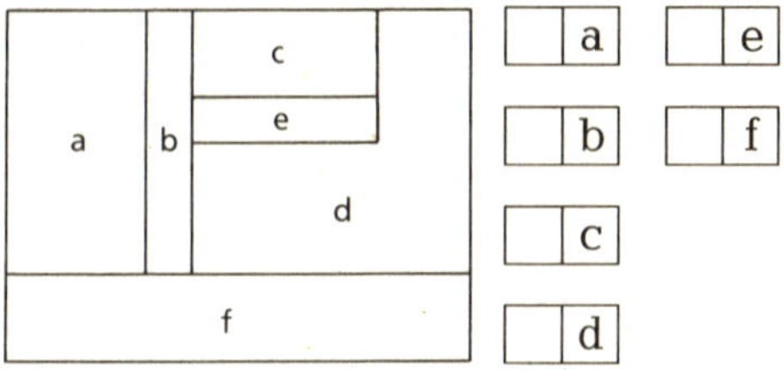

2

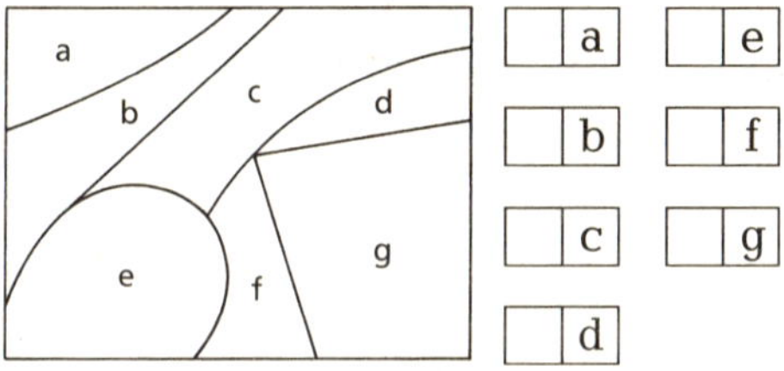

3

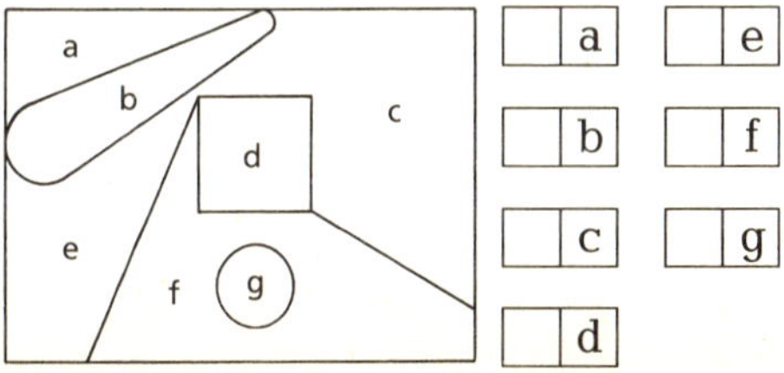

4

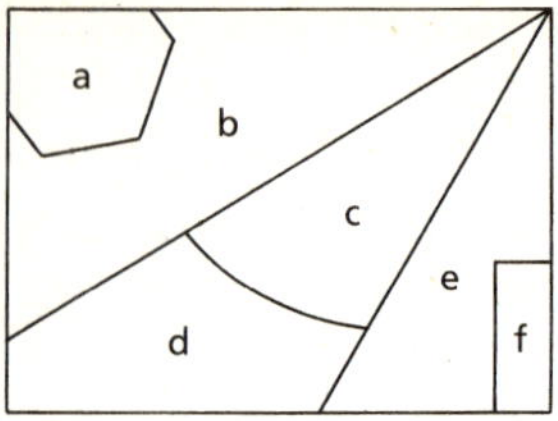

- [ ] a
- [ ] b
- [ ] c
- [ ] d
- [ ] e
- [ ] f

5

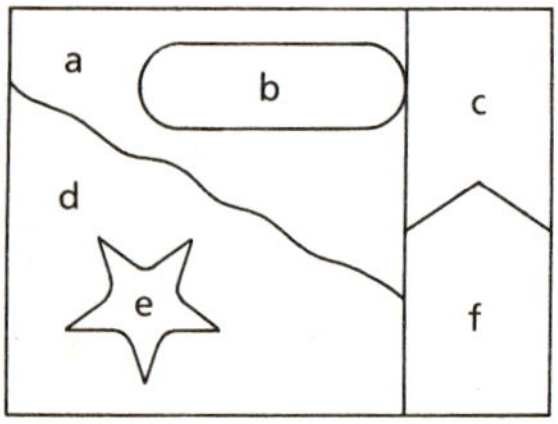

- [ ] a
- [ ] b
- [ ] c
- [ ] d
- [ ] e
- [ ] f

6

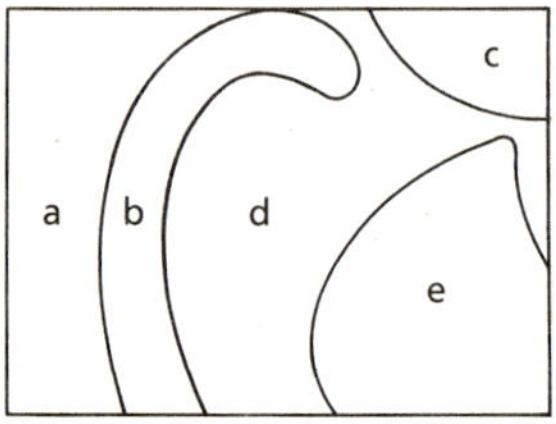

- [ ] a
- [ ] b
- [ ] c
- [ ] d
- [ ] e

7

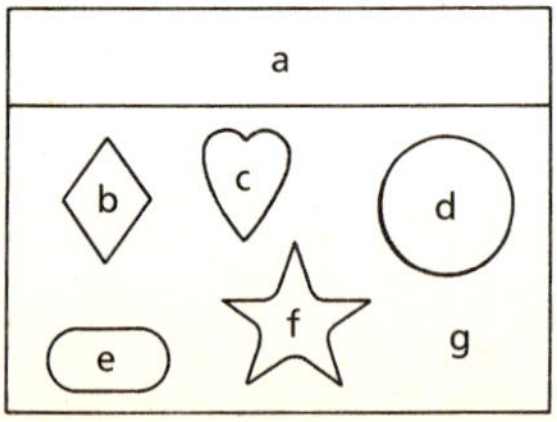

- [ ] a
- [ ] b
- [ ] c
- [ ] d
- [ ] e
- [ ] f
- [ ] g

8

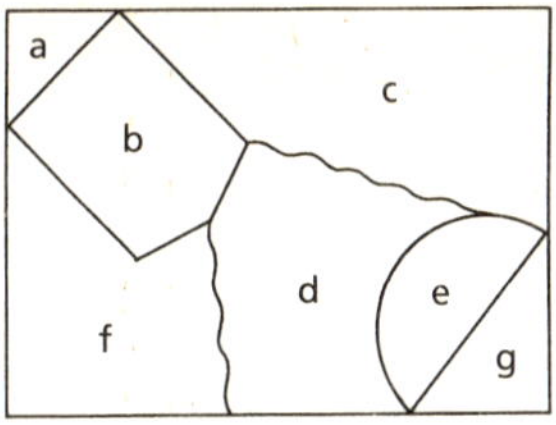

☐ a ☐ e
☐ b ☐ f
☐ c ☐ g
☐ d

9

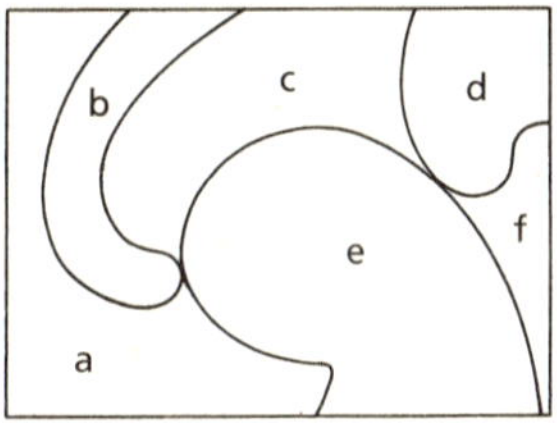

☐ a ☐ e
☐ b ☐ f
☐ c
☐ d

10

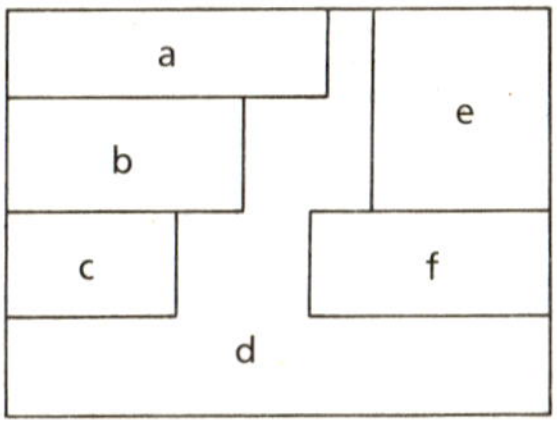

☐ a ☐ e
☐ b ☐ f
☐ c
☐ d

Die Lösungen zu den Aufgaben 1–10 (Räumliche Erinnerung) siehe S. 453.

Merkfähigkeit	*Begriffliche Erinnerung*

Bearbeitungshinweis:
Bei dieser Übung sollen Sie sich Begriffe 2 Minuten lang einprägen. Danach werden Ihnen Fragen zu den Begriffen gestellt.

Bevor Sie die Fragen bearbeiten und die richtige Antwort ankreuzen, decken Sie bitte die Begriffe ab.

☐ a Namen: Fritz – Anton – Karin – Roland – Claudia

☐ b Früchte: Banane – Pflaume – Stachelbeere – Mandarine – Erdbeere

☐ c Tiere: Löwe – Jaguar – Gans – Igel – Hamster

☐ d Städte: Dortmund – Nürnberg – Oberhausen – Quebec – Trier

Beispiel:
In welcher Wortgruppe steht das Wort mit dem Anfangsbuchstaben »T«?

☐ a Namen ☐ b Früchte ☐ c Tiere ☐ d Städte

Erklärung:
Das Wort mit dem Anfangsbuchstaben »T« heißt Trier. Man hätte deshalb *d* ankreuzen müssen.

➡ **TIPP:** Bei Erinnerungstests der beschriebenen Art wird das menschliche Kurzzeitgedächtnis gefordert, mit dem sich besonders die Lernpsychologie beschäftigt hat.
Günstig für Ihre Erinnerungsleistung wirkt sich aus, wenn Sie sich nicht nur die Begriffe, sondern auch die Begriffskategorien

einprägen. Konzentrieren Sie sich besonders auf ähnlich klingende Begriffe, sie werden am schnellsten vergessen. Bleiben Sie auch nicht zu lange bei einer Begriffszeile hängen, sondern wiederholen Sie lieber häufiger die einzelnen Zeilen.

Beantworten Sie jetzt die folgenden Fragen. Ihre Vorgabezeit beträgt 3 Minuten!

1	In welcher Wortgruppe steht das Wort mit dem Anfangsbuchstaben »A«?

☐ a Namen ☐ b Früchte ☐ c Tiere ☐ d Städte

2	In welcher Wortgruppe steht das Wort mit dem Anfangsbuchstaben »B«?

☐ a Namen ☐ b Früchte ☐ c Tiere ☐ d Städte

3	In welcher Wortgruppe steht das Wort mit dem Anfangsbuchstaben »C«?

☐ a Namen ☐ b Früchte ☐ c Tiere ☐ d Städte

4	In welcher Wortgruppe steht das Wort mit dem Anfangsbuchstaben »D«?

☐ a Namen ☐ b Früchte ☐ c Tiere ☐ d Städte

5	In welcher Wortgruppe steht das Wort mit dem Anfangsbuchstaben »E«?

☐ a Namen ☐ b Früchte ☐ c Tiere ☐ d Städte

6	In welcher Wortgruppe steht das Wort mit dem Anfangsbuchstaben »F«?

☐ a Namen ☐ b Früchte ☐ c Tiere ☐ d Städte

7	In welcher Wortgruppe steht das Wort mit dem Anfangsbuchstaben »G«?

☐ a Namen ☐ b Früchte ☐ c Tiere ☐ d Städte

8	In welcher Wortgruppe steht das Wort mit dem Anfangsbuchstaben »H«?

☐ a Namen ☐ b Früchte ☐ c Tiere ☐ d Städte

9	In welcher Wortgruppe steht das Wort mit dem Anfangsbuchstaben »I«?

☐ a Namen ☐ b Früchte ☐ c Tiere ☐ d Städte

10	In welcher Wortgruppe steht das Wort mit dem Anfangsbuchstaben »J«?

☐ a Namen ☐ b Früchte ☐ c Tiere ☐ d Städte

11	In welcher Wortgruppe steht das Wort mit dem Anfangsbuchstaben »K«?

☐ a Namen ☐ b Früchte ☐ c Tiere ☐ d Städte

12	In welcher Wortgruppe steht das Wort mit dem Anfangsbuchstaben »L«?

☐ a Namen ☐ b Früchte ☐ c Tiere ☐ d Städte

13	In welcher Wortgruppe steht das Wort mit dem Anfangsbuchstaben »M«?

☐ a Namen ☐ b Früchte ☐ c Tiere ☐ d Städte

14	In welcher Wortgruppe steht das Wort mit dem Anfangsbuchstaben »N«?

☐ a Namen ☐ b Früchte ☐ c Tiere ☐ d Städte

15	In welcher Wortgruppe steht das Wort mit dem Anfangsbuchstaben »O«?

☐ a Namen ☐ b Früchte ☐ c Tiere ☐ d Städte

16	In welcher Wortgruppe steht das Wort mit dem Anfangsbuchstaben »P«?

☐ a Namen ☐ b Früchte ☐ c Tiere ☐ d Städte

17	In welcher Wortgruppe steht das Wort mit dem Anfangsbuchstaben »Q«?

☐ a Namen ☐ b Früchte ☐ c Tiere ☐ d Städte

Die Lösungen zu den Aufgaben 1–17 (Begriffliche Erinnerung) siehe S. 453.

Räumliches Vorstellungsvermögen

Unter räumlichem Vorstellungsvermögen wird eine spezielle geistige Fähigkeit angesprochen. Sie besteht darin, sich Gegenstände und Bilder räumlich vorzustellen und eine gedankliche Umgruppierung dieser Dinge vornehmen zu können.

Ein gutes räumliches Vorstellungsvermögen ist in vielen Alltagssituationen eine nützliche Eigenschaft. Ließe man sich z.B. von verschiedenen Personen in einer Stadt den Weg zu einer bestimmten Kirche beschreiben, würde man sehr schnell feststellen, wie unterschiedlich das räumliche Vorstellungsvermögen bei Menschen ausgeprägt ist. Besonders wichtig wird diese Eigenschaft für die Ausübung zahlreicher Berufe, so z.B. für Raumausstatter, Schreiner, Architekten, Modellbauer und Dekorateure. Ganz allgemein sind auch Menschen mit gutem räumlichen Vorstellungsvermögen eher als andere in der Lage, sich Dinge anschaulicher vorzustellen.

Nachfolgende Testarten erfordern in einem unterschiedlichen Maße räumliches Vorstellungsvermögen. Die höchsten Anforderungen stellen dabei die Würfelaufgaben. Die Bearbeitung der Tests ist für Sie in zweifacher Weise sinnvoll: Sie schulen Ihr Vorstellungsvermögen und erlernen Strategien für künftige Testsituationen.

Räumliches Vorstellungsvermögen	*Mosaiken entschlüsseln*

Bearbeitungshinweis:
Dieser Teil besteht aus drei Teilen: dem Mosaik, dem Mosaikplan und den Mosaiksteinen. Das Mosaik ist aus den Mosaiksteinen 1–6 zusammengesetzt. In dem Mosaikplan sind die Nummern der einzelnen Bausteine vermerkt. Dabei ist eine Nummer jeweils falsch. Ihre Aufgabe ist es, das Feld des Plans zu bestimmen (a, b, c, d oder e), in dem sich der falsche Mosaikstein befindet.

Beispiel:

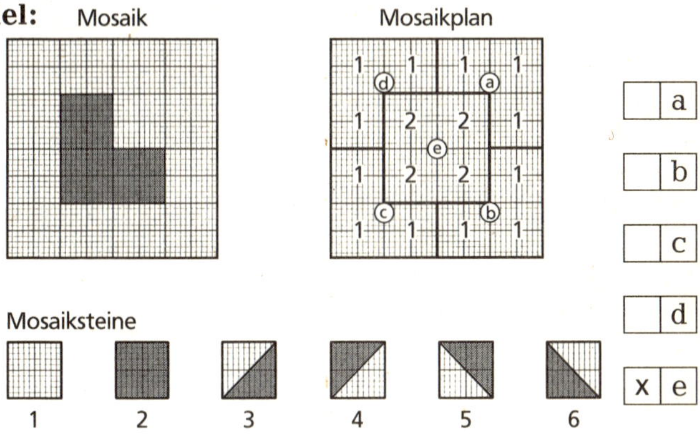

Erklärung:
Die richtige Lösung ist e. In diesem Feld des Mosaikplans ist statt der Nr. 1 die falsche Nr. 2 als Bauelement vermerkt.

➡ **TIPP:** Hilfreich für die Lösung der Testaufgabe ist die gedankliche Zerlegung der Mosaiken in viele kleine Quadrate. Wird die Form des vorgegebenen Mosaiks nur durch waagerechte und senkrechte Linien bestimmt, so setzt sich das Mosaik nur aus Steinen der Nummern 1 und 2 zusammen. Bei allen schräg verlaufenden Linien ist zu wählen zwischen den Nummern 3–6 der Mosaiksteine.

Bearbeiten Sie jetzt die folgenden Aufgaben. Sie haben 4 Minuten Zeit!

Mosaiksteine

1 2 3 4 5 6

1

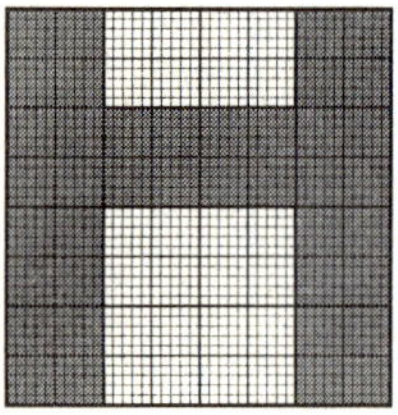

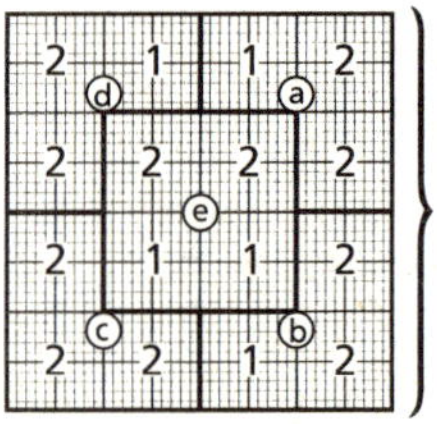

a

b

c

d

e

2

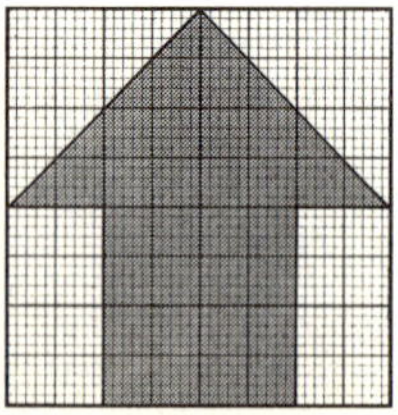

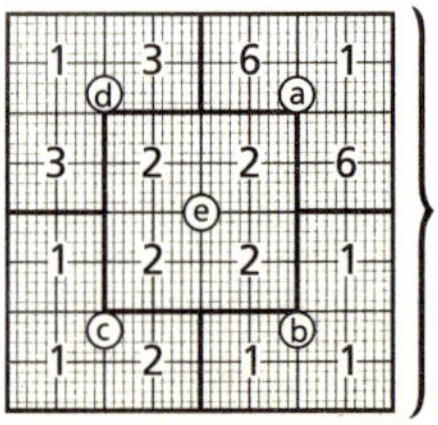

a

b

c

d

e

3

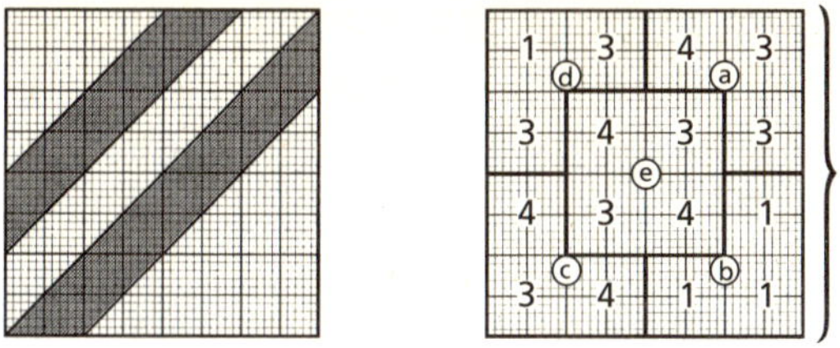

a

b

c

d

e

4

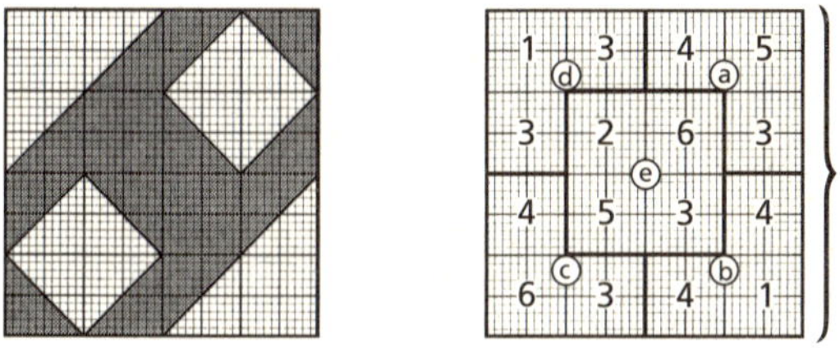

a

b

c

d

e

5

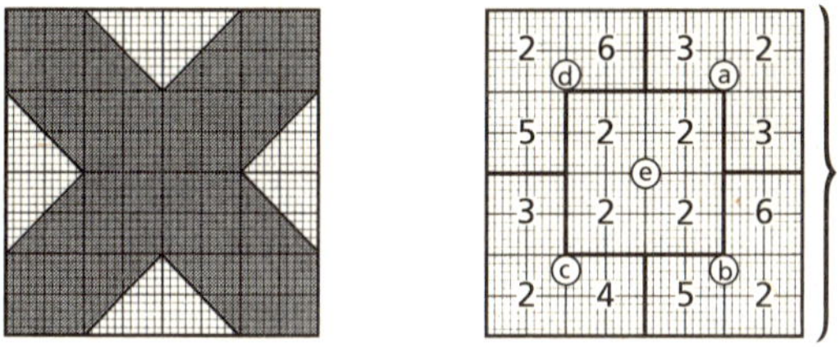

a

b

c

d

e

6

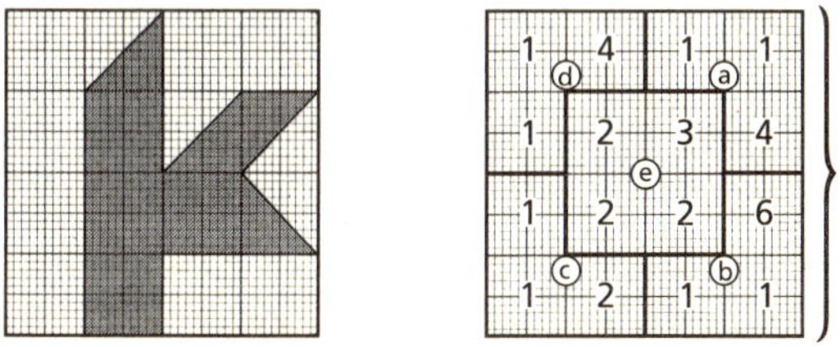

a

b

c

d

e

7

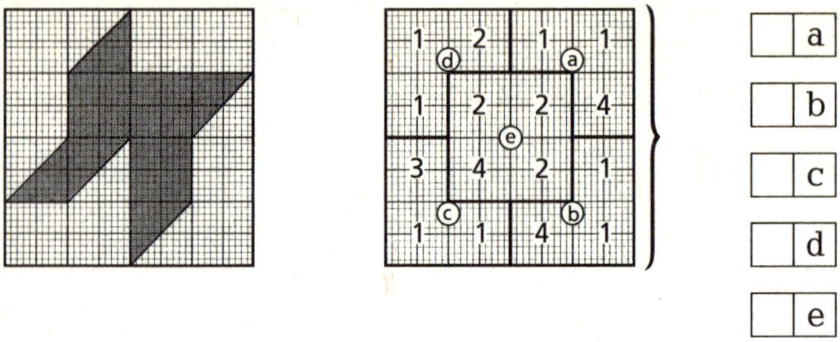

8

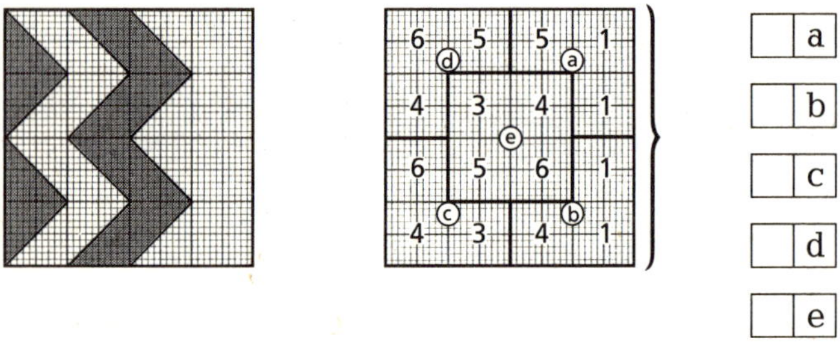

Mosaiksteine

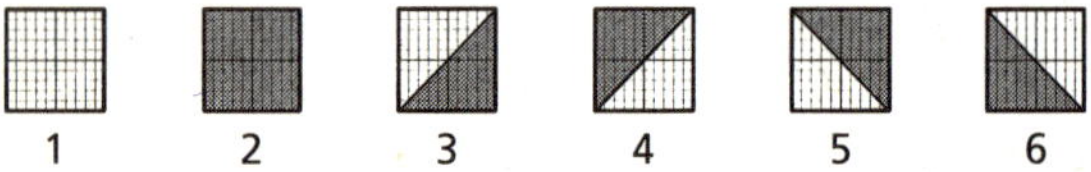

Die Lösungen zu den Aufgaben 1–8 (Mosaiken entschlüsseln) siehe S. 453.

Räumliches Vorstellungsvermögen	*Spiegelbilder erkennen*

Bearbeitungshinweis:
Sechs Figuren werden Ihnen vorgegeben. Wenn man sie in ihre Grundstellung dreht, sind fünf von ihnen deckungsgleich. Bei einer Figur klappt dies nicht. Sie ist nicht gedreht, sondern gewendet (gekippt) worden, sodass nur ihr Spiegelbild zu sehen ist. Diese Figur sollen Sie auswählen und ankreuzen.

Beispiel:

	a		b		c	x	d		e		f

Erklärung:
Ihr Kreuz müssen Sie bei *d* machen, da nur diese Figur durch Drehung *nicht* die Zahl sieben ergeben wird.

➧ **TIPP:** Da Ihre Zeit knapp ist, versuchen Sie zunächst durch einen Überblick die spiegelbildliche Figur herauszufinden. Gelingt das nicht, dann gehen Sie die einzelnen Positionen der Figuren durch. Vollziehen Sie dabei gedanklich die Drehung in eine Grundposition. Dabei sollten Sie Ihre Aufmerksamkeit besonders auf markante Merkmale richten (z. B. spitze Ecken, vorstehende Balken, geschwärzte Flächen) und deren Bewegung verfolgen.

Beginnen Sie jetzt mit der Bearbeitung der Testaufgaben. Ihre Vorgabezeit beträgt 5 Minuten!

1

a b c d e f

2

a b c d e f

3

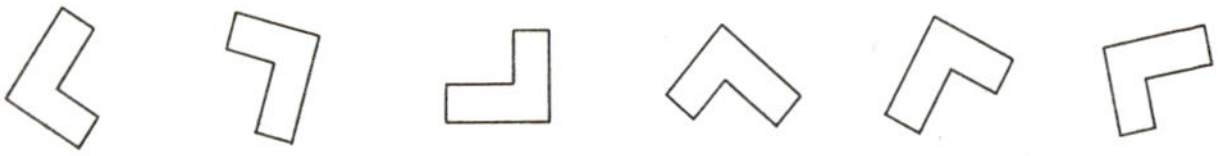

a b c d e f

4

a b c d e f

5

a b c d e f

6

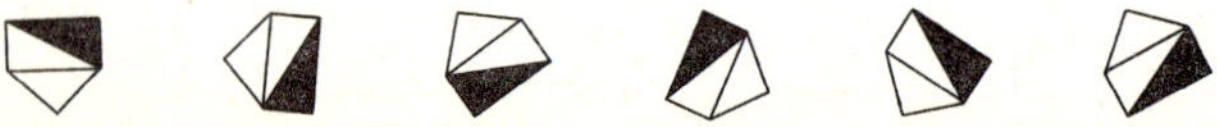

a b c d e f

7

a	b	c	d	e	f

8

a	b	c	d	e	f

9

a	b	c	d	e	f

10

a	b	c	d	e	f

11

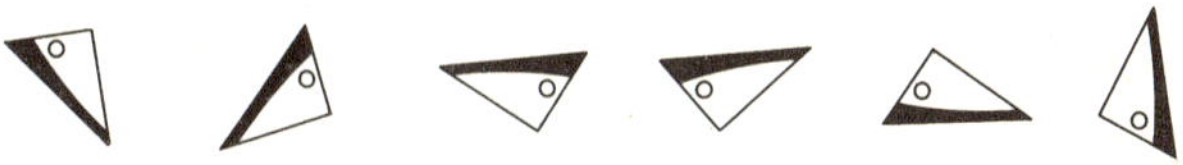

a	b	c	d	e	f

12

a	b	c	d	e	f

13

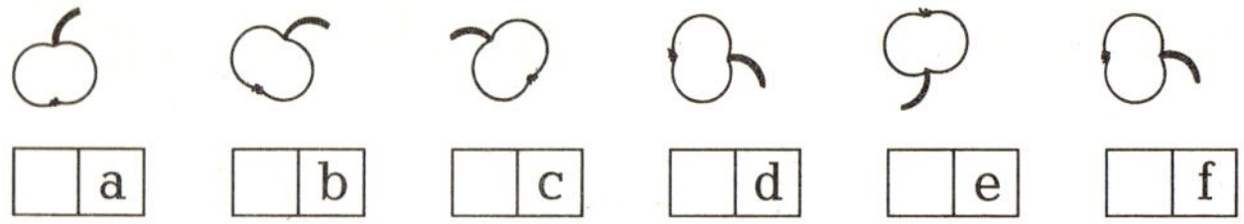

Die Lösungen zu den Aufgaben 1–13 (Spiegelbilder erkennen) siehe S. 453.

Räumliches Vorstellungsvermögen	*Figuren abwickeln*

Bearbeitungshinweis

Bei dieser Aufgabenstellung ist das räumlich-bildliche Vorstellungsvermögen des Bewerbers auf dem Prüfstand. Sie sollen beweisen, dass Sie fähig sind, gedanklich mit Bildern von zusammengefalteten Gegenständen zu arbeiten.

Dieses abstrakte Denken setzt voraus, dass Sie sich einmal mit dem Gegenstand als Ganzes, aber auch mit einzelnen Details vertraut machen.

Die Aufgabenreihe »Figuren abwickeln« gliedert sich in zwei Teilbereiche. Zum einen wird Ihnen eine Figur vorgegeben, der Sie die richtige Zusammensetzung bzw. Abwicklung zuordnen müssen. Bei dem zweiten Aufgabenkomplex geht man umgekehrt vor. Aus einer vorgegebenen Abwicklung müssen Sie die richtige Figur ableiten.

Beispiel 1:
Welche der Figuren a bis d gehört zu folgender Abwicklung?

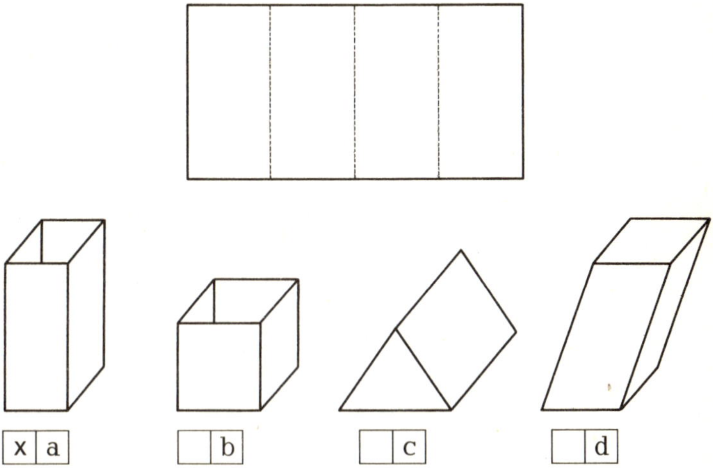

Erklärung:
Ihr Kreuz muss bei Figur *a* stehen. Die obige Abwicklung zeigt vier rechteckige Seiten. Die daraus zu faltende Figur muss einen Quader ergeben, der unten und oben offen ist.

Beispiel 2:
Welche der Abwicklungen a bis d entspricht folgender Figur?

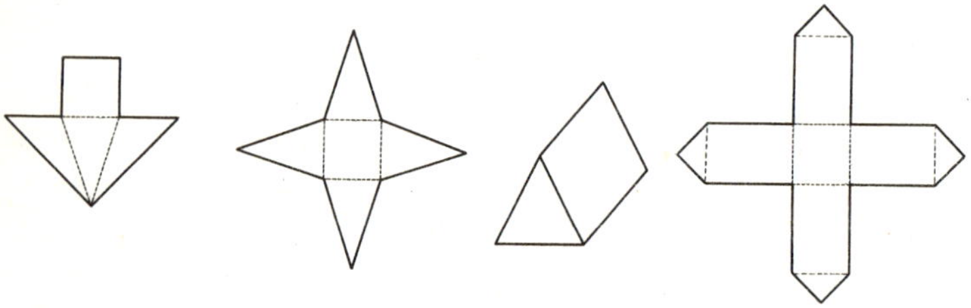

	a	x	b		c		d

Erklärung:
Richtig ist die Abwicklung *b*. Die Figur ist eine Pyramide mit einer quadratischen Grundfläche und vier Seiten mit gleichschenkligen Dreiecken. Diese Bedingung wird nur von b erfüllt!

Beginnen Sie jetzt mit der Bearbeitung der Testaufgaben. Sie haben dazu 5 Minuten Zeit!

1	Welche Figur ergibt sich aus dieser Abwicklung?

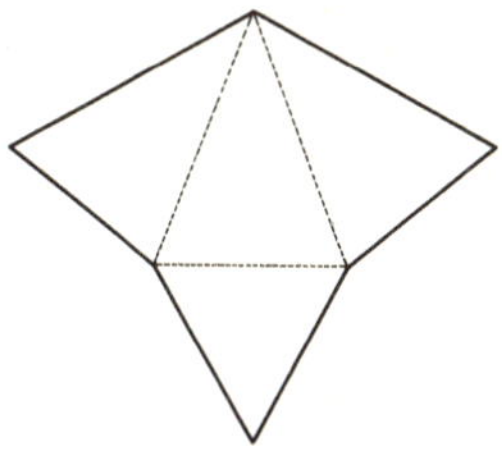

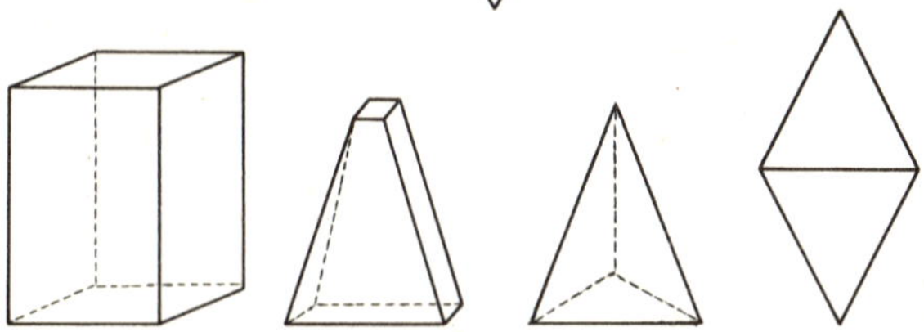

keine Lösung

a	b	c	d	e

2	Welcher Körper entsteht, wenn man diese Abwicklung zusammenklebt?

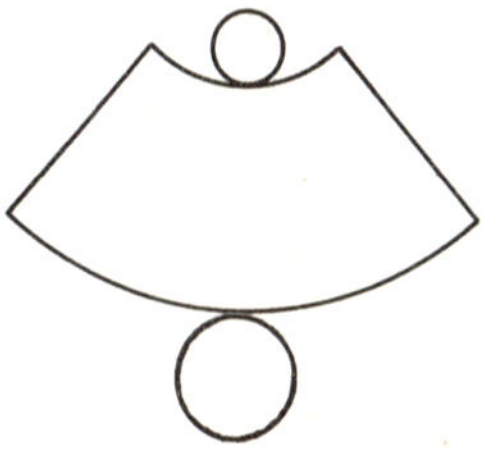

keine Lösung

a	b	c	d	e

3	Falten Sie gedanklich diese Abwicklung zusammen. Welcher Körper entsteht?

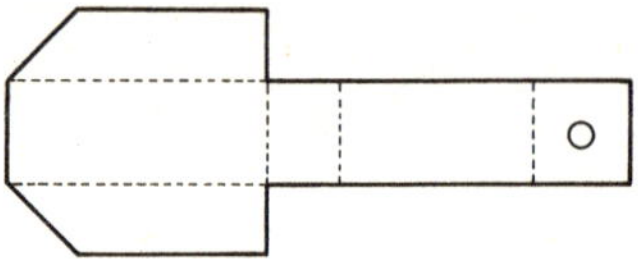

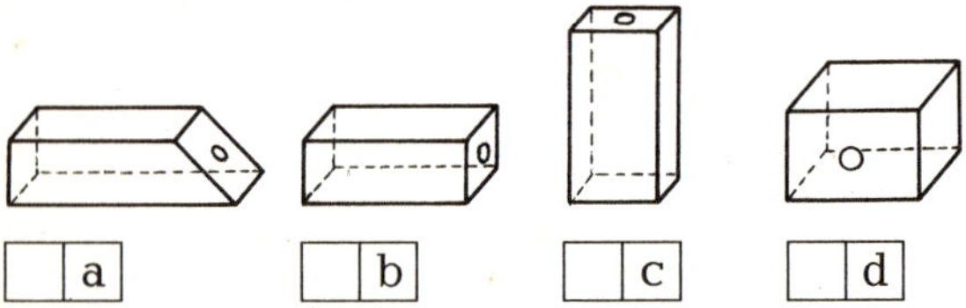

keine Lösung

e

4	Welche Zylinderform ergibt sich aus dieser Abwicklung?

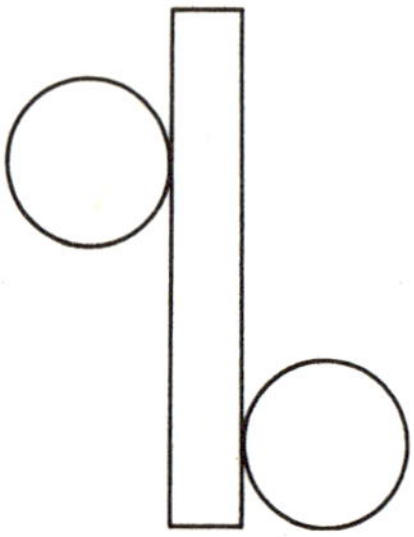

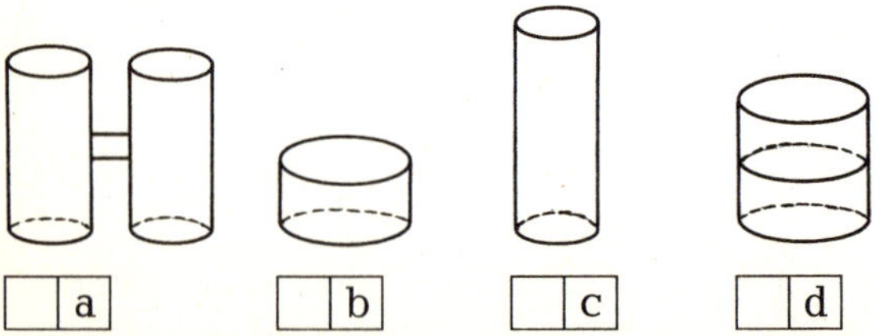

keine Lösung

e

5	Wie wird diese »Käseschachtel« richtig abgewickelt?

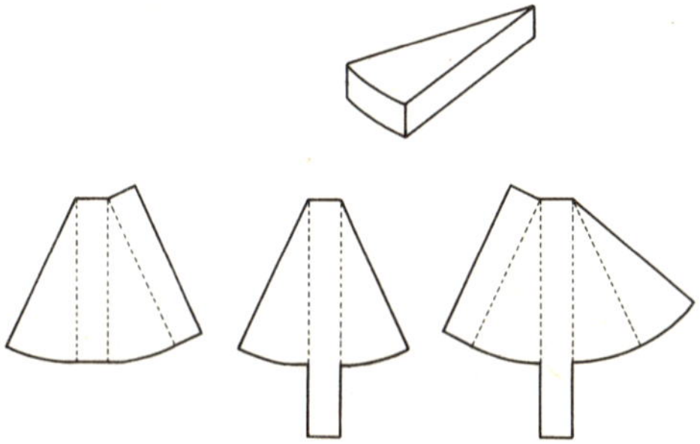

keine Lösung

a b c d e

6	Welcher Abwicklung entspricht dieser Turm?

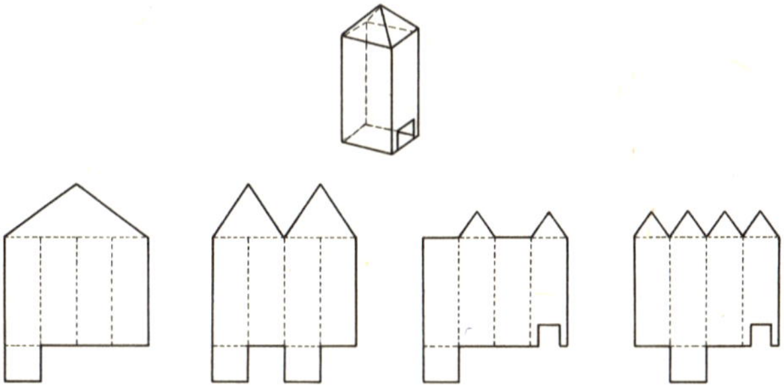

keine Lösung

a b c d e

7 Wickeln Sie diese Figur ab!

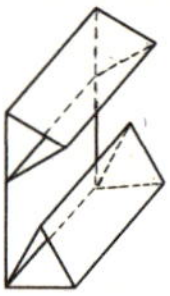

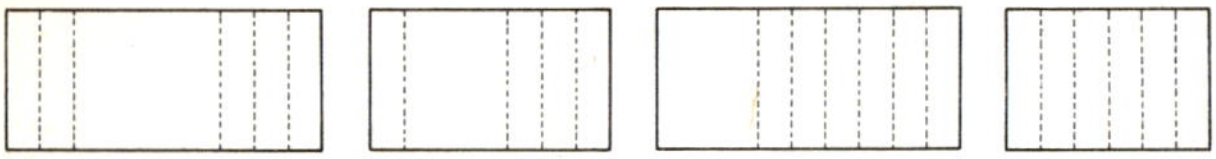

keine Lösung

☐ a ☐ b ☐ c ☐ d ☐ e

8 Welche Abwicklung entspricht diesem L-förmigen Körper?

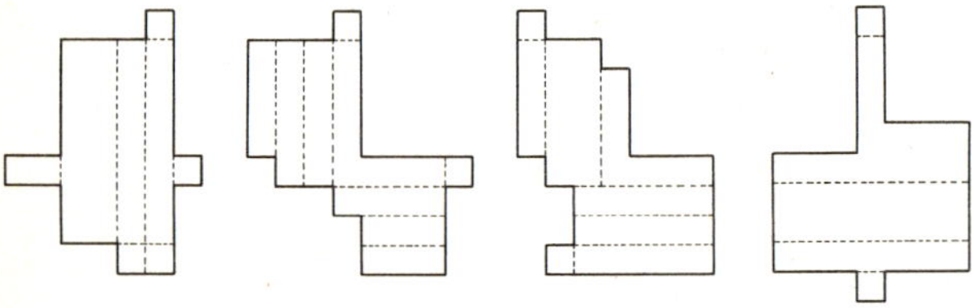

keine Lösung

☐ a ☐ b ☐ c ☐ d ☐ e

9	Aus welcher der nachfolgend abgebildeten Abwicklungen ergibt sich dieser Pappbecher?

keine Lösung

a b c d e

10	Welcher Körper ergibt sich durch folgende Abwicklung?

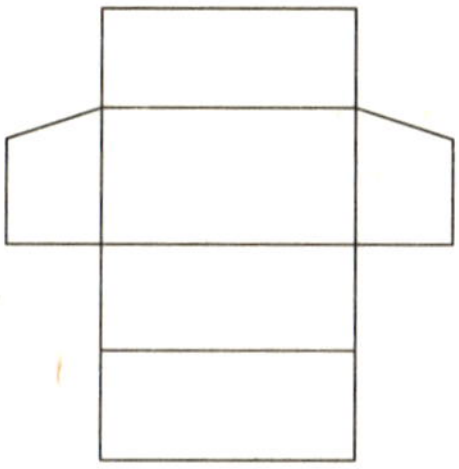

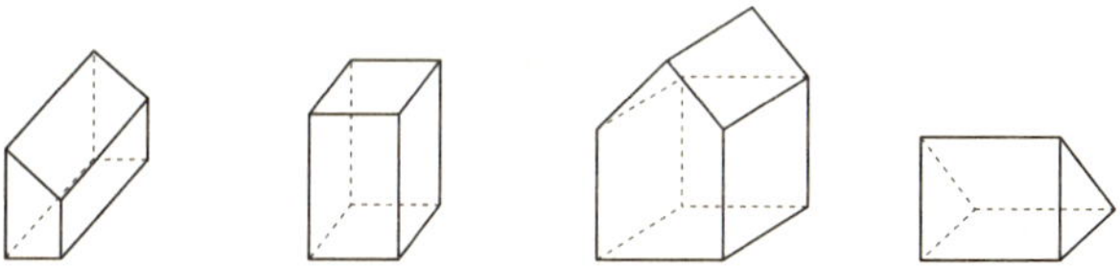

keine Lösung

a b c d e

11	Wie sieht die Abwicklung dieser abgeschnittenen Pyramide aus?

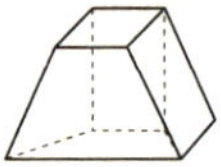

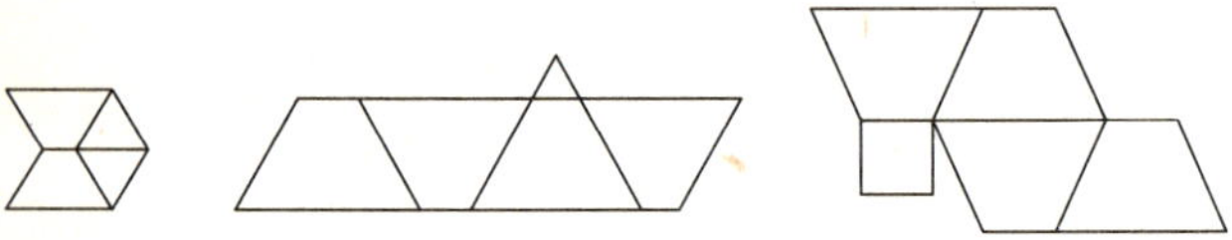

keine Lösung

☐ a ☐ b ☐ c ☐ d

12	Wie sieht die Abwicklung des abgebildeten Briefkastens aus?

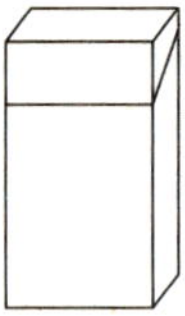

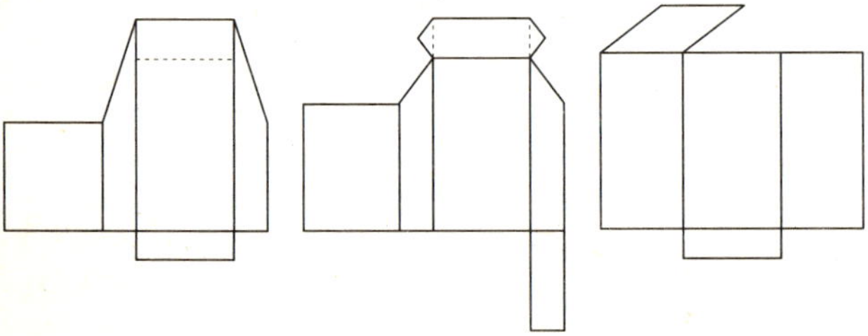

keine Lösung

☐ a ☐ b ☐ c ☐ d

13	Wie sieht die Abwicklung eines Gefäßes mit einem Rand aus?

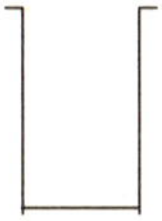

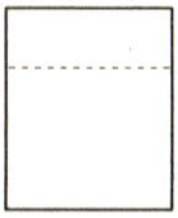

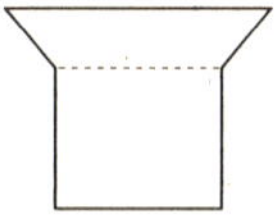

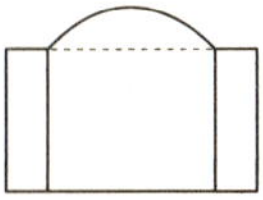

keine Lösung

☐ a ☐ b ☐ c ☐ d ☐ e

14	Welche Schachtel ergibt sich, wenn man die folgende Abwicklung zusammenfaltet und klebt?

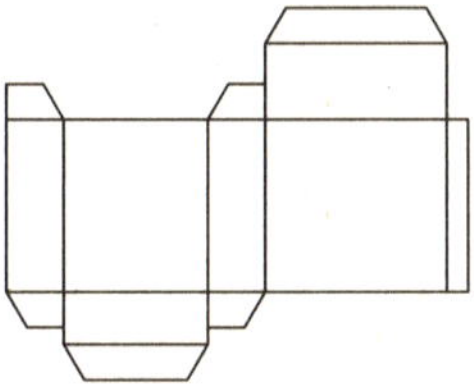

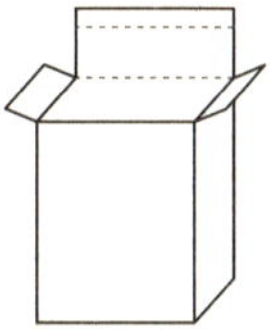

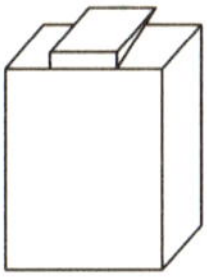

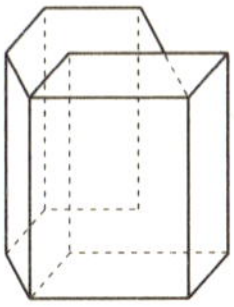

keine Lösung

☐ a ☐ b ☐ c ☐ d

15	Welcher Körper ergibt sich bei folgender Abwicklung?

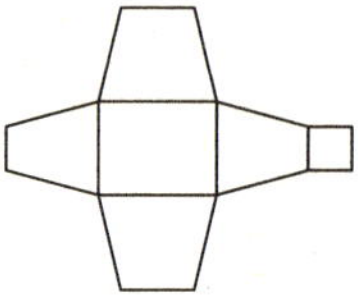

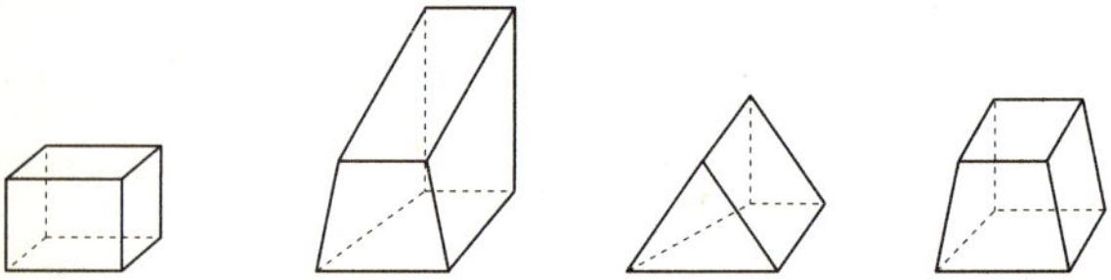

a | b | c | d | keine Lösung e

16	Wickeln Sie diese oben und unten offene Figur richtig ab!

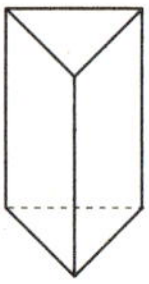

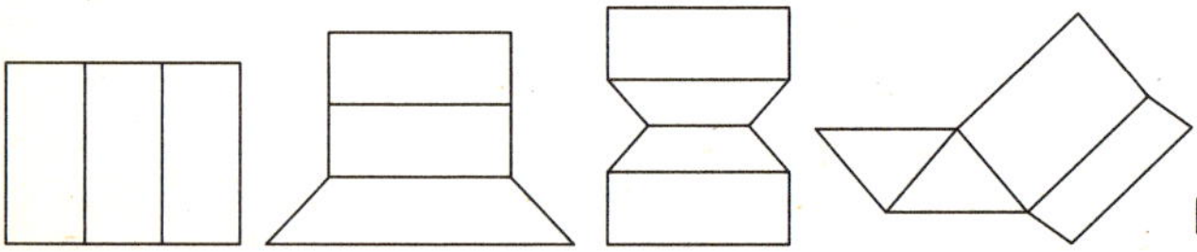

a | b | c | d | keine Lösung e

17	Ein Brotkasten hat folgendes Profil: Welche Abwicklung ergibt sich?

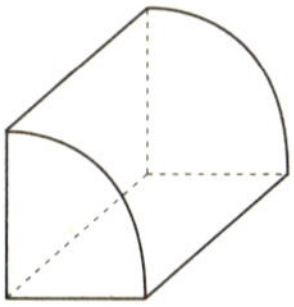

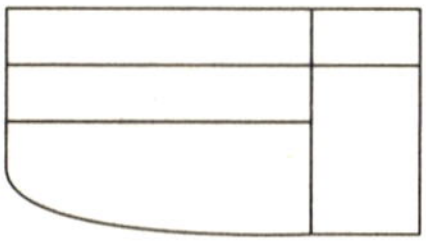

☐ a

☐ b

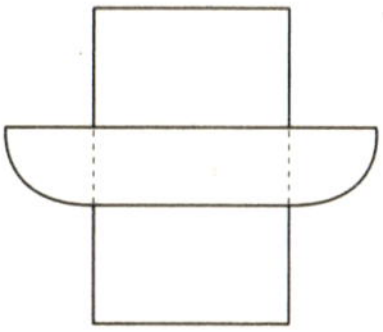

☐ c

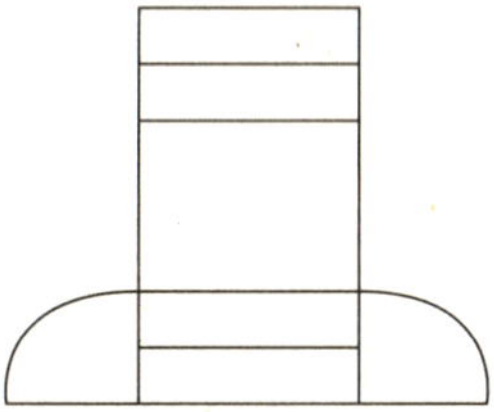

☐ d

keine Lösung

☐ e

18 Welche Abwicklung entspricht dieser Figur?

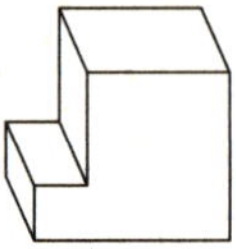

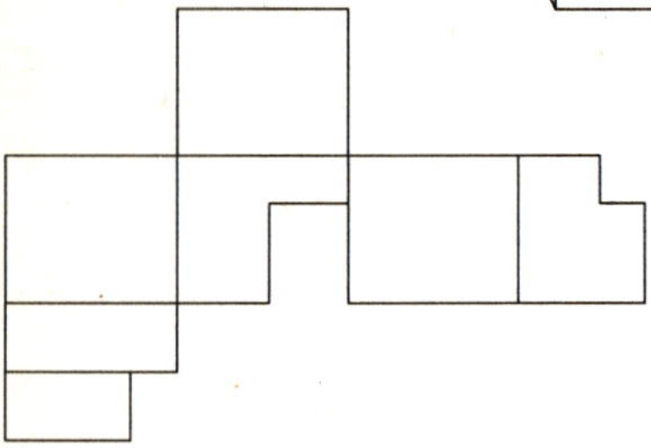

a

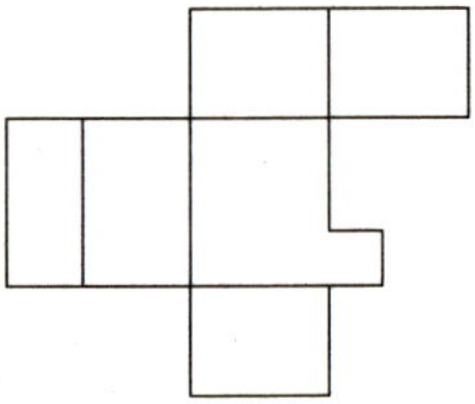

b

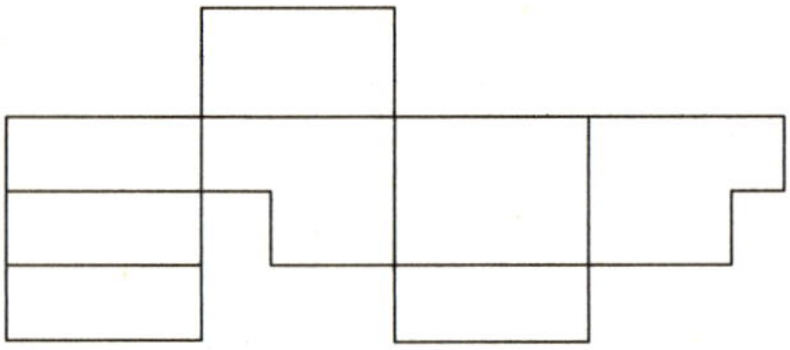

c

keine Lösung

d

19	Durch welche Abwicklung wird das folgende oben und unten offene Profil dargestellt?

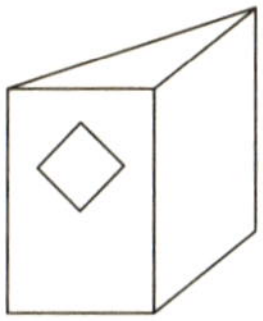

a

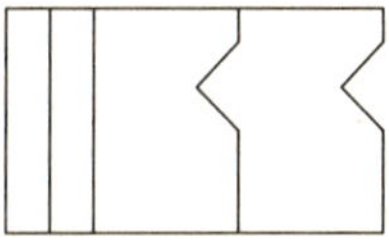

b

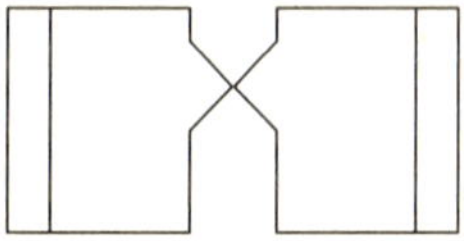

c

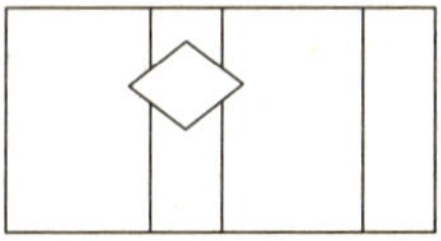

d

keine Lösung

e

20	Welche Abwicklung ist die richtige, um folgenden Körper zu konstruieren?

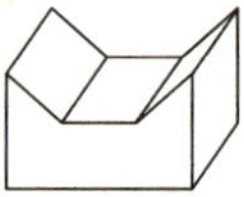

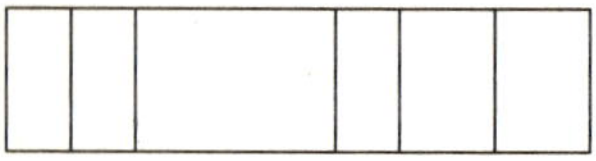

☐ a

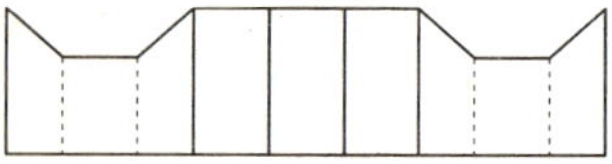

☐ b

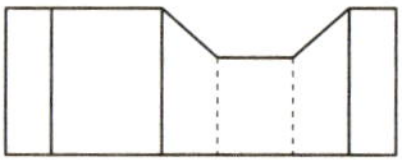

☐ c

keine Lösung

☐ d

Die Lösungen zu den Aufgaben 1–20 (Figuren abwickeln) siehe S. 453.

Räumliches Vorstellungsvermögen	*Würfelaufgaben*

Bearbeitungshinweis:
In diesen Aufgaben wird Ihr räumliches Vorstellungsvermögen gefordert. Ein Musterwürfel wird verdreht. Sie haben die Aufgabe, möglichst schnell die neue, richtige Würfelstellung herauszufinden.

Unter den angebotenen Lösungen können sich auch Würfel befinden, die mit dem Original nicht übereinstimmen. Dies kann durch unterschiedlich oder fehlerhaft angeordnete Symbole bedingt sein.

Im ersten Lösungsschritt sollten Sie versuchen, die Würfel auszusondern, bei denen Symbole auftreten, die der Ursprungswürfel nicht hat.

Beispiel:

Musterwürfel

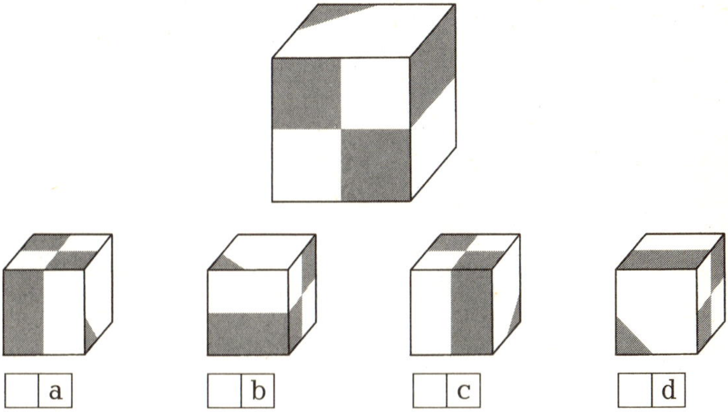

Erklärung:
Richtig ist die Lösung *d*. Der Würfel wurde zweimal gedreht.

In a, b, c stimmen entweder die Seiten grundsätzlich nicht oder die Aufteilung der einzelnen Würfelseiten mit den jeweiligen Symbolen ist nicht richtig.

Im Falle von b und c lässt sich dies bspw. daran erkennen, dass hier jeweils zwei schraffierte Würfelseiten an der Kante aneinander stoßen. Dies ist im Musterwürfel nicht der Fall.

Beginnen Sie jetzt mit der Bearbeitung der Testaufgaben. Ihre Vorgabezeit beträgt 4 Minuten!

1

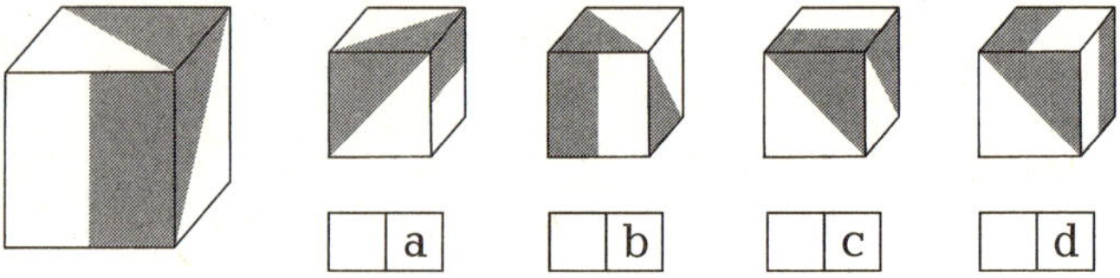

2

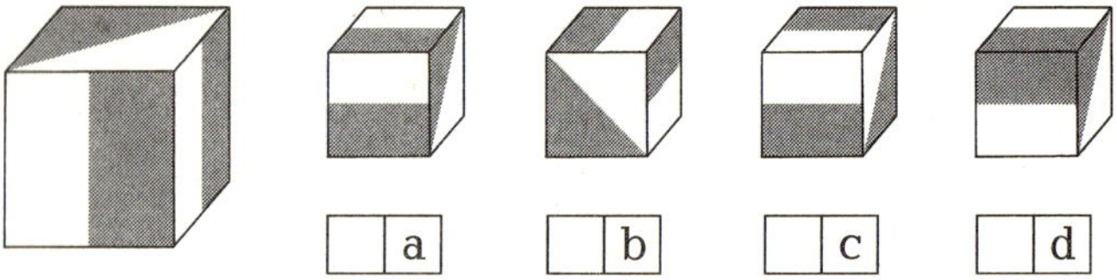

3

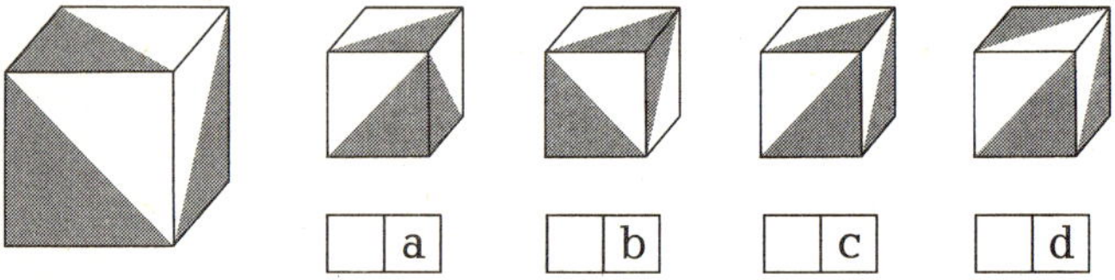

4

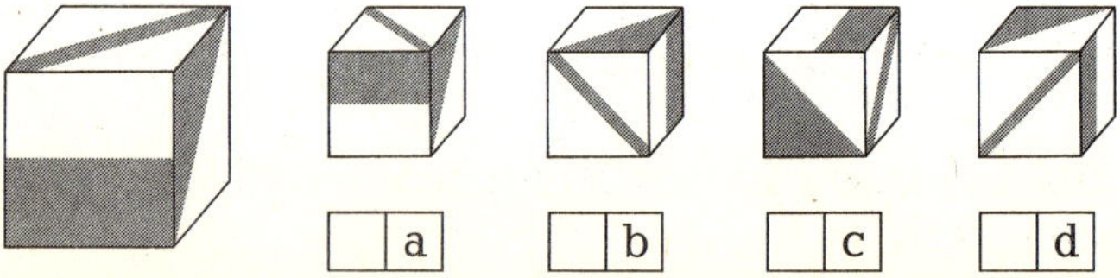

5

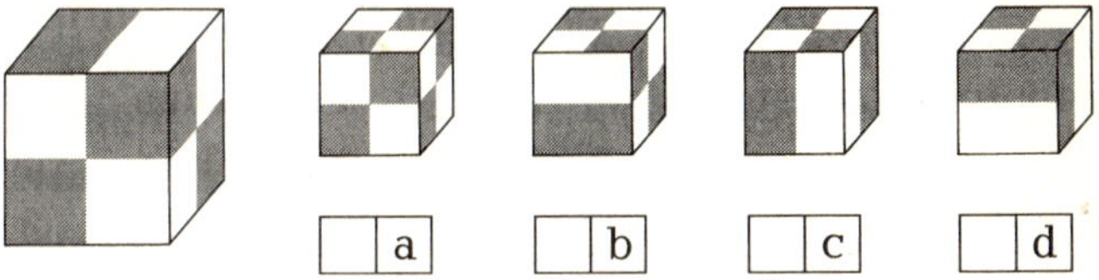

6

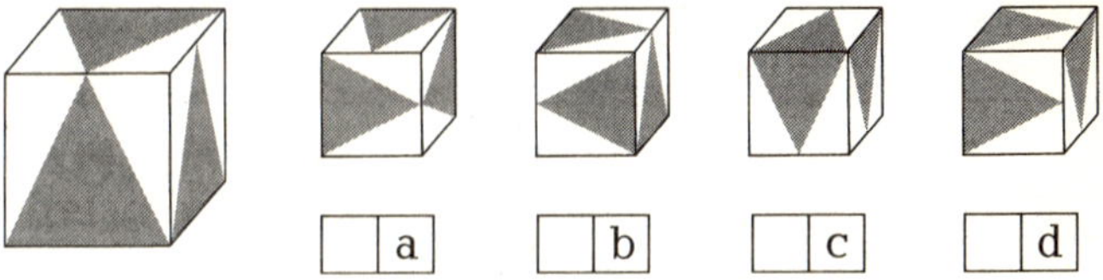

7

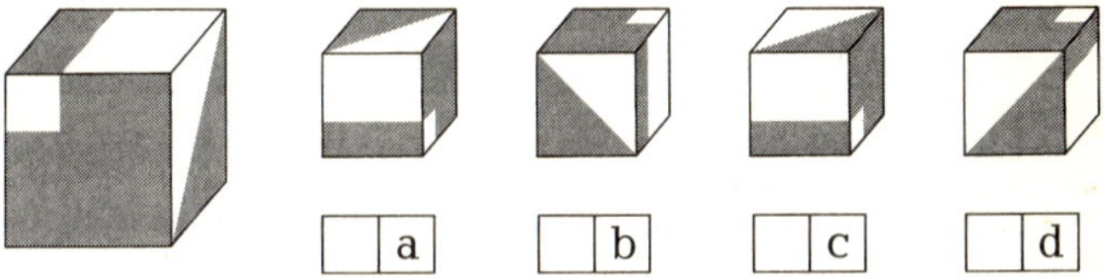

8

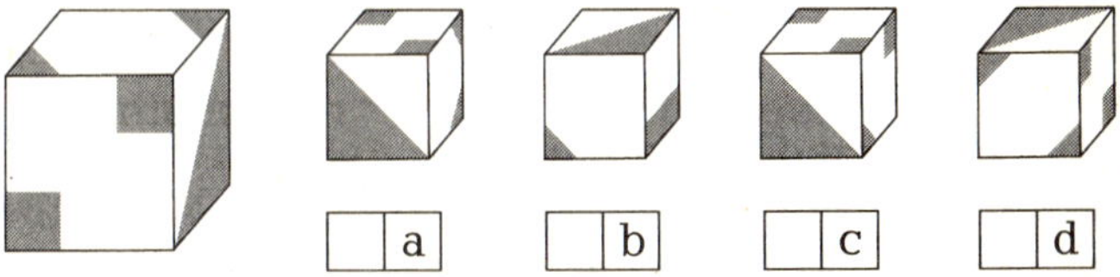

Die Lösungen zu den Aufgaben 1–8 (Würfelaufgaben) siehe S. 453.

Technische Vorgänge

Bei Einstellungstests werden neben Fragen aus dem allgemeinen Wissensbereich auch Aufgaben aus speziellen Themengebieten gestellt. Dazu gehört ohne Zweifel die Aufgabengruppe »Technische Vorgänge«.

Aufgaben dieser Art kommen überwiegend bei Bewerbungen im gewerblich-technischen Berufsfeld zum Einsatz, d.h. bei Ausbildungsberufen, in deren Mittelpunkt die Beschäftigung oder Arbeit mit technischen Geräten, Maschinen und Werkzeugen steht. Dies gilt im Übrigen nicht nur für Ausbildungsplatzbewerber, sondern für jeden Arbeitsuchenden im technischen Bereich.

Es kann allerdings auch vorkommen, dass ein künftiger Arbeitgeber oder Ausbilder daran interessiert ist, auch die Neigungen und Schwerpunkte zu erkennen, die Sie über Ihre angestrebte Tätigkeit hinaus besitzen. So werden in der Praxis häufig Testreihen zusammengestellt, die alle Aufgabentypen umfassen, ganz gleich, um welchen Beruf es sich jeweils handelt.

Die Testreihe »Technische Vorgänge« verlangt von Ihnen das Erfassen und möglichst schnelle Umsetzen von mechanischen, technischen und physikalischen Vorgängen. Allgemeine Vorkenntnisse aus dem Bereich der Physik oder Erfahrungen mit Bastler- oder Hobbyarbeiten können zweifellos von großem Nutzen sein.

Bei der Vielfalt der möglichen Aufgabenstellungen ist es nicht möglich, Ihnen Musterlösungen zum Auswendiglernen für immer wiederkehrende Standardfragen zu geben. Mit den folgenden Beispielaufgaben erhalten Sie aber einen Querschnitt durch den Anforderungskatalog.

➡ TIPP: Sollte Ihnen die Bearbeitung der Aufgaben schwer gefallen sein, beschreiten Sie einen (zunächst sehr ungewöhnlichen) neuen Weg: Formulieren Sie die Aufgabenstellungen etwas um und versuchen Sie dann, die neuen Lösungen herauszufinden. So werden Sie plötzlich zum Aufgabensteller, der seine »Musterlösung« jeweils zu begründen hat. Der Vorteil ist, dass Sie sich auf diesem Wege noch stärker mit dem Aufgabentyp auseinander setzen.

Bearbeitungshinweis:
Die Anwendung Ihres physikalisch-technischen Wissens steht im Vordergrund der folgenden Aufgaben. Dabei geht es nicht immer um die Erinnerung an möglichst viele konkrete Einzelheiten dieses Lernbereiches, sondern vielmehr um das grundsätzliche Verständnis.

Die Aufgaben können aus den unterschiedlichsten Teilbereichen kommen. Häufig sind sie mit Situationen aus dem praktischen Alltag verknüpft.

Beispiel:
Welche Aussage zu folgender Darstellung eines Bewegungssystems stimmt?

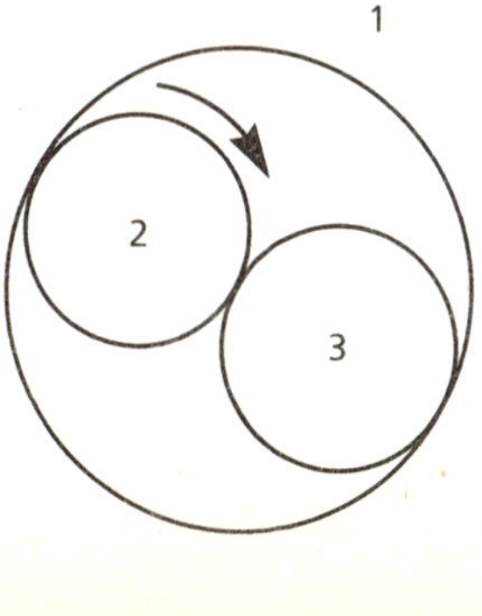

[ ] a Nr. 3 dreht in folgender Richtung: 

[ ] b Nr. 1 dreht in folgender Richtung: 

[ ] c Nr. 1 dreht in folgender Richtung: 

[x] d Modell funktioniert nicht.

Erklärung:
Sie müssen als richtige Lösung Nr. *d* ankreuzen. Das gezeigte Bewegungsmodell funktioniert deshalb nicht, weil die Bewegungsabläufe entgegengesetzt sind. Die beiden »Innenläufer« 2 und 3 versuchen, das Außenrad 1 jeweils entgegengesetzt anzutreiben!

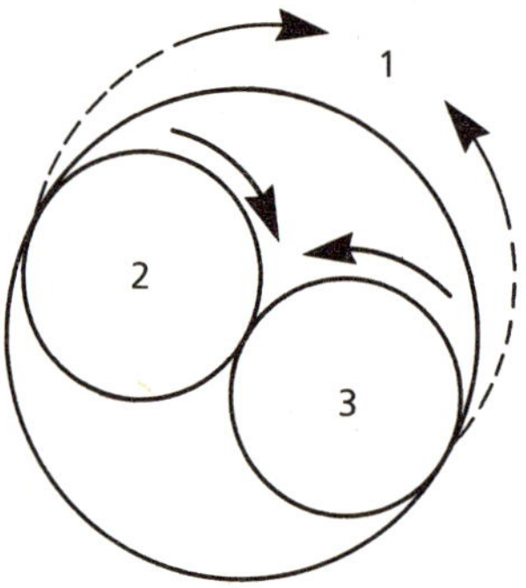

Beginnen Sie jetzt mit der Bearbeitung der Testaufgaben. Sie haben zur Lösung 4 Minuten Zeit!

1	Sie wollen eine ausgehobene Baugrube abdecken. Ihnen stehen mehrere Holzbalken zur Verfügung. Welches Profil hat die höchste Tragfähigkeit?

☐ a

☐ b

☐ c

☐ d

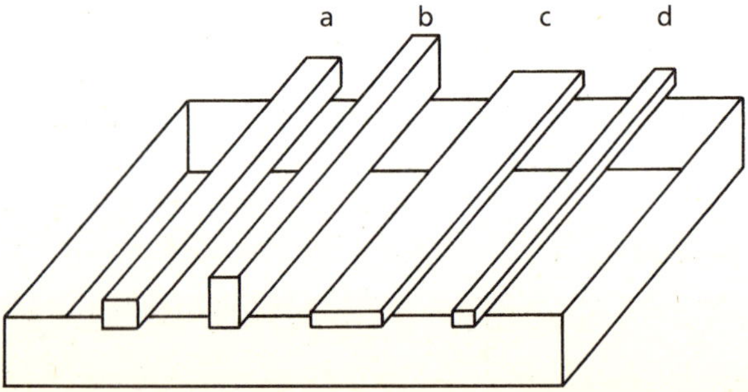

2	Ein Dachdecker stellt eine Leiter an eine Dachrinne. Der Untergrund ist glatter Beton. Welcher Leiterfuß ist am geeignetsten?

☐ a  Metallspitze

☐ b  flacher Holzfuß

☐ c  Gummikappe

☐ d  Gummispitze

3	Bei welcher der folgenden gezeigten Leiterstellungen ist die Gefahr des Leiterbruches am größten?

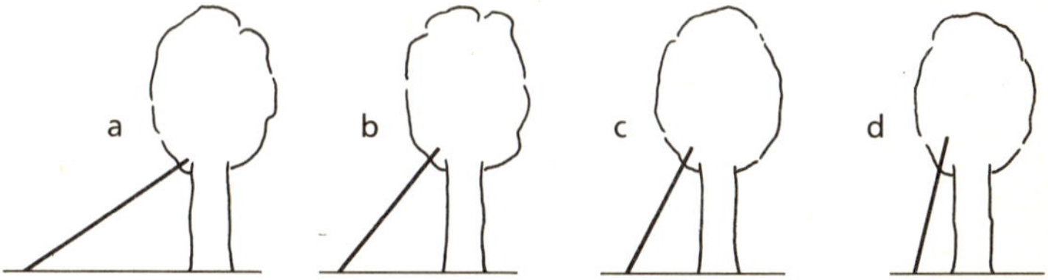

☐ a ☐ b ☐ c ☐ d

4	Bei welcher der folgenden Kombinationen von Windrichtung und Ruderstellung fährt das Boot geradeaus?

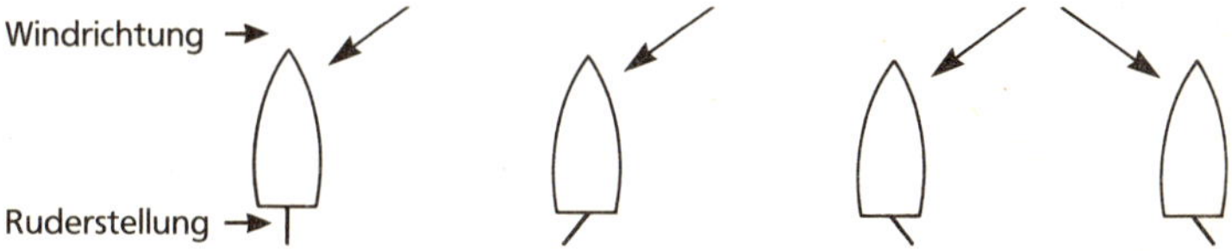

☐ a ☐ b ☐ c ☐ d

5 Welche Lichtreflexion durch einen Spiegel wird richtig dargestellt?

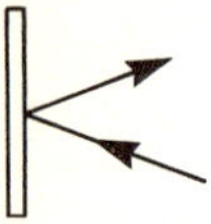
☐ a

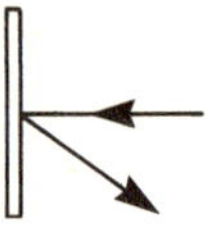
☐ b

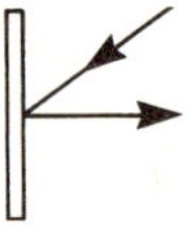
☐ c

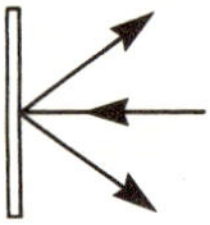
☐ d

6 Sie wollen eine recht fest sitzende Schraube lösen. Es handelt sich um eine Sechskantschraube. Welches der folgenden Werkzeuge ist am besten geeignet?

☐ a 
Schraubenzieher

☐ c 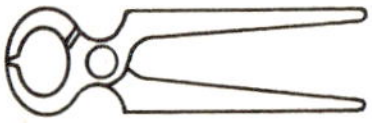
Zange

☐ b 
Maulschlüssel

☐ d 
Ringschlüssel

7 Mit Hilfe eines Hebels soll ein Felsblock bewegt werden. Bei welcher Anordnung ist die Kraftanstrengung am geringsten?

☐ a 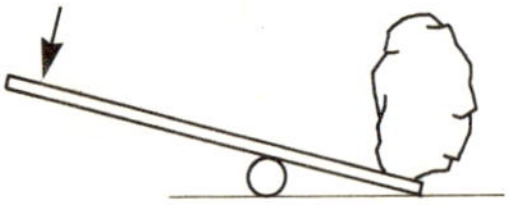

☐ c 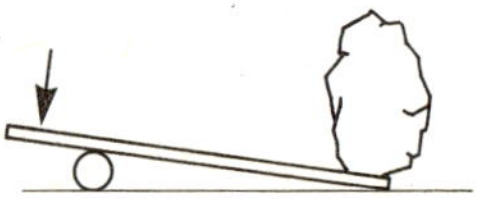

☐ b 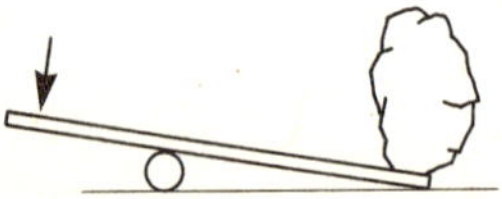

☐ d 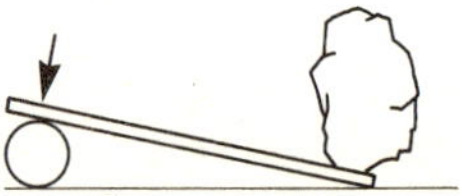

8	Welche Zahnräder drehen sich in der gleichen Richtung wie das Antriebsrad?

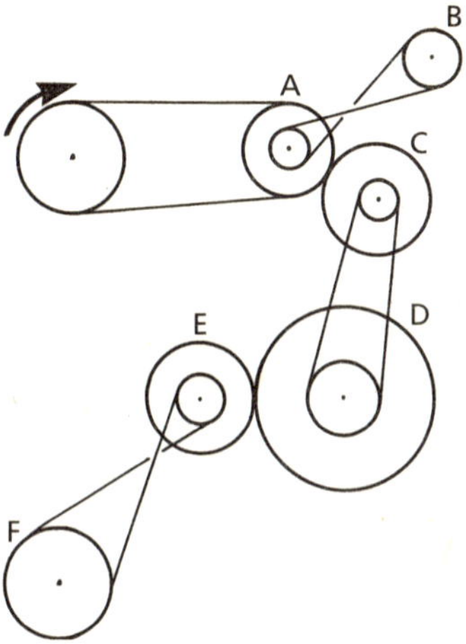

- [ ] a B – C – E
- [ ] b A – E
- [ ] c A – C – D
- [ ] d C – F
- [ ] e A – E – F

9	Bei welcher Kombination dreht sich das angetriebene Rad am schnellsten?

- [ ] a

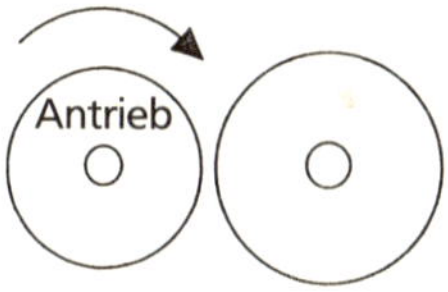

- [ ] c

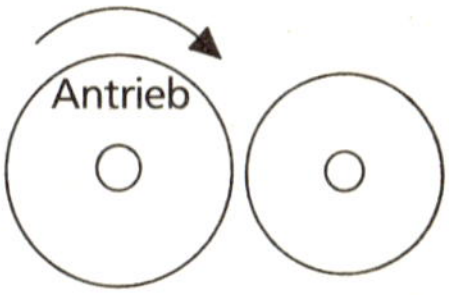

- [ ] b

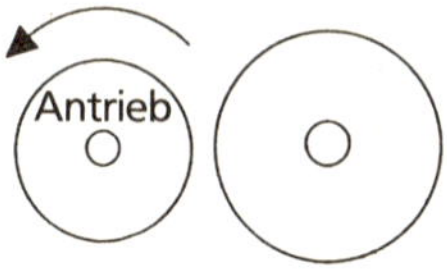

- [ ] d

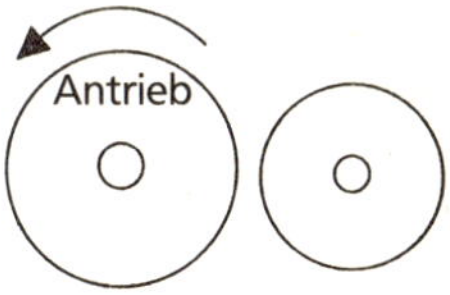

10	Welche Kombination treibt das letzte Rad mit der geringsten Geschwindigkeit an?

☐ a

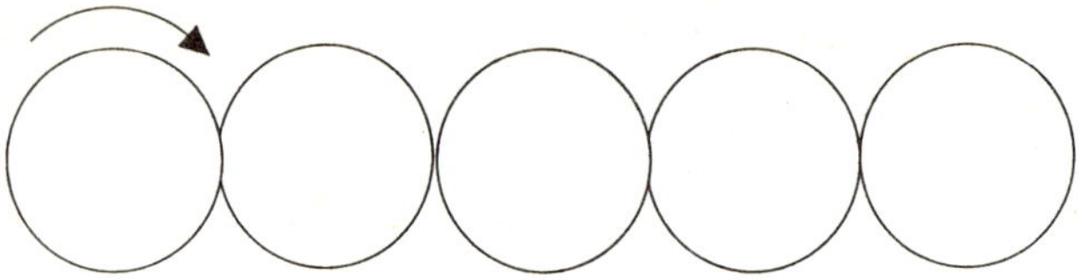

☐ b

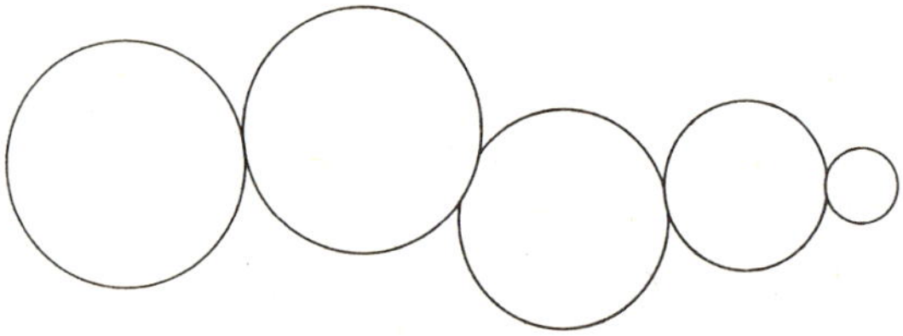

☐ c

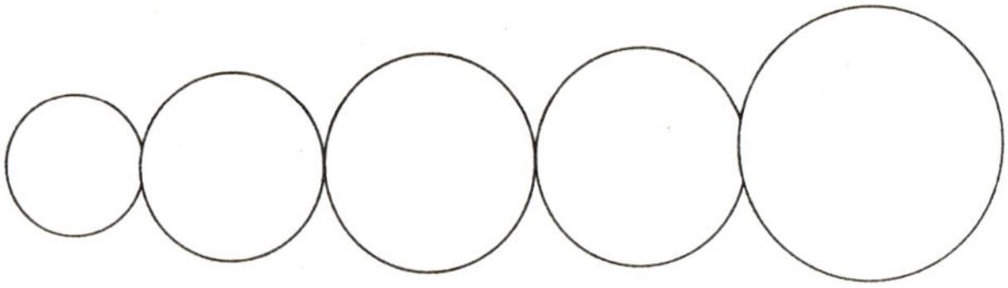

☐ d

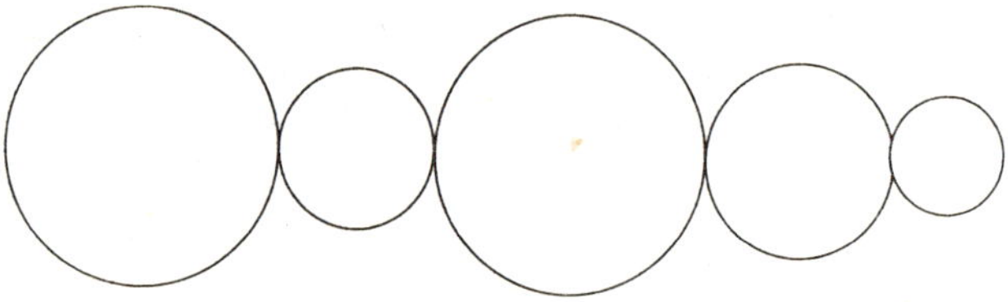

11	Welcher der abgebildeten Körper kippt am leichtesten um?

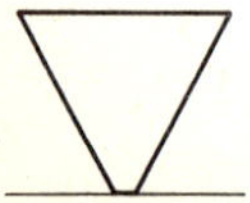

☐ a

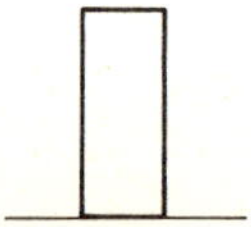

☐ b

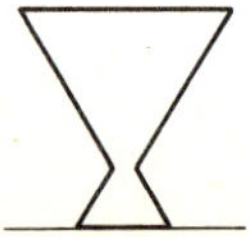

☐ c

☐ d

12	Ein Radfahrer möchte bei einer bestimmten Geschwindigkeit möglichst wenig strampeln. Welche Kombination von vorderem und hinterem Zahnkranz am Fahrrad ermöglicht dieses am ehesten?

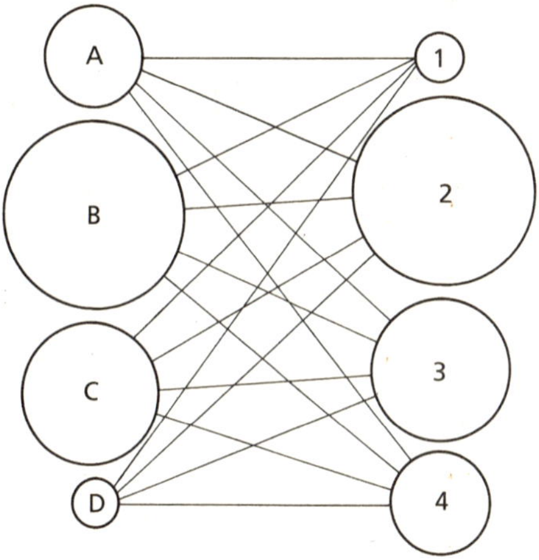

- [ ] a D – 2
- [ ] b D – 1
- [ ] c B – 1
- [ ] d A – 4
- [ ] e B – 2

13	An welcher Stelle ist das Fallrohr einer Dachrinne falsch ineinander gesteckt?

- [ ] a
- [ ] b
- [ ] c
- [ ] d

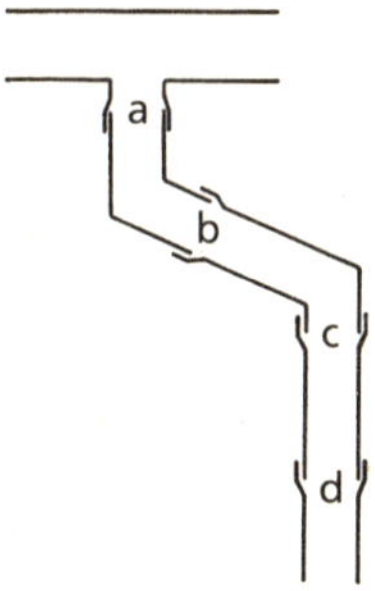

14	Welcher der folgenden Geruchsverschlüsse funktioniert?

a
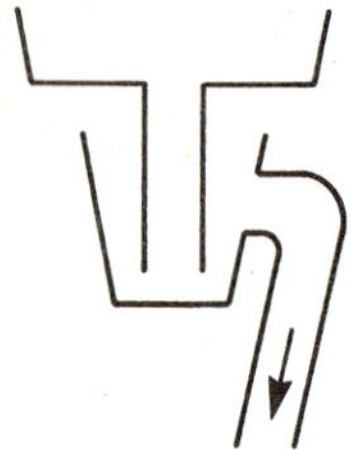

c
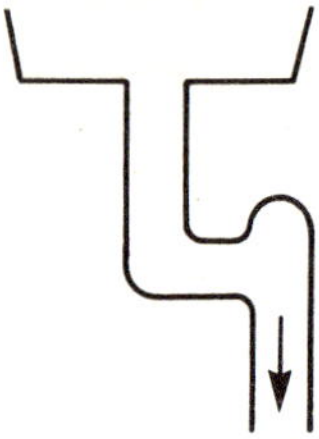

b
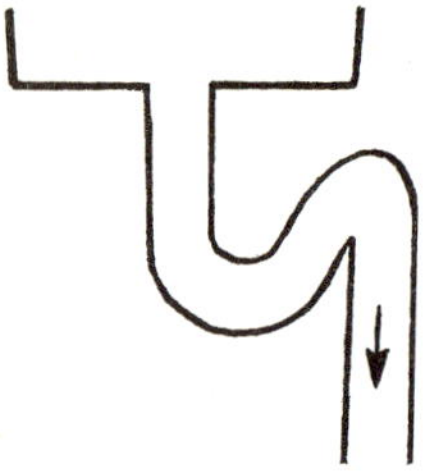

d
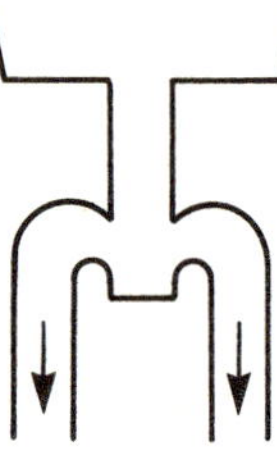

15	Welche Aussage ist zu folgender Abbildung richtig?

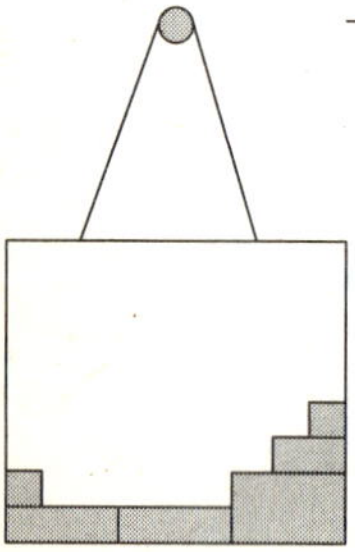

a Der Aufzug dreht sich unten nach links.

b Der Aufzug bleibt im Gleichgewicht gerade hängen.

c Der Aufzug dreht sich unten nach rechts.

d Der Aufzug kann sich nicht drehen.

16	Wie bewegt sich das Gewicht, wenn das Antriebsrad im Uhrzeigersinn dreht?

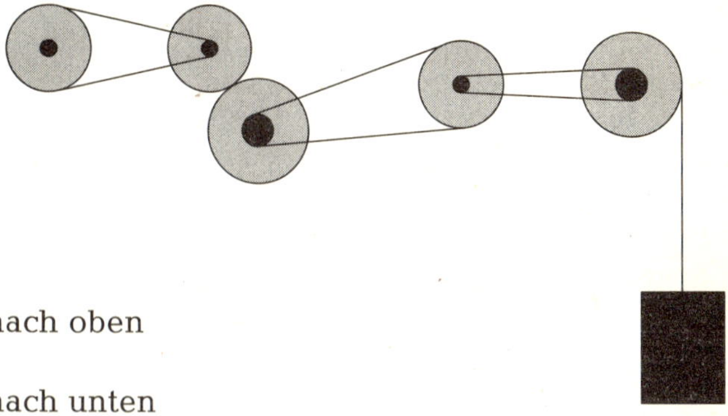

[ ] a nach oben

[ ] b nach unten

[ ] c System blockiert sich selbst, deshalb keine Bewegung.

Die Lösungen zu den Aufgaben 1–16 (Technische Vorgänge) siehe S. 454.

Konzentrationsfähigkeit – Belastbarkeit – Ausdauer

Ihr zukünftiger Arbeitgeber/Ausbilder will neben den intellektuellen Fähigkeiten des Bewerbers über dessen voraussichtliches Arbeitsverhalten Kenntnis erlangen. Hierzu will er mit Tests Ihre Konzentrationsfähigkeit und Belastbarkeit sowie Ihre Ausdauer im Arbeitsprozess kennen lernen.

Keine Frage, dass Sie versuchen, sich in einem Eignungstest optimal zu konzentrieren. Dies kann Ihnen jedoch unter der erhöhten Stresssituation besonders schwer fallen. Vor allem, da der Druck, eine optimale Leistung zu bringen, besonders groß ist und durch den Zeitdruck dieser Tests in der Regel noch verstärkt wird.

Es gibt kein Patentrezept gegen Stress und Prüfungsangst; dennoch wird es Ihnen helfen, wenn Sie wissen, was auf Sie zukommen kann und wenn Sie ähnliche Aufgaben schon einmal geübt haben.

Konzentrationsfähigkeit – Belastbarkeit – Ausdauer	*Durchstreich-Nervenprobe*

Bearbeitungshinweis:
Nachstehend finden Sie eine große Menge der Buchstaben »m« und »n«. Ihre Aufgabe ist es, nur die »m«, die zwei Querstriche haben, durchzustreichen. Die Striche können sich über oder unter dem »m« befinden. Möglich ist auch, dass ein Strich über und einer unter dem »m« steht.

Ziel dieser Übung ist die Überprüfung Ihrer Konzentration und Ihrer Belastbarkeit. Dabei kommt es sowohl auf Arbeitsgeschwindigkeit als auch auf Arbeitsgenauigkeit an.

Beispiel:

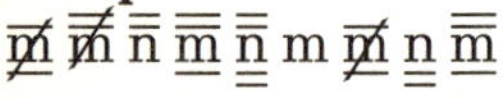

Erklärung:
Nur der Buchstabe »m«, der zwei Querstriche hat, wurde durchgestrichen. Alle anderen »m« dürfen nicht durchgestrichen werden. Dies gilt auch für den Buchstaben n, unabhängig von der Anzahl der Querstriche.

➡ **TIPP:** Konzentrationstests arbeiten häufig mit Buchstaben und Zahlen, die man bei schnellerem Lesen schlecht auseinander halten kann. Besonders nach längerer konzentrierter Arbeit kann es passieren, dass die wenigen Unterscheidungsmerkmale der verwendeten Zeichen vor dem Auge verschwimmen. Schauen Sie dann ein paar Sekunden in eine andere Richtung oder schließen Sie die Augen für einen Moment. Denken Sie auch daran, dass nicht die Sauberkeit der Arbeit bewertet wird. Wählen Sie deshalb die für Sie schnellste Art und Weise, die auszuwählenden Zeichen durchzustreichen. Legen Sie ein Blatt jeweils unter die zu bearbeitende Reihe!
Lesen Sie zuerst nur jeweils die Buchstaben. Erst wenn Sie bei einem zu suchenden Buchstaben angelangt sind – in unserer Übung ein »m« –, überprüfen Sie die Anzahl der Striche.
Um ein Zeitgefühl zu erlangen, lassen Sie am besten einen anderen stoppen und jeweils nach 8 Sekunden »stopp« sagen. Sie können sich leicht ähnliche Aufgaben selbst konstruieren.

Ihre Vorgabezeit pro Zeile beträgt 10 Sekunden. Ist diese Zeit vorbei, beginnen Sie bitte mit der nächsten Zeile usw.

Bei dieser Übung ist es sinnvoll, eine Hilfsperson zu haben, welche die Zeit stoppt.

1 m n m n n n m m n n m n n n m m n n m m n

2 n n m n n n n n n m n m m n m m m m n m m n m n

3 m m m n n n n n m m n m m n n m m m m m m

4 m n m n n m m n m m m n m m m n m n m n

5 m n m n m m m n n m m n n n m n m n m m

6 n m n m m m n m n m m n n m n m n m n m n

7 n m m n n n m m m n m n n m m n m m m m n

8 m n m n m n m m m n n m m m n n n m m m m n

9 m n m n m n n n m m n n m n m m n n m m m n m

10 m m m n m n n n m n n m m m m n m n m n n n

11 m n m n m m n n m m m m n m m n m m n m m n

12 m n m n n m m n m n m m n n m m m n n n m n m

13 m n n m n m m m m n m m n m m n m m m n m m

14 m m n m m n m m n n m n n n m m n m n n m n

15 m m m m n m m n m m n m m m n m m n m m n n

16 m n n m n n m m n m n m n m m n m m n m m m m

17 m m n m m n m m n m m n m n m m m n m n n m m

18 n n m m n m n n n m m n n m n m m n m n m

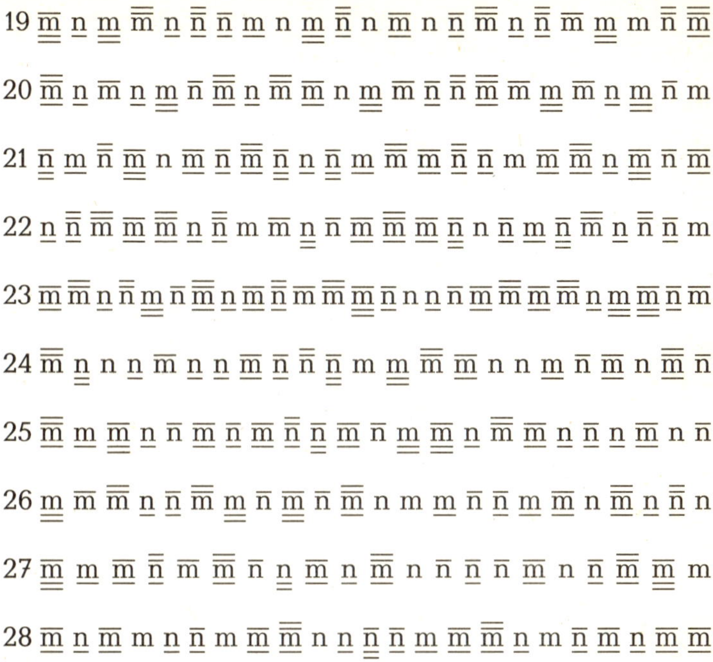

Die Lösung zur Aufgabe (Durchstreich-Nervenprobe) *siehe S. 454f.*

Konzentrationsfähigkeit – Belastbarkeit – Ausdauer	*Rechen-Konzentrationstest*

Hier sollen Ihnen drei Testvarianten vorgestellt werden, die das Ziel haben, Ihre Konzentration und Ausdauer unter erhöhter Belastbarkeit zu prüfen.

Typ A: Addieren von Zahlenreihen

Bearbeitungshinweis:
Nachfolgend finden Sie 32 Zahlenreihen, die Sie jeweils addieren sollen.

Das jeweilige Ergebnis schreiben Sie rechts neben die Reihe. Die Endziffer dieses Ergebnisses ist in der Zahlenreihe von rechts nach links zu suchen und durchzustreichen (in unserem Beispiel die 4). Sind mehrere dieser Endziffern vorhanden, so wird nur die am weitesten rechts stehende durchgestrichen.

Ist keine dieser Ziffern in der Reihe vorhanden, schreiben Sie nur das Ergebnis hin.

Beispiel:
2 0 3 7 4 1 5 ~~4~~ 8 = 34

Erklärung:
Die Summe aller Zahlen beträgt 34, die letzte Ziffer ist also die 4. Da sie zweimal in der Reihe vorhanden ist, wird nur die rechte 4 durchgestrichen.

Sie sollen zwar so schnell wie möglich rechnen, doch Fehler auf Grund zu großer Eile bringen Ihnen keine Punkte und rauben Ihnen kostbare Zeit.

Fassen Sie gedanklich möglichst mehrere kleine Zahlen zu einer größeren zusammen und addieren Sie diese, dann gewinnen Sie kostbare Zeit.

Z.B.: 3 2 4 9 2 4 5 7 3 = 39

$$\underbrace{\underbrace{3\ 2\ 4}_{9} + 9}_{18} + 2 + 9 + 10 = 39$$

Wenn in einer Reihe alle Ziffern von 1–9 (je einmal) vorhanden sind, ergibt dies 45; merken Sie sich dieses Ergebnis.

Im Einstellungstest können Ihnen ca. 400 solcher Zahlenreihen vorgelegt werden. Sie haben hierfür ca. 40 Minuten Zeit. Alle Aufgaben werden Sie in dieser Zeit nicht schaffen können. Mit etwas Übung können Sie jedoch Ihre Leistung steigern. Bilden Sie sich daher selbst weitere Zahlenreihen (Zeit: pro Reihe 6 Sek.).

Lösen Sie jetzt die folgenden Aufgaben; Zeitvorgabe: 3 Min., 12 Sek.

1	5 2 4 1 3 9 8 7 0		**11**	7 6 7 5 8 9 7 1 2	
2	1 4 9 3 2 8 5 2 1		**12**	6 3 1 2 4 5 7 8 9	
3	2 5 4 4 1 7 7 4 0		**13**	0 5 3 6 7 8 9 1 2	
4	3 6 9 5 2 8 7 1 2		**14**	3 5 5 4 8 2 2 1 9	
5	1 2 4 8 9 3 5 6 1		**15**	8 6 7 7 5 4 2 1 9	
6	6 5 2 1 9 3 8 7 4		**16**	4 5 6 4 6 5 2 1 3	
7	9 8 6 5 4 3 2 1 1		**17**	5 8 7 6 4 3 9 1 0	
8	7 4 6 5 7 3 1 2 0		**18**	8 7 8 6 5 6 4 1 3	
9	3 2 4 5 6 1 9 8 7		**19**	4 2 3 5 8 7 3 2 8	
10	5 4 3 4 5 3 2 1 2		**20**	4 3 1 2 5 6 4 8 2	

21	7 8 9 4 0 3 6 8 1	
22	6 1 8 7 5 0 4 3 2	
23	3 8 5 4 7 6 8 0 9	
24	8 7 5 2 4 1 9 6 0	
25	3 6 9 4 5 8 1 7 2	
26	4 9 3 6 8 5 1 7 2	
27	1 2 3 4 5 6 7 8 9	
28	3 2 4 7 6 5 4 3 2	
29	1 2 3 1 2 3 1 2 8	
30	7 8 6 5 4 3 7 8 6	
31	9 8 7 6 5 4 3 2 1	
32	1 3 5 7 9 2 4 6 8	

Die Lösungen zu den Aufgaben 1–32 (Rechen-Konzentrationstest – Typ A) siehe S. 456.

Typ B: Additions-/Subtraktionsaufgaben

Bearbeitungshinweis:
Die folgenden Aufgaben bestehen jeweils aus zwei Reihen. Rechnen Sie zuerst die obere aus und merken Sie sich das Ergebnis. Danach rechnen Sie die untere Reihe aus. Auch dieses Ergebnis sollen Sie sich merken. Ist das zweite Ergebnis kleiner als das erste, ziehen Sie es vom ersten ab und notieren Sie die Differenz.

Ist das zweite jedoch größer, müssen Sie beide Ergebnisse addieren.

Sie dürfen keine Zwischenergebnisse, sondern nur das jeweilige Endergebnis notieren.

Beispiel 1:

6 + 7 – 3

2 + 5 – 4 = <u>7</u>

Erklärung 1:

Die Summe der ersten Zeile ergibt 10; diese Zahl merken Sie sich. Die Summe der zweiten Reihe ist 3, also kleiner als die der ersten Zeile. Sie subtrahieren also 10 – 3 und notieren als Ergebnis 7.

Beispiel 2:

8 – 6 + 2

9 + 3 – 7 = <u>9</u>

Erklärung 2:

Die Summe der ersten Reihe ist 4, die der zweiten 5. Da diejenige der zweiten Zeile größer ist, müssen Sie beide Zahlen addieren und notieren als Ergebnis 9.

➡ **TIPP:** Rechnen Sie schnell, aber sicher und achten Sie vor allem darauf, dass Sie nicht die Addition bzw. Subtraktion der beiden Ergebnisse verwechseln.

Wenn Sie sich die Zwischenergebnisse nur schwer merken können, zeigen Sie mit einem Finger auf eine Zahl auf dem Aufgabenblatt, die das Ergebnis der ersten Reihe darstellt oder halten Sie die Finger der Hand, falls das Ergebnis zwischen 1 und 5 liegt.

Lösen Sie jetzt die folgenden 30 Testaufgaben. Sie haben 3 Min. Zeit.

1	4 + 8 + 6	9 − 7 + 8 ___
2	3 − 5 + 4	6 + 4 − 5 ___
3	8 − 2 + 6	9 − 4 + 5 ___
4	8 − 4 + 6	7 − 6 + 7 ___
5	3 − 5 + 6	9 − 2 + 7 ___
6	9 + 4 − 7	3 − 5 + 9 ___
7	6 + 7 + 3	8 − 7 + 9 ___
8	6 + 2 − 4	4 − 6 + 9 ___
9	5 + 8 + 2	6 + 3 − 5 ___
10	2 + 7 − 8	5 + 6 − 4 ___
11	8 + 2 − 7	9 + 3 − 5 ___
12	8 − 6 + 9	7 + 3 − 1 ___
13	6 + 3 − 2	8 − 9 + 3 ___
14	1 − 4 + 8	7 − 3 + 6 ___
15	9 − 4 + 2	8 + 4 − 9 ___
16	5 + 4 − 6	7 − 8 + 5 ___
17	4 − 5 + 6	7 − 6 + 2 ___
18	9 + 2 − 8	6 − 4 + 5 ___
19	1 + 2 + 3	9 − 4 − 3 ___
20	8 − 9 + 3	7 + 5 − 8 ___
21	6 + 3 + 5	8 + 9 − 6 ___
22	5 + 4 − 1	7 + 6 − 9 ___
23	6 − 8 + 5	2 − 3 + 6 ___
24	7 − 5 + 4	3 − 4 + 9 ___
25	8 − 2 + 3	6 + 4 − 5 ___
26	10 + 2 − 7	9 − 4 + 1 ___
27	8 + 6 − 3	7 − 1 − 0 ___
28	3 + 4 + 7	8 − 7 + 6 ___
29	4 − 0 + 7	5 + 1 + 0 ___
30	6 + 5 − 3	8 − 4 + 9 ___

Die Lösungen zu den Aufgaben 1–30 (Rechen-Konzentrationstest – Typ B) siehe S. 456.

Typ C: Additions-/Subtraktionsgedächtnistest

Bearbeitungshinweis:
Bei den nachstehenden Aufgaben sollen die jeweils übereinander stehenden Zahlen miteinander verglichen werden.

Ist die Zahl größer, wird die untere von ihr abgezogen. Ist die obere Zahl kleiner, werden beide Zahlen addiert.

Gehen Sie so von links nach rechts vor, merken Sie sich die jeweiligen Zwischenergebnisse (nicht aufschreiben) und addieren diese. Lediglich dieses Endergebnis wird notiert.

Beispiel:

9	5	4	2	6	8	1	
8	3	7	8	3	4	5	37
g	g	k	k	g	g	k	

Erklärung:
Von den Zahlenpaaren, unter denen ein »g steht, ist die jeweils obere Zahl die größere. In diesem Fall wird die untere von der oberen abgezogen.

Die Zahlenpaare, unter denen ein »k« steht, müssen addiert werden, da die obere Zahl kleiner als die untere ist.

Das ergibt folgende Zwischensummen:
1 + 2 + 11 + 10 + 3 + 4 + 6 und die Gesamtsumme 37.
Diese Rechenarten erfordern höchste Konzentration und Merkfähigkeit. Arbeiten Sie daher trotz des Zeitdrucks langsam und sicher.

Für folgende 15 Aufgaben stehen Ihnen 5 Min. zur Verfügung.

1
6 8 1 3 6 7 8
5 6 2 1 4 5 9 _

2
3 6 4 3 2 1 5
1 3 2 7 4 3 2 _

3
4 5 1 3 4 6 9
5 4 2 2 7 4 8 _

4
3 5 1 7 8 9 9
5 2 3 4 5 4 7 _

5
7 8 9 6 3 2 2
4 5 7 2 5 4 1 _

6
5 4 3 5 4 8 9
2 1 4 4 7 6 3 _

7
4 5 2 8 8 9 6
6 7 3 6 7 5 8 _

8
7 3 1 8 7 3 9
3 2 3 2 4 5 6 _

9
1 1 5 7 4 9 5
2 4 6 3 2 1 7

10
5 7 8 2 6 9 4
3 6 4 7 1 7 6 _

11
9 8 7 4 3 2 5
5 6 4 5 6 4 3 _

12
8 9 1 7 8 9 3
6 1 2 6 3 4 2 _

13
7 5 3 1 5 7 9
4 8 2 4 6 5 8 _

14
6 3 4 5 7 2 8
8 2 5 7 6 4 6 _

15
9 3 1 6 7 8 7
2 4 5 5 9 1 3 _

Die Lösungen zu den Aufgaben 1–15 (Rechen-Konzentrationstest – Typ C) siehe S. 456.

Typ D: Kettenrechnen

Das geht einfach, doch Achtung: Konzentrieren Sie sich voll. Lieber etwas langsamer und nicht fertig geworden, dafür aber mehr richtig, als zu schnell und viele Aufgaben falsch.

➧ **TIPP:** Hier gilt nicht Punkt- vor Strichrechnung – wie in der Schule –, sondern einfach nacheinander rechnen.
Je Reihe 15 Sekunden.

1	$7 + 5 - 3 + 1 - 6 : 2 + 9 - 5 : 3 + 2 + 7 - 1 =$
2	$6 + 9 + 4 - 5 + 8 - 7 : 5 + 8 - 2 : 3 + 8 + 5 : 4 =$
3	$3 + 6 + 9 - 5 - 8 + 4 : 3 + 9 + 7 + 5 - 3 : 7 =$
4	$8 : 2 - 1 + 3 + 6 - 5 + 8 : 5 + 9 : 3 + 6 =$
5	$7 + 8 : 3 + 5 : 2 + 9 + 3 - 1 : 2 + 7 : 5 + 6 =$
6	$8 + 7 - 5 : 2 + 5 - 3 + 9 - 6 + 3 - 5 \cdot 8 - 4 =$
7	$6 - 3 + 2 + 5 - 4 + 7 - 6 \cdot 5 - 7 : 4 \cdot 8 =$
8	$3 + 2 + 8 + 9 - 7 : 5 + 4 \cdot 6 - 2 : 4 =$
9	$5 + 4 : 3 + 8 - 1 \cdot 6 : 5 - 2 \cdot 3 + 8 =$
10	$8 + 4 \cdot 0 + 8 - 1 + 3 : 5 + 7 : 3 \cdot 0 =$

Die Lösungen zu den Aufgaben 1–10 (Rechen-Konzentrationstest – Typ D) siehe S. 456.

Typ E: Summen korrigieren

Die Zahlen sind jeweils senkrecht und waagerecht addiert. Sie sollen nachrechnen und die falschen Zahlen durchstreichen.

Beispiel:

54	27	= ~~82~~
33	69	= 102
87	~~95~~	

Diese Summen sind falsch!

Pro Aufgabe haben Sie 10 Sekunden Zeit!

1

13	99	= 112
84	77	= 171
97	176	

2

26	88	= 104
87	59	= 146
123	147	

3

77	66	= 143
44	88	= 132
111	144	

4

89	57	= 146
63	84	= 147
152	141	

5

39	64	= 113
81	56	= 137
120	120	

6

55	87	= 152
69	21	= 90
134	118	

7

76	93	= 169
35	58	= 93
111	151	

8

23	87	= 120
69	58	= 127
92	155	

9

88	67	= 145
94	98	= 192
172	165	

10

63	86	= 149
58	44	= 92
121	130	

Die Lösungen zu den Aufgaben 1–10 (Rechen-Konzentrationstest – Typ E) siehe S. 456.

Unterschiede erkennen

In dieser Aufgabe sind zehn Reihen von je vier Grafiken vorhanden. Eine Grafik hat jeweils eine kleine Abweichung, die anderen sind jeweils völlig identisch.

Nachfolgend ein Muster. Hier ist allerdings der Unterschied etwas zu schwer zu erkennen.

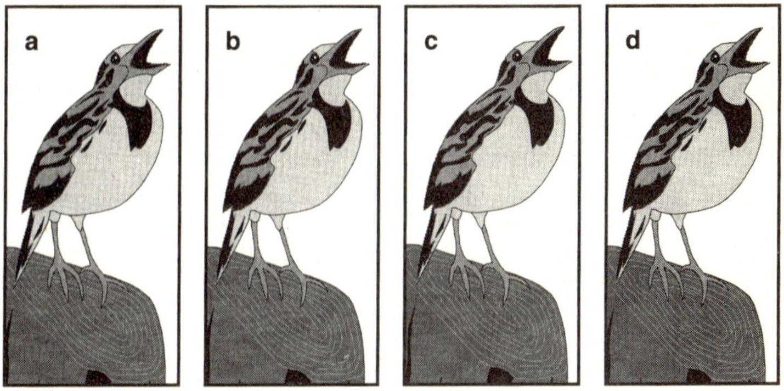

➧ **TIPP:** Konzentrieren Sie sich sehr genau auf die Details. Wenn Sie eine Abweichung in zwei Bildern gefunden haben, vergleichen Sie das dritte nur mit dieser Abweichung. Die anderen Bilder brauchen Sie somit nicht mehr zu vergleichen und können auf diese Weise Zeit sparen.
Im Test werden Sie nie alle Aufgaben lösen können. Daher versuchen Sie, die folgenden 10 Reihen so schnell wie möglich zu lösen.

Für folgende 10 Aufgaben stehen Ihnen 2 Min. zur Verfügung.

1a

1b

1c

1d

2a

2b

2c

2d

3a

3b

3c

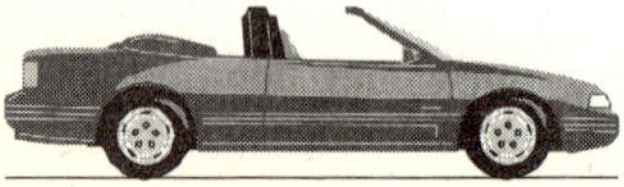

3d

4a

4b

4c

4d

5a

5b

5c

5d

6a

6b

6c

6d

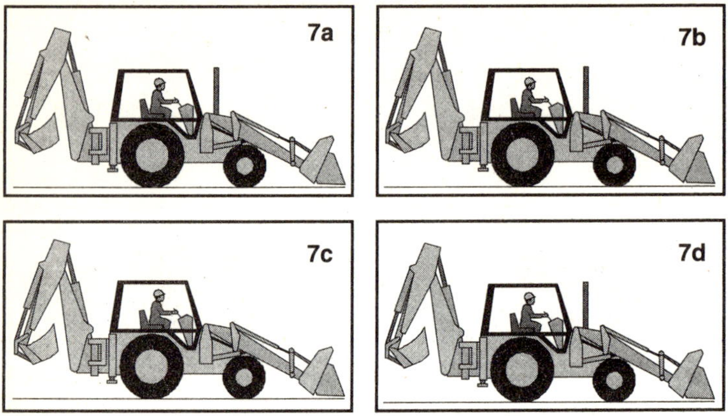
7a
7b
7c
7d

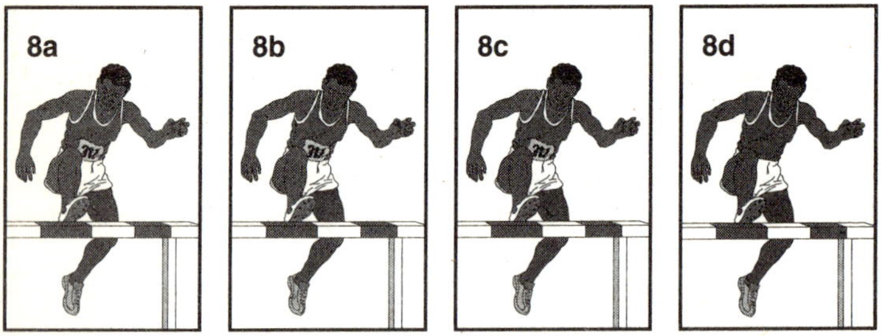
8a
8b
8c
8d

9a
9b
9c
9d

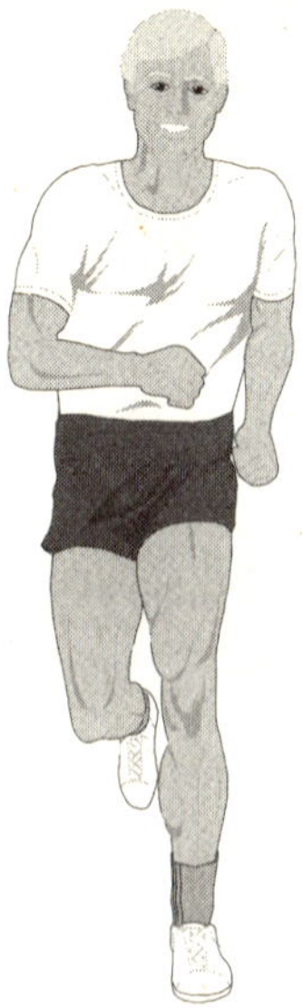

10a

10b

10c

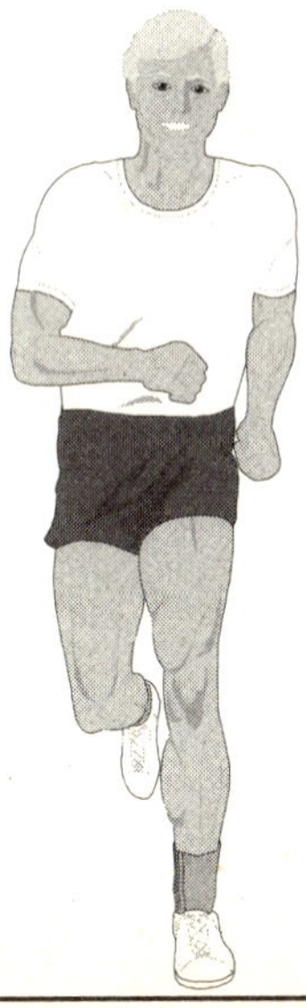

10d

Eignungs- u. Leistungstests	*Lösungen*

Lösungen: Buchstaben ordnen – Worte bilden

1 = Milch	**2** = Kino	**3** = Buch	**4** = Stein
5 = Tümpel	**6** = Matte	**7** = Narbe	**8** = Butter
9 = Kittel	**10** = Haupt	**11** = Amme	**12** = Duett
13 = Motto	**14** = Armut	**15** = Faust	**16** = Tanne
17 = Magen	**18** = Banane	**19** = Kessel	**20** = Sommer
21 = Licht	**22** = Blume	**23** = Wolle	**24** = Nacht

Lösungen: Gemeinsamkeiten finden

1 d – **2** b – **3** d – **4** c – **5** a – **6** b – **7** a – **8** a – **9** b – **10** d – **11** c – **12** c – **13** d – **14** a – **15** b – **16** c – **17** a – **18** a – **19** d – **20** c – **21** b – **22** a – **23** a – **24** d – **25** b

Lösungen: Wortpaare ergänzen

1 a – **2** b – **3** d – **4** c – **5** b – **6** a – **7** a – **8** d – **9** c – **10** b – **11** a – **12** b – **13** c – **14** d – **15** c

Lösungen: Satzergänzung

1 a – **2** c – **3** a – **4** c – **5** a – **6** d – **7** b – **8** b – **9** d – **10** c – **11** b – **12** c – **13** c – **14** d – **15** a – **16** d – **17** c – **18** b – **19** a – **20** a – **21** d – **22** c – **23** b – **24** d

Lösungen: Zahlenreihen ergänzen

1 a – **2** c – **3** b – **4** a – **5** d – **6** d – **7** b – **8** b – **9** c – **10** d – **11** a – **12** c – **13** b – **14** a – **15** d – **16** c

Lösungen: Figuren ergänzen

1 b – **2** c – **3** a – **4** d – **5** a – **6** b – **7** b – **8** d – **9** b – **10** a – **11** c – **12** d

Lösungen: Dominosteine ergänzen

1 a – **2** b – **3** e – **4** a – **5** c – **6** d – **7** c – **8** d

Lösungen: Räumliche Erinnerung

1 a – **2** d – **3** g – **4** d – **5** b – **6** c – **7** c – **8** f – **9** b – **10** f

Lösungen: Begriffliche Erinnerung

1 a – **2** b – **3** a – **4** d – **5** b – **6** a – **7** c – **8** c – **9** c – **10** c – **11** a – **12** c – **13** b – **14** d – **15** d – **16** b – **17** d

Lösungen: Mosaiken entschlüsseln

1 c – **2** b – **3** a – **4** e – **5** a – **6** d – **7** d – **8** a

Lösungen: Spiegelbilder erkennen

1 c – **2** a – **3** e – **4** c – **5** a – **6** f – **7** b – **8** b – **9** e – **10** d – **11** d – **12** f – **13** c

Lösungen: Figuren abwickeln

1 c – **2** c – **3** a – **4** b – **5** d – **6** d – **7** a – **8** b – **9** b – **10** a – **11** d – **12** b – **13** e – **14** a – **15** d – **16** a – **17** c – **18** c – **19** a – **20** a

Lösungen: Würfelaufgaben

1 a – **2** b – **3** d – **4** b – **5** b – **6** a – **7** a – **8** d

Lösungen: Technische Vorgänge

1 b – **2** c – **3** a – **4** c – **5** a – **6** d – **7** a – **8** b – **9** d – **10** c – **11** a – **12** c – **13** a – **14** b – **15** a – **16** a

Lösungen: Durchstreich-Nervenprobe

1 m n m n n n m m n n m n n n m m n n m m n

2 n n m n n n n n n m n m m n m m m m n m m n m n

3 m m m n n n n n m m n m m n n m m m m m m

4 m n m n n m m n m m m n m m m n m n m n

5 m n m n m m m n n m m n n n m n m n m m

6 n m n m m m n m n m m n n m n m n m n m n

7 n m m n n n m m m n m n n m m n m m m m n

8 m n m n m n m m m n n m m m n n n m m m m n

9 m n m n m n n n m m n n m n m m n n m m m n m

10 m m m n m n n n m n n m m m m n m n m n n n

11 m n m n m m n n m m m m n m m n m m n m m n

12 m n m n n m m n m n m m n n m m m n n n m n m

13 m n n m n m m m m n m m n m m n m m m n m m

14 m m n m m n m m n n m n n n m m n m n n m n

15 m m m m n m m n m m n m m m n m m n m m n n

16 m n n m n n m m n m n m n m m n m m n m m m m

17 m m n m m n m m n m m n m n m m m n m n n m m

18 n n m m n m n n n m m n n m n m m n m n m

19 m n m m n n n m n m n n m n n m n n m m m n m

20 m n m n m n m n m m n m m n n m m m m n m n m

21 n m n m n m n m n n n m m m n n m m m n m n m

22 n n m m m n n m m n n m m m n n n m n m n n n m

23 m m n n m n m n m n m m m n n n n m m m m n m m n m

24 m n n n m n n m n n n m m m m n n m n m n m n

25 m m m n n m n m n n m n m m n m m n n n m n n

26 m m m n n m m n m n m n m m n n m m n m n n n

27 m m m n m m n n m n m n n n n m n n m m m

28 m n m m n n m m m n n n n m m m n m n m n m m

Lösungen: Rechen-Konzentrationstest

Typ A: Addieren von Zahlenreihen

1/39 - **2**/35 - **3**/34 - **4**/43 - **5**/39 - **6**/45 - **7**/39 - **8**/35 - **9**/45 - **10**/29 - **11**/52 - **12**/45 - **13**/41 - **14**/39 - **15**/49 - **16**/36 - **17**/43 - **18**/48 - **19**/42 - **20**/35 - **21**/46 - **22**/36 - **23**/50 - **24**/42 - **25**/45 - **26**/45 - **27**/45 - **28**/36 - **29**/23 - **30**/54 - **31**/45 - **32**/45

Jeweils die letzte Ziffer der Summe von rechts in der Aufgabenseite streichen.

Typ B: Additions-/Subtraktionsaufgaben

1/8 - **2**/7 - **3**/2 - **4**/2 - **5**/18 - **6**/13 - **7**/6 - **8**/11 - **9**/11 - **10**/8 - **11**/10 - **12**/2 - **13**/5 - **14**/15 - **15**/4 - **16**/7 - **17**/2 - **18**/10 - **19**/5 - **20**/6 - **21**/3 - **22**/4 - **23**/8 - **24**/14 - **25**/4 - **26**/11 - **27**/5 - **28**/7 - **29**/5 - **30**/21

Typ C: Additions-/Subtraktionsgedächtnistest

1/29 - **2**/30 - **3**/28 - **4**/28 - **5**/27 - **6**/33 - **7**/48 - **8**/29 - **9**/45 - **10**/33 - **11**/35 - **12**/25 - **13**/36 - **14**/45 - **15**/48

Typ D: Kettenrechnen

1/10 - **2**/4 - **3**/3 - **4**/10 - **5**/9 - **6**/60 - **7**/56 - **8**/10 - **9**/14 - **10**/0

Typ E: Summen korrigieren

1/171 - **2**/104/123 - **3**/111/144 - **4**/alle richtig - **5**/113 - **6**/134/118/152 - **7**/allc richtig - **8**/155/120 - **9**/172/145 - **10**/92

Lösungen: Unterschiede erkennen

1b - **2**c - **3**a - **4**c - **5**a - **6**b - **7**c - **8**d - **9**b - **10**d

Fertigkeitstests

Bewerber für einen Beruf, in dem besondere Präzision und Geschicklichkeit vorausgesetzt werden, müssen sich unter Umständen einem Fertigkeitstest unterziehen. Hierbei geht es nicht um Geschwindigkeit, sondern um die so genannte motorische Geschicklichkeit (das »Handgeschick«).

Vorstellbar wäre dieser Test in Auswahlverfahren für die Berufe: Feinmechaniker, Modellbauschreiner, Werkzeugmacher, Radio- und Fernsehtechniker, Optiker, Zahntechniker u. Ä. Hier können betriebsspezifisch verschiedene Tätigkeiten (»Bastelarbeiten«) verlangt werden.

Ein bekannter und öfter angewendeter Fertigkeitstest ist die so genannte »Drahtbiegeprobe«. Der Testkandidat erhält einen Draht von ca. 1 mm Durchmesser und ca. 25 cm Länge. Hiermit muss er eine vorgezeichnete Figur möglichst genau nachbiegen. Erschwert wird die Arbeit dadurch, dass

- kein Werkzeug benutzt werden darf,
- am Ende des Drahts kein Rest übrig bleiben darf und
- die Zeichnung einen größeren Maßstab als die mit dem Draht nachzubiegende Figur hat.

Arbeiten Sie genau und lieber etwas langsamer!

Besonders bewertet werden bei diesem Test:

- Genauigkeit der Streckenlängen und Winkel,
- Parallelität und Gradlinigkeit der Strecken und
- Radien bzw. Krümmungen.

Unter Umständen können auch andere Fertigkeitstests eingesetzt werden. Denkbar wären:

- Zeichnungen für die Berufe Porzellan-, Schilder- und Plakatmaler bzw. Grafiker u. Ä.;
- Nachzeichnen einer Vorlage für technische Zeichner;

- Auseinander- und Zusammenbau eines Vergasers für den Kfz-Mechaniker.

Sie können sich auf solche Tests vorbereiten, indem Sie frühere Testkandidaten oder Arbeitnehmer eines infrage kommenden Betriebes über solche Tätigkeiten befragen und diese zu Hause üben.

Spezielle berufsbezogene Tests

Neben dem Allgemeinwissen, der Belastbarkeit und dem logischen Denkvermögen sowie der Geschicklichkeit (siehe Fertigkeitstests) will Ihr zukünftiger Arbeitgeber eventuell spezielle berufsbezogene Kenntnisse bei Ihnen testen. Damit sollen Ihre Neigung und Ihr Interesse an Ihrem Beruf festgestellt werden. Es handelt sich hier in der Regel um selbst gemachte, so genannte »hauseigene« Tests. Sie sind daher in Abhängigkeit vom Beruf und dem jeweiligen Betrieb sehr unterschiedlich.

Hier sollen Ihnen an Beispielen die Anforderungen, die mit solchen Tests an Sie gestellt werden, dargelegt werden.

Sie können sich auf diese Tests vorbereiten, indem Sie:

- sich über Ihren zukünftigen Beruf informieren und anhand von Büchern oder in diesem Beruf tätigen Personen sich mit wesentlichen Fakten aus dem Tätigkeitsbereich vertraut machen;
- sich bei Personen erkundigen, die bereits in diesem Unternehmen einen Einstellungstest absolviert haben.

Elektriker, Mechaniker, Werkzeugmacher und ähnliche Berufe

Neben den eventuellen Fertigkeitstests könnten Fragen aus folgenden Gebieten gestellt werden:

- Handhabung von Grundwerkzeugen, wie Hammer, Zangen usw.;
- Entstehung der Elektrizität;
- Kernkraft, Kohle- und Wasserkraftwerke;
- Bleche, Stahl und andere Werkstoffe, deren Herstellung und Verwendung;
- Schrauben, Nieten, Schweißen, Bohren, Fräsen und andere Metall bearbeitende Tätigkeiten;
- Fakten aus den Berufsgebieten, die durch den täglichen Umgang mit diesen auch von Laien gewusst werden sollten. Z. B.: Was ist eine Kilowattstunde? Wie hoch ist die normale Spannung in Deutschland? Wie schneidet oder biegt man ein Blech? Wann nehme ich Stein-, Holz- oder Eisenbohrer? Was ist Rost und wie wird er verhindert oder beseitigt?

Kaufleute im Einzelhandel

Neben Grundkenntnissen über die Waren, die Sie verkaufen sollen, könnte vor allem der Umgang mit Kunden angesprochen werden.

Beispiel:

- Moderichtungen und Interesse an der Mode für Textilverkäufer;
- Umgang und Arten von Tieren für den Zoofachverkäufer;
- Lebensmittel, Herstellung und Verwendung für den Lebensmittelverkäufer usw.
- siehe auch das Kapitel »Sprachbeherrschung«, S. 21 ff.

Bankkaufleute
Hier könnten die Aufgaben, die Banken für ihre Kunden übernehmen, gefragt werden. Z. B.: Geldanlage, Zahlungsverkehr, Kredite, Aktien, An- und Verkauf von Edelmetallen, Beratung usw. (Siehe hierzu auch: Schneider/Zindel/Münscher, Wirtschaftlich denken und handeln, Winklers Verlag, Darmstadt.)

Daneben werden wirtschaftliche Grundbegriffe, wie Sozialprodukt, Wirtschaftspolitik usw., gefragt. Hier sei auf die Testfragen zu »Wirtschaft und Soziales«, S. 166ff. und die Literaturhinweise, S. 165 verwiesen. Sie sollten sich in jedem Fall auch über aktuelle politische und wirtschaftliche Problematiken in den Medien informieren.

Wichtig ist auch das Kapitel »Sprachbeherrschung«, siehe S. 21.

Industrie-, Bürokaufleute, Kaufleute im Groß- und Außenhandel sowie Verwaltungsangestellte
Neben grundsätzlichen Fakten aus »Wirtschaft und Soziales« sowie »Politik« (siehe S. 165ff. und S. 194ff.), die ein interessierter Staatsbürger wissen sollte – siehe auch die Literaturhinweise S. 194 –, sowie »Deutsch« und »Rechnen« (siehe S. 21 und S. 87) werden hier eventuell zusätzlich spezielle Tests eingesetzt.

Zwei häufig angewendete Tests sind der Karteikarten-Sortier-Test und der Adressen-Prüf-Test.

Karteikarten-Sortier-Test

Bearbeitungshinweis:
Sie erhalten eine Liste von Kundennamen, die in die Kundenkartei Ihrer Firma eingeordnet werden sollen. Die Kundenkartei ist nach folgendem Ordnungsschema aufgebaut:

Aa–Am 1	An–Az 2	Ba–Br 3	Bs–Bz 4	Ca–Cz 5	Da–Di 6	Dm–Dz 7	Ea–Ej 8	Ek–Ez 9	Fa–Fr 10	Fs–Fz 11
Ga–Gj 12	Gk–Gz 13	Ha–Hr 14	Hs–Hz 15	Ia–Iz 16	Ja–Jz 17	Ka–Ko 18	Kr–Kz 19	La–Lp 20	Lr–Lz 21	Ma–Mf 22
Mg–Mo 23	Mp–Mz 24	Na–Ni 25	Nm–Nz 26	Oa–Oz 27	Pa–Pz 28	Q 29	Ra–Ri 30	Rm–Rz 31	Sa–Sc 32	Sch 33
Sd–Sz 34	Ta–Tz 35	U–V 36	Wa–Wz 37	X–Y 38	Za–Zz 39					

Beispiel:
Scheerer 33; Kramer 19

Erklärung:
Sie tragen die Zahl des Karteikästchens, in welches der Name eingeordnet werden müsste, hinter den Namen. Für folgende 40 Kundennamen haben Sie 3 Minuten Zeit.

1	Teichmann	
2	Müller	
3	Pullmann	
4	Schmitt	
5	Jesper	
6	Losekamp	
7	Meier	
8	Ring	
9	Szekeresch	

10	Älter	
11	Michel	
12	Leichsenring	
13	Sachse	
14	Borsing	
15	Dietrich	
16	Ekmann	
17	Achenbach	
18	Rose	

19	Wunsch	
20	Maier	
21	Alter	
22	Buchmann	
23	Zindel	
24	Neitzel	
25	Ellermann	
26	Lingnau	
27	Yasper	
28	Fleischer	
29	Blüm	

30	Noll	
31	Anger	
32	Dunkel	
33	Eckel	
34	Ruvenstruth	
35	Zinn	
36	Fischer	
37	Fuhrmann	
38	Apter	
39	Kraushaar	
40	Klante	

Die Lösungen zu den Aufgaben 1–40 (Karteikasten-Sortier-Test) siehe S. 470.

Adressen-Prüf-Test

Bearbeitungshinweis:
Sie erhalten zwei Listen mit Adressen, ein Original und eine Abschrift. Letztere soll auf Tippfehler überprüft werden.

Beispiel:

Original

Name	Straße	PLZ	Wohnort	Tel.
1. Wolfgang Schmidt,	Buchenstr. 7,	34560	Fritzlar,	06690/5432
2. Heinz Schuller,	Th.-Heuss-Str. 91,	50996	Köln,	0221/8649375

Abschrift

Name	Straße	PLZ	Wohnort	Tel.
1. Wolfgang Schmitt,	Bucherstr. 7,	34560	Fritzlar,	0669/5432,
2. Heinz Schuller,	Th,-Heuss-Str. 91,	50995	Köln,	02211/864375,

Erklärung:

In der Abschrift der ersten Adresse sind 3, in der zweiten 4 Fehler (Unterstreichungen). Die Fehler unterstreichen Sie und tragen deren Anzahl rechts neben die jeweilige Zeile.

Zeigen Sie beim Lesen mit dem linken (rechten) Zeigefinger jeweils auf den Namen, Straße etc. des Originals und mit dem Schreibgerät auf das Gegenstück in der Abschrift.

Legen Sie besondere Aufmerksamkeit auf Kommas, Punkte, Zahlen und Buchstaben, die ähnliches Aussehen haben (z. B. n und r), sowie Doppelbuchstaben.

Für folgende 20 Adressen haben Sie 6 Minuten Zeit.

Original

Aufgabe	Name	Straße	PLZ	Wohnort	Tel.	Fehler
1	Karl Allgöwer,	Großer Ring 43/B,	22457	Hamburg,	040/8354910	
2	Martha Schüssler,	Industriestr. 85,	25920	Risum-Lindholm,	04123/8610	
3	Bernd Krawzyk,	Hohe-Tauern-Str. 5,	85244	Röhrmoos	–	
4	Klaus Laage,	Birkenstr. 184,	54570	Rockeskyll,	09564/8933	
5	Hein-Dirk Wickert,	Lange Str. 81,	65375	Oestrich-Winkel,	06723/81549	
6	Klaus-Dieter Pfalzgraph,	Am Schießstand 43a,	92526	Oberviechtach-Pullenried,	09677/8613	
7	Martin Kleinpeter,	Schildbürgerweg 111,	89420	Höchstädt a.d. Donau,	09074/534	
8	Karl Werner Schmidtdiehl,	Affoldener Str. 18,	29386	Hankensbüttel,	05823/1714	
9	Melanie Schumacher,	Kleine Gasse 11,	36318	Schwalmtal/Hess.,	06638/1739	

10	Fritz Kiotzlecki,	Hummelssang 117,	39397	Schwanebeck,	0 52 84/39 96
11	Carola Wentzlick,	Jahnstr. 49,	25872	Ostenfeld,	0 47 76/31 16
12	Gilda Wachsmuth,	Carolusstr. 88,	34127	Kassel-Ndzw.,	05 61/87 17 14
13	Giovanni Pasca-relli,	Burghofstr. 22,	30982	Pattensen,	0 51 01/83 33
14	Daniel Schimmel-pfeng,	Trotschenreuther-str. 59,	39398	Pessenburgheim/ b. Rain	–
15	Xaver Unsinn,	Trosbachertalpfad 4,	92318	Neumarkt/Oberpf.,	0 91 81/1 79
16	Fa. Joh. Schulze OHG,	Postf. 14,	52385	Nideggen-Schmidt,	0 24 74/28 73
17	Karl Umbach – GmbH & Co. KG,	Gründenseestr. 5,	60386	Frankfurt/M.,	0 61/12 18 14 39
18	Dr. med. Ferd. Achler,	Ständeplatz 175B,	34117	Kassel,	05 61/1 28 87 73
19	Ann-Kristin Schneider,	Buchenstr. 7 u. 9,	34599	Neuental,	0 66 93/3 60
20	Karin Möller,	Karlstr. 185,	56858	Rödelhausen,	0 65 43/33 71

Abschrift

Aufgabe	Name	Straße	PLZ	Wohnort	Tel.	Fehler
1	Karl Allgöver,	Großer Ring 43+B,	22457	Hamburg,	04/8354910	
2	Marta Schüssler,	Industristr. 85,	25920	Risum/Lindholm,	04123/8610	
3	Bernd Krawzyk,	Hohe-Tauern-Str. 5,	85244	Rohrmoos	–	
4	Klaus Laage,	Birkenstr. 184,	54570	Rokkeskyl,	09564/8933	
5	Hein-Dirk Wickert,	Lange Str. 81,	65375	Östrich-Winkel,	06723/81549	
6	Klaus-Dieter Pfalzgraf,	Am Schiesstand 43A,	92526	Obervichtach-Pullenried,	09677/8619	
7	Martin Kleinpeter,	Schildbürgerweg 111,	89420	Hochstedt ad Donau,	09074/534	
8	Karl-Werner Schnittdiehl,	Affolderner Str. 18,	29386	Hauckensbüttel,	05823/1714	
9	Melanie Schumacher,	Kleine Gosse 11,	36318	Schwalmthal/Hess.,	06638/1739	

10	Fritz Kiotzlecki,	Hummelssang 117,	39397	Schwanebeck,	05284/3996
11	Karola Wentzlick,	Jahnstr. 49,	25872	Ostenfeld,	04776/3116
12	Gilda Wachsnuth,	Karolusstr. 88,	34127	Kassel-Ndzw.,	0561/871714
13	Giovanni Pasca-relli,	Burghofstr. 22,	30982	Patenzen,	0511/8333
14	Daniel Schimmel-pfeng,	Totschenreuther-str. 59,	39398	Pessemburgheim/ b Rain	–
15	Xawer Unsinn,	Trosbachertalpfad 4,	92318	Neumark/Oberf.,	09181/179
16	Fa Joh. Schulze OHG,	Postf 14,	53285	Nideggen-Schmitt,	02474/2873
17	Karl Umbach – GmbH & Co KG,	Gründenseestr. 5,	60368	Frankfurth/O.,	061/12181439
18	Dr. med. Ferd. Achler,	Standeplatz 175b,	34117	Kassel,	0561/128873
19	Ann-Christine Schneider,	Buchenstr. 7 u. 9,	34599	Neuenthal,	06693/360
20	Karin Müller,	Karlsstr. 185,	56858	Rödelhausen,	05643/3371

Mit Preislisten arbeiten

Aus den nachfolgenden Preislisten sollen Sie folgende Aufgaben lösen:

Standardbrief	*1,00 DM*

Höchstmaße*: L 235 mm, B 125 mm, H 5 mm
Gewicht bis 20 g
Mindestmaße: L 140 mm, B 90 mm

Kompaktbrief	*2,00 DM*

Höchstmaße*: L 235 mm, B 125 mm, H 10 mm
Gewicht bis 50 g
Mindestmaße: L 100 mm, B 70 mm

Großbrief	*3,00 DM*

Höchstmaße (B4): L 353 mm, B 250 mm, H 20 mm
Gewicht bis 500 g
Mindestmaße: L 100 mm, B 70 mm

Maxibrief	*4,00 DM*

Höchstmaße (B4): L 353 mm, B 250 mm, H 50 mm
Gewicht bis 1000 g
Mindestmaße: L 100 mm, B 70 mm

Postkarte	*0,80 DM*

Höchstmaße (C6)*: L 162 mm, B 114 mm
Mindestmaße: L 140 mm, B 90 mm

* Die Länge muss mindestens das 1,41-fache der Breite betragen.

Zuzüglich zum Beförderungsentgelt für die Sendungen:

Wertbrief	
Bis 1000 DM Wertangabe	9,00 DM
je weitere 500 DM der Wertangabe	1,50 DM

Wertbriefe bis 1000 DM brauchen nicht versiegelt zu werden.

Einschreiben	*3,50 DM*

bei Briefen, Postkarten, Blindensendungen

Eigenhändig	*3,50 DM*

nur bei Wertbriefen und Einschreiben

Rückschein	*3,50 DM*

nur bei Wertbriefen und Einschreiben

Nachnahme	
bei Briefen und Postkarten (bis 3000 DM)	3,00 DM
für die Geldübermittlung (wird vom eingezogenen Betrag abgesetzt)	3,00 DM

Eilzustellung	
bei Briefen, Postkarten, Blindensendungen	
Zustellung zwischen 6 und 22 Uhr	9,00 DM
Zustellung zwischen 22 und 6 Uhr	15,00 DM

Mit Preislisten arbeiten

Aus den nachfolgenden Preislisten sollen Sie das Porto für die jeweiligen Briefe innerhalb Deutschlands berechnen:

Zeit: 4 Min.

1. Brief; 18 g; 225 mm × 115 mm × 2 mm
2. Brief mit Einschreiben; 375 g; 340 mm × 249 mm × 18 mm
3. Brief; 40 g; 230 mm × 125 mm × 8 mm; Einschreiben mit Rückschein
4. Brief; Eilzustellung zwischen 10:00 Uhr und 13:00 Uhr; 14 g; 225 mm × 115 mm × 2 mm
5. Brief; 40 g; 230 mm × 125 mm × 8 mm; Wert: 2500,00 DM; eigenhändig mit Rückschein
6. Postkarte; Einschreiben mit Rückschein
7. Brief; 956 g; 350 mm × 250 mm × 45 mm; per Nachnahme, Wert: 2899,00 DM
8. Brief; 240 mm × 125 mm × 10 mm; 80 g
9. Brief; 18 g; 225 mm × 115 mm × 2 mm; Einschreiben; eigenhändig
10. Brief; 850 g; 225 mm × 115 mm × 10 mm; Wert: 1895,90 DM

Lösungen: Karteikarten-Sortier-Test

1/35 – **2**/24 – **3**/28 – **4**/33 – **5**/17 – **6**/20 – **7**/22 – **8**/30 – **9**/34 – **10**/1 – **11**/23 – **12**/20 – **13**/32 – **14**/3 – **15**/6 – **16**/9 – **17**/1 – **18**/31 – **19**/37 – **20**/22 – **21**/1 – **22**/4 – **23**/39 – **24**/25 – **25**/9 – **26**/20 – **27**/38 – **28**/10 – **29**/3 – **30**/26 – **31**/2 – **32**/7 – **33**/8 – **34**/31 – **35**/39 – **36**/10 – **37**/11 – **38**/2 – **39**/19 – **40**/18

Lösungen: Adressen-Prüf-Test

1/3 – **2**/3 – **3**/1 – **4**/2 – **5**/1 – **6**/5 - **7**/4 – **8**/5 – **9**/1 – **10**/0 – **11**/1 – **12**/3 - **13**/3 - **14**/3 - **15**/3 - **16**/6 - **17**/4 - **18**/3 - **19**/3 - **20**/3

Lösungen: Mit Preislisten arbeiten

1/1,00 DM - **2**/6,50 DM - **3**/9,00 DM - **4**/10,00 DM - **5**/22,50 DM - **6**/7,80 DM - **7**/7,00 DM - **8**/3,00 DM - **9**/8,00 DM - **10**/16,00 DM

Literaturhinweise

Intelligenztests

Es gibt zahlreiche Bücher auf dem Markt, die sich mit den Intelligenztests beschäftigen. Wir empfehlen Ihnen – falls Sie noch mehr üben wollen:

☛ Keil, Joachim, Testtrainer für Ausbildungsplatzsuchende, FALKEN-Tabu, Nr. 602566

☛ Hennenhofer, G., Angst überwinden, Rowohlt-Tabu, Nr. 6939

☛ Orientierungshilfe zu Auswahltests, eine Broschüre, die es beim Arbeitsamt kostenlos gibt.

☛ Mehrere Banken und Sparkassen geben Testhilfen – oft kostenlos – aus.

Spezielle berufsbezogene Tests – auch für das Vorstellungsgespräch

- Kaufmännische Berufe:
  Einen guten Überblick über wirtschaftliches Grundwissen geben Ihnen die leicht verständlichen Bücher: Lötzerich/Schneider/Zindel, Wegweiser Wirtschaft, Winklers Verlag, Darmstadt, Nr. 9527

Lötzerich/Schneider/Zindel, Handlungsfeld Wirtschaft, Winklers Verlag, Darmstadt, Nr. 9533

- Zum Grundwissen Politik gibt Ihnen folgendes Buch einen umfassenden Überblick:
  Schneider/Zindel/Pollert, Blickpunkt Politik, Winklers Verlag, Darmstadt, Nr. 3031
- Berufe in Verwaltungen sowie Polizei und Bundesgrenzschutz:
  Für Eignungstests dieser Berufe wird vermehrt politisches Grundwissen vorausgesetzt. Für eine umfassende Information empfehlen wir:
  Schneider/Zindel, Moment mal, Winklers Verlag, Darmstadt, Nr. 3032
- Technische Berufe:
  Ein interessantes Buch für alle technischen Berufe: Bibliographisches Institut (Hrsg.), Wie funktioniert das? – Die Technik im Leben von heute, Mannheim 1978

IV. NEUE TESTS

Persönlichkeitstests

Vorsicht, Sie sollen durchleuchtet werden!
Ein Neuer kommt in Ihre Klasse oder wird in Ihre Clique mitgebracht. Alle taxieren zuerst sein Äußeres, dann werden erste Fragen gestellt. Wie verhält sich der Neue, wird er zu uns in die Klasse passen oder wird er Schwierigkeiten machen? Wird er eine Bereicherung für unsere Clique werden?

Sie machen einen Persönlichkeitstest.

Und genauso wird sich der Personalsachbearbeiter oder Ihr evtl. neuer Chef auch fragen:

»Passt dieser Jugendliche zu uns? Fügt er sich möglichst ohne Schwierigkeiten in unser Team ein? Lässt er sich gut ausbilden? Wird er für uns ein verlässlicher und guter Mitarbeiter werden?«

Im Vorstellungsgespräch wird man versuchen, diese Fragen zu beantworten.

Viele Betriebe versuchen dies noch zusätzlich mit einem Personalfragebogen und/oder einem Persönlichkeitstest. Letzterer wird auch bei Tests für Ausbildungsplatzsuchende vor allem in Großbetrieben immer häufiger angetroffen.

Mit diesen Persönlichkeitstests versucht man – wie ein Arzt mit einem Ultraschallgerät – in Sie hinein zu sehen und zu ergründen, ob Sie in den Ausbildungsbetrieb menschlich passen. Sind Sie willensstark, fleißig, fügen Sie sich gut ein, werden Sie gut mit den Mitarbeitern harmonieren, sind Sie leicht zu führen? usw.

Was ist anders an Persönlichkeitstests?

Generell unterscheiden sich die Persönlichkeitstests von anderen Tests dadurch, dass nicht Ihr Wissen, Denk-, Konzentrations- oder Belastungsvermögen getestet werden und es auch nicht um die richtige oder falsche Antwort geht. Das scheint einfach und ungefährlich, doch Achtung: Sie sollen sich »outen«.

»Outen« ist ein modernes Wort für die Offenlegung der eigenen Persönlichkeit, für die Mitteilungen an andere, wie man denkt, fühlt, lebt, wie man tatsächlich ist.

Wer sich outet, der tut dies aus freiwilligen Stücken und will auch meist ein bestimmtes Ziel damit erreichen.

Das sollten Sie mit einem Persönlichkeitstest ebenfalls versuchen zu erreichen – nämlich Ihren Gesprächspartner davon zu überzeugen, dass Sie der oder die Richtige für diesen Ausbildungsplatz sind.

Tricksen Sie die Tester aus

Wenn Sie sich mit den Persönlichkeitstests beschäftigen und die Testverfahren, deren Aufbau, Fragetechnik und die damit angepeilten Ziele näher kennen lernen, dann können Sie die Tester mit ihren eigenen Waffen schlagen.

Da es unzählige Möglichkeiten der Fragestellung gibt, ist es nicht sinnvoll, die Beantwortung einzelner Fragen zu üben.

Erfolg versprechender scheint der Weg zu sein, dass Sie mit diesem Buch die wichtigsten Ziele und die Strukturen der Tests erkennen lernen. Denn dann können Sie bewusst und zielgerecht antworten.

Ein Persönlichkeitstest setzt voraus, dass Sie spontan und ehrlich antworten. Dies wird Ihnen der Tester auch vor Beginn des Tests sagen. Doch auch hier gilt: Ein bisschen Schummeln ist erlaubt - wenn Sie damit Ihrem Ziel, den Ausbildungsplatz zu finden, etwas näher kommen.

Keiner ist vollkommen
- weder der einzustellende Auszubildende noch der Personalsachbearbeiter oder der Chef einer Firma. Das wissen natürlich auch Ihre Tester. Dennoch hat man bestimmte Zielvorstellungen von den zukünftigen Mitarbeitern, von ihrem Leistungsvermögen, aber auch von ihrer Persönlichkeitsstruktur. Sie hängt sicherlich erst einmal davon ab, in welchem Beruf und in welchem Betrieb man arbeitet. Von einer Friseuse erwartet man sicherlich ein lockeres Auftreten und eine lockere Gesprächsbereitschaft über Alltägliches eher als von einer Bankkauffrau. Von einer Hotelfachfrau im Fünf-Sterne-Hotel werden sicherlich etwas andere Persönlichkeitsmerkmale erwartet als von einer Berufskollegin in einer Pension.

Fragen Sie eventuell andere Mitarbeiter oder Auszubildende über die erwarteten speziellen Anforderungen, sprechen Sie mit Ihren Lehrern darüber.

Daneben gibt es eine Reihe von Persönlichkeitsmerkmalen, die unabhängig von den verschiedenen Arten der Unternehmen generell von modernen Mitarbeitern erwartet werden. Die am häufigsten nachgefragten Merkmale sind nachfolgend aufgeführt.

- **Ausgeglichenheit:**
  Natürlich ist es angenehmer, mit Mitarbeitern zusammenzuarbeiten, die ausgeglichen, ruhig und sachlich sind, als mit solchen, die aggressiv und unbeherrscht werden und öfter explodieren. Dieses Merkmal wird in allen Betrieben als sehr wichtig eingestuft, besonders aber von solchen, die großen Wert

auf Teamfähigkeit legen, und für Mitarbeiter, die oft in Kundenkontakt stehen.

- **Lebenszufriedenheit:**
  Dieses Merkmal zielt in die gleiche Richtung. Wenn Sie mit Ihrem Leben zufrieden sind, ausgeglichen und überwiegend gut gelaut, dann macht es mehr Freude, mit Ihnen zusammenzuarbeiten, als wenn Sie eine überwiegend negative Lebenseinstellung haben. Ob das bekannte Sprichwort »Glückliche Kühe geben mehr Milch« zutrifft, ist nicht sicher, bewiesen ist aber, dass zufriedene Mitarbeiter besser und leistungsfähiger sind.

- **Lernfähigkeit:**
  Nicht nur als Auszubildender werden Sie viel Neues lernen müssen. Ein guter Mitarbeiter muss in dieser sich immer schneller wandelnden Welt lebenslang bereit sein, Neues zu lernen und sich anzupassen.

- **Flexibilität und Innovationsfreudigkeit:**
  Lernfähigkeit erfordert auch ein immer höheres Maß an Flexibilität. Wer nicht innovationsfähig, d. h. Neuem gegenüber aufgeschlossen ist, wird überholt und ist weniger leistungsfähig. Sie sollen Neuem also sehr interessiert und aufgeschlossen gegenüberstehen. Allerdings sollen Sie sich nicht unkritisch auf alles Neue stürzen und somit zu hohe Risiken eingehen.

- **Leistungsbereitschaft:**
  Selbstverständlich sollten Sie versuchen, beruflich voranzukommen und sich für die Firma und für sich selbst anzustrengen. Sie sollten aktiv, ehrgeizig und zielstrebig-handelnd sein. Dieser berufliche Ehrgeiz sollte aber nicht grenzenlos sein. Dann wären Sie ein

unangenehmer Kollege und für die Vorgesetzten eine evtl. Gefahr. Übermotivierte sind auch oft unzufrieden.

- **Ehrlichkeit:**
Unehrliche Menschen sind unzuverlässig. Man kann sich nicht auf sie und deren Wort verlassen. Daher arbeitet man mit solchen nicht gerne zusammen.

- **Gruppen- oder Teamfähigkeit und Durchsetzungsbereitschaft:**
In vielen modernen Großbetrieben wird immer öfter in Teams, Arbeitsgruppen, Fertigungsinseln o. Ä. gearbeitet. Von daher wird die Fähigkeit, im Team arbeiten zu können, immer wichtiger. Denn nicht alle Personen können reibungslos mit anderen zusammen arbeiten, d. h. auf diese eingehen, gute Ideen aufnehmen, eigene Ideen einbringen, ohne die anderen zu unterdrücken. Sie sollen auch Führungsaufgaben übernehmen können, denn selbst in kleineren Gruppen gibt es oft schon wechselnde Führungen.

- **Belastungsfähigkeit:**
Am Arbeitsplatz sind Sie immer mal wieder besonderen Stresssituationen ausgesetzt. Sei es durch Kunden, Lieferer oder besondere Situationen, dass irgendetwas nicht so läuft, wie geplant, Sie unter besonderem Zeitdruck o.Ä. arbeiten und entscheiden müssen. Wer diesen Stresssituationen nicht gewachsen ist und die Nerven verliert, der macht Fehler, die den Betrieb unter Umständen teuer zu stehen kommen können. Daher soll ein guter Mitarbeiter mit Stresssituationen möglichst gelassen umgehen. Nur wenn Sie cool bleiben, können Sie auch in Situationen mit hoher Stressbelastung noch rational und vernünftig entscheiden.

- **Vertrauensbereitschaft:**
  »Vertrauen ist gut – Kontrolle besser«, nach diesem Sprichwort sollen Sie handeln. Ihre Bereitschaft, anderen Vertrauen entgegenzubringen, darf nicht so groß sein, dass Sie ohne nachzufragen anderen alles glauben. Genauso negativ wäre das andere Extrem, dass Sie übertrieben misstrauisch sind. Dies wäre gegenüber Kunden genauso schlecht wie gegenüber Lieferanten, Kollegen und anderen Gruppierungen.

- **Durchsetzungsbereitschaft/Geltungsbedürfnis:**
  Man erwartet zwar Mitarbeiter, die ein gewisses Durchsetzungsvermögen haben. Dieses darf aber nicht so groß sein, dass entweder die Teamfähigkeit leidet oder es sogar in Geltungsbedürfnis ausartet, das dann oftmals für Mitarbeiter, Kunden, Vorgesetzte oder Lieferanten unerträglich wird.

Was erwartet man nun von dem idealen Bewerber um einen Ausbildungsplatz?
Er soll möglichst optimistisch sein und Zukunftsprobleme wie Umweltschutz, Rentenproblematik, Arbeitslosigkeit o. Ä. zwar als wichtig erkennen, aber für durchaus lösbar halten. Er ist ehrlich, würde niemals etwas stehlen oder lügen. Er ist strebsam und zielstrebig, auch lern- und gruppenfähig und für Neues aufgeschlossen, aber nicht blind begeistert, sondern cool abwägend. In kleinen oder größeren Stresssituationen ist er nicht kopflos, aggressiv oder nervös, sondern gelassen, nett, zuvorkommend und zielbewusst handelnd. Er ist hilfsbereit. Trotz Zielstrebigkeit und Ehrgeiz ist er kein kühl berechnender, nur auf sein Fortkommen oder seinen eigenen Vorteil bedachter, rücksichtsloser Mitarbeiter.

➡ Tipp: Sie sollen der oben beschriebenen Idealvorstellung möglichst nahe kommen. Daher dürfen Sie nicht, wie von den Testern gewollt, unbeschwert und spontan, ohne groß nachzudenken, antworten. Im Gegenteil: Sie müssen sich sehr gut konzentrieren, denn Sie sollen ja einen positiven Eindruck vermitteln. Extreme Meinungen und Verhaltensweisen scheiden von daher aus. Achten Sie auf Kontrollfragen, mit denen man herausfinden will, ob Sie bei der Bearbeitung einer anderen Aufgabe nicht ehrlich waren.

Spielen Sie in diesem Test eine heile Welt vor.

Seien Sie zuversichtlich, zeigen Sie sich leicht ehrgeizig, aber rücksichtsvoll und hilfsbereit.

Wie sind die Persönlichkeitstests aufgebaut?

Aus den verschiedenen Testaufgaben soll ein Persönlichkeitsprofil von Ihnen abgeleitet werden.

Die gebräuchlichsten Testaufgaben für Ausbildungsplatzbewerber sind:

A. Bildergänzung:
Hierbei sollen Sie eine Antwort oder eine Aussage auswählen und diese einer Person im Bild zuordnen. Achten Sie darauf: Diese Person im Bild sind natürlich Sie!

Nachfolgend drei Beispiele:

1

Auswahlantworten:

☐ a »Ich habe Ihnen zigmal gesagt, Sie sollen schneller fahren. Jetzt löffeln Sie die Suppe aus, die Sie uns eingebrockt haben.«

☐ b »Sie bleiben hier und passen auf das Gepäck auf. Ich werde inzwischen dort anrufen und unsere Verspätung ankündigen.«

☐ c »Eine Stunde Verspätung ist doch nicht tragisch. Das kann schon einmal passieren. Daher müssen wir nichts unternehmen.«

Antwort a würde zeigen, dass Sie einerseits nicht teamfähig wären. Andererseits zeigt diese Antwort auch, dass Sie in Stresssituationen die Verantwortung nicht selbst in die Hand nehmen. Dies zeigen Sie mit Antwort b. Mit Antwort c zeigen Sie eine zu gleichgültige Haltung.

2

Auswahlantworten:

☐ a »Ich werde Sie anzeigen, Sie Idiot, mich nachts aus dem Schlaf zu klingeln!«

☐ b »Das macht doch nichts, es hätte mir auch passieren können ...«

☐ c »Das ist sehr unangenehm. Wenn Sie um diese Zeit anrufen, sollten Sie schon etwas besser aufpassen.«

Antwort a würde zeigen, dass Sie in Stresssituationen sehr ungehalten und unbeherrscht reagiern. Mit Antwort b wären Sie ein zu großer Anpasser. Antwort c würde Ihren Ärger, aber auch eine situationsangemessene innere Haltung zeigen.

3

Auswahlantworten:

[ ] a »Das macht doch nichts, das kann jedem mal passieren.«

[ ] b »Hau ab, sonst knallt's!«

[ ] c »Muss das sein? Pass doch gefälligst besser auf! Die Reinigungskosten kannst du mir gleich geben.«

Antwort a würde zeigen, dass Sie zu weich sind und kein Durchsetzungsvermögen und Selbstvertrauen haben. Antwort b beweist, dass Sie in Stresssituationen unbeherrscht und aggressiv reagieren. Mit Antwort c zeigen Sie ein großes Maß an Beherrschung und auch in Stresssituationen ein klares Denken und rationales Handeln.

B. Antworten auswählen:

Sie sollen die auf Sie zutreffende Antwort auswählen. Achten Sie darauf, welchen Eindruck Sie hinterlassen wollen.

4.	Wenn man an meiner Leistung beim Sport oder in der Schule Kritik übt, dann …

☐ a … stört mich das erheblich.

☐ b … denke ich über diese Kritik nach.

☐ c … ist mir das völlig egal.

Antwort b wäre richtig, da man mit ihr Kritikfähigkeit beweisen würde. Menschen, die im Team arbeiten, können Kritik ertragen und sich mit dieser auseinander setzen. Sie nehmen diese an, wenn sie berechtigt war.

5.	Ich lese lieber ein gutes Buch, als mit anderen zu klönen.

☐ a stimmt

☐ b manchmal (oder: teils teils)

☐ c stimmt überhaupt nicht.

Antwort c würde zeigen, dass Sie teamfähig sind. Aus Antwort a würde man schließen, dass Sie ein Einzelgänger sind, der für moderne Gruppenarbeit nicht geeignet wäre.

6.	Schulstress schlägt mir auf den Magen. Sonst könnte ich bessere Noten haben.

☐ a stimmt

☐ b teils/teils

☐ c stimmt überhaupt nicht

Stimmen Sie hier ganz oder teilweise zu, dann zeigen Sie, dass Sie nicht sehr belastungsfähig sind.

7.	In diesem Test bin ich sehr nervös, da ich den Ausbildungsplatz unbedingt haben möchte.

☐ a stimmt

☐ b teils/teils

☐ c stimmt überhaupt nicht

Achtung: auch eine Kontrollfrage zu 6!

8.	Ich fühle mich öfter einsam.

☐ a stimmt

☐ b teils/teils

☐ c stimmt überhaupt nicht

Achtung: Das ist eine Kontrollfrage: Hatten Sie in Nr. 5 c angekreuzt, dann sollten Sie es auch in Nr. 7 gemacht haben.

9.	Wenn andere leise reden, dann denke ich,

[ ] a … dass sie schlecht über mich reden.

[ ] b … dass sie mit mir nicht reden wollen.

[ ] c … dass sie mich zum Geburtstag überraschen wollen.

Auch hier wäre die Antwort [c] die beste. Sie zeigt, dass Sie ein gesundes Selbstvertrauen haben. Dies haben Sie bei Antwort [a] überhaupt nicht, bei [b] kaum.

10.	Bei gleichem Gehalt wäre ich lieber …

[ ] a Lehrer

[ ] b weiß nicht

[ ] c Förster

Auch hier ist wieder ein Zusammenhang zu den Fragen 5 und 8 zu erkennen. Entscheiden Sie sich für [c] (Förster), dann wollen Sie lieber allein sein. Bei [a] haben Sie sich für einen Beruf entschieden, der hauptsächlich mit Menschen zu tun hat. Sie würden als kontaktfreudiger eingestuft. Dort, wo auf Teamfähigkeit oder Kontaktfreudigkeit (z.B. Berufe mit viel Kundenkontakten, wie der Einzelhandel, Banken, Versicherungen usw.) Wert gelegt wird, wäre die Antwort [a] erheblich besser.

C. Aussagen in eine Rangfolge bringen:

Man gibt Ihnen Rangfolgen - z.B. von 1 (trifft gar nicht zu) bis 6 (trifft voll zu) -, mit denen Sie Aussagen bewerten sollen. Die Rangfolgen können verändert sein, das Prinzip bleibt aber gleich. In nachfolgendem Beispiel haben Sie die Antwortmöglichkeiten von –3 (stimmt gar nicht) über 0 (weiß nicht) bis +3 (ich stimme voll zu).

Aussage		Bewertung						
		–3	**–2**	**–1**	**0**	**+1**	**+2**	**+3**
11	Ich habe oft ein beklemmendes Gefühl in der Brust.							
12	Ich habe Qualitäten, die mich vielen anderen überlegen machen.							
13	Um meine Meinung durchzusetzen, würde ich mich auch streiten.							
14	Ich würde gerne Verantwortung für eine Arbeitsgruppe übernehmen.							

Bei Aussage 11 zeigt man mit –3 eine große Selbstsicherheit, mit +3 große Beklemmungen und Ängste. Sollten Sie bei Aussage 12 voll zustimmen, zeigen Sie ein recht hohes Maß an Geltungsbedürfnis. Es könnte schwer werden, mit Ihnen harmonisch zusammenzuarbeiten.

Das gilt auch für eine volle Zustimmung (+3) von Aussage 13. Ihre Durchsetzungsbereitschaft ist zu stark ausgeprägt. Für moderne Teamarbeit scheinen Sie weniger geeignet.

Eine volle Zustimmung von Aussage 14 dagegen würde Selbstbewusstsein, Durchsetzungsvermögen und Leistungsbereitschaft zeigen.

D. Wie verhalten Sie sich?

Hier lesen Sie kleine Kurzgeschichten und sollen dann aus verschiedenen vorgegebenen Sätzen denjenigen auswählen, der Ihr Verhalten beschreiben würde.

Story: Während eines schriftlichen Tests für Ausbildungsplatzbewerber versucht Ihr Nebenmann von Ihnen abzuschreiben. Er signalisiert Ihnen, dass Sie die Zettel mit den Antworten etwas mehr zur Mitte schieben sollen, damit er die Antworten besser sieht. Wie verhalten Sie sich?

- ☐ a Sie schreiben absichtlich falsche Antworten auf den Zettel und denken sich: Den bin ich als Konkurrenten los.
- ☐ b Sie lassen Ihre Zettel so liegen und denken sich: Wenn er was abschreiben kann, dann soll er doch …
- ☐ c Sie bleiben stur und beim zweiten Versuch melden Sie den Betrugsversuch der Aufsicht.

Was zeigen diese Antworten?
Alternative [a]: Großer Egoismus, Verlogenheit und Durchtriebenheit, Sie sind sehr rücksichtslos. Alternative [b]: Sie zeigen ein durchschnittliches, aber kontrolliertes Handeln. Sie sind nicht so skrupellos wie in [a]. Alternative [c]: Sie sind sehr unkollegial und skrupellos.

Assessment-Center

Björn Schuhmann hatte ein gutes Gefühl, als er den schriftlichen Einstellungstest bei der Holzbau AG hinter sich gebracht hatte. Als nach 14 Tagen ein Brief kam, rechnete er eigentlich mit einer Einladung zu einem Vorstellungsgespräch. Stattdessen musste er lesen, dass er zu einem Assessment-Center in die Personalabteilung der Holzbau AG kommen sollte. Björn informierte sich über diesen Begriff und erfuhr Folgendes:

Das Wort Assessment-Center stammt aus dem englischen bzw. amerikanischen Sprachraum und ist zu übersetzen mit »Beurteilungs- oder Einschätzungs-Zentrum«. Assessment-Center wurden ursprünglich im militärischen Bereich zur Bewerberauswahl herangezogen und erst später auch von Unternehmungen zur Personalauswahl durchgeführt. Vollständige AC dauern im Allgemeinen mindestens einen ganzen Tag. Nicht selten sind aber auch mehrere Tage hierfür angesetzt. Da derartige Seminare für die Betriebe kostspielig sind, werden sie vor allem bei der Besetzung von Führungspositionen durchgeführt. Ein personeller Fehlgriff hätte für die Unternehmen sehr schwerwiegende Folgen.

In den letzten Jahren finden typische Aufgabenstellungen eines Assessment-Centers auch bei der Besetzung von Ausbildungsstellen Anwendung. Selbstverständlich dauern derartige Testsituationen dann nicht mehrere Tage, sondern nur einige Stunden. Vor allem bei der Besetzung von anspruchsvolleren Ausbildungsstellen in kaufmännischen Berufen und in Verwaltungsberufen werden immer mehr Abiturienten und Fachoberschüler zu einem Assessment-Center eingeladen.

Auswahltests, die bei einem Assessment-Center durchgeführt werden, unterscheiden sich wesentlich von den üblichen Testverfahren. Sie verlaufen nämlich nicht nach dem üblichen Schema »Frage-Antwort-Lösung«. Auch sind die Beurteilungsmethoden sehr umfangreich. Aus Zeitgründen wenden Betriebe bei der Auswahl von Ausbildungsplatzbewerbern nur eine oder zwei Methoden an. Aufgaben, die es hierbei zu bearbeiten gibt, sind häufig typisch für die späteren beruflichen Anforderungen. Jobspezifische Anforderungen, die z. B. von einem Mitarbeiter mit häufigem Kundenkontakt erwartet werden, sind Kontaktfähigkeit, angenehmes äußeres Erscheinungsbild, Verhandlungsgeschick, gute sprachliche Ausdrucksfähigkeit, Belastbarkeit u. a. Die Konstruktion eines Testes sollte diese Eigenarten unbedingt berücksichtigen.

Die Testkandidaten werden bei der Bearbeitung der Aufgaben von Beobachtern (Assessoren) bewertet. Diese können Führungskräfte des Unternehmens, aber auch externe Fachleute (z. B. Psychologen) sein. Die Einzelurteile der Beobachter fließen später in ein Gesamturteil über den Kandidaten ein.

Standardmethoden für die Bewerberauswahl bei einem Assessment-Center sind:

Steckbrief anfertigen und präsentieren

Verfahren dient dazu, sich in der Gruppe der Testkandidaten mit Hilfe eines persönlichen Steckbriefes bekannt zu machen. Persönliche Daten, Hobbys, Neigungen u. a. sollte der Steckbrief enthalten. Bei der zeichnerischen Anfertigung des Steckbriefs sollte die eigene Fantasie nicht unterdrückt werden.

Partner-Interview

Ähnlich wie das Steckbrief-Verfahren dient auch das Partner-Interview dazu, die Gruppenmitglieder einander bekannt zu machen. Merkmal: Jeder Kandidat hat sich ein Gruppenmitglied zu suchen, das er zu dessen persönlichen Daten und sonstigen markanten Eigenarten befragt.

Rollenspiele

Von dem Bewerber wird hierbei verlangt, dass er sich in die Rolle einer anderen Person und in eine bestimmte Problemlage versetzt und zusammen mit einem Partner dieses Problem durchspielt. Gesprächspartner sind dabei nicht selten die Beobachter selbst, die über ihr Verhalten den Spielverlauf beeinflussen.
Denkbar ist, dass die Teilnehmer ihr Verhalten selbst einschätzen und auch das Verhalten der anderen Kandidaten beurteilen müssen.

Konstruktionsübung

Von den Teilnehmern wird erwartet, gemeinsam eine praktische Aufgabe zu lösen. Diese kann z. B. darin bestehen, dass aus Pappe und Klebeband ein kleines Haus zu bauen ist. Das Ergebnis dieser praktischen Arbeit ist dabei zweitrangig. Von Bedeutung ist vielmehr, wie gut die Teilnehmer miteinander kooperiert haben. Bewertet werden von den Beobachtern vor allem soziale Verhaltensweisen der Kandidaten. Sie gelten in immer mehr Berufsfeldern als notwendige Voraussetzung für eine erfolgreiche Teamarbeit.

Postkorbübung

Als Postkorbübungen wird eine Gruppe von Testsituationen bezeichnet, bei denen es darum geht, dass die Kandidaten innerhalb einer sehr knapp bemessenen Zeit eine Reihe beruflicher und privater Probleme »abzuarbeiten« haben. Sie müssen sie im wahrsten Sinne des Wortes »auf die Reihe« kriegen und dabei die jeweils richtigen Entscheidungen treffen.
Eine Übung dieser Art könnte z. B. von der Annahme ausgehen, dass man nach einer überstandenen Grippeerkrankung nur eine kurze Zeit an seinem Arbeitsplatz weilt, da man am gleichen Tag zu einer Fortbildungsveranstaltung wieder abreisen muss. In den wenigen Stunden am Arbeitsplatz ist eine große Zahl von Vorgängen zu bearbeiten, so z. B. Briefe, Vorlagen, Aktennotizen,

Anweisungen. Da die Zeit nicht reicht, sich um alles zu kümmern, müssen einige Vorgänge zurückgestellt und andere eventuell delegiert werden.
Für die Beobachter sind dabei vor allem interessant: Entscheidungsfreude, Urteilsfähigkeit, Auffassungsgabe und das Organisationsvermögen der jeweiligen Kandidaten.

Fallstudien

Aufgabe der Kandidaten ist hierbei die Bearbeitung einer Problemsituation, die in den Aufgabenbereich des Stellenbewerbers fällt. Zweck der Fallstudie ist festzustellen, wie fundiert das Fachwissen des Bewerbers ist. Werden nur unbefriedigende Lösungsvorschläge präsentiert, vermuten die Beobachter eine mangelnde Fachkompetenz bei den Testkandidaten. In der hier beschriebenen Form sind aber Fallstudien kein geeignetes Instrument zur Auswahl von Ausbildungsplatzbewerbern, da berufliches Fachwissen bei ihnen noch nicht vorhanden ist.
Teilweise sind Fallstudien aber auch so gestaltet, dass sie Problemsituationen aus dem Alltagsleben beinhalten. Denkbar wäre z.B. folgender stark verkürzter Fall, für den es eine Entscheidung zu fällen gilt: Bei dem Preisausschreiben eines Buchklubs gewinnen zwei Freunde den Hauptpreis. Sie haben die Auswahl zwischen einer gemeinsamen

- viertägigen Reise nach Paris,
- einwöchigen Reise nach Berlin,
- zweiwöchigen Reise in den Bayerischen Wald.

Von Interesse ist für die Beobachter die Zeitdauer und die Qualität der Entscheidungsfindung.

Tests und Fragebogen

Auch verschiedene Arten von Tests, wie sie auf den vorhergehenden Seiten bereits dargestellt wurden, zählen zu den Bausteinen eines Assessment-Centers. Neben Intelligenztests sind auch Leistungstests von den Bewerbern zu bearbeiten.
Denkbar ist auch, dass Persönlichkeitsfragebogen und biografische Fragebogen verwendet werden.

Gruppendiskussionen

Geht es um die Auswahl von Ausbildungsplatzbewerbern, so ist die Gruppendiskussion der Baustein eines Assessment-Centers, der am häufigsten zur Anwendung kommt. Zwei Arten von Diskussionen sind denkbar: Die geleitete und die ungeleitete Gruppendiskussion. Bei letzterer sind die Gruppenteilnehmer alle gleichberechtigt. Parallelen zu dieser Situation gibt es in vielfältiger Weise im betrieblichen Alltag. Auch hier sind bei Besprechungen zwischen gleichgestellten Mitarbeitern Probleme im Team unter Berücksichtigung verschiedener Interessen zu diskutieren und zu lösen.

Themenbeispiel

Als Journalist erhalten Sie von Ihrem Redakteur den Auftrag, einen Kommentar zur Todesstrafe zu verfassen. Aktueller Hintergrund: Die seit einigen Monaten ständig wiederholte Forderung bestimmter Bevölkerungskreise, die Mörder von sexuell missbrauchten Kindern mit dem Tode zu bestrafen und damit in einer ähnlichen Weise zu verfahren, wie dies in den USA teilweise der Fall ist.

Aufgabe

Diskutieren Sie die Vor- und Nachteile der Todesstrafe und formulieren Sie einen Kommentar, in dem Sie eine eindeutige Stellungnahme abgeben.

Für Gutachter, die den Diskussionsprozess beobachten, sind die erzielten **Ergebnisse** ohne **größere Bedeutung**. Sie sind vielmehr interessiert an dem **Verhalten der Gruppenteilnehmer** während der Diskussion. Hierzu einige Tipps:

➡ **Tipp:**
- Warten Sie die Beiträge der anderen erst ab, bevor Sie sich selbst äußern.
- Berücksichtigen Sie die Beiträge der anderen bei der eigenen Meinungsbildung.
- Setzen Sie sich nicht rücksichtslos auf Kosten der anderen durch.

- Bleiben Sie auch dann sachlich, wenn Sie von anderen angegriffen werden.
- Versuchen Sie Ihre Beiträge in einer verständlichen Form und ansprechenden Formulierung vorzutragen.
- Wenn die Diskussion sich verzettelt, ergreifen Sie die Initiative und versuchen Sie, die Gruppe zu dem eigentlichen Thema zurückzuführen.
- Sind die Beiträge der anderen interpretationsbedürftig, so stellen Sie Verständnisfragen zu deren Ausführungen.

Literatur für weiter gehende Informationen:

☛ Obermann, Ch., Assessment-Center, Gehlen-Verlag, Wiesbaden 1992

☛ Jeserich, W., Assessment-Verfahren, Hanssen-Verlag, München 1991

☛ Haupt, H., Rhetorik, Ein Leitfaden für erfolgreiches Reden, Diskutieren, Konferieren, Winklers Verlag, Darmstadt, Nr. 3760

Zum Nachdenken und Lachen: Gruppendiskussion im Assessment-Center

Leitung einer Diskussion

Die Teilnehmer des Meetings, wie der Vorsitzende sie sieht!

1. **Der Streitlustige**
   Bleibe ruhig, lasse dich nicht verwickeln.

2. **Der betont Positive**
   Von großem Nutzen bei Diskussionen, ziehe ihn öfter zu Rate.

3. **Der Alleswisser**
   Lass die Teilnehmer sich mit Theorien befassen.

4. **Der Geschwätzige**
   Unterbrich ihn mit Takt, schränke seine Sprechzeit ein.

5. **Der Scheue**
   Stelle einfache Fragen, steigere sein Selbstvertrauen, lobe ihn, wenn möglich.

6. **Der betont Ablehnende**
   Spiele auf seine Neigungen an. Verwende und erkenne seine Kenntnisse und Erfahrungen.

7. **Der Dickfellige, uninteressierte Typ**
   Befrage ihn über seine Arbeit. Lasse ihn Beispiele der ihn interessierenden Arbeit anführen.

8. **Der Intellektuelle**
   Kritisiere ihn nicht. Benutze die »Ja-aber«-Technik.

9. **Der Immerfragende**
   Stellt dem Vorsitzenden gern eine Falle. Gib seine Fragen weiter an die Gruppe.

Quelle: Haupt, H., Rhetorik, Ein Leitfaden für erfolgreiches Reden, Diskutieren, Konferieren, Winklers Verlag, Darmstadt, Nr. 3760

V. Das Vorstellungsgespräch: die letzte Hürde

Auf diese Einladung warten Sie:
»... und laden Sie zu einem persönlichen Gespräch am xy. um xx Uhr ein. Es erwartet Sie ...« So oder ähnlich wird sie sein, Ihre sehnsüchtig erwartete Einladung. »Klasse«, werden Sie denken, doch dann kommt es, das gewisse Kribbeln.

Einladungen sind meist etwas Schönes, auf das man sich freut. Doch jetzt warten Sie auf eine ganz besondere, eine Einladung zu einem Vorstellungsgespräch. Man kann dieses auch als »mündlichen Test« bezeichnen.

Dieser Test – von dem so viel für Sie abhängt – bedeutet Stress, Anspannung, Angst, Nerven. Die Unsicherheit ist da, was sollen Sie jetzt machen????

Ganz einfach: Bleiben Sie ruhig und gehen Sie zielstrebig vor, dann haben Sie die größten Erfolgsaussichten.

Sie haben sie sich verdient: eine Belohnung
Haben Sie keine Angst, sondern freuen Sie sich – denn dazu haben Sie erst einmal allen Grund. Denn Sie sind eingeladen worden, viele Ihrer Mitbewerber haben dagegen eine Absage bekommen. Entweder war Ihre schriftliche Bewerbung besser als andere oder Sie waren in der telefonischen oder persönlichen Anfrage so überzeugend, dass Sie eingeladen wurden.

Das ist prima, darauf können Sie schon stolz sein und haben sich eine kleine Belohnung verdient. Gönnen Sie sich irgendetwas Schönes. Danach geht es aber ran ...

Zu allererst: Vergessen Sie nicht die Zusage!
Prüfen Sie den Termin der Einladung. Machen Sie ihn, wenn er besetzt ist, möglichst frei. Entschuldigen Sie sich in der Schule. Sollten Sie diesen Termin aus ganz wichtigem Grund schon belegt haben (z. B. durch ein anderes Vorstellungsgespräch oder einen Test), dann versuchen Sie, den Termin sofort telefonisch umzulegen. Nennen Sie aber auch einen wichtigen Grund für die Verschiebung (z.B. eine sehr wichtige Klassenarbeit, Klassenfahrt, lang terminierter Arztbesuch o. Ä.), damit Ihr Gesprächspartner aus der Verschiebung nicht auf ein Desinteresse an seiner Firma schließt.

Vergessen Sie auf keinen Fall, eine schriftliche Einladung zu bestätigen. Dies machen Sie am besten telefonisch. Das geht einfach und erleichtert dem Betrieb zu planen.

Gut vorbereitet ist halb gewonnen:
Bleiben Sie gelassen – das heißt aber nicht, dass Sie den Test dem Zufall überlassen sollten. Gehen Sie stattdessen gezielt und strategisch vor.

Wir schlagen Ihnen die Acht-Phasen-Strategie vor:

1. Phase: Allgemeinbildung:
Zeitpunkt: nachdem Sie die Bewerbungen abgeschickt haben bzw. nach den schriftlichen Tests

In vielen Berufen wünscht man sich Mitarbeiter/-innen, die für aktuelles Geschehen aufgeschlossen sind und in Gesprächen mit Kollegen, Vorgesetzten, besonders aber mit Kunden mitreden können. An Ihrem aktuellen Wissen kann man Ihr Interesse erkennen, ob Sie dieses aktuelle Geschehen verfolgen. Keine sachliche Diskussion ohne notwendiges Grundwissen. So werden oftmals Themen aus den Bereichen Wirtschaft,

Politik, Geografie usw. im Gespräch angeschnitten. Legen Sie mit diesem Buch die Grundlagen, auf deren Basis Sie sicherer diskutieren können – denn ohne Grundlagenwissen gibt es keine sachliche Diskussion.

Wenn Sie für die schriftlichen Tests dieses Buch schon durchgearbeitet haben, empfehlen wir unbedingt, die Bereiche »Wirtschaft und Soziales« und »Politik« nochmals intensiv zu wiederholen. Bereiten Sie sich nur auf den mündlichen Test, d.h. auf das Vorstellungsgespräch vor, dann empfehlen wir zusätzlich folgendes Buch: P.-J. Schneider, M. Zindel, Bewerbung um einen Ausbildungsplatz, ISBN 3-8068-1656-5.

Ziel ist es, dass Sie in diesen beiden Bereichen zentrale Begriffe kennen. Oftmals werden nämlich aus diesen Bereichen Gespräche geführt. Man ist sicherer, verhält sich lockerer und argumentiert besser, wenn man sich in einem Bereich auskennt. Über etwas zu reden, von dem man nichts versteht, ist nur sehr schwer möglich und macht unsicher.

2. Phase: Informationen über den Beruf Ihrer Wahl: Zeitpunkt: möglichst vor oder nach Ihren schriftlichen Bewerbungen

Sie haben sich sicher schon bei Ihrer Berufswahl über den Ausbildungsberuf informiert, sonst hätten Sie diesen sicherlich gar nicht gewählt. In einem Vorstellungsgespräch müssen Sie damit rechnen, dass man Sie nach dem Grund Ihres Berufswunsches fragt. Je mehr Sie aber über den Wunschberuf wissen, desto gezieltere Fragen können Sie stellen – das macht immer einen guten Eindruck. Natürlich können Sie auch bessere Antworten geben, wenn man Sie nach dem Grund für die Wahl dieses Berufs oder dieser Firma befragt (siehe hierzu auch 3. Phase, S. 500).

Sammeln Sie Informationen aus Zeitungen, schneiden Sie sich alles Wichtige aus - auch Informationen aus Konkurrenzbetrieben. Befragen Sie Auszubildende oder Mitarbeiter des betreffenden Unternehmens oder Personen, die diesem Beruf in anderen Betrieben nachgehen.

Das sollten Sie wissen:

- Art der Beschäftigung
- Anforderungen an den Azubi und den späteren Arbeitnehmer
- Aufstiegsmöglichkeiten im Beruf und möglichst in der Firma
- Verdienst

3. Phase: Informationen über den Betrieb
Zeitpunkt: unmittelbar nach dem Erhalt der Einladung

Auch hier können Sie Berichte aus den Medien sammeln, Mitarbeiter oder andere Personen befragen.

Es ist aber auch möglich, im Betrieb anzurufen und sich über das Unternehmen zu erkundigen. Das macht in jedem Fall einen interessierten Eindruck.

Das sollten Sie wissen:

- Betriebsgröße
- Filialen oder Zweigbetriebe
- Rechtsform (AG, GmbH, OHG, KG, Einzelunternehmung oder Genossenschaft, GmbH & Co. KG o. a.) - siehe hierzu auch die Literaturhinweise auf S. 471 f. für kaufmännische Berufe und S. 165.
- Art der hergestellten oder angebotenen Produkte oder Dienstleistungen
- Wie viele Mitarbeiter werden etwa beschäftigt?
- Zukunftsaussichten des Betriebs
- Aufstiegsmöglichkeiten

4. Phase: Information über das Vorstellungsgespräch
Zeitpunkt: unmittelbar nach dem Erhalt der Einladung

Versuchen Sie möglichst verlässliche Informationen darüber zu erhalten, wie das Vorstellungsgespräch abläuft. Befragen Sie Azubis, die im vorigen Jahr diesen Test dort gemacht haben. Vielleicht gibt es ja auch schon Klassenkameraden oder Freunde bzw. Bekannte, die unmittelbar vor Ihnen dieses Gespräch machen mussten. So können Sie sich relativ gut auf Ihr Vorstellungsgespräch vorbereiten. Es gibt zwar keine Garantie, dass immer das Gleiche gefragt oder über die gleichen Themen gesprochen wird. Oftmals ist dies aber so oder die Gespräche laufen recht ähnlich ab.

Wurden Assessment-Center oder Persönlichkeitstests durchgeführt, dann sollten Sie sich unbedingt auch darauf vorbereiten (siehe hierzu S. 488ff. und S. 473ff.).

5. Phase: Informationen über das aktuelle Tagesgeschehen
Zeitpunkt: die letzten Tage vor dem Vorstellungsgespräch

Informieren Sie sich in Ihrer regionalen Tageszeitung, einem politischen Magazin (Focus oder Spiegel), einer überregionalen Zeitung (z. B. Die Woche, Frankfurter Rundschau, Frankfurter Allgemeine Zeitung, Die Zeit, Die Welt, Süddeutsche Zeitung o. a.) über aktuelle Probleme aus Politik und Wirtschaft. Die o. g. Magazine und Zeitungen sind die meistgelesenen Ihrer Tester. Oft sprechen die Tester mit den Testpersonen über die Nachrichten, die sie gerade gelesen oder kürzlich im Fernsehen gesehen haben. Sie sollten im Fernsehen die »Tagesschau«, »heute« und/oder die »Tagesthemen« oder eine vergleichbare Nachrichtensendung sehen. Dazu sind »WISO«, »plus minus«, »auslandsjournal«, »Spiegel TV« oder andere politische bzw. wirtschaftliche Magazinsendungen und politische Talkshows kurz vor dem Vorstellungstag empfehlenswert. Natürlich können Sie nicht alles sehen oder lesen – Sie sollten aber über das aktuelle Geschehen Bescheid wissen. Dies gilt vor allem für Vorstellungsgespräche bei allen Firmen, deren Mitarbeiter laufend Kundenkontakt haben, wie z. B. alle Versicherungen, Banken und Sparkassen, Industrie-, Großhandelsbetriebe, große Einzelhandelsbetriebe, Behörden, aber auch Rechtsanwalts- und Steuerberaterkanzleien.

Ein besonderer Tipp: Wenn Sie sich bei einer Aktiengesellschaft bewerben, sollten Sie den ungefähren Kurs ihrer Aktien vom Vortage wissen.

6. Phase: Fragen und die passenden Antworten

Gerade in offenen Gesprächen verlaufen die Tests unterschiedlich, das hängt von Ihrem Gesprächspartner – aber auch von Ihnen – ab. Dennoch laufen auch hier die Gespräche häufig nach einem bestimmten Muster ab. Bestimmte Fragen werden immer wieder gestellt, da man mit ihnen bestimmte Ziele verfolgt.

Sie sollten sich bei der Beantwortung von Fragen und im Gesprächsverlauf immer möglichst vorstellen, warum dieses gefragt oder jenes besprochen wird.

Nachfolgend einige Standardfragen, mit denen Sie rechnen müssen, und mögliche Gründe aus betrieblicher Sicht:

Standardfragen	Das kann der Grund sein …	siehe TIPP Nr.
Warum bewerben Sie sich für diesen Beruf?	Haben Sie sich Gedanken gemacht? Haben Sie ein festes Ziel oder wollen Sie nur irgendeinen Beruf?	1
Seit wann wollen Sie dies … werden?	(Siehe oben.)	2
Ist dieser Beruf Ihr Traumberuf?	(Siehe oben.)	3
Woher stammen Ihre Kenntnisse über diesen Beruf?	(Siehe oben.)	4
Warum haben Sie sich gerade bei unserem Unternehmen beworben?	Welche Kenntnisse über das Unternehmen liegen vor?	1–4
Bei welchen Firmen haben Sie sich außerdem beworben?	Welche Rangstelle hat diese Firma bei Ihnen?	5
Welche Erfahrungen haben Sie in Ihrem Praktikum gemacht?	Welches Interesse haben Sie für den Beruf bzw. die Firma? Welche Beobachtungsgabe haben Sie?	6
Was hat Ihnen im Praktikum (oder auch bei einem Betriebsgang) besonders gefallen oder was ist Ihnen positiv bzw. negativ aufgefallen?	Wie schnell können Sie sich in betriebliche Vorgänge eindenken bzw. einfühlen?	6
Glauben Sie, dass Sie den Anforderungen in diesem Beruf gewachsen sein werden?	Welches Selbstbewusstsein und welche Bereitschaft zum Lernen haben Sie?	7, 8

Standardfragen	Das kann der Grund sein …	siehe TIPP Nr.
Wie stellen Sie sich Ihren späteren Berufsweg vor?	Welche Ziele haben Sie?	8, 9
Warum haben Sie in dem Fach … keine bessere Note?	Sind Sie kritikfähig? Können Sie sich selbst einschätzen?	10
Sind (waren) Sie mit Ihren schulischen Leistungen zufrieden?	Können Sie sich selbst beurteilen?	10
Welche Sportart(en) betreiben Sie?	Frage nach Extremsportarten?	11
Wo arbeiten Ihre Eltern (Geschwister) und welche Berufe haben sie?	Beeinflussung und Leistungsmotivation durch Eltern oder Geschwister?	12
Helfen Sie Ihren Eltern bzw. anderen Personen im Haushalt, beim Einkaufen, Autowaschen, im Garten o. Ä.?	Sind Sie hilfsbereit oder haben Sie »null Bock«?	13
Lesen Sie Zeitungen, Zeitschriften, Bücher? Wenn ja, welche und welche Teile?	Welches Informationsbedürfnis haben Sie? Nehmen Sie am aktuellen Zeitgeschehen teil?	14
Welche Sendungen sehen Sie im Fernsehen, hören Sie im Radio?	(Siehe vorhergehende Frage.)	14
Sind Sie Mitglied eines Vereines, einer Gruppe oder Organisation?	Sind Sie ein Einzelgänger oder sind Sie teamfähig?	15
Waren Sie Klassensprecher oder hatten bzw. haben Sie andere Ämter inne?	(Siehe vorhergehende Frage.)	16
Was halten Sie von folgendem aktuellen Ereignis?	Nehmen Sie am aktuellen Zeitgeschehen teil?	17

Beachten Sie folgende TIPPs:

Nummer	TIPP
1	Natürlich wird es gern gesehen, wenn Sie sich für diesen Beruf oder diese Firma interessieren. Schlecht ist, wenn Sie alle Berufe nehmen würden, die kommen. Dann sind Sie sicherlich nicht zielstrebig.
2	Je länger Sie sich Gedanken gemacht haben, sich informiert und evtl. Berufe und Firmen verglichen haben, desto zielstrebiger und bewusster erscheinen Sie.
3	Weisen Sie auf Ihre besonderen Interessen hin, z. B. handwerkliches Geschick, technische oder modische Vorlieben usw.
4	Schule, Praktikum, Ferienjob oder Bekannte klingen besser als das Arbeitsamt. Letzteres könnte den Anschein erwecken, dass Sie sich selbst nicht bemüht haben und man Sie zu einem Beruf überredet hat (= kein Eigeninteresse und wenig strebsam).
5	Seien Sie ehrlich. Wenn Sie sich woanders beworben haben und dies verschweigen, könnte das den Anschein erwecken, dass Sie sich nicht bemühen. Dann würde Ihnen die notwendige Zielstrebigkeit fehlen.
6	Kritisieren Sie nicht besserwisserisch. Achten Sie vor allem beim Betriebsrundgang auf markante Sachen, die Sie dann nennen können. Betriebliche Abläufe o. Ä. sollten Ihr Interesse geweckt haben. Am besten stellen Sie Fragen, das zeigt Ihr Interesse und ist leichter.
7	Sagen Sie, dass Sie fest entschlossen sind, es zu schaffen. Begründen Sie dies mit Ihren besonderen Neigungen und evtl. Fähigkeiten. Tragen Sie aber nicht zu sehr auf. Sie wollen ja noch lernen und dies dürfen Sie ruhig betonen.
8	Zeigen Sie unbedingt, dass Sie lernwillig und allem Neuen aufgeschlossen sind. Die Mitarbeiter von morgen müssen immer häufiger umlernen und neue Sachen hinzulernen. Dies ist eine zentrale Forderung an die zukünftigen Auszubildenden.
9	Zeigen Sie, dass Sie zielstrebig sind und aufsteigen wollen.

Nummer	TIPP
10	Schieben Sie schlechte Schulnoten nicht auf die Lehrer. Sehen Sie diese ein. Nennen Sie, wenn möglich, triftige Gründe (z.B. Scheidung der Eltern, längere Krankheit, Umzug o.a.) Natürlich können Sie auch darauf hinweisen, dass Sie in anderen Gebieten besser sind und sich für ein Fach weniger interessieren. Daher haben Sie ja auch einen Berufswunsch, der Ihre Fähigkeiten und Kenntnisse berücksichtigt. Im schlimmsten Falle sind eine Einsicht der schlechten Leistung und ein Geloben zu mehr Fleiß besser als Uneinsichtigkeit.
11	Sport ist gesund. Viele Sportarten zeigen auch, dass Sie teamfähig sind. Sportarten mit hohem Verletzungsrisiko hingegen werden nicht so gern gesehen (spätere Fehlzeiten).
12	Hier sollten Sie auch Konkurrenzbetriebe nennen. Man will nur erkennen können, ob Ihre Eltern bezüglich Pflichtbewusstsein und Leistungsbereitschaft evtl. einen positiven Einfluss auf Sie nehmen können und aus welcher sozialen Schicht Sie stammen.
13	Wenn Sie es privat anpacken und auch hilfsbereit sind, dann werden Sie das wahrscheinlich auch im Betrieb sein. »Null-Bock-Typen« sind nicht gefragt.
14	Sagen Sie die Wahrheit. Wenn Sie Zeitungen oder Programme nennen, die Sie gar nicht kennen, könnte das zu unangenehmen Zwischenfragen kommen. Dann würden Sie als unehrlich eingestuft, was ganz schlecht wäre. Informieren Sie sich vor dem Vorstellungsgespräch über bestimmte Programme oder best. Zeitungen (siehe oben), damit Sie diese auch nennen können.
15	Auf Teamfähigkeit wird heute besonderen Wert gelegt.
16	Lassen Sie sich bestimmte Ämter, wie z. B. Klassensprecher, Schülermitverwaltung o. Ä., bescheinigen. Bringen Sie diese Bescheinigungen sicherheitshalber mit. Auch soziales Engagement sollten Sie ruhig nennen. Vorsichtig aber bei Mitgliedschaft in politischen Parteien – Ihr Gastgeber könnte mit der Konkurrenzpartei sympathisieren.
17	Informieren Sie sich vorher gut.

7. Phase: Auch Sie können Fragen stellen – bereiten Sie diese vor:

Wenn Sie selbst Fragen stellen, zeigen Sie vor allem Interesse – das macht einen guten Eindruck. Zudem können Ihnen in dieser Zeit keine unangenehmen Fragen gestellt werden. Dies ist der Teil des Vorstellungsgesprächs, den Sie am besten berechnen können.

Natürlich sind die Fragen auch wieder von der Art des Betriebes, dem Beruf und eventuell auch von dem Gesprächsverlauf abhängig. Doch sollten Sie sich für alle Fälle einige sinnvolle Fragen vorher überlegt haben. Nachfolgend finden Sie einige Beispiele. Sie sollten sich aber auch selbst noch weitere aufschreiben.

- Wie viele Filialen hat Ihr Unternehmen?
- Wie viele Mitarbeiter beschäftigen Sie?
- Wie viele Auszubildende haben Sie?
- Ist es geplant, die Auszubildenden zu übernehmen?
- Welche Aufstiegsmöglichkeiten gibt es in Ihrem Betrieb?
- Wie hoch ist die Ausbildungsvergütung?
- Darf ich mir einmal den Betrieb (oder in Großbetrieben: die Ausbildungsabteilung) ansehen?
- Wie läuft die Ausbildung ab?
- Welche Produkte fertigen Sie?
- Wann beginnt und wann endet die Arbeits(Ausbildungs-)zeit?
- Überlegen Sie sich weitere Fragen!

8. Phase: Simulieren Sie den Test

Treten Sie in das Zimmer ein, grüßen Sie, setzen Sie sich, stellen Sie sich vor, stellen Sie sich selbst mögliche Fragen und beantworten Sie diese.

Natürlich ist es noch besser, wenn Sie dies mit Ihren

Eltern, Geschwistern oder Freunden u a. üben. Diese können nicht nur die Rolle des Gesprächspartners übernehmen, sondern Sie auch gegebenenfalls korrigieren und Ihnen Tipps geben.

Je mehr Sie üben, desto sicherer sollten Sie eigentlich werden.

Kleider machen Leute

Diese Redensart kennen Sie bestimmt. Er gilt natürlich auch für Ihr Vorstellungsgespräch. Wie es der Name schon sagt, Sie sollen sich vorstellen. Stellen Sie sich in Ihrer natürlichen Art vor. Jede Übertreibung wirkt negativ. So sollten Sie auf den schwarzen Anzug oder das tief ausgeschnittene Abendkleid genauso verzichten wie auf die ausgewaschene Jeans mit Löchern, auch wenn dies ihr Lieblingskleidungsstück ist. Kommen Sie nicht in kurzer Hose, auch wenn es sehr warm ist. Kleiden Sie sich sportlich, jugendlich und schick, aber nicht zu poppig. Wählen Sie die Kleidung auch unter Berücksichtigung Ihres Gastgebers aus. Zu Banken, Behörden oder anderen kaufmännischen Betrieben empfehlen wir möglichst Hose, Jackett und Krawatte beziehungsweise ein Kleid oder Kostüm, Rock und ordentliche Bluse.

Zu einem Handwerksbetrieb müssen Sie nicht unbedingt so »elegant« erscheinen. Dennoch sollten Sie sich sportlich, sauber und adrett kleiden.

Was für die Kleidung gilt, gilt natürlich auch für Ihr gesamtes »Outfit«. Mit einer nicht aus dem Rahmen fallenden Frisur und einem nicht übermäßigen Make-up kommen Sie besser an. Ausnahmen sind Vorstellungen für Berufe, die ein modisches Outfit verlangen, wie Friseuse, Verkäuferin in einer Modeboutique usw.

Der Abend vorher

- Erkundigen Sie sich genau, wie und wann Sie fahren müssen. Legen Sie evtl. eine Fahrtroute auf dem Stadtplan oder der Karte fest. So vermeiden Sie am nächsten Tag unnötige Aufregung. Am besten, Sie fahren mit öffentlichen Verkehrsmitteln.
- Packen Sie alle Sachen, die Sie mitnehmen wollen bzw. müssen. Dazu gehören Bescheinigungen über besondere Tätigkeiten, wie z. B. Lehrgänge in EDV, Schreibmaschine o. Ä., aber auch Belege, dass Sie Klassensprecher, Jugend-Trainer o. Ä. waren oder sind. An Ersteren kann man seine besonderen Fähigkeiten nachweisen und seine Bereitschaft zeigen, Neues zu lernen. An Letzteren sieht man die Team- bzw. Gruppenfähigkeit des Bewerbers. Nachfolgende Checkliste soll Ihnen dabei helfen, nichts zu vergessen. Kreuzen Sie an, was Sie mitbringen sollen. Ergänzen Sie Fehlendes und tragen Sie Unterlagen, die Sie mitnehmen wollen, ein. Haken Sie in der letzten Spalte ab, wenn die Sache eingepackt ist:

Das soll ich mitbringen:	Wenn ja, ankreuzen	gepackt
Letztes Zeugnis (falls es noch nicht vorliegt)		
andere Zeugnisse (falls sie noch nicht vorliegen)		
Lebenslauf (falls er noch nicht vorliegt)		
Einladung	X	

Das will ich mitnehmen:	Wenn ja, ankreuzen	gepackt
Stadtplan		
Fahrkarte		
Bescheinigungen über		

- Lernen Sie am letzten Abend nichts Neues mehr. Lenken Sie sich irgendwie ab, gehen Sie ins Kino o. Ä. Regen Sie sich möglichst nicht mehr auf.
- Schauen Sie evtl. nochmals Tagesschau (siehe oben).
- Gehen Sie vor dem Zu-Bett-Gehen möglichst nochmals an die frische Luft. Dann schlafen Sie besser.
- Gehen Sie nicht zu früh ins Bett, dann liegen Sie lange wach und sind am Morgen erst richtig müde. Gehen Sie aber auch nicht zu spät schlafen.
- Nehmen Sie keine Beruhigungsmittel, sonst sind Sie am nächsten Morgen nicht leistungsfähig. Ein Gläschen Bier oder Wein kann eine gute Einschlafhilfe sein. Aber bitte nicht zu viel, denn dann klappt es am nächsten Morgen gar nicht.
- Stellen Sie zwei Wecker, rufen Sie den Weckdienst an und lassen Sie sich wecken oder sagen Sie den Eltern oder Nachbarn Bescheid. Sie dürfen nicht verschlafen. Stellen Sie den Wecker lieber etwas früher, denn es soll vor dem Test nicht schon hektisch werden.

- Wenn Sie sich gut vorbereitet haben, müssen Sie fest daran glauben, dass Sie es schaffen. Dann legen Sie die Nervosität ab und bekommen auch die notwendige Selbstsicherheit.

Jetzt geht's los

- Stehen Sie nicht zu spät auf. Duschen Sie und machen Sie sich munter.
- Frühstücken Sie langsam und ruhig – aber nicht zu schwer Verdauliches. Gehen Sie aber nicht mit leerem Magen zum Test. Denken Sie daran: Alle Aufregung schlägt auf den Magen und kann auch von diesem ausgehen!
- Werfen Sie einen Blick auf die aktuellen Nachrichten in der Tageszeitung (Politik, Wirtschaft).
- Prüfen Sie ihre Kleidung.
- Kontrollieren Sie, ob Sie alles mitgenommen haben.
- Fahren Sie nicht zu spät weg.

Pünktlichkeit ist sehr wichtig

Seien Sie unbedingt pünktlich. Kommen Sie nicht abgehetzt und genervt zum Vorstellungsgespräch an. Seien Sie lieber etwas früher da, dann können Sie sich noch einmal sammeln und konzentrieren.

So machen Sie einen guten Eindruck

Ihr Vorstellungsgespräch ist ein wesentlicher Bestandteil Ihrer Bewerbung. Mit diesem werben Sie für sich. Berücksichtigen Sie dies auch bei Ihrem gesamten Auftreten. Sie wollen positiv erscheinen und sich als neuer Azubi empfehlen.

Generell sollten Sie möglichst natürlich auftreten und nicht schauspielern. Letzteres wird meist sowieso schnell erkannt und außerdem verschwenden Sie zu viel Aufmerksamkeit auf sich und zu wenig auf Ihren Gesprächspartner und das Gespräch.

Dennoch gibt es einige Verhaltensweisen, die Sie berücksichtigen sollten:

- Melden Sie sich im Vorzimmer bei der Sekretärin an. Stellen Sie sich kurz mit Namen vor. Zeigen Sie gegebenenfalls die Einladung.
- Wenn Sie warten müssen, setzen Sie sich nicht einfach hin, sondern warten Sie, bis man Ihnen einen Stuhl angeboten hat.
- Rauchen Sie nicht.
- Verhalten Sie sich ruhig und konzentrieren Sie sich lieber, statt sofort ein Gespräch zu beginnen.
- Antworten Sie natürlich und höflich, wenn Sie gefragt werden.
- Versuchen Sie nett und zuvorkommend zu sein (fällt z. B. etwas herunter, heben Sie es selbstverständlich auf – vielleicht war es ein erster Test).
- Denken Sie daran, dass man evtl. später auch die Vorzimmerdamen fragen könnte, für welchen Bewerber sie sich entscheiden würden.
- Wenn Sie zum Gespräch gebeten werden, lassen Sie gegebenenfalls der Dame den Vortritt.
- Grüßen Sie höflich. Warten Sie, bis Ihr Gegenüber Ihnen die Hand zum Gruß reicht.
- Setzen Sie sich auch hier wieder erst nach Aufforderung – für die Sie sich kurz und freundlich bedanken.
- Verschränken Sie nicht die Beine oder Arme.
- Sollte man Ihnen eine Zigarette anbieten, lehnen Sie höflich dankend ab.
- Wenn man Sie nach einem Getränk fragt, verlangen Sie natürlich nichts Alkoholisches.
- Ein freundliches Lächeln »bricht das Eis« und macht Sie sympathischer.
- Reden Sie Ihre Gesprächspartner mit Namen an.

- Sprechen Sie langsam, klar und deutlich.
- Hören Sie geduldig zu – bestätigen Sie gegebenenfalls Ihren Gesprächspartner durch kurzes, freundliches Nicken.
- Unterbrechen Sie Ihren Gesprächspartner nie. Auch wenn Sie etwas entgegnen wollen, lassen Sie ihn unbedingt ausreden.
- Seien Sie nicht besserwisserisch. Sie können wichtige Einwände bringen, indem Sie z. B. sagen: »Ich sehe das so …«
- Zeigen Sie unbedingtes Interesse.
- Bedanken Sie sich zum Schluss für das Gespräch.
- Sie können ruhig fragen, wie Ihr Gegenüber Ihre Chancen sieht und wann etwa mit einer Entscheidung zu rechnen sei.
- Auch wenn Sie das Gefühl haben, dass es nicht so toll gelaufen ist, verabschieden Sie sich höflich – noch ist nichts verloren.

Welche Arten von Vorstellungsgesprächen gibt es?

Meist findet das Gespräch in einem Büro statt. Es könnte aber auch mit einem Rundgang durch den Betrieb verbunden werden. Zeigen Sie hier besondere Aufmerksamkeit. Fragen Sie interessiert. Lassen Sie aber immer zuerst den Begleiter erzählen und erklären – unterbrechen Sie ihn nicht.

In kleinen Handwerksbetrieben kann ein Vorstellungsgespräch auch an einem oder mehreren Tagen im betrieblichen Alltag stattfinden. Dies findet man z. B. öfter in Friseur-Studios. Der Bewerber soll hier unbedingtes Interesse zeigen, nicht zu aufdringlich, höflich und zuvorkommend sein (z. B. kleine Handreichungen ohne Aufforderungen machen). Seien Sie auch im Gespräch mit Kunden sehr höflich und trotzdem zurückhaltend. Denken Sie immer daran, Sie werden laufend unauffällig beobachtet.

In größeren Betrieben kann es auch vorkommen, dass Sie nicht allein, sondern mit mehreren Bewerbern zusammen ein Vorstellungsgespräch absolvieren müssen. Sie sollen hier natürlich der Beste sein. Das heißt aber nicht, dass Sie sich vorlaut und den anderen gegenüber unfair verhalten. Vielleicht testet man gerade, wie Sie in einer Gruppe arbeiten können.

Reden Sie nur dann, wenn man Ihnen das Wort erteilt. Fallen Sie weder den Testern noch Ihren Mitbewerbern ins Wort. Konzentrieren Sie sich aber voll auf die Beiträge der anderen. Wollen Sie eine Ergänzung oder Korrektur vornehmen, dann melden Sie sich und warten, bis man Ihnen das Wort erteilt. Bleiben Sie auch in Ihrer Kritik stets höflich und sachlich.

Ein möglicher Stolperstein: der Personalfragebogen
Besonders in Großbetrieben werden Sie gebeten – entweder zu Hause oder im Betrieb –, einen Personalfragebogen auszufüllen.

Der wichtigste Tipp hierfür ist, dass Sie die gleichen Angaben wie im Lebenslauf und im Vorstellungsgespräch machen.

In den Fragen könnte auch ein gewisser Persönlichkeitstest verborgen sein.

Gehen Sie also auch an diese Aufgabe mit höchster Konzentration.

Letzte Seite

Achtung, weitersagen:

- Hat Ihnen die Arbeit mit diesem Buch gefallen?
- Waren Sie erfolgreich im Test oder im Vorstellungsgespräch?
- Haben Sie mit diesem Buch etwas gelernt?
- Können Sie dieses Buch weiterempfehlen?

Wenn ja, dann tun Sie's doch ...

Und noch ein Hinweis zum Schluss:

Die Autoren Peter-J. Schneider und Manfred Zindel haben auch einen sehr erfolgreichen Bewerbungsratgeber geschrieben:

»Bewerbung um einen Ausbildungsplatz«,
ISBN: 3-8068-1656-5.

Er ist eine wertvolle Hilfe für diejenigen, die mit der Bewerbung anfangen müssen – natürlich auch für Sie, wenn Absagen kommen.

Martin Massow

Atlas Neue Werbe- und Kommunikationsberufe

667 Seiten

TB 21393-8

Originalausgabe

Marketing, Werbung, Kommunikation, Öffentlichkeitsarbeit – das sind die Bereiche, in denen jetzt und auch in Zukunft hervorragende Berufsaussichten bestehen. Wer die Trends frühzeitig erkennt und die richtige Laufbahn einschlägt, der hat beste Karten. Martin Massow, bekannter Berufsratgeber und ausgezeichneter Kenner des Markts, gibt in diesem Buch sowohl Neulingen als auch alten Hasen oder Umsteigern wichtige Orientierungshilfen.

Umfassende Berufsporträts, Angaben von Aus- und Weiterbildungsmöglichkeiten, Informationsbörsen und zahlreiche Adressen machen dieses Buch zu einem unverzichtbaren Kompendium für alle, die in einem aussichtsreichen Job Fuß fassen wollen.